译文纪实

THE NORDIC THEORY OF EVERYTHING
In Search of a Better Life

Anu Partanen

[芬]阿努·帕塔宁 著　　江琬琳 译

北欧向左，
美国向右？

上海译文出版社

目 录

序章 ……………………………………………………………… 001
第一章 在自由之地：成为美国人 ………………………………… 008
第二章 爱的北欧理念：长袜子皮皮的魔力 ……………………… 037
第三章 真正的家庭观：个体强则家兴 …………………………… 050
第四章 如何成就孩子：获得学业成功的秘诀 …………………… 086
第五章 强健体魄，健康心灵：为何全民医保能给你自由 ……… 136
第六章 吾有、吾治、吾享：去吧，问问你们的国家能为你们
　　　 做些什么 195
第七章 机遇之地：重拾美国梦 …………………………………… 221
第八章 非同寻常的商业：身处21世纪，如何运营一家公司 … 234
第九章 追求幸福：是时候重新界定成功了 ……………………… 257
尾声 ……………………………………………………………… 279
致谢 ……………………………………………………………… 281

再版后记（2022年9月） ………………………………………… 285

注释 ……………………………………………………………… 289
参考文献 ………………………………………………………… 317

序　章

比尔·克林顿靠着椅背，视线越过眼镜框上沿，若有所思地凝视着前方。他一只手握着麦克风，另一只手五指张开，悬在半空。宴会厅里坐满了人，但有那么一会儿，全场悄无声息。[*1]

当克林顿开始讲话时，他侧身转向舞台上坐在他身边的一位橙色头发的女士。"现在，美国有一场大辩论。"他说。此时是2010年的9月，距离金融危机爆发过去将近两年。他停顿片刻，原本悬在空中的手落了下来，自然地垂荡着。"辩论的主题是，在21世纪，怎样才能成为一个成功的国家？放眼全球，不少其他国家也有类似的讨论……"克林顿望向他的听众，"很多人的信心被动摇了。"

讲台上，克林顿对面坐着一排极具影响力的人物，他们全都属于美国最高级别的精英。比如埃里克·施密特（Eric Schmidt），谷歌公司董事长；梅琳达·盖茨（Melinda Gates），"比尔和梅琳达·盖茨基金会"的联合主席，该基金会管理着数十亿美元的资金；还有鲍勃·麦克唐纳（Bob McDonald），时任跨国企业宝洁公司的CEO。但克林顿没有在和他们中的任何一位说话，他的注意力完全集中在自己旁边这位橙色头发的女士身上。

"你会对世界各地的人们给出怎样的建议，"克林顿问她，"从而帮助他们不再沉湎于责备过去，而是尽力去想清楚——就像是明天一早起来，试图去弄明白——当下每一天的晨光里，我们究竟要做些什么？"

克林顿的注意力越发集中。他转动椅子,身体正面背离了观众,直接朝向那位女士。他的手在空气中猛地划动,仿佛做了一个空手道的劈掌动作,然后继续说道:"我们如何决定政府应当做些什么?私营领域又应该做些什么?怎样制定税收体系?"他边说边把脸转了回来,重新面向台下的人群。"如何调整我们与世界其他地区的关系?如何界定我们对较为贫穷的国家所负有的职责?你怎样管理你的国家?你会如何建议人们回到家乡、重新启程?"

说完,克林顿压低麦克风,双手交叉抱在胸前,透过眼镜片端详着眼前这位橙色头发的女士。

"谢谢,"她边说边给克林顿递了一个眼色,"都是些小问题。"

听众席传来笑声。然后她重新开口,尽她最大的努力,回答克林顿那些咄咄逼人的提问,同时也回应着那份似乎萦绕在现场所有人心头的忧惧。

这是一个周二早晨,纽约时代广场上的喜来登酒店里,正在召开克林顿全球倡议年会。超过一千人从全球六大洲、九十个国家赶来,汇聚一堂,集思广益,以确保21世纪全世界的公民能够享有一个更好的生活。参会者中,有不少是现任或前任国家首脑、商业领袖,以及非政府组织的主管人员。

一小时前,克林顿走上舞台,欢迎各位莅临现场,然后启动了会议流程。他看起来精神焕发。比起当美国总统的时候,他现在更瘦了一些。虽然他明显比从前上了年纪,但穿着入时,一身藏青色套装,里面搭配白色衬衫和红色领带,俨然一副爱国者模样。他从容自信地介绍了讨论小组的成员,其中便包括那位橙色头发的女士。他列明她的职业(和他一样,她是一名总统)和部分履历,而接下来的这个环节显然使他最为振奋。

---

* 本书脚注均为译者所加,在正文中以符号上标表示;作者注释统一汇总于正文之后,以数字上标表示。

"对了,"克林顿继续介绍道,这位女士"所领导的国家常年位于各大全球榜单前五,在教育质量、经济运行、财富分配与机会均等方面都表现突出"。

不久之前,这些赞誉还总是与世界上那些最众所周知的强国联系在一起——它可能是美国,可能是日本,也可能是德国。然而,这位身着简约米色套装的女士,却是一个"小国"总统。受自由世界的前领袖之邀,塔里娅·哈洛宁(Tarja Halonen)站上舞台,置身于全球科技、工业、慈善巨擘之间。她所统领的国家位于欧洲东北角,纬度高,靠近北极圈,名为"芬兰"。

此前十年间,芬兰已不断在世界范围内受到称赞,如今,对它的关注则是爆炸性的。一切要从教育说起——芬兰孩子们所取得的成就引发了这场热潮。自 2000 年起,国际调查研究显示,在阅读、数学和科学方面,芬兰青少年的表现基本都位列榜首。[2] 于是,各国派出一批又一批代表团,前赴后继去往芬兰"取经",参观当地学校,采访教育专家。很快,全世界都开始讨论起芬兰的"教育奇迹"。

然后,就在"克林顿会议"召开的一个月前,《新闻周刊》杂志发表报道[3],公布了一项全球性调查的结论。那篇文章——援引其原话来说——旨在解答以下这个"看似简单,其实无比复杂的问题:今天,你出生于哪一个国家最有可能过上健康、安全、经济宽裕且有机会向上流动的生活?"。它划定了评估"国民福祉"的五个方面,分别是教育、健康、生活质量、经济竞争力和政治环境,并且对一百个国家进行了横向比较。美国和其他一些世界强国或许以为自己有望登顶,但结果却出乎意料。《新闻周刊》宣称,在 21 世纪初,最适合一个人开启新生命的国度是芬兰。在那张榜单上,美国甚至未进前十,仅位列第十一名。

接下来的数月乃至数年里,美誉持续眷顾芬兰。国际生活方式杂志《单片眼镜》将芬兰首都赫尔辛基评为"世界最宜居的城市"[4];根据 2011

年世界经济论坛发布的《全球竞争力报告》,芬兰是世界第四大"最具竞争力国家",并在次年跃升至第三位[5];经合组织*称,在工作与生活平衡度方面,芬兰排在世界第四位[6];而在欧盟(EU)的《创新记分牌》中,芬兰名列四大"创新领导者"之一。[7]

联合国甚至开始评估那项似乎难以量化的指标——幸福。2012年春天,《全球幸福指数报告》出版发行,芬兰被列为地球上第二幸福的国度,距离榜首仅一步之遥。[8] 报告中,"前后夹击"芬兰、分别占据第一和第三位"宝座"的,也是与它毗邻的两个北欧国家:丹麦和挪威。

当欧元危机席卷欧洲大陆时,西欧国家笼罩在一片悲观黯淡的气氛之中,《金融时报》却发布了一篇关于芬兰的特别报道,题为《富裕、快乐并善于朴素生活》[9]。与此同时,芬兰在一项国际排行榜上是当之无愧的倒数第一,那就是"失败国家指数"[10]。根据和平基金会的调查结果,芬兰是世界上最不脆弱的国家。说起芬兰在国际上的声誉,还有一个锦上添花的消息:风靡全球的手机游戏《愤怒的小鸟》,其实是芬兰程序员们的智慧结晶。

然而最出人意料的,或许是某英国政客在2012年5月发表的一句评论。英国长期以来都是美国在欧洲最古老和亲近的朋友,在此前的一百年间的任何一个历史时刻,一个英国人竟会说出这样的话,简直不可想象。当时,英国工党党魁爱德华·米利班德(Ed Miliband)正在参加一个有关社会流动性的会议。会上,专家们围绕着"世界各地的人们是否过上了比其父母更好的生活"这一问题争论不休。几十年乃至几百年来,美国都毫无争议是全世界最具有向上流动可能性的国家。"而现在,情况变了。"米利班德表示。"如果你想寻求美国梦,"他在会上调侃道,"就去芬兰吧。"[11]

---

* 全称是经济合作与发展组织(Organization for Economic Cooperation and Development),简称"经合组织"(OECD)。

在各类竞争力与生活质量排行榜上名列前茅的,不仅只有芬兰。就拿《全球幸福指数报告》来说,北欧地区整体上都表现优异。排名上紧挨芬兰的,基本也都是些芬兰的邻国,例如丹麦、挪威、瑞典……某些情况下还有冰岛。它们通常被统称为"斯堪的纳维亚",但如果包括芬兰和冰岛的话,对其更准确的定位应是"北欧地区"。[12]

美国作为向上流动和高生活质量的象征,曾激励了世界上一代又一代人,而如今,不光是英国的工党政客对它感到失望。英国首相戴维·卡梅伦属保守党,但当他试图加强政府对家庭的支持,提高劳动力市场中的女性数量,提升儿童发展水平,促进整体国民福祉时,也没有去借鉴"美国经验",而是转向北欧国家寻找灵感和建议。[13] 很快,英国"偏自由市场派"杂志《经济学人》也展示出类似的趋向。它发表了一篇专题报道,标题为《下一个超级模范》[14],文章研究探讨了北欧国家究竟"做对了什么",得以在经济和社会层面都取得如此显著的成就。

北欧文化在美国国内也备受瞩目。"瑞典制造"中便包括流行音乐天团"阿巴乐队",斯蒂格·拉森(Stieg Larsson)的畅销犯罪小说[如《龙文身的女孩》(*The Girl with the Dragon Tattoo*)],拥有经济实惠的连锁店、打造精致时尚的服装品牌H&M,引领家具零售革命的宜家,更不用说常青汽车品牌沃尔沃了。当然还有乐高,这一无所不在的塑胶积木玩具,由丹麦制造,风靡全球。除此之外,丹麦也开始产出一流的犯罪剧集如《谋杀》;哥本哈根的诺玛餐厅则名声大噪,被誉为"全球最佳餐厅"。趋势逐渐彰显。等到2012年8月,《名利场》杂志终于"正式宣布",世界正在经历一场"斯堪的纳维亚旋风"。[15]

这一切都使我倍感喜忧参半。让我把时间拨回到2000年,那时塔里娅·哈洛宁刚刚成为芬兰总统,而我则是一名年轻的芬兰新闻记者:二十五岁,初入职场,受聘于北欧发行量最大的日报《赫尔辛基新闻报》(*Helsingin Sanomat*)。作为一个彻头彻尾的芬兰人,我土生土长于这个低调的北方小国,如今则目睹它一跃成为"世界的宠儿"。

但是,正当全世界都在拥抱芬兰时,我却选择了背道而驰;于我而言,这是很美式的时刻——就在《新闻周刊》宣布我的家乡是"世界上最好的国家"前不久,我刚刚决定抛下芬兰的一切,移民到美国去开启一段全新的生活。

身处美国的新家,我隔海回望那片生我养我的北欧土地,就像一个体育粉丝为她的家乡队摇旗呐喊一样。我见证了芬兰在国际调查和全球榜单上取得的成绩,感到无比自豪,但与此同时,我也忙于应对自己在美国的新生活中所遇到的种种挑战。我身边大多数美国人好像也并不太在意——或者说关心——芬兰,以及它在北极圈附近的那帮北欧邻居。毕竟,美国人要过好自己在美国的生活就已经精疲力竭了。可能只有像比尔·克林顿这样的政策专家,或者像《经济学人》的编辑,才会有时间和精力去对芬兰的表现感到兴奋。但说真的,那样一群迷你、寒冷、无关紧要的国家,其中每个人长得差不多,做的事也差不多,还都觉得一盘腌鲱鱼就意味着一段好时光……它们能给美国这样一个多样、动态的国家提供什么有价值的东西呢?

美国长久以来就是闪亮的"世界灯塔",象征着自由、独立、个人主义和机遇。比起自在随性、热爱自由的美国,北欧地区不仅显得无足轻重,甚至可以称得上是"糟糕"。不少美国人视北欧为一帮可悲的"社会主义保姆型国家",用各种福利项目宠坏了它们的国民,没有让他们变得更幸福,反而助长了他们的依赖性、淡漠感乃至绝望感。美国评论家批评所谓的"北欧超级模范",指出该地区拥有高抑郁率、高酗酒率和高自杀率。

在北欧国家内部,同样也有很多人搞不明白,外面的世界究竟在一惊一乍些什么。我的芬兰同胞尤其以低自尊著称。当《新闻周刊》称芬兰是"世界上最好的国家"时,全芬兰人都认为该杂志犯下了可怕的错误,并将芬兰置于极其尴尬的境地。不少人一想到芬兰人竟可能成为"地球上第二幸福的民族"就觉得荒唐可笑。芬兰的冬季漫长、昏暗、苦寒,每年有大段时间都把居住于其间的人们"折磨得死去活来"。酒精上瘾在这个国家也确实是一个问题。瑞典人、丹麦人和挪威人通常比芬兰人和冰岛人更自信一些,但不管从什么角度看,没有哪个北欧国家可以称得上是"完美的国家"。况且北欧人自己也依然推崇和向往美国,尤其是美国的流行文化、企业家精神和那些世界级的大城市,如纽约、旧金山、洛杉矶。

当我逐渐适应美国的新生活时,美国经济正开始从金融危机的创伤中触底反弹,而家乡芬兰的气氛却变得前所未有的萧条。全球经济衰退和欧元危机给芬兰造成了重大影响,广受赞誉的芬兰经济因此有所减速。芬兰的学生虽然仍旧表现优异,但也不再占据每一份教育调研的榜首。总而言之,如果你在街边询问路过的芬兰人,他们的国家是不是世界的"超级模范"(就不说作为那个世界强国美国的模范了),他们的回应可能会很暴躁——尤其是当天气又冷又阴时——而答案就是一个大写的"不"。

然而,身为一个北欧移民,我在美国待的时间越长,就越清晰地认识到一些事情。无论芬兰究竟是不是"世界上最好的国家",多数美国人和我的芬兰同胞们都基本没有意识到,在 21 世纪初,离开芬兰或任何一个北欧国家前往美国定居,就意味着要经历一种非同寻常且无比严酷的时空穿越,意味着"回到过去"。

作为一名移居美国的北欧人,我也注意到了一些别的东西——美国人和很多其他国家的人似乎都没有意识到,一切本可以更好。

第一章　在自由之地：成为美国人

契　机

准新娘正透过窗户远眺。在我的印象里，她身着一袭白衣，但当我回看那天的照片时，才发现婚礼开始的几小时前，她穿的衣服其实是黑色的，而且神情不宁。我记得她的这份焦虑，因为当时电视台的实况播音员正忙着解读她那动人脸庞上闪过的每一个表情。他们没什么其他可说的，只知道新郎新娘马上将在意大利的一座城堡里举办婚礼，到场嘉宾超过一百五十位。摄影组和狗仔队蹲守在城堡外，尽其所能地播报着每一位名人嘉宾的到来、谁穿了什么，以及菜单的细节。

我在千里之外的波士顿收看这一切。为了参加一场会议，我不久前才刚抵达这座城市。我坐在宾馆房间里，用遥控器切换着电视频道，除了汤姆·克鲁斯和凯蒂·霍尔姆斯的婚礼外，电视上还报道了美国最高法院法官收到含有毒饼干包裹的新闻[1]。寄信人"好心"地给每位法官附上一份信件，写明其意图："我要杀了你"，以及"包裹有毒"。那天晚上，我排队取用自助餐时，排在我身后的是一位男士，他也是来参加同一场会议的。他微笑着询问我是否可以大发善心先尝一口食物，帮他看看是否"能吃"。我自然以为他是在拿最高法院的"毒饼干事件"开玩笑，所以向他保证，如果食物有毒，我一定知会他。他一脸茫然地看着我。于是我试着解释，自己指的是那些被恐吓的法官，但他却显得更加迷惑了。很快我们俩都一头雾水地傻笑起来。原来他那天其实并没看到新闻,也不知道最高法院和饼干的事。晚饭时我坐在他旁边,彼此间有了更进一步的了解。两个小时后,在一片大灌木丛的树枝下,我们接吻了。第二天,我便乘飞机踏上了长达十小时的回国旅程。

我那些赫尔辛基的朋友超级激动。"你遇见了一位美国作家!在一场会议期间!太浪漫了吧!"不仅如此,散会后不久,崔佛就打电话过来,表示要来芬兰看我。朋友们听说还有这回事后,简直沸腾了。"一个货真价实的爱情故事,正在萌发!"崔佛如约抵达芬兰,其间一切顺利,于是我们开始谈起了"跨国恋"。每次约会结束后,都不得不再次分居两地,隔洋相叹。我的朋友们为此叹息道:"你是不是会很想他?""你没有太伤心吧?"

我确实很喜欢他,但我还不确定自己是否像我朋友们所确信的那样那么喜欢他。那阵子,崔佛也刚从华盛顿特区搬到纽约,当情势逐渐稳定下来后,我便准备定期去布鲁克林探望他。这时我的朋友们看我谈恋爱仿佛在看罗曼史电视剧似的。"你们俩就像《实习医生格蕾》(*Grey's Anatomy*)里的戴瑞克和梅利迪斯*!""你就像《欲望都市》(*Sex and the City*)里的凯莉†!"(在芬兰,这两部都是大火的电视剧。)

问题只有一个,我并不打算移居美国。崔佛给我的感觉很对。但难道仅仅因为我恋爱了,就要为此抛下自己所熟知的一切?此前的人生中,我都在探索这个世界。有两年时间,我在国外读书。一年在澳大利亚的阿德莱德,一年在巴黎。成为一名记者后,我跑遍全球七大洲中的六个,也曾亲眼见识过传奇的"纽约城"。而我从中得出了什么结论呢?那就是我想住在芬兰。

---

* 梅利迪斯·格蕾(Meredith Grey)和戴瑞克·谢泼德(Dereck Shepherd)是美剧《实习医生格蕾》的两位主人公,他们的感情戏是该剧的一大看点。
† 凯莉·布拉德肖(Carrie Bradshaw),美剧《欲望都市》的女主角,是一名生活在纽约曼哈顿地区的时髦女郎,也是一位小有名气的专栏作家。

The Nordic Theory of Everything

我勤勉工作、旅行阅读、尽享人生，坚信女人生来绝非只为照顾丈夫和孩子。她应该拥有自己的目标、自己的意志、自己的事业，其中当然也包括一份属于自己的薪水。英国女演员海伦·米伦（Helen Mirren）曾经说过："经济独立是女孩所能拥有的最佳礼物。"[2] 我渴望成为一名强大、智慧且富有创造力的女人，而不是当个小女生，为了某个男人就轻易地放弃一切。

然而，我和崔佛交往的时间越长，这一问题就越发使我纠结。当这场"异地恋"满两年时，我们已经在两国间往返旅行了十四次，只为与对方共度时光。他逐渐成为我最好的朋友，成为那个真命天子，有他在场，我的世界便没有乌云。我又怎么能舍弃这份感情呢？

于是事态变得明朗起来，如果我们俩想接着走下去，必须有一个人要将自己过去的生活抛之脑后，而出于实际的考虑，这个人只能是我。理论上讲，崔佛当然也可以搬来芬兰，但是他看起来不太情愿，我也必须承认，这并不合常理。他不会讲芬兰语，而我能说英语；纽约是国际化大都市，我在那儿找工作的话，机会肯定比他来赫尔辛基更多。

况且，芬兰这个国家也很有些"自身特色"，虽然整体生活质量挺高，但我不确定崔佛是否能应付得了——哪怕他想来。

我始终热爱芬兰。这个国家拥有绚丽的夏日风景和静美的自然环境，更不用提我大多数的朋友和家人都"恰好"生活在这里，而他们都是我无比喜爱的人。芬兰的地理位置也甚佳，去欧洲其他国家都很方便，因此普通民众都能在周末成行，到巴黎、罗马这样的度假胜地一游不在话下。话虽如此，和美国的许多地方比起来，芬兰很容易显得又小、又冷、又暗，而且难免有些单调乏味。长期以来，芬兰以其"低调"（being modest）著称，但把赫尔辛基和纽约这样的"大都市"放在一起比较时，再强调"谦逊"（modesty）就显得不合时宜了。

芬兰自然也有其值得骄傲的成就。例如世界知名手机公司诺基亚就出自芬兰——虽然在很多人听来,它像是个日本牌子。或许最能体现"芬兰特色"的,当属我们的设计师和建筑师,比如玛莉美歌(Marimekko),比如阿尔瓦·阿尔托(Alvar Aalto)和他著名的椅子,又比如埃罗·沙里宁(Eero Saarinen)——他的代表作包括圣路易弧形拱门、华盛顿特区的杜勒斯国际机场,以及纽约肯尼迪机场的环球航空公司候机楼。古典乐迷可能听过芬兰作曲家让·西贝柳斯(Jean Sibelius)的交响乐,《柯南深夜秀》(*Late Night with Conan O'Brien*)的观众则大概会不时看到柯南·奥布莱恩打趣模仿我们那位橙色头发的总统。当你来自一个小国家时,跟别人介绍自己的祖国,能抓到什么就是什么。

而正如斯蒂格·拉森在"千禧年三部曲"小说中所展现的那样,北欧自有其"黑暗的一面"——这一点在字面意义上也同样成立。崔佛第一次来芬兰看我时恰逢冬季,回去之后,他就开始跟他的美国朋友们"吹嘘",自己如何在赫尔辛基待了整整一周,却只看到了三个小时的太阳。因处极北之地,冬日的长夜实在漫漫,所以北欧人里但凡能负担得起海外旅行的,到了冬天都会考虑去泰国度假,否则心理健康堪忧。另外,芬兰人还尤其倾向于把人生视作一系列无穷无尽的困难与失望,并在生活态度上摒弃闲聊和日常享受,因此在外人眼中,他们可能会显得不苟言笑乃至粗鲁无礼。我能够想象崔佛如何从纽约市的欢声笑语和激动人心中突然坠入一个"内向芬兰"制造出的噩梦,身边萦绕着漆黑孤寂的抑郁气氛。

我越是不断思量芬兰精神里那种自带的忧郁气质,就越感叹美国不愧为地球上最厉害的国家。因为美国人总是展现出强烈的乐观精神、进取心和创造力,并且具有"化腐朽为神奇"的本领,能够将人生中遇到的任何挑战都转化为有利可图的机遇。而我,甚至都不好意思把自己的一个童年故事告诉崔佛,它反映出芬兰人最注重和欣赏的特质,我们称之为"sisu",在英文里,最贴切的翻译或许是"grit"(坚毅)。

我十岁时,全家人都住在森林深处。和大多数芬兰孩子一样,我和我哥每天要自己想办法在家和学校之间来回。一般我们都选择骑自行车,有时候也会走路。可到了冬天,雪会积得很厚,这时去学校最好的方式是滑雪。然而,我讨厌滑雪,所以通常我还是坚持走路。一天下午,我回到家后,母亲不经意地问起我那天去学校是否一路顺利。

我便跟她解释起来。起初事情有点难办,因为雪太厚了,我每走一步都会"掉"下去,雪直接堆到我屁股那么高。但后来我发现,只要自己趴在地上就不会"掉"下去。那之后就好办啦,我告诉我妈,一路上自己基本就这么趴着匍匐前进,最后成功抵达了学校。

我的父母大为骄傲,因为这件事体现出他们的女儿具有"坚毅"的品质。不难想象,为自家孩子感到自豪的美国父母,会讲出怎样一个截然不同的故事:这孩子呀,立马从雪地里爬出来,走到路边招停一辆汽车,施展魅力和口才,成功让对方同意带她一程去到学校。不仅如此,此事还启发她开创了自己的企业,年仅十六岁就当上价值百万美元的"除雪公司"CEO,并成为《财富》杂志的封面人物……这么一想,比起美国,芬兰到底有什么伟大的东西?任何东西?有吗?我能找到任何不离开芬兰的理由吗?

我列出一张清单,在上面写下搬去美国的好处和坏处。

首先是坏处。

在芬兰,我度过了十几年的职业生涯,一直担任报刊的作者和编辑,过着典型的中产阶级舒适生活——就这点来说,我所有的朋友也都一样。我总是有足够的税后收入可用于自由支配,外食、旅行、享受生活之外,每年还能存下一笔不小的储蓄。我从不需要为健康保险之类的东西付出额外开支,去医院看病或接受其他医疗服务也只要花很少一点钱,有时甚至免费。如果我在芬兰得了重病,不仅无需为医疗费感到担忧(因为完全在可承受范围之内),还能获得最长一年的带薪休假,岗位绝对为我保留。除此之外,假如我还有其他任何需要,也能随时获得帮助。

如果我打算要小孩呢?在芬兰,我每生一个孩子,就有权利享受十个月足额的带薪育儿假,而且完全不必担心休假期间会丢工作。[3] 我的小孩可以去平价但高质量的日托中心,然后,他们可以免费接受世界一流的义务制基础教育;再往后,读大学也同样免费。

和大多数芬兰人一样,每年夏天,我会带薪休假四周乃至五周。尽管我们这儿的冬天黑暗凄惨,可到了夏日,却处处流光溢彩。所以每年暑期,芬兰社会和雇主都认为放假有益于我们的身心健康,也有助于提高生产力。

我并不百分之百确切知道这一切在美国是怎样运作的,但我明显预感到那套系统会复杂很多。关键是崔佛并不会成为我在美国生活的"金主爸爸"。他写的书还算成功,他自己也有些积蓄,但身为一名作家和教师,他的现金流基本也只够养活他自己。

况且,我考虑这件事的时间点是在2008年。那时,"雷曼兄弟"投资银行破产引发的金融危机正使美国经济整体陷入了一种巨大的不确定性之中。

不过接下来是好处。

崔佛很棒。纽约很棒。美国向来是一片"机遇之地",也是积极能量和创造力永不干枯的源泉。我每天都享受着并生活在这个国家所产出的文化之中——从艺术到科技,从商品到服务。我将获得在全球最强大的国家中生活的一手经验,开启人生的新篇章,并脱离北欧为我提供的安全网与舒适区。我将成为那抱团取暖、渴求自由的大众一员,投入地球上最伟大的那场社会实验:建立一个真正多元的国度。在那里,来自全球各地的人们并肩工作,将他们联结在一起的是对于自由的热爱和能够凭借自身能力脱颖而出的机会。对了,我是不是忘记提芬兰的冬天了?还有最重要的……爱情?

我问了自己以下两个"经典问题"。第一,假如我留在原地会怎么样——年复一年、风景不变的日子再过三十年?第二,等到临死之际,我会更后悔自己做出了哪项选择——留下了还是离开了?我不是一个极端的浪漫主义者,但我同样也并非极端的享乐主义者。我视自己为一个很现实的人,而作为"现实主义者",我相信临终时自己想的不会是幸好"选择了一条更安全的道路"或者"牢牢抓住了那些物质享受",而是希望自己这一生能活出真爱、彰显勇气,并敢于承担风险。

当年11月,我便辞去工作。然后我卖掉公寓,处理掉了所有的生活用品。圣诞节那天,我和家人朋友道别。次日早晨,我登上了前往美国的飞机。

焦 虑

恐慌很快袭来。它从我的胃部渗漏出来,化为灼烧的热浪侵袭我的五脏六腑。与此同时,我的胸腔感受到越来越强的压迫,整个头盖骨被一阵隐痛环绕。即便自己不停地做着大口的深呼吸,却丝毫没有感觉吸进氧气,而伴随着每一次呼吸,我都能听见耳边传来"嗡嗡"的鸣响声。

这是我人生中第二次经历类似的惊恐发作。第一次发作时我和我妈在一起,那时我们正在拉普兰的一片森林里徒步。该地区位于芬兰东北部,靠近俄罗斯边境。我妈突发奇想,指着地图上的一间小屋,建议我们笔直开路、披荆斩棘,穿过森林去到那里。她说自己在那儿待过一次,和几个朋友一起。她还用雀跃的口吻补充道,那时他们在森林里迷了路,转了好几个小时,然后突然撞见这么一间小屋!这并不是什么能让人安心的信息。我们俩都没有带指南针,但还是直接上了路。

不出所料,还没到两个小时,我们就迷路了。

我能感觉到焦虑在自己的身体中蔓延开来,任何理性分析都无法阻挡这种生理性的、如波浪般汹涌的恐惧。我的身体开始颤抖,大脑变得僵化;我感到自己无依无靠、身陷困境。我们的手机都没有信号,这进一步加深了我的孤立感,我已经开始想着是不是该点起火堆,寻求救援了。但我又告诉自己别犯傻,毕竟我们不可能偏离刻有标识的路线太远,况且,这是一个多么美丽、凉爽、晴朗的秋日啊,理应尽情享受……然而实际上,我最多只能强装镇定,默默感受胃部一阵翻腾。各种可能出现的危险走向都使我的内心充满恐惧。

我们沿着一排松树行走,偶遇途经的驯鹿,最终来到一个小山顶。站在那里,我们得以目睹太阳正在落山,从而确定了西边在哪里。我们据此调整了前进的方向,很快碰见一处在地图上被标记了的篱笆。不一会儿,我们便回到原定的路线之上,我的焦虑感也霎时间烟消云散。

我搬到美国后不久,就经历了第二次惊恐发作。虽然并没有从事什么危险活动,但那种生理性的恐慌感与前一次完全相同。起初,我以为自己只是单纯因为忙着适应在这个新国度的生活而"压力爆表"了。自己每天都操着一门和过去不同的语言,即使在最日常的交谈中,也经常搞不清楚周围究竟在发生什么。然而,要"打开"在美国生活的"正确方式",让我感觉远比在此前生活过的其他国家压力更大——它本该更加容易才对。毕竟,和过去相比,我不仅年纪见长、人生阅历增加,而且英语口语也已经相当流利。

困扰我的首先是一些很小的事。比如了解在餐馆或理发店究竟要留多少小费,或是学着如何在星巴克点单(它比我在芬兰报税还要复杂)。其次是稍微大点,也更"神奇"的事项——一些在其他国家并非常态,而美国人自己似乎也没有意识到专属于美国的现象。比方说,当我想要在银行开一个户头时,不论我把它们的小册子读上多少遍,都没法搞明白那些五花八门的费用究竟是什么。我还收到一大堆纷至沓来的信件,都是美国银行抢着要送我信用卡的。信用卡协议的脚注里列明的利息率堪称"天价"[4]，因此我始终没搞明白，一个人要是真违约了，又怎么可能偿付得起？另外，手机为什么必须从通信运营商处购买？为什么还必须和他们签订长达两年的合约，不论他们之后提供的服务究竟是好是坏？在芬兰，手机公司极少使消费者受困于诸如此类的"捆绑销售"之中，一旦他们试图提出如此不合理的条款，芬兰消费者也绝不会默然忍受。[5]

然后就到装有线电视的时刻了。来纽约之后，我一直期待着能订购几个频道，看上我最喜欢的剧集。在芬兰，这事不仅简单常规，价格也相当合理。为了弄清楚在美国装有线电视究竟要花费多少钱，我上网搜了半天，结果被各式各样的套餐和定价搞得眼花缭乱，无奈之下只能选择直接给供应商打电话。然而，整场谈话下来，我怀疑自己可能是听不懂英语。

"所以要多少钱呢？"

"每月 10 美元，前三个月都是这个价。"

"好的，那三个月之后呢？"

"我现在没法说，得看到时候价格是怎么规定的。"

"什么意思……你们这价格还像股票市场那样每天实时波动吗？"

"首期三个月到期之后，你可以再打电话给我们获取最新价格。"

"但是，你们总不见得会在我信用卡上随便扣一个压根没经过我同意的数字，对吧？"

"你需要到时候再打电话给我们，不然的话，你的套餐就会按照新价格自动续签。"

这个未知的"新价格"显然会高出非常、非常多。我逐渐意识到，这些都是美国人行为处事的一种方式，它迫使你时刻保持警惕。企业为了规避对消费者最基本权益的合理保护，简直无所不用其极。你必须学会应对从四面八方涌来的各类协议，里面充斥着复杂精妙的、用小号字体印刷的附加条款;无论你"有多少钱"或"挣多少钱",你总会觉得不够,并为此忧心忡忡。终于,到我第一次向"山姆大叔"进行纳税申报的时候了……一切仍旧是老样子。我登上国税局网站,试图研究清楚自己的税务情况,但很快我就开始烦躁地拉扯自己的头发,眼前是一页接着一页的小号字体,无穷无尽的例外条款和协议漏洞。在芬兰,报税工作总是快捷又简便,但来到美国,我整个人都被国税局的指导手册所淹没。我害怕自己会犯下某些代价高昂的错误,因此只能缴械投降,请了一名会计师——这是我在家从未做过的事。

每当我在报刊上读到那类介绍美国高收入、高成就人士的特稿,我的"士气"就会进一步下滑。他们可以在早上4点起床查看邮件,5点来到健身房,6点抵达办公室,开启一周九十小时的高强度工作。美利坚的母亲们似乎也总能创造奇迹:产后数周便回归工作,趁着会议和会议之间的缝隙吸奶,周末在家办公时一手管孩子,一手握"黑莓"*。我相当确信,自己永远无法以这种强度运作。于是,我的脑中浮现出那个顺理成章的结论:我在美国不可能做成什么事了。

与之相对,当我读到有关另一类美国人的最新故事时,则会感觉浑身僵硬、动弹不得。有些人可能只是做了一个错误的决定,有些则纯粹因为不太走运。他们或生病、或失业、或离婚,或是在错误的节点怀上了孩子,又或是遭到飓风的侵袭。然后,他们发现自己要么付不起医药费,要么房屋被止赎,要么同时打三份工却仍因收入过低而资不抵债,要么把孩子送去了一个很烂的学校,要么因为付不起日托费用,只能请随便哪个有空的邻居照看一下自己的小孩……上述事项可能同时发生。[6]

同时,我还会沉迷于最新的灾难报道,例如美国食源性疾病大流行[7]、有毒塑料瓶[8]和塑料玩具[9],还有农场主给农场动物肆意注射抗生

---

* 黑莓(Blackberry),指"黑莓手机",过去美国高端商务人士的典型配置。2022年1月4日,黑莓手机服务系统停止更新。

The Nordic Theory of Everything 017

素[10]——这种做法最终将导致我们死于无药可治,哪怕不久之前我们还能用药物控制住相关的疾病。有时我坐在沙发上,眼睛紧盯笔记本电脑屏幕,崔佛会停下他手头的工作注视我。"你又摆出这张脸了。"他一边轻柔地说道,一边用手指捋平我的眉毛。不知不觉中,我紧锁的眉间逐渐出现一条永久的褶皱。

没过多久,我就不再奇怪为何自己陷于无休止的恐慌感之中了。正如过去在拉普兰的森林里一样,我的大脑不断处理着我与周遭环境的互动,而它传送回的信息无比清晰:我已迷失在一片荒野之中。而在美国大荒野上,你所能依靠的只有自己。

我开始自我责备。显然,对于这个激动人心、充满动态的国家来说,我不够坚强,也不够聪明……总而言之,不够像个美国人。我所遇到的都不是什么大问题,而我却为此——乃至为任何仅仅是可能发生的事——大感焦虑,这反倒让我觉得很难为情。我妈肯定会说我失去了自己的"sisu"(坚毅)。那个可以在雪地上一声不吭爬上一英里的女孩儿去哪儿了?我告诫自己,多一点自强自立,少一点哭哭啼啼。还有,多一点"我能行",少一点"我害怕"。

由于我的信心和自尊受挫,连正常生活都倍感压力,我自然开始质疑自己,连带着也质疑起我所来自的那个世界。我甚至觉得,自己以前听到过的那些美国人对于北欧社会的批评是很中肯的。北欧犯罪小说和设计潮流或许能风靡全美,但许多美国政客批评北欧国家"溺爱"其国民——很多福利本该努力争取才能获得,他们却完全坐享其成,整个过程培养不出一丝一毫的企业家精神。结果就是,北欧国家里充斥着一群无助、天真、幼稚的人,他们的生活过度依赖政府,已经到了一种不健康的境地。无怪乎这样的社会"产出"了我这种胆小鬼。

我会坐上好几个小时,任由眉头皱成一团,陷入对本民族缺陷和我自身弱点的沉思。美国人往往会很快指出,北欧可没有诞生出史蒂夫·乔布斯这样的人物,也没有谷歌、波音,没有通用电气或者好莱坞。我们的社会被认为缺乏多样性,而我们的国民生产总值和美国相比,更是小巫见大巫(挪威例外,它有石油)。[11] 最享誉全球的大学、最伟大优秀的创新、最富裕的一批白手起家者,都不来自北欧。有些战斗必须奋力一击,可我们却并不愿赌上自己的性命和财富去为全人类的利益拼搏。我们或许是善良的,但远非卓越,而这就是美国所代表的——卓越。

虽然我还是会感到美国人并不充分了解和欣赏北欧生活好的那一面,但大体上,我已经开始接受以下观点,那就是我们北欧人确实不够具有竞争力和创造力,也不够自足和强大。离开芬兰后才过去短短几个月,我便从一个成功快乐的职场女性,变成了一团乱麻——焦虑不安、谨小慎微、自我怀疑。

然而,当我在美国结识了一些人,并对他们产生深入了解之后,我惊讶地发现他们中有不少也深受焦虑困扰,严重程度与我相当乃至更甚。几乎每个人都在竭力应对美国生活中层出不穷的日常挑战。有些人接受心理治疗,有些人则采取药物疗法。据美国国家心理健康研究所(NIMH)估计,每五个美国成年人中,就有一位患有焦虑障碍。全美最普遍的处方类精神药品——阿普唑仑(alprazolam),即美国人所熟知的"赞安诺"(Xanax)——就是用来治疗焦虑症的。[12]

很快,我就不再感到那么孤立无援或精神错乱。2006 年,一项人寿保险公司发起的调查研究显示,有 90% 的受访美国女性声称自己在经济上没有安全感,其中 46% 的人说她们认真严肃地担心自己最后会流落街头,无家可归。[13] 虽然这么说可能有点奇怪,但当我读到这篇报道时,你能想象我竟然松了一口气吗?而且,最后这 46% 的女性当中,差不多有一半的人年收入超过 10 万美元。如果说,每年挣钱超过 10 万美元的美国女性都担心自己会流落街头,那么我的焦虑不安可能和很多美国人的状态没什么两样。区别仅仅在于,对我而言,这种恐惧是崭新而陌生的,但对于他们来说,这不过就是"人生"的本来面目。如此说来,有没有可能是我自己倒退了一步?我之所以会深受焦虑折磨,或许并非因为我"是一个外国人",而恰恰因为我"开始变成一个美国人"。

又过去了几个月,其间,我竭尽全力,学着适应和忍受这种充满动荡感的新生活。我也渐渐发现,身边的美国人显得越发焦躁,越发不快乐,他们也开始频繁地质问,我们的个人生活和整个社会究竟出了什么问题?

我来到美国的时间点刚好是在华尔街股市崩盘的几个月后,当时有越来越多的人开始关注美国日益悬殊的贫富差距以及中产阶级的收入停滞。上千万美国人没有健康保险[14],政客们自然也焦头烂额。他们绞尽脑汁,试图做些力所能及的事。与此同时,这个国家的医疗支出却可谓天文数字,每个人都倍感压力。在各种聚会上,一项常见的谈话主题便是人们讲述自己如何跟健康保险公司斗智斗勇。

很多人也在谈论美国要怎么改善运作失灵的教育系统。我曾读到相关报道,较为贫困的家庭想方设法把自家孩子从差学校转出来,送去具有实验性质的学校,以期受到更好的教育;而较为富裕的家庭为了好学校的一个名额,竞争激烈得前所未有,开销也日益膨胀。为此,家长在工作中的竞争也异常凶残,因为他们必须要争取高工资,才能应对早就失控了的教育支出——毕竟,私立小学和中学之后,还有昂贵的大学。

美国梦似乎陷入泥沼。

对于这一切,我事先毫无准备,只能努力适应它们。适应我的新家,适应这个具有无限可能的国家给人带来的兴奋感,也要适应那种强烈的焦虑感和不确定性——几乎所有我认识的人(当然也包括我自己)都受困于此。

差不多就在那个时候,崔佛向我求了婚。

12月,一个寒冷的冬日,我们在位于曼哈顿下城的市政厅正式结婚,见证人是崔佛最好的朋友和这位朋友的妻子。然后,我们到布鲁克林大桥上开了一瓶香槟庆祝。次年夏季,我们回芬兰举办了一场低调的婚礼,只有家人和朋友到场欢庆。8月的午后,阳光明亮,在赫尔辛基海边的一片白桦树林中,我们交换誓言。

正当我们准备离开芬兰、回到焦虑萦绕的美国生活时,2010年8月底的《新闻周刊》上市,封面上布满大大小小的世界各国国旗,构成旋涡状,漩涡的中心印着这样一句"悬念式标题":《世界上最好的国家是……》。[15] 那年冬天,我很快获知,优胜者就是那个我刚刚"放弃"的国家。

我坐在美国家中的沙发上,阅读芬兰的种种好处——那些我选择抛弃掉的好处。这边,我和我住在美国的朋友们正过着压力重重、过劳、不健康、报酬过低、缺乏安全感的生活,我们也不确定自己孩子们的未来是否会更好。回到芬兰老家,我的那些中产阶级朋友则能在工作和生活中保持着健康的平衡,拥有充足的时间和可支配收入,可以去度假休养生息,还享受着一整套平价的全民医疗体系。这套医疗体系不仅对芬兰人来说足够优质,对于国际足球巨星大卫·贝克汉姆显然也同样如此——几个月前,他跟腱断裂,全球(自然也包括美国)所有顶级的医生任其挑选,他却唯独选择飞到芬兰进行治疗。[16]

我有很多住在芬兰的朋友都已经生了小孩。虽然养孩子从来都不是一件容易事,但在我听来,他们的家庭生活却出乎意料地"运作良好"。《新闻周刊》认为,这是因为他们获得了社会提供的以下"支援":长育儿假,低价日托,外加一个优质的公立教育体系。该杂志还声称,一个年轻人生活在芬兰,会比生活在地球上的任何其他国家,都更有可能享受高质量的生活。

读完《新闻周刊》的报道,我并未舍弃对美国新近产生的那份赞赏之情,但它确实帮我找回了一项很重要的东西——自信。它也促使我开始比较,思考自己现在的美国生活与过去的芬兰生活之间还有什么异同。这么一来,我不禁想,《新闻周刊》是不是仅仅触及了问题的皮毛,其背后或许还有一个意义更加深远的故事。

依 赖

自"现代"来临之初,人们便开始哀叹,现代性生活摧毁了传统社会的支持体系(尤其是家庭与社群),让个体心中徒留不安与焦虑。从前,几代人住在一个屋檐下,分摊杂务和家庭责任;家庭则坐落于紧密团结的村庄中,所有人彼此相识,每个人都是村庄的一分子。一个人碰到的很多问题,家庭和邻居都能帮助其一起解决,这时,人的内心会感到安定。每天的生活基本都可以预见,你也很可能会在你出生的小城死去,身边是你一辈子都熟识的人……对于绝大多数现代社会而言,这样的日子早已一去不复返。

另一方面,现代化给人类生存境况带来巨大改善。我自然也意识到,在很多方面,美国的确淋漓尽致地展现出了这种"进步"。确实,现代化最大的益处,或许也正是美国最珍视的几项基本原则——自由、独立和机遇。长期以来,世界各地的人们都把美国视为这些核心现代化原则的忠实拥趸,包括我自身在内的很多人都认为,美国之所以能成为这样一个伟大乃至卓越的国家,就在于它允许一个人活出自己的生活,不被传统、老派社会的缺陷所过度拖累。要知道,在一个守旧的传统社会,人往往是被动的,只能依赖那些碰巧出现在自己生命中的人,而在美国,你可以自由表达个性,自主选择社团。你与家人、邻居和同胞的交往建立在"你是怎样一个人"的基础上,而不是依照传统思想观念的"你必须或应该要做什么"。

然而，随着我在美国待的时间越长，去过的地方和接触的人越多，自身也变得越来越"像个美国人"之后，我反而变得越发困惑。我站在一个局外人的视角观察美国的当代生活，却惊讶地发现，在林林总总的生活细节之中，上述那些现代化的核心优势——自由、个体独立和机遇——似乎完全缺失了。美国人的日常生活中充斥着焦虑和压力，相形之下，那些宏大的理想观念越发显得名不符实。

这种情况不仅出现在纽约，也不局限于特定的社会阶层。我把探险的步伐迈出纽约，足迹遍布缅因乡间、华盛顿特区、俄亥俄小镇、南部的弗吉尼亚州，以及美国西海岸……而美国人给我留下的印象，却并不是人们觉得自己拥有很高的自由度或贯彻了个人主义，抑或享有取得成功的平等机会。恰恰相反，许多我所遇见和听闻的美国人，为了参与社会竞争，为了生存，不得不相互依赖，紧密程度前所未有，就像是被抛回了最传统的人际关系之中。在整个过程中，个体接受了来自伴侣、父母、孩子、同事、上司的恩惠，但与此同时，人情网络也反过来限制了他们的自由。这类关系模式对人提出诸多要求，也造成了相应的矛盾，因此似乎最终加深了所有人的压力和焦虑。这种情形甚至也发生在那些人们最珍视的生活领域，比如家庭内部。

移居美国后，我最推崇的事之一，便是美国人的家庭模式。他们会齐心协力做一件事，互相支持打气，享受彼此的陪伴，家庭成员之间在特定事项上也可以自由讨论、民主决策。我很惊喜地发现，并没有一条僵化而清晰的界限将年轻人和他们的长辈割裂成两个互不理解的世界，所以也不会只有当父母发出指令时，两个世界才有短暂的重叠。在我看来，21世纪的美国家庭成功将"健全"和"开明"融为一体。

美国父母显然花很多时间陪伴他们的孩子，也给予后者充分的爱意、关注和鼓励，他们的做法与我在芬兰认识的熟人朋友们没有什么两样。不管是在美国还是芬兰，我那些已经生了孩子的朋友都会忙着接送孩子去参加音乐课或足球训练,给他们买玩具,陪他们读书,还有在脸书*上分享孩子的照片。

但二者的不同始终困扰着我。每当我去美国人的家里做客,常有一种莫名的感觉,那就是孩子们似乎整个占据了他们父母的人生,而这种感受是我在芬兰从未有过的。一如往常,我首先自我问责:肯定因为我是个思想保守的北欧老古董,所以才无法理解美国式生活最前沿的创新。

我竭力厘清自己这种隐约的困惑感究竟源自哪里。与此同时,我也碰到一些美国家长,他们致力于把孩子的一切玩乐时间都转化为高效益、有教益和目标导向的活动……他们认为自己不得不这么做。我意识到,这种做法与"不能让孩子输在起跑线上"的观念紧密相连。要想让孩子去好学校?最好刚会爬就开始培养——反正越早越好。我想知道,这会对孩子的创造力造成怎样的影响。我还听说,孩子进学校之后,老师发现个别学生的作业里,有不少地方是爸爸妈妈帮忙完成的。[17] 当然,这也是为了保证孩子能取得好看的分数,有助于其之后换到更好的学校或申请大学。我自问,这又会在小孩的心中培养出怎样的依赖性呢?

每年大学申请季来临时,焦虑的美国家长便被迫投入竞争无比激烈的申请流程,事无巨细地管理孩子的日程。一旦孩子被录取,他们又要面临高昂的大学费用,除学费、食宿费和健康保险之外,可能还包括购买家具和汽车的费用。父母付出了那么多,期待从小孩那里获得些许回报似乎再自然不过。有些家长希望孩子能经常向他们汇报自己的各项活动,哪怕后者已经离家在外并试图作为一个成年人建立起属于自己的身份认同。我曾读到过相关报道,说有学生上了大学后仍旧会每天都给父母发短讯、打电话,联系好几次,仿佛和父母绑定了一样。

---

* 脸书(Facebook,也常被译作"脸谱网")是美国知名互联网公司,主要提供社交网络相关的服务,于 2021 年 10 月更名为 Meta,但作为 Meta 公司旗下的互联网社交产品,Facebook 这一名称目前仍在使用中。

而在收入光谱的较底端,由于家长不懂得该怎么应对申请流程,青少年们正不断丧失去读大学的机会。出身贫寒却突破了种种命运的局限、脱颖而出考入好大学的学生本就为数不多,其中还有不少最终因为学校离家太远而退学。他们认为自己需要与家庭保持紧密的联系。

在美国,我经常听到成年人会说"父母是自己最好的朋友",对此我非常惊诧,因为成年子女对父母具有如此高度的依赖性,这在北欧国家几乎是闻所未闻的。[18]

再往后,情况却发生了意想不到的转折。美国人一旦成年,有了自己的孩子和责任之后,那种互相依赖的父母子女关系的重心就会瞬间发生一百八十度大逆转。我遇见过中年人被照顾老年父母的重担压得喘不过气来的案例,因为这项任务耗时又费钱,他们要负责承担起一系列深入到细枝末节的任务——从协调医疗护理和治疗,到安排各种后勤机动工作,还可能需要支付各类账单和保险费用……与此同时,他们也要忙着兼顾自己的职业发展,以及养育自己的小孩。在芬兰,这种程度的依赖性同样闻所未闻。当然,我认识的很多芬兰人都会定期探望他们年老体衰的父母,为他们做些力所能及的小事,但如果说要像美国人那样对父母肩负起类似于监护人般的重担,多数情况下还是难以想象的。

我自己的父母就居住在芬兰,双方都受过良好的教育,是城镇居民和职业人士。他们向来是我坚强的后盾,但从我很小开始,他们便坚持让我"自己的事自己做"。我九岁时,某天突然想要学骑马,于是便在黄页上找到当地养马场的电话号,打过去自己订了节课。然后我又打电话给正在工作的老妈,问她能不能帮我付一下钱,她同意了。在我们家,事情一般就是这么运作的。当我开始固定去上骑马课后,我父母偶尔会开车送我到马场,但主要还是我自己骑自行车或者乘公交车去。我十七岁时便和一个朋友结伴去阿姆斯特丹旅游。等我长到十八岁,就跟所有十八岁的芬兰年轻人一样,在社会和法律层面都被视为成年人了。我自己决定了大学要读的专业（新闻学），都没怎么跟我爸妈讨论过。毕竟，我离开了家，也不需要父母支付我的大学学费。

我成长过程中所经历的这种芬兰式家庭教育法绝不是完美无瑕的。在有些家庭内部，它可能会在父母和子女之间竖起一道墙，孩子只能默默忍受自己遭遇的痛苦，因为求助或将被视作软弱。或许也正因如此，比起我小时候，如今的芬兰父母会更多参与到孩子们的日常活动中。就我个人的情况而言，我和我爸妈的关系一向充满温情；在我需要的时候，我总能从他们那里获得帮助。但他们也向来有意识地避免过度干预我的生活，许多重大的人生选择都由我自己决定。我认识的大多数芬兰人情况也都差不多。一方面他们喜爱自己的父母，另一方面他们很早就培养出高度的独立自主性。

我很快发现，自己对美国家庭生活的某些方面所持有的隐忧似乎触碰到了某种"时代精神"（zeitgeist）。儿童教育领域的专家指出，"直升机式育儿"*（helicopter parenting）[19] 有风险。如果家长总是过度保护孩子，不让他直面任何挫败，还习惯性地替孩子做各种决定，那么，孩子在这样的生活中度过二十年乃至更久之后，自然很难成长为具有自主性的独立个体。影视作品也开始反映出相关的问题。例如，在 HBO 出品的轻喜剧《都市女孩》(Girls) 系列剧集中，它的开场设定便是汉娜（一个二十几岁的女作家）突然听说其父母决定不再给她打钱了——在此之前，她爸妈支付了她读大学的全部费用，并在她毕业后还替她承担了两年的生活费。此外，美国人也越来越担心，过度依赖自己的父母会对一个人的人生造成更多潜在的长期危害。《大西洋月刊》的一篇封面报道传阅甚广，标题极具

---

* "直升机式父母"这个词最早出现在海姆·吉诺特（Haim Ginott）博士于 1969 年出版的《父母与青少年》(Between Parent and Child) 一书中，里面提到了一个青少年抱怨"母亲像直升机一样盘旋在我的上空……"。这个词在 2011 年非常流行，成为了字典中的一个词条，比喻父母如直升机一般盘旋在孩子上空，监控孩子的一举一动，随时准备俯冲下来，解救处于困境中的孩子。

警示性,叫作《如何把你的孩子送进心理咨询室》。医药公司也相当"恪尽职守",靠销售抗焦虑和抗抑郁药品挣得盆满钵满。[20]

我一边比较着自己芬兰朋友和美国朋友的生活,一边意识到,放任孩子们在犯错中慢慢培养起独立性,允许他们自己寻找和追求各种机会,这种"育儿法"看似更简单,但对于很多美国家庭来说反而是一种奢侈,因为他们感到自己无法承担"放养"可能带来的后果。在美国,一个人要想获得稳定的中产阶级地位,似乎关键就看其爸妈是不是积极主动、活力无限的"微观管理大师"。这种方法培养不出能够独自应对现代生活种种挑战的、拥有自主性的小孩,反倒给孩子制造了障碍,使他们对父母产生某种带有前现代性质的依赖性。但问题的根源绝非仅仅来自个人在情感或心理上的弱点,而在于结构性的崩溃,其源头便是公立教育体系失灵、大学费用飞涨等。

同理,成年子女必须照料年老的父母,也是因为美国人几乎无法获得质优价廉的老年护理,所以他们只能自己承担起照顾父母的重任。

彼时,我自己还没生孩子,双亲虽慢慢上了年纪,但他们都居住在芬兰,所以我暂时还有一定的余裕,能用来好好思考一下两个国家之间父母子女关系的巨大差异。不过,还有另一类人际关系,我已亲身参与其中,它在美国和在芬兰的"样态"也截然不同,那就是两性关系。

在我的成长过程中,强有力的女性榜样始终激励着我。无论是政治家、艺术家还是作家,她们都忠于自我,而不是倾尽全力只为找到一个如意郎君,然后讨好取悦他。我有时需要在工作上获取动力去达成某项目标,有时则想在一段关系或社交场合里为自己出头,这些时刻,我总能通过阅读美国女作家的作品受到鼓舞。搬来纽约后,我周围有很多曼哈顿典型的强势女性。她们打扮入时,言辞优雅,脚踩高跟鞋,指甲完美无瑕。对此我始终不太适应——我早就习惯了芬兰人那种更加朴素而低调的外观。不过,在一家大型财经杂志的曼哈顿办公室工作期间,我对于身边美国女同事们所展现出的乐观精神和无畏信念确实深感敬佩。

然而凡事都有另一面。身为女性,当我自己在美国定居后,我对这里的新生活——尤其是关于人们为何结婚以及婚姻关系的本质——着实经历了一番困惑。

从很久以前起,我就开始看美国电影和电视剧了,里面时不时有女性角色执着于获得一段完美的婚姻,我对此也早已习以为常。1990 年代初,《大胆而美丽》(The Bold and the Beautiful)成为第一部在芬兰家喻户晓的美国肥皂剧。它轰动一时,芬兰人甚至开始用"里奇"和"布鲁克"给新生儿取名。[21] 那部剧对我的主要影响是教会了我两个新的英文单词:一个是"承诺"(commitment),剧里的女人们一直在向男人们索要这个东西;另一个词叫"力比多"(libido),剧里的其他角色专门用它来解释,为什么女人不可能从"梦中情人式"的男性那里获得"承诺"。

但有时,女人的坚持不懈最终等来了回报,某个男人送上一颗闪耀的钻石,而且通常会把它藏在倒满香槟酒的杯子里。(我只觉得这种做法太危险了,因为北欧冬天过于漫长、寒冷、漆黑,所以即便是我们当中最优雅的那类女孩子,都可能会一把抓起离她最近的酒精饮料,然后想都不想地一饮而尽。)在我和我的朋友们眼中,"commitment"这个英文单词化为了一幅巨型滑稽画,讽刺女人想要从男人那里得到的东西。我们会"祭出"自己最好的美国口音,以一种肥皂剧式的夸张姿态讲出这个词,然后笑成一团。后来,我也在《甜心俏佳人》(Ally McBeal)和《欲望都市》里看到女人竭尽所能想要勾住一个男人,这些剧的基调已变得更精致世故了。再之后,美国真人秀里的"bridezillas"*亮相荧屏,代替了她们的角色。

---

 * bridezilla 是一个英语新造词,由"bride"(新娘)与"Godzilla"(哥斯拉)两个词复合构成,一般不作翻译,但也有人将其直译为"新娘哥斯拉",主要指处于如下状态的新娘:她们因为想要办一场"完美"的婚礼而在准备婚礼时力求面面俱到,却因此变得脾气暴躁、难以相处。

屏幕上对女性的刻画显然运用了夸张的手法,但当我搬去美国后,我逐渐发现那种对于理想男性的渴求并不像我预想的那样夸大其词。在美国的现实生活中,"承诺"是重要的,"完美丈夫"则必须集帅气、友善、浪漫、可靠、勤奋和喜欢孩子于一身。可在美国待了一阵子后,我意识到,在这场"追寻承诺"之旅中,暗含一项我过去从未注意到的潜在条件——虽然《欲望都市》里早就有许多蛛丝马迹暗示这一点,但我完全后知后觉——在美国,当一个女人想要从男人那里获得承诺时,或不言自明,或直言不讳,她在这个男人身上看重的品质,首要的便是"多金"。

最明显的迹象莫过于美国女性手上佩戴的订婚钻戒了。即便是崔佛——我那身为作家和老师的低收入男友——也在求婚时拿出了一枚钻石戒指。他还算幸运,因为戒指是从他祖母那里继承来的。一粒小小的钻石,两边各有一颗蛋白石,它是我所拥有过的最漂亮的东西。作为爱的信物,它使我心潮澎湃,但对于戒指本身,我的心情却非常复杂。在我的家乡,订婚戒通常只是造型简单的金戒指,男人和女人都会佩戴,就像美国人的婚戒。只有到了婚礼现场,新郎可能会给新娘递上第二枚戒指,上面或许会装点着宝石,但极少像钻石那样高价。每当我戴上这枚美国未婚夫送的钻戒,想到自己竟然在众目睽睽之下佩戴如此昂贵的东西,就时常会觉得很窘。但更关键的是,我很困惑,为什么我们未来婚姻生活的象征要成为一种财力的展示?还有,为什么它展示的不是我的经济实力,而是他的?当我用手指抚摸那光滑的蛋白石和闪耀的钻石时,我觉得自己好像《指环王》里的咕噜,对这个珍宝既爱又恨。

当然,绝非所有美国婚姻都是女人"感恩戴德"地嫁给有钱男人的故事,但美国的现实情况便是,"结婚"仍被视为一种资产上的混同。要验证这点,只需看一眼美国典型报税表的前几行。美国国家税务局(IRS)鼓励已婚夫妇合并其收入,并作为一个共同体申报纳税,这么做会获得相关优惠。对于芬兰人来说,此种做法简直匪夷所思。在芬兰,每个人总是独立缴税,婚姻状况与如何纳税没有任何关系。芬兰政府这么规定也是有意为之,因为如此一来,任何一方伴侣都可以轻易查到自己个人究竟挣了多少钱,纳了多少税,以及在经济上为家庭做出了多少贡献。而且,不论结婚与否,缴税标准都是一样的。事实上,如果芬兰政府出台了像美国这样的政策,将会被视为是对私人伦理领域的不正当干涉,而美国国税局却希望看到夫妻财产混同——配偶双方的经济联系最好能紧密到难舍难分的地步,这样就进一步加深了夫妻双方对彼此的财务依赖。

就像我在美国观察到的父母子女关系一样,财务上的联结在潜移默化之间使夫妻双方形成了对彼此的依赖性,而这种类型的依赖,在我眼中仿佛远古遗迹般罕见。美国是好莱坞罗曼史的发源地,现实里的婚姻形态却似乎深陷前现代时期——婚姻首先不是爱的表达,而是作为某种组织上和经济上的契约,用来整合资源,帮助双方家庭存活下去。这使人不禁发问,在地球上最现代化的国家之一,为什么还会需要如此陈旧的契约?

渐渐地,我再次发现,自己并不是唯一一位质疑"美国婚姻是否出了什么问题"的人。比如,在受过良好教育的女性群体之中,越来越多的人开始探讨,为什么找到一个"值得嫁的男人"变得愈发困难。杂志上也刊载了相关报道,并得到广泛关注。所谓"值得嫁的男人",通常是指在受教育程度、社会地位和薪资收入上与女性持平,或最好更高一档的男性。成功的职业女性们经过努力耕耘,取得一个名牌大学的本科或研究生学历,可能也已经为自己挣到了比较光鲜的职业抬头,然后开始纠结,自己是不是必须将就,找一个资历、地位和收入都不如自己的伴侣。[22]

与此同时,在美国的较弱势阶层中,婚姻议题更是面临全方位的危机。一项受到广泛讨论的研究显示,三十岁至四十岁的白人高中学历群体中,一半以上的人都没有结婚。[23] 社会评论家对这一现象产生的原因进行了争论,而我注意到,讨论最终总是围绕着个人的财务状况打转——要么是男人挣得太少了,要么是女人"受福利制度的恩惠"在经济上变得更宽裕了。在所有相关的讨论中,问题的源头乃至潜在的解决方案似乎都与夫妻或是家庭收入情况紧密相连。一方的收入(传统上指丈夫的收入,如今也可能是妻子的收入)要么是维持婚姻的黏合剂,要么就截然相反,成为破坏关系的导火索。[24]

从北欧人的角度来看,这一切都相当离奇。我向来把恋爱关系视作两个平等主体之间,作为搭档、爱人和朋友,互相结合形成的同盟,而从来都不是什么财务合约。我会这么想,绝非只是出于天真。当我在芬兰不断成长期间,我的父亲曾建议我,最好选择一份高收入的工作,但他一次也没提议说,希望我找一个高收入的老公。另外,自从我有记忆以来,我母亲就言传身教,给我树立了明确清晰的榜样。她是一名牙医,拥有属于自己的私人诊所,在我整个童年时期,她都收入颇丰。我和我的芬兰朋友们聚在一起聊天时,也从未谈到过对自己未来伴侣的薪资期待。在讨论婚姻问题时,对方的财务情况很少成为考量的因素。人们普遍假设双方都会工作,但也就仅限于此了。

然而,如今我是一名生活在美国的女性了。不仅自己挣得不多,还刚刚嫁给一个收入同样紧巴巴的男人。这时我才意识到,把婚姻视作某种经济上的联合,其背后的逻辑虽然难免有些悲哀,但确实相当具有说服力。在美国,如果你考虑结婚,组建一个家庭,首先需要仔细想清楚,自己处于怎样的财务状况之中。你还欠了多少助学贷款?你购买健康保险了吗?如果你要孩子,仅生产这一项可能会花掉你多少钱?选择不同的健康保险,生育福利也千差万别。我曾听说一对年轻夫妇,明明有健康保险,却因为生小孩而欠下医院 2 万美元的医疗费,这件事令我大吃一惊。[25]

孩子生下来后,又会产生如何照料的问题。根据美国的法律,雇员少于五十人的小公司无需批准任何育儿假。[26] 因此,如果你是一名想要照顾自己新生儿的女性,你可能不得不选择辞职。那各种生活账单怎么办?

大点的公司最多也只会开出三个月的产假,而且是无薪的。有些雇主可能会给员工更优厚的福利,但多数情况下,美国夫妇如果想要小孩,仅仅是安排和承担自己在育儿后的生活,就要面临巨大的挑战。通常,一方配偶的生计岌岌可危,而且不用说也知道,那个人更可能是要当妈妈的那位,这就意味着丈夫需要多挣一份收入回家。突然之间,坚持嫁给高收入男性的想法显得无比合理起来。

如果你成功挨过了生育后最初的几个月,婴儿也稍稍长大一些,你将很快碰上另一个"财务危机"。假如父母双方都打算回归职场,那之后只能要么请保姆,要么把孩子送去私立日托——不管选择哪项,都意味着一笔巨大的开销,他们能否承担得起呢?等孩子再大一点,美国父母就得合计家庭资产,想尽办法在好的公立学校附近买下住宅,或者支付私立学校的学费(前提是孩子能进得去)。至于再往后的大学学费,就更不用说了。

我很敬佩美国夫妇在协作组建家庭的过程中所展现出的创造力和持久性,但看到人们越来越不愿意结婚,我也毫不意外。因为美国的婚姻生活似乎致力于将一对爱侣的结合变成一团毫无吸引力的泥沼,一旦踏入其中,个体不仅可能丧失自己的职业前景和自由时间,还将面对会把人逼疯的紧凑日程。如果说,每一个影响家庭和孩子未来的重大决定从根本上都囿于家庭的经济状况,也就难怪美国女性会格外关注潜在对象的薪资收入和福利待遇了,这与她自身的观念是否现代化没有关系。

夫妻间积压的怨恨自然也推动了美国心理治疗行业的蓬勃发展。心理医生和精神科医生从婚姻咨询业务中获利颇丰,当然,他们的顾客主要也是那些有钱接受咨询的夫妇。不过,我作为一个芬兰人,还是觉得问题的根源不是情感或心理上的弱点,而纯粹是结构性的缺陷。虽然美国社会催生了高科技创新,也具有较高的社会流动性,但没有为家庭提供最基本的支持体系,而在所有的北欧国家中,政府都向公众提供这样一套广泛的支持体系,并且认为这么做是理所应当的。世界范围内,大多数其他现代化发达国家也同样如此。

毫无疑问,衰退的经济会给我和崔佛的生活带来不确定性;我们对家庭做出的任何计划,也和我们的职业发展和收入情况紧密相关。某些夜晚,我会捧着一碗冰激凌,坐在电视前,看热门英剧《唐顿庄园》(*Downton Abbey*),幻想自己也嫁给了一个超有钱的贵族。他把持着大片庄园,身边簇拥着各色人等,为他排忧解难。我相信很多美国人都有过类似的幻想。

对了,这片庄园里,最好还有一间设施齐全的私人医疗室,并配备有专门的护士和医生团队。这样的话,一旦我们需要医疗服务,就不必全靠雇主大发慈悲——这就涉及第三种使我感到困惑的美国式关系,即人们与其雇主之间的关系。

搬来美国后,我曾目睹了一段令人极为痛心的故事。当时,我的一个美国朋友正在与癌症作斗争;雪上加霜的是,她和丈夫的关系也在不断恶化。然后,这个故事迎来了难以预料的美国式转折。如果这对夫妇离婚,那么妻子作为年轻的癌症病患,之后还要面对好几个月昂贵的医学治疗,却没有任何健康保险可以申请报销,因为医保是由其丈夫的雇主所提供的。这段不幸福的婚姻关系比它应该持续的时间要长得多,对任何一方当事人的伤害都远远超过了必要的程度。在这种情况下,仅仅由于所有人都高度依赖雇主,导致创伤被极大地加重了。

我还了解到,很多时候,人们会仅仅因为需要健康保险,而接受一份他们实际上并不那么想做的工作。这种情况虽然不像我那位罹患癌症的朋友的故事那么具有悲剧性,但对于当事人而言,无疑也相当地压抑和令人窒息。还有人不敢换工作,或者决定放弃一个可能会带来更好职业前景的工作机会,也是因为那样一来就会丧失原有的医保。比担心医疗保障更秘而不宣的一种情况是,我所遇见的几乎每一个美国人,即便已经获得雇主批准,都不会休足假期,无论这假期本身有多短暂……更不用说每天 5 点准时离开办公室了。

我逐渐发现，在很多事情上，美国人都依赖其雇主，最明显的事项例如医疗服务、健康储蓄账户以及养老金的缴费额。因此，在雇佣关系中，雇主享有的权力远大于雇员。在美国，如果一个人和老板没有搞好关系，那么他所需要承担的风险将不仅局限于工作场合，甚至可能危及私人生活。后果如此严重，在北欧实在难以想象。

美国人以频繁跳槽著称，但是鉴于前述福利都要靠雇主提供，我认识的美国人通常对他们的上司怀有一颗"感恩之心"，程度远超我所认识的芬兰人。美国人基本不休育儿假，而且显然强迫性地"超长待机"，对于工作时间的安排也很少享有话语权。

与之相对，我作为记者，曾在芬兰做过好几份高压工作。每逢重大的截稿期限，我都经常得加班加点地工作，周末也会加班，但我从来不会担心之后没法调休，每年四五周的假期我也都会休满。此外，我的医保服务和我工作本身没有任何关系，绝不会因为工作而受到损害。我的北欧友人们在度假前也从来不会左思右想，毕竟假期能帮助他们恢复精力，况且他们的老板也都鼓励他们这么做。为了让孩子能健康长大，他们会休足自己法定享有的育儿假；当孩子还小的时候，他们也会毫无心理负担地向雇主申请以"部分工时制"的形式工作一段时间。

北欧国家的劳动者并不怎么担心这类请求会给雇主留下不好的印象，或者可能对自己的整个职业发展造成负面影响。原因很简单，在北欧，基本医疗和其他社会福利及必要服务并不像在美国那样高度依赖于一个人的工作本身。

事到如今，听到别人嘲讽北欧尽是些"社会主义保姆型国家"，我已见怪不怪。但讽刺的是，正是在美国，我们看到，企业原本的任务就是制造产品和创造营收，但不知为何，它们却要承担起照顾职员健康的保姆型工作。我不禁想到了那位伟大的自由市场经济学家米尔顿·弗里德曼，估计如今他的"棺材板"都快盖不住了吧！在北欧人看来，给逐利的企业施以重负,要求它们为雇员提供如此基础、复杂且昂贵的社会服务,实在荒谬。

美国人自己当然也意识到了这种自相矛盾。每当讨论到美国企业的境遇问题时,经常会有专家指出,给员工提供健康保险对美国公司(尤其是那些小公司)来说负担太重。不过,似乎没有人谈及硬币的另一面。从雇员们的角度来看,他们总是从雇主那里取得(或希望能获得)各种福利,导致他们不得不高度依赖于其雇主,而这种依赖无疑有些病态。依我所见,它不仅显得过时且具有压迫性,也与"个体应追求自由和机遇"的现代理念格格不入。但我注意到,这种对雇主的依赖影响了我所认识的每一个人的生活。

美国人很肤浅,执着于金钱、工作和地位,却忽视了那些生命中更加重要的事物,比如家庭、闲暇和爱——这种批评在欧洲(尤其在北欧国家)已是老生常谈。但是,当我自己在美国定居之后,我开始觉得这种指责并不公正。我所认识的美国人都很体贴、友善、满怀情谊,家庭在他们心里也占据重要的位置。只是,当我目睹美国社会如何扭曲了人们最重要的社会关系(例如父母子女之间的关系、配偶间的关系,尤其还包括劳动者与雇佣者之间的关系)之后,我也能够理解欧洲人为何会对美国人作出上述批评。

我还纳闷,美国的这种现状是否与第四种基本社会关系紧密相关,亦即政府与公民之间的关系。美国社会中,很多政治辩论都围绕着同一个主题展开,那就是大政府是否会让公民习惯性地依赖国家,而这种依赖性是否将最终摧毁家庭和企业。美国政府的职权可能确实不小,社会上也确实充斥着不健康的相互依赖性,压抑着个体的活力。但在我看来,问题的关键并不关乎政府的规模,而在于政府究竟如何起作用,其目标又是什么。站在北欧人的角度来看,美国的问题不是"过于"现代化,而是压根就"不够"现代化。

进入21世纪初期,北欧国家取得不少成就,也较好地适应了现代化发展,因此在全球范围内得到普遍赞誉。但它们究竟做了什么呢?其中真的只有一小群孤立又同质的人,靠着吮福利制度的血维持生活吗?还是说,现实恰恰相反呢?

在全球化的浪潮中,现代生活快节奏、高强度的特质或许无法被扭转,但人们也绝非只能稀里糊涂地回头去依靠从前那种基于家庭或村庄建构起来的支持体系——时代毕竟已经不同。随着我在美国生活的时间越来越久,我也开始不断意识到,北欧社会反而在实践现代化社会的道路上走得更远——比美国更远。可以说,北欧社会成功淘汰了社会中过时的依赖形态,而将现代性作为符合发展逻辑的选择。北欧政府制定政策时,其目的并非为了在个体公民身上植入一种习惯性依赖,而恰恰是要以一种巧妙的方式,让每一位个体都培养出自给自足的能力,最终过上真正的现代性生活。在普通人的日常生活中,这类政策所达成的效果也正是美国人对于个人生活所梦寐以求的理想目标——真正的自由、真正的独立和真正的机遇。

北欧方案的一大美妙之处在于,当你坚持贯彻现代性理念时,人们不仅从过去的种种枷锁中释放出来,获得了真正的个体独立,同时也没有失去与家庭、社区,以及其他个体的连结。恰恰相反,"北欧经验"还显示,当人们摆脱那种旧式的家庭内部的互相依赖,孩子会变得更有力量,伴侣的满意度会更高,家庭整体也会更加富有活力……甚至可以说,更加幸福。

只要做出一些明智的政策选择,美国肯定也能取得类似的成果,但或许,美国人首先得转换思路。接下来,我会介绍一种可供参考的理念,我称之为"爱的北欧理念"。

第二章　爱的北欧理念：长袜子皮皮的魔力

瑞典人是人吗？

长袜子皮皮是一个桀骜不驯的小女孩，满脸雀斑，一头红发总是扎成两根神气活现的小辫子。她的妈妈已经去世了，爸爸则永远在外旅行，所以她一个人住在一间大房子里，身边有一只小猴子与一匹白色斑点马做伴。对了，她还力气超群，可以把这匹马举过头顶。皮皮有时待人莽撞，也不是特别懂规矩，但她的心地绝对是善良的。

皮皮是一部瑞典系列童书的主角，该书在1940年代首次出版，作者是阿斯特丽德·林格伦（Astrid Lindgren）。迄今为止，长袜子皮皮系列图书已经被翻译成七十种语言，并被数次搬上银幕和荧屏。[1] 美国也上映过好几版改编剧集，其中第一版于1961年放映，由秀兰·邓波儿担任旁白。我在瑞典的邻国芬兰长大，从小就读林格伦的书。我喜欢皮皮，尤其喜欢她的那匹马，她会把它牵到室内，马背上也不放马鞍，就这么骑着。

不过，皮皮不仅只在北欧国家是一个传奇人物，在全世界的孩子和家庭之中，她都颇负盛名。我的美国老公崔佛也记得，小时候大人给他读过长袜子皮皮的故事书。但皮皮身上究竟有什么魔力，可以俘获那么多人的心呢？

书中，皮皮最好的朋友是住在她隔壁的两个孩子，他们分别叫安妮卡和汤米。和皮皮不一样的是，他们有一个完整温馨的小家庭。我从小到大都不是特别清楚。皮皮的性格以及她跟安妮卡和汤米之间的关系里，究竟蕴含着什么重要的意义，直到一个名叫拉斯·特拉加德（Lars Trägårdh）的男人向我指出了其中的奥秘。

拉斯·特拉加德是一名瑞典学者和历史学家，他曾在美国居住过数十年，对美国的情况了如指掌。自孩提时期起，特拉加德就梦想着能到美国去，而从瑞典的高中毕业后，他便被波莫纳学院录取——这是一所位于加利福尼亚州的小型文理学院。每年有数以百万计的美国人会申请助学金用以覆盖大学学费开支，特拉加德也采取了同样的行动，这时他才第一次了解到事情在美国是怎么运作的。波莫纳的助学金办公室让他填写两份表格，一份询问他自己的收入和储蓄情况，另一份问的则是他父母的收入与储蓄。

特拉加德很不解。他十八岁了，按法律规定已经成年。在瑞典，他的父母不再为他承担任何法律上的责任，对他个人的事项也不享有任何法律上的权利。他自己挣钱养活自己，所以他也不理解父母的钱和他大学的开销有什么关系。特拉加德记得，当他向波莫纳学院的助学金审理人员解释这一切的时候，对方告诉他，美国父母都很疼爱自己的小孩，所以他们心甘情愿地往大学里送上好几万美元——如今，这个数字很可能变成了好几十万。

这场对话引发了特拉加德对于"美国梦"的终身思考与写作，并且，他将美国梦与北欧梦作了比较。由于特拉加德的母亲是一个单身妈妈，他得以成功申请到上学所需的助学金。1970年代，他从波莫纳一毕业就在旧金山开了家咖啡馆，成为一名企业家，还创建了属于自己的电脑公司。到了1990年代初期，他又重回学术界，于加州大学伯克利分校取得博士学位，接着在纽约的巴纳德学院教了十年的欧洲历史。然后，他和自己的美国妻子一同搬回了瑞典。目前，他在瑞典的大学里工作，研究重点是儿童权利和社会信任——他认为它们是黏合社会的道德胶水。

数年前,特拉加德与另一位作者合著了一本书,书名为《瑞典人是人吗?》(Is the Swede a human being?)。这个略显惊悚的问题其实援引了一本老书的标题,很多瑞典人或许对那个标题还有印象,但对于我们其余这些人而言,还需要再多解释一些,而这又不得不绕回刚刚提到过的"长袜子皮皮"。

1940年代,阿斯特丽德·林格伦正在写第一部活泼可爱的皮皮故事。同一时期,另外一名瑞典作家分析了瑞典人的性格,然后写了一本截然不同的书籍,标题就是前面那个极具煽动性的问题,这本书的作者名叫桑弗里德·尼安得-尼尔森(Sanfrid Neander-Nilsson)。[2] 在他看来,瑞典的国民性是冷漠、内向、沮丧、消沉且近似动物性。他所描绘的瑞典人渴求独处,恐惧他人——和长袜子皮皮没有任何相似之处。

将瑞典人塑造成一群极度不合群的动物,这似乎出人意料,毕竟长袜子皮皮享誉全球。但有一点或许没说错,我们北欧人确实不以外向著称,而且我们也的确比较沉默寡言,有时甚至可谓阴郁。不过另一方面,在人们的刻板印象中,尽管北欧人可能不是特别爱说话,但假如他们的同伴有什么需要,他们也能敏锐地察觉出来,毕竟人们时常认为北欧人具有社会主义倾向。按这个逻辑推论,我们在心态上应该更偏向于集体主义,并能在某些情况下团结一致,而非绝对的个人主义者。

然而,事实上,强大的个人主义气质正是构成北欧社会的基石之一,而且这种气质过于强烈,以至于拉斯·特拉加德认为,不应该再问"瑞典人是人吗"这样一个老问题,而要以一种全新的、更加积极的视角去看待北欧的个人主义。特拉加德一直关注着瑞典与美国的不同,经过多年的观察,他在书中明确了几项瑞典社会的基本、核心特质。这些特质广泛存在于整个北欧社会,可以帮助解释"北欧成就"究竟源自何处。确切地说,特拉加德的研究很好地展现出北欧国家究竟为何能在各类全球竞争力和生活质量调查中脱颖而出。对我个人而言,特拉加德也促使我理解了为何自己总是对美国式的关系感到困惑,尤其是当涉及父母子女之间、配偶之间以及雇主与雇员之间的关系时。一切都归结于北欧人对爱有着不同的理解,而长袜子皮皮则完美诠释了这一点。

特拉加德与他的合著者亨里克·贝里格伦(Henrik Berggren,一位知名的瑞典历史学家和记者)把他们对于个人主义的观察整合到一起,提出一个全新的概念,他们称之为"爱的瑞典理念"。其核心理念是,只有在独立和平等的个体之间,才可能产生真正的爱与友谊。这一见解精准描绘了我成长过程中所体会到的价值观念。我相信不论是芬兰人,还是所有其他北欧国家的人,听来都会感到亲切——总之,绝不仅限于瑞典人。因此,我想要将它称为"爱的北欧理念"。对于北欧国家的居民而言,人生最重要的价值就是可以自给自足,以及在社群生活中与他人联结,同时还能保持自身的独立性。如果你笃信美国的个人主义和个人自由,你会发现它听起来好像完全就是美国式的想法。

如果一个人必须依靠别人才能生活,那么不管本人是怎么想的,他其实已经处于一个从属的不平等地位。更糟糕的是,当特拉加德和贝里格伦讨论到长袜子皮皮故事背后的道德逻辑时,他们进一步解释道:"若一个人为了生存下去,必须或负债于人,或有求于人,或受恩于人,那么无论对方是陌生人还是最亲近的伙伴,他都将成为一个无法被信赖的人……他会变得既不诚实,也不可靠。"[3]

还记得吗?在长袜子皮皮的故事里,皮皮是一个强壮的超人女孩,独自住在一间大房子里。这意味着她完全自给自足,也正因如此,她与隔壁小朋友(汤米和安妮卡)的友谊才构成一份无比珍贵的礼物——他们可以绝对放心,皮皮的友谊不带有任何附加条件,是纯粹的给予。恰恰由于皮皮是这样一个经过艺术夸张的"自给自足"形象,所以她展现出的爱才能那么纯净和奔放,不仅吸引了我们的注意,也博得我们的赞赏与喜爱。当然,在现实生活中,一个皮皮那么大的孩子肯定会依赖她的父母,就像她的邻居汤米和安妮卡一样,而这种依赖是完全正常和健康的。只是说,皮皮身上展现出了某种不强加任何负担的、理想化的爱,而在北欧人看来,这种爱如果能沿用到大多数现实的成人关系中,也将会是极具魔力的。

拉斯·特拉加德在美国居住期间逐渐意识到,自20世纪起,一直到步入21世纪,北欧社会的首要目标从来都不是要使经济"社会主义化"(人们经常误认为是这样),而是要将个体从一切形式的依赖性里解放出来,不论是在家庭内部,还是在整个公民社会之中。换而言之,就是要让穷人不再依赖施舍,让妻子不再依赖丈夫,让成年子女不再依赖父母,让老年父母不再依赖他们的孩子。这一"解放"最显见的目的,就是要让所有的人际关系不再受累于外在动机和需求,而能变得彻底真实、自由,并且完全由爱驱动。

我想要亲自和特拉加德聊聊这一切,于是身在纽约新家的我联系上已经回到瑞典的他。当我们通过Skype进行视频聊天时,他向我解释说,这就是为什么他会对美国大学的助学金政策感到如此隔膜。"美国社会对父母具有了一种潜在的道德期待——法律在某种程度上也暗示了类似的义务——要求其在孩子法定成年后仍旧要继续抚养他们……"他表示,"但这种期待也就同时意味着,父母有权控制自己的孩子。"

在北欧社会,人们并不抱有这样的预期。他们抚养孩子的主要目标,就是帮助其成为独立自主的、可以掌控自己生活的人。社会上人们对于生活的普遍预期是,每一个人都应该有机会规划自己的人生,而不因父母提供了巨大的经济资助(或出于其他原因),就任由他们左右自己的决定。与之对应的另一项期待是,即便一个人不幸出生于经济拮据的家庭,父母因为种种缘故而囊中羞涩,这个孩子也绝不应该被事先剥夺各种可能性。同样地,在婚姻关系里,妻子不必被迫在经济上过度依赖自己的丈夫——反之亦然。此外,当人们选择职业和工作时,也理应无需担心假若自己得了癌症是否还能够获得医疗资助之类的事。

由此产生的人际关系中会更少怨恨、愧疚和负担。从这层意义上讲，"爱的北欧理念"其实是关于"生活在现代，拥有自主权的个体如何参与人际关系"的基本哲学。人们摆脱了旧时代种种繁重的经济负担以及日常生活的机动性职责，得以基于纯粹的人与人之间的连结，建立起我们和家人、朋友与爱人的关系。在这些关系中，我们也终于能够更加自由地向对方表达自己真实的感受。

与此同时，"爱的北欧理念"也成为指导"如何构建社会"的基本哲学，它影响了北欧国家各方各面的政策选择，其共同的首要目标是使每一个社会成员都能获得独立、自由和机遇。北欧国家出台的许多重要决策，不论是在家庭教育方面，还是在医疗服务领域，都源于并直接体现出"爱的北欧理念"。虽然决策的灵感可能根植于北欧的文化价值之中，但这些政策选择本身无关文化，而仅仅是"政策上的选择"。然而，这一切究竟是怎样运作的，在美国却广受误解。

迈向现代化的跋涉

在美国人眼里，政府是威胁个人自由最大的敌人。他们这么想也有一定的道理，毕竟历史确凿无疑地证实，政府很可能被用来压制乃至彻底摧毁个人的自由。况且，在好几十年里，美国最大的对手就是苏联——后者基本控制了人民生活的方方面面，并且无孔不入。因此，当"北欧成就"成为话题时，美国批评家谴责我们这些地方是"社会主义保姆型国家"，其实表达了一种很现实的恐惧，即担心公民会成为温顺的羔羊，屈服于政府日益增长的影响力和控制度。

不过，每次听到美国人把芬兰称作是一个社会主义国家时，我都觉得自己好像突然被传送回1950年代。在我的同代人和上一辈的成长时期，苏联就徘徊于我们的"家门口"，所以我们很清楚"社会主义"究竟意味着什么。在整个20世纪,我们的国家为了坚守自己的自由、独立和自由市场体系,三度抵抗了苏联"社会主义"的侵袭,损伤极其惨重。

哦对了,插播一个历史小知识。20世纪初以前,芬兰总是在被瑞典和俄国轮番统治。直到1917年,俄国爆发十月革命,推翻沙皇统治,建立了一个即将被称作是"苏联"的庞然大物,芬兰才获得独立。但很快,芬兰又被卷入一场激烈的斗争。国内的工人阶级受俄国共产主义事业的感召,向本土的保守资本家发动了抗争。这场内战持续的时间不长,但异常凶险。最后,维护自由市场的势力获胜,粉碎了社会主义团体的反抗活动。

二十年后,社会主义苏联再次威胁到芬兰的独立。芬兰人在两次斗争中都击败了对方,成功维护了芬兰的自由和独立,但也为此付出了惨重的代价。全芬兰约有五分之一的国民直接参与抗击苏联,还有更多人承担起护士以及其他后勤支援的角色。最后,三百七十万芬兰人口中,约有九万三千人阵亡。[4]

在我们芬兰人的理解中,"社会主义"的特征如下:政府控制生产,禁止私有制,因此不存在私有的工厂、企业、店铺,也没有自由市场;任何人都不得积累个人财富;政党只有一个,个体权利极少。社会主义距离共产主义一步之遥,而在马克思笔下,共产主义社会无需政府,连国家都是不必要的。

如果有人竟认为,当代北欧社会实行的是这样一种社会主义,只能说过于荒诞。还有一些美国保守派评论家,甚至把巴拉克·奥巴马这样的自由派领导人称为"社会主义者",这在我们看来更是滑稽可笑。事实上,我们芬兰人对这一套刻板印象很快就腻烦了。整个20世纪,因对抗社会主义和共产主义而牺牲的芬兰人数,差不多等同于美国在与共产主义展开的两次热战(分别对朝鲜和越南)中阵亡的总人数,而芬兰的人口规模大约只有美国的六十分之一。[5]在过去七十年间,北欧国家经历的一切恰恰体现出,即便美国在宣扬自由方面已做出极其卓越的贡献,我们北欧还是有一些关于自由和自由市场资本主义的实践,值得它参考学习。

甚至我们还可以说,21世纪政府存在的意义,有没有可能不再是从人民那里获取更多的权力,而恰恰相反,是要将自由和独立的理念在现代化进程中推得更远,给人民提供一个坚实的生存基础,以帮助他们实现一种更全面的个人发展和自由?当然,前提是要取得人民的认同或人民做出了此类要求。总之,正是这样一种对于个人主义的独特追求,奠定了当下北欧的"社会契约",显而易见的成果就是北欧地区在全球各类调研中排名靠前,生活质量和经济活力都表现突出。

选择离开芬兰搬到美国时,我放弃了很多好处,例如全民公共医保、全民平价日托、实打实的育儿福利、高质量的免费教育、给老年人提供的免费居所(由纳税人资助),乃至配偶独立纳税制度。但它们都不是政府赐予我的礼物,我也不是依赖政府施舍的奴隶。北欧体制考虑到了个体在现代生活中可能面临的具体挑战,其设计的初衷就在于尽可能地让个体可以自主生活、经济独立。这一思路与"以社区为中心的体系"或"社会主义"或"随便你怎么叫它的那个东西"完全是背道而驰的。因此,北欧国家展现出来的所谓的"社会团结性",背后的动机也不像很多人想象的那么"高尚"。

特拉加德如是说:"瑞典人喜欢自认为自己是非常无私的民族,总是乐善好施。"芬兰人或其他北欧国家的人也同理。但瑞典人和其他北欧人如此支持本国体制的根本动因不是利他主义——没人真的那么无私——而是自利。北欧社会为其居民(所有居民,但中产阶级尤甚)提供了最大限度的自主权,使他们得以摆脱传统老派的依赖关系给人带去的束缚。这不仅省下人们一大笔钱,也免去他们为了保障个人自由而要付出的种种精力。在特拉加德和贝里格伦看来,北欧国家其实是地球上最个人主义的社会。

我知道这些话在一些美国人听来,可能会觉得蛮恐怖的,让人立刻联想到一个集权国家,它狡猾地切断了人与人之间的情感联系,把公民都变成体制的奴隶。而如果你在芬兰居住过,却也对北欧社会产生了某种"晦暗"的印象,这其实也很正常,毕竟芬兰人自己最喜欢做的事,莫过于抱怨和吐槽自己国家万事万物都烂透了。公共服务糟糕透顶,家庭关系压得人喘不过气,孩子成长过程可谓凄惨,政府则是个高高在上的官僚主义混蛋。人性或许就是有这样一面,总是习惯性地挑刺,而不去关注自己得到了什么。但现实就是,很多芬兰人压根儿没意识到,自己得到的东西到底有多好,因为他们从来没当过其他国家(比如美国)的公民,也没有在别处自食其力地生活过。举个例子,很多我认识的芬兰朋友,即便他们都可谓见多识广,受过良好教育,即便我已经跟他们解释过一百遍了,他们却依旧无法理解为什么"奥巴马医改"* 明明已经通过,美国人却还没有统一的全民公共医疗体系。一个富裕的发达国家竟然会如此落后,对他们来说纯粹是无法想象的。

尽管你在北欧社会听到的牢骚可能发自真情实感,但假如你去比较一下近几十年来北欧和其他国家在家庭生活方面的相关数据,你会发现,到目前为止,北欧的常态还是有爱的家庭、自如的小孩和充满关怀的社区。联合国儿童基金会(UNICEF)曾在世界各个富裕国家中调研儿童福祉情况,他们采取的指标有幼年贫困、儿童健康和安全、家庭关系、教育,以及儿童行为,后者又包括了饮食状况、是否在青少年时期怀孕和是否有霸凌行为。[6] 结果排名靠前的国家主要有荷兰、挪威、冰岛、芬兰和瑞典。很遗憾,在这项调查中,美国几乎是垫底的。救助儿童会发起的一项研究显示,北欧国家是世界上对母亲最友好的地区,而美国仅排在第三十三位。[7] 为什么会这样?因为北欧人不必在经济或其他方面依赖他人,他们

---

* 奥巴马医改(Obama Care),主要指《患者保护与平价医疗法案》,简称为《平价医疗法案》。

得以摆脱各种人际关系上的枷锁,这使他们更加关心彼此,而非更加漠不关心——这也正是践行"爱的北欧理念"的结果。

当然了,如果真像前文所说的那样,北欧人把个人主义和独立自主贯彻得如此彻底,那么他们家庭内部的联结想必很微弱吧……哪怕他们爱自己的家人。既然北欧方案消解了夫妻间经济上的互相依赖,它是不是也促使家庭走向分崩离析呢?

事实上,通过给现代个体赋能,"爱的北欧理念"让家庭焕然新生。从某种意义上说,家庭变得更"摩登",更符合时代需要,也为个人应对 21 世纪的种种挑战,做好了更充足的准备。世界经济论坛每年在瑞士达沃斯召开,特拉加德和贝里格伦为此准备了一份报告,标题为《北欧道路》(The Nordic Way)。他们在文章中这样写道:"在北欧国家,家庭仍旧是核心的社会组织,但它也被注入了同样的道德逻辑,强调自主和平等。一个理想的家庭中,成年人都有各自的工作,经济上不互相依赖,并且也鼓励孩子尽可能早地自食其力。与其说这是在削弱家庭的重要性,不如把它解读为家庭作为社会组织的现代化进程。"[8]

特拉加德用来佐证"爱的北欧理念"、展现北欧社会重视家庭的一项实例是"老年护理"。在美国,如果你的父母在晚年长期健康状况不佳,你将要花上好几年照顾他们,为他们支付各类医疗费用。而在北欧,假如你的父母有一位或双双得了慢性病,你可以依靠国家的全民医疗保健系统,它会帮忙应对老年人的日常生活以及医学治疗。结果是什么?你可以从中解放出来,利用与父母相处的所剩不多的宝贵时间,为他们做一些更有益、有爱的事情,而这些事是护工所无法取代的,例如陪他们散步、与他们聊天、为他们阅读……或仅仅只是陪在他们身边。

"曾经有调查研究问瑞典老年人,在养老上,他们更希望依靠自己的成年子女还是国家?"特拉加德告诉我,"答案通常是国家。但是,如果换个问法,问他们是否希望自己的孩子去看他们,他们都会说希望。所以说,瑞典的老年人并不是不想要和自己的孩子来往,只是说他们不希望自己和孩子之间变成一种单方面依赖的从属关系。他们不希望在这样一种关系里和子女天天碰面。"

尽管一些美国人似乎对于"北欧国家究竟是否信奉自由市场"仍旧持有疑虑,但瑞典、芬兰、美国,以及其他富裕的工业化国家,本质上都是彻头彻尾的现代资本主义社会。正是这种自由市场世界的生活方式打破了家庭和社区内部过时的传统关系,并逐渐推动性别平等,鼓励个性与独立。评论家时常会主张,北欧的成功经验对于世界其他地区没有太大的参考价值,因为他们不仅人少,而且文化统一、种族单一。但是,此言差矣。"爱的北欧理念"虽然是从特定区域的文化中提炼出来的理念,但以此为灵感出台的社会政策却是普适的。在现代化的进程中,所有国家都会碰到相同的挑战,而北欧经验则可以给予有效的参考。

如今的美国,一方面是充分拥抱当代自由市场体系的超现代社会,但另一方面,却像是一个前现代社会,把自由市场体系导致的种种问题都留给家庭和其他社群组织自行消化解决。从北欧视角来看,美国被困住了。矛盾并不来自"自由派和保守派"或"民主党和共和党",也绝非"大政府VS小政府"的老问题,而源自"过去与未来"之间所存在的冲突。美国的政府机构大多臃肿得可笑,也过于侵扰个人生活,不符合现代化的要求。美国政府每碰到一例个案,就出台一项具体的政策,以此对社会进行所谓的"微观调控";而针对特殊利益集团,却又到处分发量身定制的大礼包。在北欧人看来,这种统治模式显然是过时的。所以,不论美国自己愿不愿意承认这一点,但"停留在过去"会使它在世界范围内处于越来越不利的地位。

随着世界不断变化发展,所有国家都亟需新的理念。美国最知名的评论家之一、专栏作家大卫·布鲁克斯(David Brooks)曾写过一篇名为

《人才社会》(The Talent Society)的文章,他在其中很好地阐述了美国为何需要新理念。"我们生活在一个美妙的、个人主义的时代。"[9]他写道,表达的观点几乎与特拉加德完全一致。之后他提供的论据也清晰地证实,现代化正在持续推进,不断给社会带来切实的改变,而这种改变不以人的意志为转移。比方说,几代人以前,未婚生子普遍被视为是一件可耻之事,而如今,在三十岁以下的已育女性中,有一半以上并未踏入婚姻;超过50%的美国成年人单身,28%的家庭为"一人户",全美"一人户"的家庭数量已经超过"核心家庭"(即由一对夫妇及其未婚子女组成的家庭);很多美国人认为自己既非共和党派,也非民主党人,像这样的政治独立人士已超过有党派人士;终身雇佣制逐渐式微,工会会员人数也大幅跳水。

"趋势显而易见。"布鲁克斯总结道,用他自己的话雄辩地表达了一个观点,那就是过时传统的人际关系已经让位于个体的独立性。"五十年前,美国人是群居动物。人们很可能会陷入稳定、密集乃至具有强制性的人际关系网中。他们由某种永久性的社会角色所界定:母亲、父亲、教会执事。而如今,个体享有更多自主权。人际关系网络更加多样、灵活,结构也更为松散——他们在其中自由穿梭。"

在布鲁克斯所绘制的图景中,美国让那些"野心勃勃、独具天赋的人得以在一片美妙的机遇之海中乘风破浪",而欠缺相应资质的人则会被远远地甩在后方。虽然他在一定程度上点出了美国的困境,但这并非事情的全貌。当我们提到那些"野心勃勃、独具天赋的人"时,必须要再补充一句,那就是他们还得足够幸运,可以接触到大量的私人资源,才可能在当今的美国获得机遇。

布鲁克斯表示,美国人历史上遗留下来的社会结构太过固化、稳定、厚重,是时候对其加以改造了。这也真是北欧地区已经着手去做的事。布鲁克斯笔下那个"更加多样、灵活,结构也更为松散的人际关系网络",代表了我们当下的文化和经济生活。事实证明,"爱的北欧理念"可以为这样的社会关系提供坚实的基础。当今时代，人们正享受着前所未有的自由度，而芬兰及其北欧邻国已经找到了一种方法，既能扩展个人自由的范围，又能同时确保大多数个体（不仅限于精英阶层）可以稳定生活和繁荣发展。

世界已步入21世纪。如果一个国家可以设计出一套适应自家国情的"爱的北欧理念"，它将拥有长期的优势。高质量生活、劳动者健康和满意度、经济活力，以及政治自由度和稳定性全都是相互关联的。综上所述，假如美国确实能从北欧成就中借鉴一些经验，用来重振自身的辉煌——只是说"假如"——那它应该从哪里开始呢？

嗯……从一个北欧人的视角来看，生命之初就是一个不错的起点。让我们的旅途从"与婴儿同行"开始吧。

第三章　真正的家庭观：个体强则家兴

始于孩童

珍妮弗是我的一个美国友人，她发现自己怀孕了之后，便请朋友们给她推荐好的产科医生。她致电医生，询问对方是否认可她的保险，并问他们隶属于哪家医院。当她找到了一位自己心仪且无需额外开销的医生后，就开始定期预约检查。多数情况下，诊疗内容集中在产检本身，至于成为一位"新晋妈妈"需要注意什么，医生基本上没有给出太多建议，只是提到过产后抑郁的可能性。至于母乳喂养之类的事，她都靠自己上网查询或咨询友人。

那时，她正在纽约一家大型传媒公司工作，工作日经常会加班到晚上七八点。如今她怀孕了，便询问老板是否可以把她调到一个工作时间更加固定、加班较少的岗位上。就法律上来说，她的雇主并没有义务接受此类申请，但他很大度，让她如愿调了岗。预产期几个月前，珍妮弗深受"假性阵痛"所苦，医生嘱咐她卧床休养，她的雇主再一次慷慨地应允她可以居家办公，直到孩子出生为止。她对此非常感激。

分娩后，她在医院的半私人病房住了三天，身体从剖腹产中慢慢恢复过来，相关费用由保险公司全部覆盖。然后，她开始休三个月的无薪产假。她的雇主曾为其购买"短期伤残险"，保险金相当于她十周的工资。她回去上班后，她的丈夫则用自己累积的休假日换来了一个月的假期，在家照看孩子。

珍妮弗很早就开始寻找日托,因为她知道这是一项艰巨的任务。她调查了各种各样的日托中心,确定它们的服务质量和声誉、检查等候名单、比较价格、咨询友人推荐……最终,她定下来的那家日托要价为每个孩子每月1,200美元(折合14,400美元一年),系纽约地区的标准价格。[1] 于是,她的孩子长到四个月大时便开始去上日托。

珍妮弗再度怀孕时,她所供职的公司比前一家小得多。虽然工作时间更灵活,但她的健康保险变了,所以她不能再去第一次怀孕时看的产科医生那儿做产检。由于新公司雇员少于五十人,她不再享有任何形式的产假,公司也没有为她购买短期伤残险。所以,即便她从孕后第四个月起背痛就极其严重,她也不得不每天都去办公室上班。到分娩为止,整整六个月她都在疼痛中煎熬。剖腹产结束后,医生鼓励她起床活动活动;几天后,她就回家了。到家后没多久,她正坐在沙发上,怀里抱着婴儿,突然感到一阵恶心,感觉有什么东西从身体里漏了出来。原来是手术的伤口裂开了,她不得不赶回医院,让医生把伤口重新缝合。她的新雇主给她批了六周的带薪产假,这一举措已相当慷慨,因为没有任何法律规定公司有义务这样做。但由于这一次,她的丈夫没有积累到足够多的休假日,无法调休,所以当她的产假结束后,他们就把这个小儿子和他的姐姐一起送去了日托——此时,儿子只有六周大。"我经历了一次剖腹产,这可是大型腹部手术,"珍妮弗后来说道,"而六周之后,你就要重返工作岗位。全程睡不好,大手术刚结束,还要带一个婴儿……要我说,简直惨无人道。"

但在这套系统里,珍妮弗甚至可谓"幸运"。她的第一任雇主允许她居家办公,而且两次生产的费用全部都被保险覆盖掉了——可不是人人都能有这待遇。在美国,就"生育"这一件事上,拥有医保的女性平均要自费上千美元;倘若没有医保,那么分分钟就可能面临上万元的账单。[2]

至于休假嘛,美国人如果在一家雇员人数超过五十人的公司里工作超过一年,就有权享受每年共计十二周的家庭或医疗假期——无薪假期,自不待言。[3] 不过,以下任何一种情形均可能消耗掉上述休假天数:生育;领养;照顾生病的孩子、配偶或父母;自己生病。2012年,这项法律规定仅覆盖了略多于一半的美国人口,至于剩下的人群,就没有任何统一的休假保障了[4]——不管出于什么样的原因,生育也好,生病也罢。小型企业被美国人誉为"美国经济的骨干",但它自有其灰暗的一面:其雇员不享有任何安全上的保障。理论上来说,企业不得因职工怀孕而开除她们,但现实是,这种事无时无刻不在发生。[5]

就劳动者的家庭及医疗休假而言,美国完全不符合当今现代国家的标准。如果说北欧居民时常意识不到他们拥有的东西有多好,那美国人似乎可以说是意识不到自己的待遇有多糟。2014年,联合国一项调查涉及了一百八十五个国家和地区,其中只有两个地方不保证提供任何带薪产假,一个是巴布亚新几内亚,另一个就是美国。[6] 美国也是少数几个不保证提供劳动者带薪病假的国家之一,与安哥拉、印度和利比里亚相并列。[7]

因此,当美国人决定要孩子的时候,他们的选择范围极大地受到各种因素的影响。住在哪儿?为谁工作?工作能力有多强?在企业职级阶梯上爬得有多高?部分州和城市会要求企业给员工提供一定的带薪病假[8];为数不多的几个州(例如加利福尼亚州)规定,参加了州伤残保险计划的职员,有权享受带薪家庭假,不过最多只有六周,而且休假期间薪资只有正常工资的一半。[9] 支持家庭假的美国人视加州的政策为榜样,称其"进步开明"。显然,这是一个转变的开端,但以任何一个北欧国家的标准来看,区区"六周"加"半价"的假期,还是远远跟不上时代潮流。

确实有一部分还不错的美国公司,会提供带薪病假作为员工福利,有些甚至还提供带薪家庭假,像是谷歌的"五个月带薪产假"就广受称颂。[10] 一些公司也会为其职工资助购买短期伤残险,这样的话,在无薪产假期间,员工会获得保险金作为收入来源,就像珍妮弗在第一次生育时所经历的那样。很多"新晋妈妈"也会把病假和年假并起来,由此享有一部分带薪育儿假,但是这就剥夺了她们在那一年剩下天数里可能会需要的假期。

总的来说,美国的现状相当惨淡。2015年,在私企工作的美国人中,虽然有87%的人能够取得一定的无薪家庭假,但每十人中,只有一位可以享受带薪家庭假。多达三分之一的私营领域职员不享有任何带薪病假,四分之一的人则没有带薪年假。即便是那些享有带薪年假的私企全职员工,在工作一年后,平均每年能分到的年假时长只有十天;工作四年后,平均每年的年假天数增长到了十五天,涨幅略显可怜。[11] 2006年至2010年间,在生了孩子的美国职业女性群体中,据说有将近三分之一的人没有休过任何产假;而休了产假的人平均产假时长为十周。[12]

珍妮弗替我做了一个简练的概括:"在这个国家,你的命运掌握在雇主手里。本质上,你不拥有任何权利;正因如此,你无时无刻不生活在忧虑之中。"

在那些践行"爱的北欧理念"的国家看来,美国对于新生儿的态度简直不可理喻。作为富裕的现代化工业国家,北欧国家早就意识到,劳动者和企业的生产力、社会和经济的长期活力,首先取决于孩子与父母之间、配偶双方之间,以及父母和他们的雇主之间是否拥有健康良好的关系。因此,北欧对于新生儿的态度截然不同。

在芬兰,我认识一位名叫汉娜的女性。她发现自己怀孕之后,便打电话给当地的妇产诊所,预约去见护士。诊所由她所在的城镇运行管理,位于赫尔辛基附近。她第一次就诊时,芬兰医疗系统立刻将她和她肚子里的婴儿拥入怀抱。这套体系综合全面,致力于为全国所有的芬兰家庭提供帮助——无论其家庭成员的收入高低、居住地区或雇佣情况如何。

在汉娜的整个怀孕期间,护士(少数情况下是医生)全程监测她的健康状况,并且还会给她各种建议,比如母乳喂养怎么做、什么食物不要吃,或者在这样一桩人生大事件面前,一个人可能会产生什么样的感受。护士会在汉娜身上做各种测试,以便及时发现可能的异常;还会与她讨论其过往病史、使用酒精和毒品的风险,以及吸烟的危害。汉娜有任何问题,都可以去找护士咨询,或直接拨打为准父母和新父母专门设置的电话热线。

汉娜的孕期进展顺利,最后发现自己只需见医生几面即可。护士为她做了两次常规的超声检查,都没有检测出任何问题。汉娜决定去私人医生那里,再额外付费做两次超声心动图,只是为了让自己安心。如果发现任何问题,公立的医疗体系也会马上投入治疗。我的芬兰嫂子薇拉在第一次怀孕期间,肚子小得超乎寻常。她立刻被送到医院进行额外的检查,好在一切正常。另一位朋友在孕期有轻微的心律不齐现象,也经历了类似的送医诊疗。

对于汉娜和她的丈夫奥利而言,产前这一整套细致入微的护理开销——除去那两次私人的超声心动图以外——共计……嗯……0 美元。一个美国人听说这件事,可能会有以下两类反应。要么是因为汉娜和奥利支付的税金高得离谱,所以才有可能维持这一整套公共福利制度正常运行,但如此一来,比起同阶层的美国家庭,他们的日常生活想必穷得可怜,而美国人至少还可以选择自己究竟想买哪种健康保险。又或者,美国听众会同情汉娜和奥利,认为这对夫妇肯定出身贫寒或者正值家庭经济危机,才有资格获得那么多免费的检测、咨询和援助服务。

让我们暂时先把税务问题放在一边——这问题其实很有意思,我之后会再说到——汉娜和奥利既不贫穷,也没有身处困境。他们二人都曾在芬兰最负盛名的高校之一(现名为阿尔托大学)就读工业工程和管理专业,于学生时代便相识相知。汉娜怀孕时,他们则都在赫尔辛基知名的管理咨询企业担任重要岗位。汉娜怀孕期间,他们受到的照料可以说是每一位芬兰居民都会接受的标准服务。护士会问很多关于孕妇私人生活的问题,我的一些芬兰朋友可能产生轻微的"被冒犯感",但大多数情况下,她们都泰然自若地给予回答,因为她们心里清楚,诊所做的一切工作都是为了确保孩子的健康。许多人为自己能获得那么多帮助而感到高兴,甚至连孩子出生后,她们仍旧能免费拜访诊所——那也恰好是新手父母最容易感到困惑和过载的时期。

汉娜的预产期将近时,她和奥利可以在附近的医院里选择汉娜想要生产的地点。他们提前去参观了医院的设施,了解了分娩凳、水中分娩的浴缸,以及产妇在生产过程中可以使用的各种镇痛方法。终于,汉娜迎来了临盆的时刻。她和奥利在一家公立医院的私人房间住了四天,旁边放了张婴儿床,里面睡着他们的新生儿。产科病房内的助产士都接受过专业训练,她们每天会来看这家人好几次。奥利则负责给孩子换尿布、取餐和领药。

这一切也都是所有芬兰父母会受到的标准照料。我的嫂子薇拉回忆起她在第一个孩子出生后从公立医院的工作人员处获得了各种有益的建议,其中包括如何给婴儿洗澡、换尿布,以及喂母乳,对此她至今都感到非常暖心。她告诉我,医院里的助产士有如天赐。另外,对于一个焦头烂额的年轻家庭而言,私人病房也提供了很大的帮助,她和我的哥哥米科在里面待了三天。"而且他们不只是提供一些燕麦片哦,"几年后,我们一边翻阅着薇拉两个孩子出生时的照片,她一边开心地说道,"他们给了最好的酸奶、牛奶什锦早餐、水果干——当然还有医疗服务。"

在照顾新生儿方面,汉娜和奥利不需要太多指导,因为家里已经有了一位他们前不久刚领养的小婴儿。不过,在这次生育过程中,汉娜受到了一些生理创伤。医院立即给她安排了一位理疗师,使她在住院期间就能够开始进行康复训练。汉娜住在赫尔辛基的郊区,几个月后,我们坐在她家的厨房里,她把生育所经历的全过程向我娓娓道来。"我真的觉得一切都进展得超级顺利,"她和我聊天的时候,她的新宝宝奥利弗就睡在我们旁边的婴儿床里,"虽然生产过程还挺艰难的,但我得到了一流的照料,满足了我的所有需求。而且,在我准备好之前,没有人急着把我们赶出医院。"

不过,对于以上服务,汉娜和奥利确实得自掏腰包。我很抱歉地说,账单数字惊人,"高达"375美元。[13]

在芬兰生育,也不是所有人的经历都那么美好。如果遇上了"生育高峰",产妇可能需要和别人"拼房间",或者在并非她们最优选的医院里生产。在任何情形下,生育的过程都可能万分煎熬,不过我大多数芬兰朋友告诉我的基本都是暖心故事,关于她们在怀孕和生产期间受到的各种照料。我认识一对夫妻,他们在医院的私人病房里待了一周,因为这个妈妈最开始挤不出奶水。医务人员必须确保婴儿可以得到充足的营养,所以在母亲可以正常母乳喂养之前,医院一次也没有暗示他们快点打包走人。当然,由于他们在私人病房里待的时间较长,医院加收了他们一点钱,最后总计约500美元。

当一个婴儿诞生时,芬兰人就是如此实践"爱的北欧理念"的。这一理念是为了让父母能够把注意力尽可能多地放在"迎接新生命"和"热爱新生儿"上,而不是在日常的机动性挑战中疲于奔命。其他北欧国家情况很类似,虽然各国也有各自的"本土特色"。比如丹麦人对于分娩的态度就不像芬兰人那么"宠溺",他们更注重自然分娩,较少用硬膜外麻醉*,也较少让产妇长时间留院,但还是会使用一些减轻生育疼痛的常规措施,例如麻药。布兰德是我的一个丹麦友人,他和妻子汉娜的第一个孩子出生没多久后,院方就要求他立即回家,而其妻和孩子则继续留在医院。那还是在凌晨时分,一个护士凶巴巴地告诉他:"医院可不是酒店!"然后就把这个晕乎乎的男人送出去叫出租车。布兰德回忆称:"自己讲了太多

---

* 用于无痛分娩。

话,大概烦到了出租车司机。"我还有一位芬兰朋友,名叫西丽兹,她头胎是剖腹产,护士允许她在医院待了整整一周,以确保她母乳喂养没有遇到任何麻烦,对此她十分感激。她之后两次生育都是顺产,分娩结束后几个小时,医院就让她回家了。[14] 她的不同经历之间形成了鲜明对比,但她和丈夫觉得都挺好的,我认识的其他具有类似经历的丹麦人也怀有同样的感受。与此同时,我的一个瑞典朋友则大夸特夸护士在她怀孕期间怎样一直陪在她身边,而另外两位瑞典人却觉得这种照顾有点太过了,一直坐着谈论自己感觉如何之类的。就我所知,有些瑞典人在生产时住的是私人病房,有些则不是。他们需要支付的平均费用总计 50 美元左右,主要是住院费。

一旦新生儿安全地降临人世,对于他们在人间的第一年,"爱的北欧理念"也有话要说。北欧国家相信,在育儿方面给予家庭支持,有助于所有人(包括企业)的长期利益。毕竟,长远来看,家庭和睦的人在工作中的生产力也会更高,企业也能招募到更健康、高效、适应力强的劳动者。因此,对于婴儿出生后父母可以享受多长的育儿假,北欧国家的规定与美国也大不相同。

整个北欧地区,每对父母可以享受的最低育儿假期普遍在九个月左右——不论他们在哪里上班。休假期间,休假者至少也能收到正常工资的七成[15],并且持续到休假结束。有些国家对于休假期间支付的工资数额会设置上限,但只针对极高工资人群。有些北欧国家则提供一系列的可选项,例如在挪威,家庭可以选择十一个月正常工资休假,或者十三个月八成工资休假。[16] 但最低休假时长和带薪育儿假都有全国性的政策保证,不因公司大小、雇员人数多少而有所不同,也不受变幻莫测的地方规定所影响。北欧的育儿假政策全国统一,规定明确、操作简单,工资由各国的社保体系支付,根本上来源于税收。为了贯彻公平原则,北欧的育儿假支出由所有劳动者和雇佣方承担,而不仅仅是那些碰巧雇用了怀孕或

The Nordic Theory of Everything   057

已育妇女的企业。[17]

话虽如此,北欧的育儿假也有相当灵活的一面。父母双方可以根据个人需要调整休假时长、决定休假节点,还可以在母亲和父亲之间分配休假时间。此外,所有北欧国家都为父亲一方规定了专门的休假,以鼓励他们积极参与抚育孩子。假如他们确实成了尽心尽责的"奶爸",这一政策也能帮助降低他们在职场上受到"污名化"的可能性。

在芬兰,育儿假的前四个月由母亲独享,最晚从预产期五周前开始。分娩后,母亲还额外享受三个月的假期,用来调整身体和母乳喂养(大多数芬兰母亲会选择这一喂养方式)。[18]而与此同时,所有的"新晋爸爸"也可以休三周的带薪假期,既可在家帮衬,也能与孩子建立起联结。再接下来的六个月休假期,在父母双方之间自行分配。最后,父亲独享六周的陪产假,母亲则不能休假。再次重申,这些规定并非特定企业的特殊政策,而是全国所有新生儿父母统一享有的权利,不论男女。

这个制度运行得很顺利,企业也好家庭也罢,大家都很好地接受了这套制度并视之为理所应当。另外,十个月的育儿假全部休完后,芬兰还允许父母一方继续留在家庭里,照顾孩子直到三岁。在此期间,工作岗位为其保留,虽然不会再继续收到工资,但可以申领一小笔家庭照顾津贴。整个育儿假告一段落(最长三年)后,原单位欢迎其回归工作,并会帮助他们重新适应工作节奏。[19]

汉娜和奥利的第一个孩子是从肯尼亚领养来的。当时,根据肯尼亚收养机构的要求,父母必须在肯尼亚停留半年以上才能完成收养程序。为此,汉娜请了整整一年的带薪产假,奥利也申请了七个月的假期。父母双方同时休那么长的假期并不常见,因此奥利只能申请到无薪假期。后来,当他们的第二个孩子出生时,汉娜在预产期一个月前便开始休产假,并计划在家待一年半。孩子出生后,奥利也休了两周假,之后还有权享受更多的假期。

等父母双双回归工作后,"爱的北欧理念"又在新的方面发挥起作用。孩子尚且年幼,在这样一个成长阶段,北欧社会希望确保父母双方既能充分投入工作,重新成为高效的员工,同时又能胜任父母的角色。在美国,日托可谓父母面临的最伤脑筋的日常挑战之一,通常也要花费他们一大笔钱。与之相对,北欧社会决定把父母从这一重担中解放出来,因为这对所有相关的个体和机构都有利,不论是雇主、父母,还是(最重要的)孩子本身。感谢"爱的北欧理念",每一位生活在芬兰、瑞典、挪威和丹麦的父母都能够方便地找到平价、便捷的日托中心。[20] 其费用一部分由政府补贴,一部分则根据家庭收入情况计费。一旦父母最初的育儿假结束,他们就能够把孩子送去日托。而且,日托中心受到监管,确保输出高质量的服务。部分地区设有私立日托,家长如果乐意,也可以选择把孩子送去那里。[21]

在芬兰,孩子出生后三年内,家长有权随时回去工作,所以头两年,多数家庭会选择留一个成年人自己在家照看孩子,再之后,他们就会把孩子送去一所好的日托中心。低收入家庭可免费享受该福利,对于高收入家庭则会设置一个最高支付额。就2016年的数据来看,如果是头胎,则日托费用每月最高350美元(折合每年4,200美元);之后每多生一个孩子,单个孩子的费用就逐级递减。[22]

由于汉娜和奥利领养的孩子"具有国际背景",所以他们想送他去一家以英语为主要语言的日托中心。于是,汉娜上网查询了当地的日托中心名单,选择了离家较近的两所私人日托,然后分别给对方发去邮件咨询。其中一所当即同意接收他们的儿子,事情就此解决。再者,即便是私人日托也受到政府补贴,所以汉娜和奥利每月支付的日托费仅比去公立日托贵一点点,约为370美元。

我问汉娜,她请了那么长的育儿假,会不会担心事业受到影响。奥利也申请了七个月的假期,他是否有同样的担心?毕竟,管理咨询行业是出了名的竞争凶残。更何况,汉娜的公司在全球都有分所,而其总部恰恰位于美国——汉娜甚至曾在其美国办公室工作过一年。

"我觉得奥利有想过这个问题,"汉娜告诉我,"当然,我也一样。"但她发现,芬兰本地分所的老板对于她的两次产假都全心全意地支持,而且她和奥利重回赛道的速度也都很快。"领养完第一个孩子之后,我们回去工作,发现重新回归状态还挺容易的。所以现在生第二个孩子,我就不怎么操心这件事了。"

其他北欧国家甚至推出了更实惠的政策,为双职工父母提供支持。首先还是关于育儿假,其次则是日托。在瑞典,每户家庭都可以享受总计四百八十天(约十六个月)的带薪育儿假。他们可以在孩子四周岁以前,根据自家所需分配使用;也可以省下一部分,在孩子十二周岁以前的任何时间使用。[23] 瑞典的日托费用比芬兰还便宜。[24] 芬兰人倾向于在家里带孩子的时间长一点,而其他北欧国家的人往往在孩子满一周岁后就会回去工作。[25] 另外,在大多数北欧国家,父母除享有育儿假和全日托外,在孩子上学前还有权缩短工时[26];如果孩子病了,一方家长可以在家照顾孩子若干天。[27]

北欧社会意识到,要想让个体全力以赴地当好员工和父母,他们必须有时间用来休养生息、享受彼此的陪伴。这也就意味着,所有雇员,不论职级高低,每年都享有大量的带薪年假。[28] 芬兰劳动者在公司工作的第一年里,每工作一个月就有权享受两天的带薪年假;一年后,全职员工每年固定的带薪年假时长为三十天,差不多相当于五周*。其他北欧国家也有类似的规定。[29] 即使像汉娜和她老公奥利那样,人在赫尔辛基,工作强度巨大,他们的公司也鼓励员工休满其全额年假,因为闲暇时间不仅能使员工活得更像人,也让他们成为更好的劳动者。奥利每年至少休五周的

---

* 原文如此。

年假,汉娜则休六周。

值得再三重申,在北欧国家的公司工作,不论企业的规模如何,父母均享有以上政策所保障的一切社会福利,它们在全国范围内生效。这是北欧社会受"爱的北欧理念"所启发,对家庭做出的现实承诺——或者说得更具体些,是对孩子们做出的承诺。

虽然所有这些社会政策看起来主要都是面对父母,但换一个角度去想的话,可以说它们主要是为了确保孩子能享受一个美好的人生。现代北欧社会的目标是尽最大努力去支持每一位个体的自由,从这个角度来说,它们为实现该目标,从个体生命之初——即当他们还是新生儿之时——便开始付诸实践。从北欧视角来看,无法确保父母享有充足的育儿假,不亚于侵犯基本人权,尤其是一个儿童的基本人权。孩子理应被养育、被照料,而这就要求父母必须"在场"去完成这项工作,并且能够出色地完成它。

这种态度和"无私"没有任何关系。在北欧人眼中,保障儿童的基本权利是面向社会未来所进行的一项投资。通过赋予劳动者带薪育儿假、病假和能够休养生息的年假,帮助家庭获得身心健康的同时也不必担心经济上遇到困难,这有助于确保孩子成长为健康而富有活力的社会成员,而不是变成囚犯、病人或失业者。

与此同时,日托中心受到政府补助,不仅可以让年富力强的爸爸妈妈回到工作岗位、创造经济价值,也给所有孩子提供优质的早教。当然,养育孩子的主要责任还是在父母自身,只是说,社会在这方面会竭力给予支持,因为这不仅对每个孩子有好处,也对整个社会有益处。

有一位纽约朋友曾怒气冲冲地向我抱怨,他公司里某位女同事生了孩子之后就申请"非全日制居家办公",但在这位男士看来,那会加重其他同事的工作量。"她自己要生小孩的,"他气冲冲地说,"而现在,她想让其他所有人为她的选择买单。这不是我们的问题。"在北欧国家,即便在那些没生孩子的人中间,你也很难听到如此严苛的评论。当然,我可以理解他何出此言。作为一个"没生孩子"的人,我的工作时间比那些需要抚养低幼龄儿童的同事更长;如果国家财政无需负担所有这些育儿假和日托服务,我要缴纳的税很可能也会更少一些。但我还是相信,儿童的福祉就是所有人的福祉;他们若陷入贫困或感到不幸,也是所有人的问题。此外,在我看来,儿童享有快乐童年的权利是不可剥夺的,其重要性也绝不亚于成年人的福祉。不过,或许最关键的理由在于我是一个自私自利的人类,我心里清楚,假如我以后有了自己的孩子,这一整套支持体系也会为我服务。

对了,如果我在芬兰生孩子的话,我就可以小小地期待一下祖国最深受人们喜爱的一项传统——美国人对此肯定会觉得超级诡异——收到专属于我自己的"宝宝盒"[30]。

关于"宝宝盒"与"回力镖青年"

我人生中经历过的最具启发性的一次文化冲击,发生在我定居美国的第一年里。当时我正在浏览《大西洋月刊》的官网,偶尔发现一篇文章,标题是《芬兰的"宝宝盒":来自圣诞老人还是社会主义地狱的礼物?》(Finland's "Baby Box": Gift from Santa Claus or Socialist Hell?)。文章作者是一位美国的政治学者,名叫多米尼克·蒂尔尼(Dominic Tierney),他为美国读者介绍了一项芬兰无可争议、广受爱戴的传统——一个塞满全新婴儿用品的纸盒,里面有衣服、床具、保湿霜、一把婴儿牙刷、一套可循环使用的尿布、一个咬合玩具和一本图画书。每一个新生儿家庭都能收到这个盒子,它经过特殊设计,还可以作为婴儿床使用,并且内置了小小的床垫。芬兰人认为,这一特殊的礼物既能帮到经济拮据的家庭,也为忙碌的父母提供了便利。新手家长们可以选择不要这个盒子,作为补偿,政府会发放150美元现金,但绝大多数家庭还是会选择"宝宝盒"。这一盒子也间接鼓励人们在分娩之前去一趟产科诊所,因为它只会在第一次预约门诊结束后发放。我的芬兰友人们都对"宝宝盒"赞不绝口。哪个新手父母能提前想到要买"婴儿指甲剪"或者"婴儿体温计"这种东西呢?他们中不少人也会把这个结实的盒子用来当婴儿的"第一张床"。芬兰的"宝宝盒"或许是"爱的北欧理念"最早的一种"具象化表达",它似乎在对襁褓中的孩子说:"你的父母当然会竭尽全力爱你,但你所能依靠的,不仅仅只有他们哦。"

然而,蒂尔尼对这一切的评价却是:"一些美国人可能会想,这宝宝盒简直就是保姆国家的缩影。都是成年人了,自己搞不来婴儿床吗?"这或许代表了美国人的一种典型反应。只要不是赤贫,芬兰父母当然买得起婴儿床——事实上,我很肯定他们最终都会这么做的。只是对于资源紧张或者朋友和家人都较少的父母而言,"宝宝盒"无疑意义重大。而且,鉴于每户家庭都可以收到这样一个盒子,它也不会给个别家庭贴上标签,带去耻辱感。这也是笔划算的买卖,因为政府是全国最大的甲方,对于盒子里装的一切商品,它都可以谈下很好的价格。衣服颜色靓丽,还会时不时变换新的图案。有一年,赫尔辛基的阿尔托大学还开展了一次比赛,请平面设计系的学生为盒子本身设计一个时髦的外形。部分美国人可能会以为,一到冬天,芬兰操场上的孩子们都穿着统一的、政府发放的雪地装,连绵一片使人不禁联想到"社会主义童子军"之类的东西……为防止误会,我得声明,芬兰父母不可能只给小孩穿盒子里的衣服,基本还是要靠买、换或者继承。总的来说,芬兰人视"宝宝盒"为一次愉快的交接仪式,象征着来自全社会的一句"欢迎"。它传达的讯息是:我们尊重你养育孩子的选择,在这场冒险中,我们会给予支援,你绝不是在孤身作战。

其实美国也有本土版的"宝宝盒",名叫"迎婴派对"(Baby Shower)。家人朋友共聚一堂,为准父母送上各种婴儿相关的礼品,很难想象还有多少场合会比它更加饱含承诺与爱意。与此同时,美国的迎婴派对也浓缩了婴儿的未来图景。一个家庭拥有多少资源和人脉,不仅决定了孩子会在迎婴派对上收到什么礼物,更影响着他们之后是否可能获得好的医疗服务、好的日托、好的教育,以及足够多的父母陪伴。美国最贫困的家庭可以获得社会福利救济或者申请到奖学金,对于日益受困的中产阶级乃至富裕阶级而言,新生儿的出生也有利有弊,情形不一。

等孩子长大了一些,不再是蹒跚学步的无助婴儿时,"爱的北欧理念"也并未就此从政策中抽身。恰恰相反,北欧社会相信,在孩子逐渐向成人过渡的时期更有必要帮助他们建立起一种健全的独立性,而非任由他们被父母的资源、人脉与技能所过度影响。毕竟,后者完全像抽彩票一样,充满随机性。因此,随着孩子不断成熟,北欧社会持续通过各种方式,帮助他们获得一定程度的生活自主性。

不过首先,让我们回到蒂尔尼发出的质疑。在那篇关于芬兰"宝宝盒"的文章中,他或许传达了不少美国人的心声。他们担心"保姆国家"将不断蚕食私人领域,具有潜在的风险。"这难道不就像滑坡一样没完没了吗?如果孩子长到第一套衣服已经穿不下了,国家是不是还要提供第二个'宝宝盒'?然后是儿童盒?再来一个成人盒?"

相当合理的质疑。针对这一问题的答案隐藏在近年来出现的一个社会现象中。在我搬来美国之前,我对此也是闻所未闻,它被称为"回力镖青年"(boomerang kids)。

几年前,一位名叫凯瑟琳·纽曼(Katherine S. Newman)的美国社会学家注意到,自1970年代起,三十岁至三十四岁年龄段间,与父母同住的美国人数量上升了50%;三十岁上下的群体中,从未搬出过家的人数也在增加。虽然这一现象也出现在日本、意大利、西班牙等国,但在美国尤其显著。纽曼很困惑:"为什么在世界上最富裕的一批国家中,年轻(乃至也不怎么年轻了)的成年人仍旧无法自食其力呢?"[31]

纽曼的团队发现,社会上存在多重压力延长了子女对父母的"依赖期",导致成年子女不得不像回力镖一样,重新回到原生家庭。经济全球化拉低了年轻人的工资水平;"直升机式育儿"和消费主义制造了一批热衷于昂贵鞋服和度假的年轻人,他们不愿自己支付房租、购买杂货,而其父母也乐于继续宠溺他们;在观念老式的家庭里,年轻女性不愿出嫁,因为一旦嫁人,她们就不仅要负责抚育自己的孩子,还要扶养两边的老人。现代生活的种种压力之上,又叠加了社会传统结构的枷锁,由此改变了年轻人对于"成年"的认知,本质上阻碍了他们的成长。

然后,纽曼将她的视线转向了地球的另一片区域,北欧。"挪威、丹麦、芬兰和瑞典的居民很可能搞不明白这究竟是怎么一回事……从奥斯陆到斯德哥尔摩、哥本哈根到赫尔辛基,年轻人通常一满十八岁便离开了家。十八岁之后还跟自己爸妈住在一起的话,肯定会惹来闲话,因为这可谓是'社会奇闻'。"[32]

纽曼所见识到的,便是实践"爱的北欧理念"所取得的成果。随着孩子逐渐成熟、步入成年,北欧的社会政策不断帮助他们降低在生活或经济上对于父母的依赖性。举几个主要事例即可证明这一点。比如,北欧的大学生不需要父母为其支付学费,也不会在之后迈入更广阔的世界时,受到巨额助学贷款的拖累,因为大学学业基本都是免费的;大学生无需从父母那儿讨要生活费,因为他们在毕业以前都可以收到学生津贴;北欧年轻人也不必搬回家和父母同住,因为他们可以享受到实惠的平价住房或优厚的租房补贴。即使经济形势堪忧,一开始很难找到工作,失业金也足够他们维持生计。由于年轻人通常没有什么工作经历,所以失业金较低;即便此前有工作收入,失业金数额与之匹配,但一两年后也会大幅下降——

但无论如何,人们总能收到一定的现金救济。与之相对,失业人员必须定期拜访就业办公室,证明他们正在努力求职或求学。[33] 总的来说,正是由于各式各样的政策赋予了年轻人一定程度的自由,使他们的生活不必像过去那样依赖自己的父母,北欧国家的孩子得以更加轻松地成功过渡到成年生活。

一个美国人或许会想,这样说来,年轻人岂不是刚出学校就可能靠低保过活吗?简直糟糕透顶。况且,美国式的"家庭支援"模型也自有其优势。在美国,父母与其成年子女的关系似乎比在欧洲更加紧密——不管是基于自由意志还是形势所趋。但是,"回力镖青年"的数量与日俱增,显示出作为一个成年人依靠父母过活就和接受其他形式的救济一样,对于个体的独立性、成熟度和自主性会造成直接的损害,进而削弱、腐蚀一个人的活力。事实上,有证据显示,依赖家庭可能比接受其他救济危害更大。后者至少可以独立过活,而"回力镖青年"却退回了孩童时期的生活模式。"爱的北欧理念"认为,父母与成年子女的关系应该是平等主体间的交往,双方都是自给自足的成年人,可以向对方表达爱意与支持。与之相对,"回力镖青年"与其父母的关系却回撤到经济与心理上的单方依赖,牵扯到一连串复杂冗长的协商,其间则难免夹杂尴尬、焦虑、怨恨与内疚。

此外,面对日益严峻的现实世界,如果家庭成为个体唯一的缓冲带和避难所,那么家庭内部成员的关系将可能受到一种隐秘却深层的侵蚀。我们这个时代,经济上充满不确定性和各种挑战,对于缺少社会资源的家庭而言,负担日益沉重,他们可能无力抚养自己未成年或成年的孩子。在美国,这一现象并不仅仅发生在贫困阶层,也已逐渐扩大到中产阶级人群。美国人生性热爱家庭,如此充满反讽的现状想必会让他们倍感酸楚。美国社会过度依赖家庭支持,这种结构所导致的一大受害者,便是婚姻本身。

失焦的婚姻

2014年1月,在林登·约翰逊"向贫困宣战"(War on Poverty)的第五十周年纪念仪式上,佛罗里达州参议员马尔科·卢比奥(Marco Rubio)发表了一番演讲。"对于大多数美国人而言,他们的主要愿景就是能够过上更美好的生活,"作为一个古巴移民后裔,卢比奥如是说道,"而在一些人看来,这意味着要挣大钱。这么想当然无可厚非,但更多人其实只是希望活得快乐、充实。有一份不错的工作,能挣到足以维持生活的薪水,可以陪伴家人、共享时光,退休后也有经济保障……还有能给孩子提供机会,让他们过上和自己一样,乃至更好的生活。"[34]

我完全可以想象一个北欧政客说出同样的话,因为这可谓某种普世的梦想。然后,卢比奥提到了美国日益加剧的贫富差距(他对此大感震惊),也谈到在他眼中,究竟是什么正拖累着贫困阶层的美国民众:低技能工作的流失、昂贵的税制、繁重的规章制度,以及摇摇欲坠的巨额国家债务。他痛惜社会流动性降低,提及了可能的解决方案,例如要求长期失业者参与培训课程,这样才能继续申领失业津贴[35]——在芬兰,这项措施已执行多年。但他还讲了一些话,是人们不大可能会在任何一个北欧国家听到的:"事实上,有一项能将孩子和家庭从贫困的泥沼中拖出来的最佳武器,它可以帮助降低82%的儿童贫困可能性。不过,它可不是什么政府的资助项目,它的名字是'婚姻'。"

听起来是不是浪漫又振奋人心?谁会反对"婚姻"?但这一论断实则在说,身处21世纪,要解决美国家庭在经济和日常生活上的挣扎困顿,不是要去做其他现代工业化国家都在做的事,即通过能够保障儿童基本权益的统一政策(如带薪育儿假)给孩子提供明智的支援……不是!从美国人的想法出发,解决人们经济困顿的首要方案是——结婚。

而在一个北欧人看来,"婚姻"是最珍贵的人类经验之一,把它作为消除贫困的政策方案,仿佛远古遗迹。如今,婚姻不应再像过去那般,被用来强制人们进入一种具有经济依赖性质的契约。曾经,正派的人(特别是其中的女性)为了家族血脉和财产的延续,被迫牺牲其内在的真实渴望,并且搁置其对于结婚的忧虑。这样一种旧式的社会结构正是现代社会所竭力避免的——所谓"现代性",正是为了把我们从上面这种状况中解放出来。

"爱的北欧理念"之所以诞生,就是为了保护选择的自由与机会。如今,婚姻应该是两个自给自足、没有重负的平等个体,因为想要自由地给予对方爱与关怀而作出的承诺。双方选择进入婚姻关系,是出于纯粹的爱,只有这样才能创造出最为深刻的联结。由此看来,坚忍克己、沉默寡言的北欧人,莫非是这个地球上最货真价实的浪漫主义者?

不可否认的是,卢比奥的提议虽然悲哀,但确实有其合理性。在美国,或许有些令人难以置信,但与孩子同住的伴侣通常都是已婚夫妇;未婚母亲则出于各种各样的现实因素,往往都是独自抚养孩子。[36] 评论家对这一现象非常担忧,他们指出,研究显示,非婚生子女更有可能会生活贫困、失学,产生各种生理、社会和心理上的问题。[37]

在一个北欧出身的人看来,美国的单亲家庭比双亲家庭更加贫困,逻辑上完全成立。毕竟,用一份收入养活孩子显然会更加困难,而美国政府也并未给单亲家长提供足够的支持。但奇怪的是,很多美国人目睹了同样的现状,却得出截然不同的结论。他们认为,结婚率下降、儿童贫困率上升,确实是政府的错,但不是因为政府当甩手掌柜,让单亲家庭独自解决所有问题(北欧人可能会如此评论);恰恰相反,很多美国人称,这一切都是因为政府出台了太多福利项目,把"单亲育儿"搞得比结婚更具有吸引力。[38]

与大多数其他的发达国家(包括北欧国家)相比,美国单亲家长享有的社会福利少得可怜。"法律动力"（Legal Momentum），一个倡导妇女权益的组织，研究了十七个高收入国家中单身母亲的生活状况，结果发现，美国的单亲妈妈生活最为贫困。她们的贫困率最高，没有健康保险的可能性最高，收入来源最少；至于其他国家单亲家长可以享受的育儿假、病假和公立日托服务，对她们而言则可谓天方夜谭。[39]

假若按照美国人的清奇逻辑，这些单亲家长的问题都来自过多的政府扶助，那世界上最可能大量生产非婚生子女，然后向国家伸手要钱的人，应该是北欧的父母。显然，北欧有各种丰厚的政策帮助父母养育孩子，除平价日托外，甚至还包括一系列现金补助。

那么，"爱的北欧理念"以及它所导向的种种家庭扶助政策，是否使北欧家庭变得分崩离析了呢？

如果你去看北欧非婚生儿童的数据，你或许会认为，北欧的家庭基础确实已被严重削弱了。在所有富裕国家中，北欧的非婚生子女率是最高的。事实上，在瑞典、挪威和冰岛，非婚生子女的人数甚至多于婚生子女人数。这一趋势在丹麦和芬兰并没有那么显著，但无论如何，这两个国家的非婚生子女率仍旧远远高于美国。[40]

不过，这一数据是否最能反映实际情况呢？先暂且不说"婚姻"这一概念本身在今时今日是否还像过去那样事关重大，假如我们转为关注家庭结构方面的数据，整个图景就大为不同了。相比于美国儿童，北欧的孩子更有可能生活在双亲家庭中，即便他们的父母并未缔结婚姻。

社会学家凯瑟琳·纽曼对此现象也有所着墨："单亲、同居、非婚生育——在美国人看来，这些家庭组织模式通常与贫困阶层联系在一起，但在北欧，它们却是无关阶层的普遍现象。"[41] 受"爱的北欧理念"所启发，北欧社会选择接纳人们的各种灵活安排，只要它们符合现代性原则，并且是从基本的人性需求出发即可。在芬兰，这种接纳甚至体现在最高级别的

The Nordic Theory of Everything 069

领导层中。芬兰总统塔里娅·哈洛宁原本就是一个单身母亲，在她参加选举时，她和一位男士正处于长期伴侣关系之中，但对方既非她孩子的父亲，也并不与她同居。（她当选后，他才搬进了总统府邸，二人最终结婚。）不熟悉北欧的人经常会以为，北欧文化通过某种类似于路德教义的道德律来束缚人性，但现实情况是，北欧社会相信，当今时代，成年人之间的关系各式各样，不拘泥于形式。因此，政府制定家庭政策时，重心应该放在如何支持家庭内部的个体身上，至于这些家庭如何安排他们的私人生活，则与政府无关。

在北欧国家，一对伴侣不论结婚或同居，他们的孩子所能享受的社会福利与单亲家庭几乎都是一样的。而且，如果孩子只有一个家长的话，社会将给那位单亲家长提供情感、经济和生活上的支持。值得注意的是，这一切并不是为了家长，而是为了确保孩子能够最大程度地享受童年。北欧所采取的策略，并不是催促单亲家长快点找到一个新伴侣，因为"不结婚"本身并不构成什么问题。

不过，公正地讲，卢比奥的想法也不无道理。北欧国家难道不会孕育出本土的"福利女王"（welfare queen），那种自己从不工作，只靠着生孩子便能从政府那里捞到源源不断现金的女性吗？毕竟，在芬兰，如果一个女人打算连着生两三个孩子，然后每个孩子都照顾两到三年，那么她很轻易地就会在家待上六年，还仍旧能保住工作。防止"福利女王"（或者"福利国王"）产生的关键，是把一个人所能享受的福利与其之前的收入挂钩。如果一个女人在生孩子之前从未工作过，那么她的产假津贴就会很少。在芬兰，对于生育前未曾工作过的人，每月能拿到的产假津贴是税前600美元，而在家照顾一两岁孩子的补贴则更少。[42] 即便这样的父母还能拿到其他救济资金，但这点钱尚不足以诱使父母放弃工作，因为大多数人更想要尽享人生，而不是吃着低保，无所事事。

育儿假，意在成为一段稳步前进的职业生涯中的间歇，而绝非一种生活方式。北欧的政策也确保了社会中大多数人正是以这种态度来看待育儿假。因此，比起美国的单亲家长，北欧的单亲家长很可能乃至更可能会在职场上打拼——很大程度上也是因为他们可以。美国的单亲家长若要一边照顾新生儿，一边努力保住工作，就会面临巨大的挑战，更何况还要额外支付日托和通勤的费用，可谓难上加难。与之相对，北欧国家的单亲家长则得到了积极的帮助，政府也鼓励他们继续工作。[43]

北欧经验打破了美国人的忧虑，政府援助并不必然会削弱家庭、鼓励单亲育儿、制造"福利女王"。原因听起来或许有点"反直觉"，正是由于北欧社会不奖励"婚姻"或其他的家庭合伙组织形式，北欧的家庭才变得更加强大。要落实"爱的北欧理念"，不能把重心放在家庭上。只有当组成家庭的个体本身是强壮且自给自足的时候，家庭作为一个团队才能高效运作。因此，北欧社会所尽力确保的，是每一个家庭成员的独立性。对于每一位父母而言，这也让他们能更简单轻松地维持在家庭内部的生活。当个体不必为了家庭整体做出过度牺牲，导致他们自己失去独立性时，家庭成员之间就会少掉很多摩擦；而遇到类似的情况却可能会让美国家庭就此分崩离析，或者导致人们从一开始就不愿意缔结婚姻。

那么，美国人（尤其是工薪阶层美国人）为何不再愿意步入婚姻？最可行的解释不是什么人们"缺乏道德准则"，或是什么都怪"政府福利项目"，而是出自珍妮弗·席尔瓦（Jennifer M. Silva）所著的《未达预期：飘忽时代下，工薪阶级的成年生活》(*Coming Up Short: Working-Class Adulthood in an Age of Uncertainty*)。席尔瓦是一名社会学家，她花费数年时间采访年轻的工薪阶级美国人，请他们谈谈自己的生活。

"他们从一份临时工辗转到另一份；他们从大学辍学，因为搞不明白那些助学金表格或是由于没法达到大学的专业要求；他们靠刷信用卡来救看病之急；他们不敢对爱人做出承诺，因为光是照顾自己已经竭尽全力……"席尔瓦写道,"于是,他们与各种机构越发脱节,工作场所也好,家庭、社区也罢。他们一路长大,明白了一件事,那就是依靠别人最终只会自伤。'成人期'并非只是简单地'被滞后'了,而是在方方面面都被重新界定了,不论是信任、尊严、联结,还是对他人所负有的责任。"

这些年轻的成年人发现,即便是他们自己的原生家庭,也无法保护他们免受全球化的影响和当代美国生活的种种挑战。更糟糕的是,他们将另一个人的陪伴视为某种潜在的负担,而不是一种可能的支持。如果你连照顾自己都觉得吃力,那么和另一位挣扎求生的个体共同生活,只会让事情变得更糟。正如席尔瓦所言:"他们在日常生活中所承受的不安全感与不确定性,使承诺变成一种奢侈——他们已无力承担。"44 但他们的第一反应却是责备自己没能开辟出一条更稳定的人生道路……这一点倒是"无愧于"美国人所受到的教育。他们只知道美国人的生活方式,没有可比较的对象;他们也没有意识到,对于自己所面临的挑战,美国的社会结构其实是多么落伍。悲哀的是,美国所培养出的新一代年轻人,似乎从根本上就害怕与他人产生联结。

如果你来自一个北欧国家,目睹这些如此过时的问题和辩论,不可能不感到震惊。因为在北欧,这些议题几乎已不在辩论范围之内。结婚率下降也好,家庭结构变化也罢,这些问题都已无关痛痒(甚至已算不上是什么问题);至于工作弹性的问题,政府也早就出台了相应的法律法规,通过相当数量的带薪休假对其加以保障。北欧社会已成功过渡到了将"支持个体独立性"作为首要目标的阶段。这不仅更符合当代社会的要求,也使个体获得余裕,能够对他人做出支持与有爱的承诺,例如同居或组建家庭。从这层意义上讲,北欧方案确实比美国方法更"自由放任"(laissez-faire),其成果就是产生了更为强大的家庭——任何一位北欧居民对此都不会感到意外。

北欧方案的另外一项成果是造就了"更为强大的女性",家庭也因此变得更加坚韧,具有更强的"复原力"。

更强大的母亲,更快乐的父亲

整体来看,北欧国家尤其为自己在确保女性平等权利方面所取得的成就而感到自豪。在芬兰议会中,女性占据将近半数席位已是常态;总理或总统办公室都入驻过女性领导人;半数内阁成员也为女性。当然,性别平等的进程还远未完成,但美国与北欧在这方面的差别还是极为显著的。[45]

所以我必须承认,自己曾为美国女性在养育孩子方面所需要承担的巨大责任感到惊讶。大多数情况下,是女人要去和她们的雇主据理力争,争取育儿假;是女人要去搜索各种可选的日托中心;是女人要给孩子安排日程并负责执行。她们要带孩子去看医生,要准备学校午餐,要在孩子生病时居家办公……在照顾孩子上,美国母亲所花费的时间是父亲的两倍,至于家务劳动方面,女性所花的时间则多达男性的三倍。在这些无薪劳动上,美国女性所耗费的时间比男性多得多,远远高于北欧女性与男性之间所付出的时间比例。当然,也有家庭属于例外情形。[46] 近年来,美国男性成为"全职主夫"而母亲在外工作的现象比从前更加普遍了,但他们仍旧属于很小一撮的少数群体。

芬兰父亲们会日常性地烧菜、给孩子换尿布、去日托接孩子,以及坐在操场边上看孩子。[47] 对于我在芬兰的一些男性朋友而言,在脸书上传他们照顾自家婴儿或孩子学步的日常和照片已经变成某种可以用来"凡尔赛"(humblebrag)*的话题。他们不仅为之自豪,彼此之间甚至还隐隐较

---

* humblebrag 是一个英语新造词,由形容词"humble"(谦逊的)和动词"brag"(吹嘘、夸耀)组成,系美国喜剧作家哈里斯·维特尔斯(Harris Wittels)首创,与中国网络流行词"凡尔赛"(用一种朴实无华的语气来自我夸耀)所表达的含义不谋而合。

劲。一位芬兰父亲告诉我："事情基本就变得好像是,如果你不完成自己的那份换尿布职责,你就不是一个真男人。"

母亲通常在家待上一年,有些甚至会待两年,而当母亲返回职场后,父亲则会休假半年左右在家照顾孩子。女性休假时间长,一定程度上是因为芬兰的产科诊所推崇世界卫生组织的建议,认为孩子在六个月以前应完全母乳喂养;而一岁(乃至更大)以前,应继续母乳喂养,辅之以其他辅食。[48] 有研究显示,母亲的受教育程度越高,其母乳喂养的时间也会越长。

美国人把产假视为让母亲从分娩中恢复身体的时间,如果产假时间太长,就会变成一种赋予生育女性的不合理特权,因为男性同事和不生孩子的同事并不享有这个假期。但北欧社会对待这个问题的态度与之不同。首先,在北欧人看来,父母双方都享有较长时间的育儿假,将极其有助于孩子和其父母之间都能形成一种深刻的联结。另外还有一项很重要的原因,父亲和母亲一样都能休长假的话,可以帮助父母双方从一开始就习惯于在家庭和工作上平摊职责,这也进一步促进了性别平等。

因此,在北欧社会中,性别平等并不是一个抽象的目标,也不只是"为平等而平等"。实际上,它是为实践"爱的北欧理念"这一更大目标而服务的,后者希望每一位个体首先实现自给自足,其次能够慷慨地将自己最纯粹的喜爱与关照给予他人。"育儿假"政策把假期时间公平地分配给父母双方,也正是为了促进达成这一目标。伴侣之间平等分工,既体现在家务劳动上,也反映在有偿工作上,这有助于提高双方的自主性。父母各自都能挣钱养活家庭,也能和自己的孩子培养起专属的亲子关系,通过这种方式,确保父母双方都享有独立性,也促使家庭整体上更加强大,因为它可以避免"一方在外赚钱、掌握经济大权,而另一方在家全权负责家务和照看孩子"的情况下,伴侣之间很可能会产生的依赖与怨念。即便婚姻不幸破裂,双方至少都保有各自的事业,也十分了解如何与自己孩子打交道,一个人生活仍旧可以经济无虞,情感也有依托。更直白点说,父亲多照顾家庭,母亲可自力更生,这不就能降低产生贫困单亲家庭的可能性吗?美国政策的制定者们担心的不正是这一点吗?

为鼓励男性多多利用育儿假,北欧国家出台了特殊的带薪休假,"仅限奶爸"(daddy-only)使用。当孩子母亲回归职场后,若父亲那边选择不请假的话,那这段假期就白白浪费了。冰岛以所谓的"3+3+3"模型著称,亦即把总共九个月的育儿假三等分,每段假期时长三个月。一段可由父母双方自主分配,而剩下两段则是"专属假期",一段由母亲专享,一段由父亲专享。如果孩子父亲不把自己的那份假期用起来,孩子母亲也不能代替他使用。

挪威的政策与之类似,有十周的育儿假仅限父亲使用;而瑞典也给爸爸们安排了三个月的专属假期。芬兰的"限定奶爸"假期时长为九周,其中三周可以申请和孩子母亲同时休假。当然,父亲如果选择全部或部分使用"父母双方均可享有的"育儿假的话,他就能在家待上更长时间。[49]

专属于父亲的育儿假出台后,给社会带去了巨大的变化。它鼓励北欧男性更多地利用起育儿假,对家庭造成了深远影响。多国研究显示,当父亲和母亲一样开始请育儿假后,男方在育儿方面发挥出了更活跃的作用,改善了家庭的整体生态。男性还更多地参与到其他家务活动中,如烧菜、购物,而女方则有更多的时间可以投入到对外的有偿工作中,结果也让双方的时间分配比例更加合理。[50]

想法较为老派的人通常会认为,男人就该是家庭里那根顶梁柱,因此他们并不会将这种变化视为"进步"。但是,换个角度去看,即便在美国,也有越来越多的男性意识到,他们本可以从与孩子建立联结中获得满足感,本来有权参与到抚养孩子的过程中,而这种机会却都被剥夺了。调查显示,想要请育儿假的男性数量在不断上升,但遗憾的是,他们多半会受

The Nordic Theory of Everything　　075

到阻挠,因为雇主对此类申请通常不予批准。

即便雇主确实给男性员工提供育儿假,美国的父亲们申请起来也颇感惴惴不安,因为他们担心公司会觉得他们对工作不够投入,从而影响到未来可能的升职机会,甚至导致其他更严重的后果。[51] 在职场上,一旦男性想要缩减工作时长用来照顾孩子,他们就很容易会被人说闲话,这种情况不仅只发生在美国,在很多其他国家也同样如此。北欧推出仅限父亲使用的育儿假,一大关键点就是"在全国层面执行该政策",也就是说,它让"尽一个父亲的职责"对所有男性而言都成为一种平等且合法的追求。北欧经验也证实,如果一个假期仅限男性使用而父亲选择不用时,整个家庭就会失去那段假期和津贴的话,雇主和同事也能更加理解和接受男性想要照顾家庭的决定。

该政策在北欧实施后,成效相当显著。它不仅体现在职场里,也反映在操场上。萨斯卡是我的一位芬兰友人,他的妻子在1990年代早期生了两个孩子;二十年后,他已离婚又再婚,现任妻子又生了两个孩子。"我第一次当爸爸时,坐在沙坑边上都是妈妈,只有我一个男的。"他告诉我,"如今,我只是坐在沙坑旁的众多爸爸当中的一位了。"不过,他笑着补充道:"他们都比我年轻二十岁。"二十年前,男性待在家里育儿可能会觉得很难堪,但现在,芬兰父亲更可能因为自己没请假照顾家庭而感到难堪。他们中很多人认为,自己有责任参与到他们孩子生活的方方面面,不论是就医、日托还是学校的野外考察活动。一个成年人每天和孩子待在一起,难免会感到疲惫甚或麻木,但许多芬兰男性在参与育儿活动的过程中,于孩子之外发现了意外的收获。例如,训练孩子上厕所似乎不仅拉近了父子间的关系,同时也能让一位男性和其他爸爸建立起愉快、深刻的友谊。对于我所认识的很多芬兰男性朋友而言,要不要请育儿假已不再是什么问题,请假育儿已经成为正常生活方式的一环。据我所知,他们都对自己的选择很满意。

他们的配偶,也就是孩子的妈妈们,当然也对这一转变非常满意,与此同时,她们也很惊讶事情竟进展得如此顺利。卡里纳说:"我至今还记得,当我丈夫请假在家照顾孩子时,有一次儿子摔倒了,他叫爸爸去帮他,而不是叫我。那一刻感觉真的很好。"她是一名芬兰的自由作家,她的丈夫则是一位专门修建定制石墙的工匠。他们平分了育儿假,每人轮流在家半年。"我感觉很美妙,因为这件事减轻了我的负罪感。"她向我解释道,"作为一个母亲,你总是忍不住会想,自己究竟是不是必须守在家里?既然做了母亲,是不是就不该再出去工作?但其实本质上,你只是在高估自己的重要性。所以,当我儿子的第一反应是叫爸爸的时候,我知道我们做了正确的选择,我们的孩子被照顾得很好,而那个照顾他的人并不必总是我。理智上,我一直知道这一点,但那一刻,我才终于发自内心相信了这一点……那真是一种巨大的解脱。"

"超人妈妈"的问题

长期以来,我对美国女性怀抱着崇敬之情。当"谷歌"副总裁玛丽莎·梅耶尔(Marissa Mayer)在怀孕期间被任命为雅虎 CEO 时,我的这种钦佩可谓登峰造极。她很快宣布,自己只会休几周的产假,然后在她的办公室旁边建了一个育婴室,以便全天都能见到孩子。[52]我相当怀疑是否有芬兰女性可以如此"硬核"地做到类似的事情,不论她在公司职位有多高。在《向前一步》(*Lean In*)一书中,脸书主管谢丽尔·桑德伯格(Sheryl Sandberg)鼓励女性在"尽母职"的同时,也要在职场上争取承担更多责任。她的故事可谓"美国超人妈妈"世界传来的神话传说,什么在会议电话的间隙泵奶啦,什么坐私人飞机去参加会议的途中给孩子梳头发挑虱子啦[53]……那个世界给我留下的印象就是,北欧的"凡人妈妈"们在那里绝无容身之地。

北欧的母亲们也工作,但极少像美国母亲那般永不停歇。工作节奏更慢、休假更长，一方面当然更有利于妈妈和孩子的健康，但另一方面我也必须承认，长期产假有利亦有弊。女性休假时间太长，就可能丧失重要的工作经历，也不容易升职、加薪，更别说收入和养老金难免会有所减少。此外，雇主在招人时也可能歧视年轻女士，担心她入职没多久就去生小孩，而且一休就是好几年。遗憾的是，北欧的数据确实验证了女性的上述担忧。举个例子，即便北欧以"性别平等"闻名，但就职业经理人岗位来看，北欧的女性占比低于美国。[54] 那么，对于北欧女性来说，要成为美国式的"超人妈妈"，解决方案是不是在尽全力当好母亲的同时，学会在办公室里"向前一步"呢？

当我们比较北欧与美国妈妈们所面临的困境时，可以看到某种"两难"的局面。在北欧国家，一般父母之中都会有一个人在家陪孩子，直到孩子一岁左右才重回职场。而且没错，妈妈从工作中抽身的时间最后通常都比爸爸要多。反观美国，女性分娩后，父母双方都要很快回归工作，即便此时他们的小孩基本只有几个月乃至几周大。这种现象在社会上是完全正常的，很多时候人们也不得不如此。因此，母亲被迫成为了一名"超人妈妈"，必须不畏艰难地同时应对工作和育儿。虽然这种状况对美国女性而言远非理想，但至少她们不会像北欧妈妈那样，每生一个孩子就要从职场缺席半年、九个月乃至整整一年。

然而，这也不是故事的全部真相。同样在美国，夫妻中有一位为了照顾孩子，完全"退出职场"的情况在社会上也很正常，而且屡见不鲜。绝大多数情况下，那个"退出职场"的人会是孩子的母亲，她们可能当一辈子全职主妇，或者很多、很多年之后才会再次外出工作。[55] 这一趋势似乎还在不断上升。皮尤研究中心（Pew Research Center）的调查显示，十八岁以下的孩子中，他们的母亲里有三分之一都是家庭主妇，这一比例达到二十年来的最高水平。北欧国家则与之不同，父母一方完全放弃工作只为育儿的做法，既无必要，也不受推崇。长达一年左右的育儿假结束之后，北欧父母双方基本都会重返职场。比起邻国的北欧女性，芬兰妈妈们通常会在家待的时间更久一些，但也仅限孩子出生后的头几年。因此，在所有北欧国家，超过二十五岁的女性在职场中工作的人数比例均高于美国。[56] 也就是说，尽管美国有很多"超人妈妈"，但要求女性都变成"超人"绝非解决之道。现实情况是，美国的妈妈们正在不断地滑出职场。

美国女性选择有限，总是被夹击在一个两难困境中——要么做"超人妈妈"，要么当"家庭主妇"。造成该现象的一大原因是，美国的日托服务贵得离谱。虽然有将近三分之一的美国妈妈选择离开职场、全职在家，但这也意味着，美国仍有半数以上的家庭是"双职工家庭"，他们亟需儿童托管服务。[57] 对于这些家庭而言，"巨额"日托可谓灾难。据非营利组织"儿童托管知悉"（Child Care Aware）的调查显示，2014 年美国的日托中心里，一个婴儿的全日托服务每年平均收费在 4,800 美元（密西西比州）到 22,600 美元（哥伦比亚特区）之间。[58] 等孩子长到四岁时，其看护费用也只是略微减少。如果一家有不止一个小孩（通常都是如此），那么托管费用很容易就会两倍、三倍地往上翻。对于低收入家庭，联邦政府和特定的州政府有一定的补助和税收减免政策，但即便如此，儿童托管服务总会占据一大块美国家庭预算，尤其对那些收入平平的父母而言。

就我所认识的美国朋友和熟人来看，他们中的大多数都困在中间，左右为难——既没有富裕到可以让一个人全职照顾家庭，同时还能维持中产阶级的生活水准，也不是有钱到可以随便请得起保姆、付得起日托……或多或少都有些抠抠搜搜。他们身为父母也可谓英勇，为了解决"日托难题"，他们发挥出无与伦比的创造力，想出各种办法，如兼职工作、在周中和朋友互换看孩子、共用保姆、请亲戚帮忙，以及居家办公。有人求雇主给自己安排灵活工作制，也有人为了送孩子去上好的幼稚园（preschool）*

---

* 在美国，preschool 特指给两岁至五岁小朋友开办的幼儿园，此处译为"幼稚园"，与后文所提到的 kindergarten（幼儿园）作区分。

不惜背上贷款。很多人表示,自己经常活在一种经济上的不安全感中。也有一部分幸运儿可以得到父母的支援,帮着补贴家用。

虽然我极其敬佩美国友人们所表现出的足智多谋,但我也忍不住会想,都21世纪了,一个社会这样分配它宝贵的人力资源究竟是否明智呢?为了应付照看孩子的问题,人们调动起自己的创造力,但同时也消耗了巨大的精力和脑力。那些原本可以得到更好利用的时日,是否就这么被悄然偷走了呢?我认为这是在挥霍人的时间和潜能。

而北欧社会的居民基本无需面对这种难题。带薪育儿假在全国范围内统一施行、操作简单、长度适中,为新生儿父母在经济和职场上减轻了大部分压力。等到孩子长大一点后,政府则致力于确保高质量的日托服务并可以做到平价、便民,让双职工父母也能轻松安排好家庭生活。数据显示,绝大多数三至五岁的北欧儿童在日托机构享受了高质量的专业托管服务[59],这就使得北欧女性可以兼顾职场与母职而又不必成为"超人妈妈",她们育儿后继续工作的比例也远高于美国女性。

确实,美国女性在公司内部可以升到更高的职位,在这方面,北欧女性仍有进步空间;但总体来看,美国女性在职场上被甩在了后面。各项研究表明,对于女性的职场发展而言,理想的政策是给予她们充分的带薪产假,但要注意也不能太长(应少于两年,甚或少于一年)[60];而且,关键是要求男性与之平分育儿假。父亲和母亲一样,也应该削减工作时长用于育儿。

世界经济论坛从以下四个维度出发,评估了全球各国的性别差距状况:(1)经济参与度和工作机会(economic participation and opportunity);(2)教育(educational attainment);(3)健康及生存(health and survival);(4)政治赋权(political empowerment)。北欧国家常年位列全球性别最平等地区。那么,美国在这方面的情况如何呢?2015年,美国排在第二十八名。该年度报告还明确指出,北欧国家女性在劳动力市场的参与度是世界最高的,男女之间的收入差距则全球最低。[61] 虽然北欧女性在公司管理层中略显劣势,但总体而言,她们仍有充分的机会可以升入管理岗位。

"爱的北欧理念"相信,在伴侣关系中,比起双方互相捆绑、处于不平等地位,或需要在经济和生活上过度依赖对方,由独立个体组成的家庭实际上会更加强大和坚韧。北欧国家也出台了相应的政策来实现这一愿景。对21世纪的家庭而言,全国范围内统一实施、直截了当的社会政策明智且合理。其他国家若想取得类似的成果,亦可借鉴援用。

"活在过去"正在让美国人付出高昂的代价,反映到具体的美国家庭中,就意味着收入降低、精神压力和生活艰辛——它们全都给人带去了极大的焦虑感。我不仅在周围人身上见证了这种焦虑感,当我定居美国后不久,我自己也开始对此有切身体会并深受其折磨。美国女性的代价尤其高昂,她们失去了诸多机会;由于社会不保障孩子获得高质量日托服务的权利,美国儿童也在付出代价,只是我们或许尚且无法清晰认识其后果。美国经济同样也在遭受损失。2014年,白宫经济顾问委员会的报告中提到,那些可以帮助职场女性的政策,如带薪家庭假、灵活工作制、平价儿童托管服务,能显著提升经济发展速度。[62]

但在最基本的层面上,这一切都可以被归结为一句话——美国家庭值得更好的待遇。

明日之家

那么,从国家层面上,美国要如何着手应对这些挑战呢?首先,它可以对一些正在进行的地方改革予以关注。除加州以外,新泽西州和罗得岛州也开始在全州推行带薪育儿假政策,父亲与母亲一样可以申请。[63] 由于休假资金完全出自雇员缴款(employee contribution),因此对雇主而言没有任何直接成本。有不少公司也开始提供内部的带薪育儿假福利,硅谷巨头企业如谷歌、脸书、雅虎在这方面同样"引领潮流"。如果说,美国一众最具前瞻性的企业和州政府正自发作出改变,那么为什么不能消除地方差异,拥抱未来,出台全国性的政策,给人民提供更加合理的带薪休假方案呢?这样做会对全美企业乃至整个美国经济造成过于沉重的负担吗?

到目前为止,加州带薪家庭假政策的实施情况显示,雇员对于能够申请更长的育儿假表示感激,整个家庭显然也从中获益。[64] 加州的项目给符合条件的劳动者提供了六周的带薪家庭假,如果以北欧标准来衡量,无疑算不上充分,但根据 2013 年的《总统经济报告》(*Economic Report of the President*),这一单项休假的时长已经比美国通行的产假翻了一倍:新手妈妈所能享受的产假从原来的三周上升至六周或七周。这一改变不仅对母亲利好,也有助于宝宝们更好地开启他们的人生。经济学家艾琳·阿佩尔鲍姆(Eileen Appelbaum)和社会学家鲁斯·米尔克曼(Ruth Milkman)于 2010 年做了一项调查,研究了加州倡议所产生的效果,证实自新政策实施后,母亲母乳喂养的时间更长了,而父亲休育儿假的情况也在增多。诸如此类的进步虽小,却是代表希望的开端,美国似乎也正在踏上践行"爱的美国理念"之征途。

不过,由于企业担心成本上升,政府要推行更加完善的家庭政策始终困难重重。事实上,在加州颁布其方案之前,来自企业的游说客便反对此类政策,称其为"岗位杀手"(job killer)。那么,上述恐惧究竟应验了几分呢?新的加州休假方案已落地六年,阿佩尔鲍姆和米尔克曼的上述调查发现,对于批准更长假期可能带来的成本上升,企业最初所怀抱的种种忧惧无一应验。与之相反,绝大多数企业称该项目实施后,对生产力、利润率、交易额和员工精神面貌要么产生了积极作用,要么无显著影响。

鉴于在州层面上,新的家庭政策取得了良好的成效,在全美进一步推行类似政策也是相当合理的希冀。2013 年底,纽约州参议员陆天娜

(Kirsten Gillibrand)和康涅狄格州众议员罗莎·德劳拉(Rosa DeLauro)向美国国会提交了一份《家庭法案》(Family Act)[65],它直接建立在加州和新泽西州的示范实践基础之上。该法案提议,建立一个共同账户体系,劳动者和雇佣者都把工资的很小一部分打入该账户,这部分资金用来确保所有劳动者可在新生儿诞生前后享受最长可达十二周的带薪休假(休假期间,收入为正常工资的一定比例),或用来支付劳动者因自身重疾或为照顾生病家人而休假期间的工资。该系统将由美国社会保障局运行管理。

白宫为优化劳动者的休假政策,也在坚持不懈地做出努力,进步虽小但意义重大。奥巴马总统为全国职工争取更多带薪病假,并敦促为联邦雇员提供更好的育儿假政策。更重要的是,奥巴马政府通过了多项预算案,给"国家带薪休假基金"(State Paid Leave Fund)提供专项拨款,用于帮助各州制定地方性的带薪休假方案。[66]

然而,不论是在国家层面还是在各州内部,对于此类联邦倡议的反对始终很强烈。反对的声音总是说,给全美劳动者提供更多育儿假的成本太高,更别提资助建立统一、高质量的日托体系了……这样做肯定会搞垮美国经济,导致美国在全球竞争中失利。不过,对于家庭相关的政策和全球竞争力状况,美国政客似乎消息不太灵通。

增加劳动者的带薪休假是全球的一大趋势,大方向就是北欧国家已经采取的那类政策。联合国设立了一个下辖机构,名为"国际劳工组织"(International Labour Organization, ILO),其职责是为全球劳工确立合理的工作标准,因其工作成果,曾获诺贝尔和平奖的表彰。根据ILO的标准,当今世界中,一个合理且人性化的带薪产假应不低于十四周,休假期间工资应不少于正常过往薪资的三分之二。ILO也指出,要使带薪家庭假可以正常、公平地运作,某种形式的公共资金支持必不可少。要求私人企业承担育儿假的成本是不合理的,主要理由如下:一企业负债压力增大,二有社会风险——企业可能会因为产假的成本过高而在招工时歧视女性。越来越多的国家正在努力增加休假时长,同时提高福利金额。[67]

美国人似乎将给予劳动者此类休假看作是"利他主义"的表现,这就是他们搞错了的地方。目前,各国际组织——如经合组织、欧盟、世界经济论坛——也都在鼓励其成员给自己的劳动者提供带薪育儿假,并为日托服务提供资金支持。他们这么做是因为这些措施显然有利于经济增长。[68]研究表明,适应现实需求的家庭友好型政策对一国经济有正面影响。家庭假政策和平价日托可以提高女性在劳动力市场的参与度,帮助雇佣者留住员工,同时也能提高妇女儿童的健康状况。

在推行此类政策的国家之中,其企业和整体经济并未遭受损失,生育率也有所上升,这反映出人们对于经济发展的长远预期反而更加乐观。如今,经合组织、欧盟和世界经济论坛说服政客和商人实施这类政策,其理由不是基于"希望他们做善事",而是告诉他们"这么做能赚钱"。这些组织所言非虚。任何一个想要收获(关键是还要留得住)更健康、快乐、高效员工的企业领导人都应该游说最高级别的政府施行统一的强制政策,从而避免竞争企业的做法让他们自己在公司内部作出的努力付诸东流。假如全国范围内所有公司都必须提供同样的福利制度,并存在某种形式的公共资金可以共同分担育儿假所带来的经济压力,那么所有企业都能获得一个更加公正合理的竞争环境,所有员工也能享受到同等的福利。

我的芬兰朋友们知道自己可以享受充足的育儿假,日托优质又便宜,公共医疗体系也随时为他们服务,基于这样的预期,他们可以计划自己的家庭生活。当然,安置家庭从来都不容易,他们中很多人也会向自己的父母和其他亲戚寻求帮助。但如果你生活在北欧国家,想要建立起属于自己的家庭,那么你只管义无反顾地着手去做就好。一旦你行动起来,你在孩子身上所花费的时间和精力往往会集中在爱他们、陪伴他们以及抚育他们，而不是为了养活他们必须拼命工作，拼命到压根没时间见他们。

即使在芬兰，人们也总是会抱怨生活，哪怕他们已经拥有很多。但在那里，养育孩子基本只需要对生活作出一定的调整，而不是拼尽全力给生活保底。当我和崔佛谈恋爱以及之后搬到纽约居住的时候，很多朋友都为我高兴；如今，就是同样一批人劝我如果要生孩子，就不该老是想着钱的问题。我难免觉得好笑，是啊，我心想，你们倒是来纽约试试，我看你们能不能想要孩子又不想钱的问题！

北欧国家不仅成功地让更多女性进入劳动力市场，还在这一进程中推动"爱的北欧理念"成为现实。它们的总目标是支援所有个体（无论其性别），使他们可以成为更加健康的劳动者，在工作和生活之间达到更好的平衡，并且为父母和孩子都带去更多福祉。通过增强个体的力量，北欧社会也促使人们建立了更强大的家庭。美国没有理由不能做到同样的事情。

不过，要增强个体力量还有另外一条路径，它涉及每一个社会最宝贵的资源——儿童。

第四章　如何成就孩子：获得学业成功的秘诀

教育强国的兴起

当我嫁给崔佛、移居纽约时，我也在美国收获了一个美妙的大家庭。在我所认识的第一批美国人中，相交最深的是崔佛的表亲霍莉和她的丈夫约翰。他们居住在美国东南部的一座中型城镇，没多久就成为了我在世界上最喜欢的人之二。霍莉为人体贴、机智敏捷，总是喜欢分享自己的经历，同时也乐于倾听他人的故事；约翰反应很快、风趣幽默，面对一个新人进入团体时展现出高度的包容和欢迎，就连对我这样的外国人也毫不例外。霍莉在学术界工作，约翰则在私企上班。他们俩的受教育程度都很高，工作勤勉，两个孩子正值学龄。

婚后，我和崔佛开始认真考虑组建一个小家庭。那时，我已经认识到，在美国照顾一个婴儿必将在生活和经济上经历一番艰难困苦，但等孩子再长大一点可以去上学后，情况会怎样呢？为了搞明白自己将来可能会面对什么，我去询问了一位母亲的意见，我充分信任她的判断力……那个人就是霍莉。她和约翰如何安排他们孩子的教育呢？

当霍莉向我描述她在这方面做的功课时，听起来就像是一个私家侦探会干的活儿。她会和无数人聊天，询问他们的意见和建议，试着确定整条街的大致情况，然后花很长时间搜索不同选项，再逐渐缩小可选范围。她还会亲自拜访家附近的幼稚园，基本是有几家就去几家。最后她补充道,几年前找日托的时候,她就已经把这整个过程都经历过一遍了。

确定了一个不错的幼稚园后,霍莉仍在继续她的搜索和拜访工作,因为这条教育阶梯远未结束。她还要为孩子做好准备,以便他们能进好的幼儿园(kindergarten)*和小学。"我去看了很多学校,"霍莉告诉我,"你可以说我整个人都被这件事吞噬了。"

选学校有很多利弊需要衡量。他们街区的公立学校在最近一次全州的统一测试中表现很差,但另一方面,当霍莉去拜访学校并观摩了几节课后,她发现校长颇具活力,富有创新思想,给人留下了深刻印象。一些孩子在那里上学,而且对学校很满意,霍莉也跟他们的家长聊了聊。不过,她还是为一件事感到困扰,她将其称为"整个公立学校模式"。在霍莉看来,公立学校的班级规模普遍太大,死记硬背和简答题类型的作业太多,而让孩子去户外进行课间休息和体育锻炼的机会又太少。经过调查,她意识到这些问题背后的成因。在美国的公立学校,学生们需要接二连三地参加各种标准化测验,而这些测试结果的好坏将决定一个学校的未来。霍莉担心,老师们在提高测试成绩方面受到太大的压力,不得不经常进行各种小测试来给学生提前做准备,这样一来,真正能够锻炼学生创造性学习的教育时间就都被挤占掉了。

霍莉和约翰的收入不够他们把两个孩子都送去私立学校,所以他们的清单上就没有列任何私立学校。但有朋友告诉他们,附近一所私立学校提供的助学金对象把中产家庭也囊括在内,他们一听便改变了想法。霍莉前去那所学校参观,并且了解了它的各个项目,然后她开始——用她跟我讲的原话就是——"垂涎欲滴"。该校提供的课程经过缜密设计并富有创造性,而且没有标准化测验;不管天气如何,学生都有很多机会去户外休息和上体育课。另外,不像那些她去探访过的公立小学,在这所私立

---

* 在美国,kindergarten 特指给五岁朋友开办的幼儿园,与中国幼儿园的概念相当。

学校，所有学生都会上音乐、美术、戏剧、科学和外语课。因此，当学校开放助学金申请时，霍莉一家决定放手一搏，即便支付剩余的学费对于这对夫妻来说也不是一件容易事。关于这个决定，霍莉用一种无奈但颇具反讽的语气说道："我把孩子们送去那里，目标不是要他们能出人头地，一路进哈佛；我送他们去读私立学校，基本就是为了让他们能有户外休息和上艺术课。"

我向来知道，在美国，要给孩子争取到一个高质又全面的教育环境是件麻烦事，但和霍莉一番话聊下来，我还是备受冲击。各种变量和潜在的成本交织其中，错综复杂，简直使人望而却步。

不久之后，我和一位芬兰朋友闲聊。她的名字叫诺拉，为人细致体贴，也是两个孩子的母亲。她和她的丈夫住在芬兰南部的一座小城里，当时她的女儿正到了上学的年纪。我问诺拉，她有没有为了女儿的入学问题去不同的学校调研。她没有。他们收到了一封来自市政局的信，信里把他们的女儿分配至某所学校。即便这家人有一位密友就是附近另一所学校的校长，而且建议他们把女儿送到自己任职的学校，诺拉和丈夫却不认为有必要把事情给搞复杂了。"毕竟，"她毫不迟疑地说道，"附近两所公立学校都很棒。"

我又联想到霍莉的经历，于是问诺拉，她会不会担心女儿是否能在学校里表现出色。诺拉听到这个问题，似乎有些惊讶。"我相信她能应付得很好。"她说道。"我甚至没想到过这个问题，"她停顿了一下，"你为什么会这么问呢？"

如今，一个芬兰人或许很难理解，在别的一些国家，教育在人们的生活中是一项多么至关重要的话题，因为它可能改变一个人的命运。他们大概也很难理解，为什么芬兰的教育体系会成为全世界的焦点，受到如此强烈的关注和审视。有时，新认识的美国人会问我有关芬兰学校的问题。

起初,我以为他们只是为了显得有礼貌,以此作为切入点,表明他们对我的祖国很感兴趣。但很快我就意识到,对于我的美国朋友、家人、同事而言,教育是一座险恶的迷宫,危险潜伏在每一个转角,时刻准备着阻挠一个家庭为了帮助孩子前进所做出的种种努力。因此,人们置身其中时必须保持警惕,不断进行侦测和导航。美国家长们总是在讨论教育,因为它是焦虑感最经常且最显著的来源。

目前,很多美国人似乎都认同,美国的教育体系需要进行重大的改革。许多公立学校运转失灵,私立学校则变得越发抢手,因此价格也贵得离谱。至于特许学校(charter school,由政府出资,但由私人运营),虽取得了一些成绩,但也制造出新的问题和不确定性,而且其数量有限,不是遍处可寻的。[1] 如今,美国富人家庭的孩子在学业表现上远超中产和贫困阶级出身的同龄人,差距之大达几十年来之最。[2] 一家人为了让孩子能进好学校,费尽千辛万苦,要么咬牙在口碑良好的公立学校附近买进学区房,要么承受不断水涨船高的私立学校学费。大学学费更是迅速飞涨,家庭压力自然有增无减。然而整体上,美国学生在国际横向比较中的表现却并不尽如人意。现行体系的最大受益人似乎是那些逐利的企业,它们贩卖辅导业务、考试业务,乃至不断把所谓的"教育"本身贩卖给焦虑的家长们。萦绕在每个人心头的问题是,究竟能从哪里入手改善我们的学校呢?

就我所记得的、自己曾经在芬兰公立学校当学生的经历来看(不过老实说,我已经不记得多少了),它没有什么特别之处。我的老师们大多和善但无趣,我和芬兰同学们学习也靠死记硬背,跟如今许多美国公立学校的学生没什么两样。我还记得,初中时很多同学对老师态度极其无礼。对于我这代人而言,体育课可谓创伤性体验,我们至今谈起它都说像在服兵役。文化课上,我们会收到很多回家作业,也要参加标准化测验。在那时的国际调查中,芬兰的教育排名并无亮眼之处。但自那之后,情况发生了戏剧化的转变。短短几十年间,芬兰成功扭转了学校的面貌,并创造出全世界成绩最为瞩目的公立教育体系之一。

芬兰的教育奇迹之所以能在全球斩获声誉,主要源自一项特定的调查研究——国际学生评估项目(PISA)。该项目每三年进行一次,主办方是经合组织,其总部设于巴黎,成员包括了全世界主要的工业强国。这项调查会比较不同国家或地区的十五岁学生在阅读、数学和科学方面的表现。自2000年起的每次调研中,芬兰学生都在所有三个科目上名列前茅,与韩国、新加坡这样的教育强国不相上下。2012年的评估重点是数学,那一年芬兰的名次略有滑落。中国的城市上海拔得头筹,其他亚洲国家和城市如新加坡、中国的香港和台湾地区紧随其后。在欧洲,芬兰在数学上也同样失利,与列支敦士登、瑞士、荷兰和爱沙尼亚等国排名相当。但即便成员间竞争很可能变得越发激烈,芬兰目前仍保持领先地位。就拿2012年的结果来看,在经合组织当时的三十四个成员中,芬兰三项科目的综合排名为第三,位列韩国和日本之后,数学则排在第六。

美国在这方面情况又如何呢?同时期的PISA测试中,美国学生充其量只能说是表现平平。2012年,在阅读、数学和科学三门科目的综合表现上,美国在三十四个经合组织成员中排在第二十一位,而它在数学单项上只位列第二十七名,低于平均水平。[3]

芬兰的成功尤其引人瞩目,背后还有另一个原因,那就是并非只有部分的芬兰学校表现得特别好,而是几乎所有学校水平都相当。学校与学校的测试结果之间差异总是如此之小,没有任何一个别的地方可以做到这一点。此外,在单个的学校内部,成绩最好与最差的学生之间,差距也小得惊人。这就意味着,几乎所有芬兰学生的表现都颇为出色。最后还要指出,芬兰学生是以相当轻松的姿态取得了这样的成绩。他们平时作业很少,上学时间短,而且很多孩子就在家附近上学。如果听说美国父母要在孩子教育方面操多少心,我的芬兰友人诺拉绝不会是全芬兰唯一一位对此感到惊讶的家长。

芬兰的"非典型成功"吸引了络绎不绝的外国代表前来观摩,也登上了全球媒体的版面。报道一篇接着一篇,都在惊叹芬兰教育的奇迹。它同样吸引了许多美国人的热情关注,但其中也有人认为,芬兰经验对美国没什么参考价值。我也很好奇,对美国而言,芬兰经验究竟有没有任何可以借鉴之处?当我开始研究芬兰教育的历史脉络时,我发现几十年前芬兰所面临的状况和今日美国所陷入的困境几乎别无二致。当时,芬兰为解决自身的教育困境所采取的措施与实施"爱的北欧理念"的方向一致,因而对于今日美国所面对的可能的选择,或许也具有一些深远乃至惊人的影响。

1940年代后期,芬兰终于从对苏战争中逐渐走出来,踏上了新的征程。当时,芬兰很贫穷,除森林外极度缺乏自然资源。部分欧洲邻国通过海外殖民获得财富,芬兰则没有此类"遗产"可以继承。这种窘境迫使芬兰领导人得出结论,芬兰人只能靠自己的聪明才智去创造财富。个体国民也开始意识到,武装他们孩子的头脑是使下一代能够更进一步的最好方式。教育成为了芬兰的最大希望,它计划培养其人民,为一个基于知识而不是基于农业或手工业的新经济时代做好准备。虽然当时距离如今的高科技知识经济尚有几十年之远,但芬兰天生的劣势却给予了它意外的先机。它所建立的教育系统,恰恰是为21世纪所打造的。

不过那时还有巨大的困难需要克服。芬兰社会因为赤裸裸的不平等而四分五裂,在教育方面,不平等的情况比当下美国的情形更加严重。所有芬兰儿童上初中时便面临两条分叉道:普通的"平民学校"(folk school)或是更加学术性的私立"文法学校"(grammar school)。文法学校的运作方式和如今的高中差不多,会为大学教育做准备。但是,文法学校收取学费,而且在小城里通常都不设立,这导致只有居住在较大城镇或城市地区的富裕家庭的孩子,才有望进入大学。

我自己的祖母就是这一系统的受害者。她在一个小农村长大,但智力超群。她读公立小学时,老师就建议她初中去上学术性的文法学校,那样一来,她很可能就会一路读到大学。但她的母亲是一个单身妈妈,付不起文法学校的学费。由于祖母完全要靠家里出钱才能继续读书,所以尽管她很有天赋,其学生生涯只能戛然而止,她念完六年小学后就辍学了。虽然之后她也接受了一些职业培训,但很快就忙着操持家计,照料我的父亲和他的兄弟;再后来,就是照看我们这群孙辈。

等到我爸妈去上学的年代,教育体系已经或多或少有所改善。学校数量增加了,政府也开始给私立的文法学校提供补贴,条件就是要求它们免费招收一些出身贫苦但天资聪颖的学生。即便如此,大多数年轻的芬兰人还是在六年基础教育结束后就不再去上学了;只有四分之一左右的人能够去读文法学校。

而芬兰的知识型企业日益增多,亟需受过良好教育的劳动者,这样的教育体系无法满足市场的需求。芬兰公司想要招募到教育水平更高的员工,帮助它们在全球竞争中获得优势,扶持创新——正如今日美国所面对的情况。但也像今日之美国,那时,对于究竟什么才是最佳的教育改革方案,芬兰人之间产生了尖锐的分歧。关于芬兰是否应该建立一个统一的公立学校体系,国民激烈争论了二十年之久。有批评家质问,让所有学生都达到文法学校精英生的高水平教育程度,是否合理?社会真的需要所有年轻人都接受那么良好的教育吗?这么做难道不是在浪费有限的社会资源吗?尤其是在还有其他问题亟待解决的情况下。另外,指望所有年轻人都像文法学校所要求的那样,不仅要学芬兰语和芬兰的另一门官方语言瑞典语,还要再学一门其他外语,合理甚或有必要吗?[4]

最后,一个特别委员会发表了它的推荐方案,指出芬兰应该建立一个统一的公立学校体系。举国哗然,各方反应不尽相同。小学老师们相信,每位学生都同样有可能学好,而大学教授通常对此持保留态度;政客间则四分五裂。一位芬兰教育专家向我们描绘了当时社会中流传的种种惨淡预言:"有些人认为,芬兰一旦通过了为全民建立统一公立学校的新法案,其前景将无比黯淡——知识水平下降、现有人才被浪费,芬兰作为一个国家,则会在国际经济竞赛中被甩在后头。"[5]

然而,这些悲观主义者却没能看到践行"爱的北欧理念"可以带来的诸多好处。面向全体国民的高质量公立教育可以增加个体的自主权,不论其出生时幸运与否、家庭背景和经济状况如何,这项制度都能使其接受一个良好的教育。如果教育机会均等,每一个人所取得的成就完全源于自身的天资与努力,那么所有人都会受益——不论是个体还是整个社会。确保所有人——而非只是一小部分人——可以享受到高质量的教育,对于建立起一个"由独立自主的人所组成的社会"至关重要。在这样一个社会中,由于每个人都是独立的且自给自足,所以人们不太可能与他者建立起不健康的依从关系……需要指出的是,这种依从的对象也包括国家。最终,芬兰将会在社会活力、经济增长和人力资源方面都收获成效,人民的生活水平和满意度也会提高,因为每一个个体都能够充分发挥出其潜能。

支持建立统一高质量教育体系的呼声最终取得了胜利。芬兰学校改革的第一步——同时也是最基本的一个阶段——在1970年代初正式开展实施。最初的目标是缓慢有序地将两条原本平行的轨道(平民学校和文法学校)合并成一个综合系统。依照预期,这项措施执行后,全体学生都要接受更高难度的学业课程。到了1970年代末,这套新体系已在全国的每一个市镇*生效运作。

然而,这套新的体系结构准备就绪后,芬兰又将对其孩子们作出一项更加庄严的承诺。这时,事情才变得真正有趣起来。

---

* 市镇(municipality)是芬兰的地方政府行政单位,其角色是提供服务、发展社会活力、实现本地居民的自治及创建本地身份认同。

卓越从何而来？

帕西·萨尔贝里(Pasi Sahlberg)年约五十出头，身形精瘦、发色浅棕，身穿一套量身定制的时髦西装，看起来就像一个高科技公司的工程师。但实际上，他是教育改革领域最杰出的芬兰专家之一。萨尔贝里是一位教师、学者，曾担任芬兰教育文化部下属的国际流动中心主任。近年来，他在哈佛大学教育研究院担任访问教授。在搬去剑桥之前，他在赫尔辛基工作，其工作内容之一就是接待来自全球各地的教育领域代表，他们赶赴芬兰都是为了能从芬兰的教育奇迹中"取取经"。此外，萨尔贝里本人也会周游世界，去各地介绍芬兰的教育方案。

时间倒回至2011年12月，萨尔贝里就去纽约市的一所私立预备学校*做了这样一次教育访问。他坐在德怀特中学位于上西区的教室里，窗户正对着中央公园，身边簇拥着学生、老师和访客，芬兰教育对于美国的吸引力在此刻一览无遗。教书作为一门职业，享有多高的声誉？两国的学生生活分别是怎样的？美国的SAT和芬兰国家高考相比，哪个更难？然而，萨尔贝里讲的所有话中，有一句至关重要却似乎没有引起任何注意。"此外，"他说，"芬兰没有一所私立学校。"[6]

这句话的重要性毋庸置疑，但严格说来，芬兰国内还是有一小部分独立学校。有些是华德福学校（Waldorf schools），基于一种追求自由精神的教育哲学而诞生，强调创造力和艺术，源自德国；有些以芬兰语或瑞典语之外的其他一门外语作为教学语言；还有一部分则带有宗教性质。不过，所有这些学校都必须得到政府批准才能开业，而且它们也几乎都要遵循芬兰的国家核心课程要求。最关键的是，差不多所有独立学校的资金也

---

* 预备学校(prep school，全称为preparatory school)，在美国特指为预备升入高等院校者所设的私立中学。

都由公共财政从税收中拨给,只有很小一部分获准可以收取小笔的学费(几百美元)。因此,这样的独立学校显然与美国的私立学校截然不同,后者不仅可以自设课程,而且经营资金基本都来自学费收入。芬兰有一些私立的职业学校,也有一些授予外国学位的国际学院,但没有任何可以授予芬兰学位的私立大学。因此,尽管芬兰人也有其他选择可供考虑,但基本上所有人进入的都算是公立学校……从学前班到博士生,均是如此。[7]

这怎么可能呢?某种程度上,答案很简单,芬兰政府谨记芬兰宪法赋予全体国民的受教育权,所有人都有权接受高质量的免费教育[8],芬兰社会也用行动遵守了这项承诺。"爱的北欧理念"不仅促使芬兰提供优质育儿假和平价日托,也让芬兰作为一个国家,决定为全体国民提供统一的优质教育资源。在现代社会,为了确保一个孩子成长过程中享有最基本的人权,这一举措是极其必要的。一个孩子的出生就跟博彩一样,但其是否出生在一个富裕家庭、父母是否足够有钱到能送孩子去读私立学校,都不应该影响孩子接受优质教育的权利。所以芬兰父母不必花时间去寻求一个私立学校,或为付学费而绞尽脑汁,也无需为了买一个好的学区房而支出额外的金钱。

萨尔贝里的父母都是老师,所以他可以说就是在一所小型芬兰学校中长大的。他最开始是赫尔辛基一所初中的数学和物理老师,之后在芬兰教育部里历任各种职位,接下来很多年里,又先后担任过经合组织、世界银行和其他国际组织的教育专家。2011年,萨尔贝里出版了一本书,一定程度上旨在回应那些他总是被问到的问题,书名为《芬兰经验:世界可以从芬兰的教育变革中学到什么?》(*Finnish Lessons: What Can the World Learn from Educational Change in Finland?*)。

在萨尔贝里看来,美国的教育改革人士始终执着于几个特定的问题,例如,假若不经常性地给学生做测试题,老师要如何掌握学生的学习动态呢?如果不对不称职的教师进行问责或者不对好老师给予嘉奖,学校要如何提高教学质量呢？怎样鼓励竞争，积极调动私人领域的资源呢？怎样给家庭提供更多可供选择的学校？

萨尔贝里却认为，这些问题大多都没有抓住要领。在他访问德怀特中学同一天的晚些时候，他去哥伦比亚大学教师学院开了一场讲座。演讲中他表示，在美国，给父母提供更多的教育选择，本质上就意味着开设更多特许学校和私立学校供家长挑选。"人们普遍认为，学校就像商店一样，家长想去哪所就能去哪所；不论他们想给自己孩子'买'些什么，都可以找到提供对应商品的学校。"萨尔贝里说道。但假如美国所有的学校都同样出色呢？像芬兰差不多就是这样的情况。

这里隐藏着言外之意。随着萨尔贝里继续他的演说，其核心观念逐渐浮上水面，只是不知道底下的美国听众中是否有人抓住了这一点。几十年前，当芬兰的学校系统急需改革之时，芬兰为改革方案所制定的目标其实并非"卓越"，即使它在今天呈现出了卓越的成果。

实际上，当时确定的目标——从"爱的北欧理念"出发去看，这一目标完全合乎逻辑——是"平等"。

为了更好地理解芬兰在四十几年前究竟做了什么，我们不妨暂且快进一些，看一下最近关于教育的某项研究成果。几年前，两位麻省理工学院的经济学教授——阿比吉特·班纳吉（Abhijit V. Banerjee）和埃斯特·迪弗洛（Esther Duflo）——出版了一本书，名为《贫穷的本质：我们为什么摆脱不了贫穷》*（*Poor Economics: A Radical Rethinking of the Way to Fight Global Poverty*）。他们在这本书中，梳理了通常用来应对国家贫困问题的种种措施，涉及的领域包括营养、保健、财政、教育等。其中，教育尤为经常地被视作是可以解决一个国家所有问题的灵丹妙药。[9]

---

* 此处该书的译名援用了 2013 年中译本（中信出版社）的译名，英文书名直译的含义是"贫穷经济学：对消除全球贫困的方法所进行的彻底反思"。

班纳吉和迪弗洛发现，那些被委以"解决国家难题"之重任的专家看待教育的方式总结起来基本可归为两类。一类从"需求"（demand）出发。他们把教育看作一种投资，和其他类型的投资没有什么两样。家长愿意付钱送孩子去上学，是因为他们未来可以从这项投资中获得收益。只有当人们普遍相信"投资回报率"足够高时，家长才会愿意花更多钱送孩子去读私立学校或者要求公立教育得到改善。顺着这种思维方式去看，要确保家长得到他们为孩子所预想的教育水平，竞争就必不可少。改变是由需求端推动的，而非供给端。

全球各地的人们普遍接受上述这种教育观念，而它在美国更是盛行。尽管美国的公立学校（通常由州政府出资和管理）遍布全国、数量众多，但仍有十分之一的美国学生去上私立学校，而且几乎整个大学教育都建立在私人支付的学费基础之上。甚至公立教育本身也高度依赖私人企业所提供的服务，如私人运营且日益逐利的特许学校，以及跨国公司开发的考试项目。[10]

"择校权"（school choice）这一概念便源自这种需求视角，它往往又会进一步推动教育的"私有化"。它还经常与全球学校改革运动中的其他理念相辅相成，比如采用更多标准化测验来衡量教师教学的有效性，教师要对标准化测验的结果承担更大的责任，在学校之间、教师之间、学生之间都设置更多的竞争，还有学习时间也要变得更长。

有一个北欧国家采纳了上述的部分理念——瑞典允许私人开办学校。[11] 另外，英国完全采纳标准化测试[12]，印度则在试验性地发放"学券"（school vouchers），可以用来抵扣私立学校的费用。[13] 在美国 2012 年的总统大选中，不论是巴拉克·奥巴马还是米特·罗姆尼*都支持保障"择校权"。罗姆尼的态度尤其坚定，他坚信，只有当家长有机会在各种（公立、

---

* 两人分别是 2012 年美国总统大选的民主党与共和党候选人。

特许、私立)学校中进行选择时,学校才会有动力提高教学质量。[14] 沿着这条思路想下去的话,政府的职责很简单,就是要确保这样一个自然选择的过程可以持续进行下去,比如给家长发券,缓解他们的学费压力,让孩子能够去上任何一所他们想去的学校。

但麻省理工的班纳吉和迪弗洛教授指出,教育毕竟与普通的投资项目不同,它有一项非常棘手的特征,即家长是在教育中付出投资成本的那批人,但获得收益的却是孩子们——而且回报通常要到很多年(乃至几十年)后才能看到。这就使动机和奖赏之间产生了严重的脱节,而很少有人正视这种脱节。在一个传统社会或农业社会,很多父母就不会选择做这样的投资,因为没有即时的报偿,还不如让孩子待在家中或田里帮工。即便到了现代社会,仍旧有家长会被这种脱节困住,进退两难,尤其是在教育耗资不菲的情况下。此外,把教育视作一种"需求",还要求父母能够积极管理他们孩子的教育。要在一大堆眼花缭乱的教育选择中有条不紊地前进,要应对竞争激烈的申请流程,要确保孩子能进入正确的学校,不仅需要金钱,还要求知识、时间……很多时候还有人脉。如果视教育为需求端驱动的话,就会使孩子的命运几乎完全取决于其父母的野心和能力,而这正是一个由"爱的北欧理念"塑造而成的社会最不想看到的结果。(我很快会再回过头来讲讲瑞典的情况。)

那么,班吉瑞和迪弗洛所确定的第二类看待教育的方式是什么样的呢?他们对这种视角的命名并不出人意料,但其内容或许会让人耳目一新。在"供给"(supply)视角下,教育并非某种只有当父母需要时才出现的产品,与之相反,它被视为一种基本人权。不论个体父母想要给孩子选择什么,也不管家庭的经济情况允许他们选择什么,教育的目标是对所有人一视同仁。班吉瑞和迪弗洛将这种观点总结如下:"一个文明的社会,不应把一个孩子享有正常童年和接受良好教育的权利完全寄托于父母的心血来潮或贪得无厌……正因如此,大多数富裕国家并不给家长预留选择的余地,除非父母可以证明自己会在家教育小孩,否则家长必须送孩子去上学,直到他们长到一定岁数为止。"[15]

1970年代末,芬兰教育界的政府行政人员正准备为新统一的学校系统制定具体的目标和措施,把教育视作"供给",不仅能最好地反映出"爱的北欧理念",同时也能应对快速变化的当代社会现状。与此同时,它似乎最有助于实现芬兰想要建立一个"强有力的知识经济"的目标,从而确保在接下来的21世纪中,芬兰能在世界上有一席之地。于是,芬兰的行政机构全身心地投入落实"供给"方针,举国上下再也没有回头。

简而言之,与如今美国教育界流行的改革方案相比,芬兰采取的措施几乎在每一个方面都与其截然相反,但它凭此取得了辉煌的成绩。不难想象,如此不同的策略,必然也会导致结果大相径庭。

很遗憾,在教育领域,比起绝大多数其他的西方发达国家,美国的体系落后得惊人。在美国,决定一个孩子在学校表现的,很大程度上不是孩子自身的天资与勤奋,而是其父母的地位——具体来说,是父母自身的教育水平和财富状况。[16] 其他国家也存在类似的现象,但美国的情况尤其严重,而且还在不断恶化。近年来,美国家庭的富裕程度与孩子学业表现之间呈现出越发显著的正相关联系。2010年,一位斯坦福教授发现,与三十年前相比,美国富裕阶层与贫困阶层的孩子在测试成绩上的整体差距扩大了近40%。

其他相关数据也同样触目惊心,例如儿童贫困状况。2013年,联合国儿童基金会(UNICEF)发布了一份报告,研究了二十九个发达国家的儿童贫困现象。在这项报告中,该机构采取了一种通用方法衡量处于不同经济水平的各个社会内部的收入不平等情况。如果一个家庭的可支配收入比该国"家庭可支配收入"中位数的一半还少,那么在这个家庭中成长的孩子就被视为贫困儿童。根据该机构的研究结果,芬兰的儿童贫困率低于5%，是所有被调查的富裕国家中的最低值；相形之下，美国的儿童贫困率可谓惊人，将近25%——换而言之，在全国儿童中，约有四分之一陷于贫困状态。事实上，在该机构调研的所有国家中，美国的这项指数排在倒数第二位，仅优于罗马尼亚。[17]

有人可能会说，这项指标没有太大的意义，因为它完全是个相对值，在绝对的经济状况上，美国的贫困儿童肯定比很多穷国家里的贫困儿童更富裕。但是，这样一个相对意义上的贫困率恰恰能够反映出，比起其他发达国家，美国有更大比例的儿童难以获得基本的机会、活动和物质享受，而同样的事物对于同一个社会中大多数人而言却是习以为常的。在美国社会，一个人客观上处于极其落后的境况之中，这是事实；他们不必非得一穷二白，或者穷得像住在第三世界国家，才能被视为贫穷。

美国目前的趋势有二：第一，贫困阶层的孩子在学校的表现远不如富裕阶层的同龄人；第二，美国贫困儿童的比例高于其他富裕国家。这两项事实合起来，就能明显看出美国落后于其他发达国家，它在提高全体学生的表现上面临重大的挑战。

讽刺的是，在美国关于教育的大讨论中，这一贫困率却被各方当作武器大做文章。一方阵营援引美国的高儿童贫困率来维护美国公立学校，认为学校没有问题，问题在于学生自己的家庭状况。他们的论证过程如下：如果芬兰也像美国一样，有那么多贫困孩子，那它肯定无法在教育方面取得如此良好的成绩。所以，这些评论家的意见是，要应对教育问题，美国首先必须解决贫困问题。而另一方阵营则认为，所谓贫困率不过都是借口，只要用高标准要求孩子和他们的老师，贫困阶层的孩子没理由学得不如富裕阶层孩子好。"代际超越"在美国也可谓源远流长。许多贫苦移民的后代在学校里表现出色，最终超越自己的父母，受到更好的教育，同时也变得更加富裕。这就证明了，只要学生肯发奋图强，即便出身贫寒也照样能取得成功。因此，该方得出的结论是，要解决贫困问题，首先必须应对教育问题。[18]

两方阵营都说对了一部分事实。研究显示,儿童贫困与一系列风险紧密相连,其中很多就与教育相关,例如学习障碍、行为障碍、健康问题、青少年怀孕以及药物和酒精滥用等。[19] 显然,美国贫富差距悬殊,而像芬兰这样的社会更加注重平等,所以前者整体的教育体系较难与后者抗衡。然而,收入不均并非总是或直接意味着学生在学业表现上会有巨大差异。许多国家(如以色列、墨西哥)的贫富差距比美国更大,但不同背景的学生在学习上的表现却不像美国差那么多。[20] 即便是芬兰,也有收入不均的问题,虽然程度不如美国那么严重,但在过去几十年里,芬兰的贫富差距也在不断拉大……不过,这一点对于芬兰学生的教育表现基本没有太大影响。[21]

但不论身处哪方阵营,所有的美国教育改革人士基本都认为,芬兰对美国而言没什么参考价值,因为相比之下,芬兰社会"过于平等"。由此可见,他们完全没有理解芬兰教育究竟为何能取得成功。重建教育体系时,芬兰人的目标正是要避免教育受到贫困的干扰,而芬兰也成功地实现了这一点。时间退回几十年前,芬兰全身心投入到"供给"教育的方针中,这样做就是为了帮助芬兰跨过所有那些陈旧的、因社会不公而造成的不平等……如今,这种不平等仍在美国肆虐。显然,芬兰经验表明,把重点放在平等上,不仅可能创造出卓越,而且也能高效地"武装"一个国家,为将来做好准备。

尽管如此,芬兰还是做了一些其他的惊人之举,才能够取得这样的成就。首先,芬兰人大多坚定地相信,无需在孩子的教育上倾注太多心力——至少在最开始是这样。

被放养的孩子

我住在美国的时候,认识了一对芬兰夫妇,维莱和尼娜。他们都在纽约的大企业工作,住在一栋位于韦斯特切斯特的漂亮老房子里。那是纽约市南边一个富裕的郡,里面有不少好学校。他们的两个儿子都在美国出生,一个叫西苏,另一个叫科斯莫。他们家附近有一所小型的私人日托中心,氛围舒适温馨,两个孩子白天都去那里,它对每个孩子的月收费在1,300美元左右。大儿子西苏长到两岁时,就已经在日托学会了字母和数字。看到儿子掌握了新技能,维莱十分惊喜,立志在家也要给西苏多读点书,推动他继续进步;但尼娜则比较纠结。"我记得自己当时在心里想,请住手,别再教他了……我的孩子才两岁,他还不需要知道所有这些东西。"

面对西苏的早教成果,尼娜的反应听起来是不是还蛮奇怪的?其实不然——至少在北欧国家,家长会有这样的反应并不奇怪。几年后,维莱、尼娜和孩子一家搬回了芬兰,居住在赫尔辛基附近。我登门拜访时,他们的小儿子科斯莫已经三岁半了。谈话中我得知,他在郊区一所很不错的英语日托中心上学,但那里还没有教孩子字母和数字。

我的芬兰朋友劳拉讲述了另外一个故事。有一年,她和家人一起离开芬兰,到牛津生活。她的儿子当时四岁,去一所英国的学前游戏班[*]上学。那里有一份关于她儿子的档案,专门记录他的学习目标,学校会据此向家长汇报孩子每个月都学会了些什么。劳拉得知这件事后,大为震惊。她对学校老师说,只要她的儿子觉得开心,只要他能学会一点英语,还有交到几个朋友,她就很满意了。这下轮到这所英国学前游戏班的老师们大吃一惊了。他们问劳拉,为什么她对教育可以如此松懈?她不是来自芬兰吗?那儿不是盛产"学霸"吗?

我的丹麦友人汉娜是一名心理学家,她坚定地反对丹麦日托中心兴起的一波新浪潮——测量孩子的进步。虽然老师记录的内容只是"孩子

---

[*] 学前游戏班(play school),也称"游戏学校",是英国的学前教育机构之一,接纳学龄前儿童,主要功能是给孩子提供一个与同伴一起玩耍、在游戏中学习的环境。

能否把颜色涂在框内"之类的事,但汉娜还是告诉我,她更希望老师们可以放孩子随便玩,让他们自己去发现和表达自己的兴趣点和创造力。

这帮北欧父母是不是都疯了?

如今,全世界多数教育专家都相信,孩子出生后头几年的人生对于之后能否取得成功至关重要。但是,究竟怎么做才能为孩子的未来打下一个良好的基石呢?对此,观点则千差万别。美国的公立教育(也就是那类义务的、统一的、免费的教育)通常从孩子五岁开始,其中幼儿园是一年。然而,曾有研究显示,早期教育收效显著,对于弱势儿童尤其有帮助。[22] 自那之后,美国人就认为孩子们应该从更小的时候就开始上学。奥巴马总统最为人称道的政策提案之一便是要扩大公立幼稚园的招收范围,让所有年满四岁的孩子都能入园。2014年,纽约市的新任市长白思豪(Bill de Blasio)就在纽约市实施了该政策。[23]

北欧国家的人民当然也赞同儿童的早期发展对于后期成就影响很大。事实上,在丹麦和瑞典,所有三至五岁的儿童都会去上日托,其他北欧国家也紧随其后,比如同年龄段的芬兰孩子里,有四分之三都会去上公立日托。但是在北欧地区,日托和学校之间有明显不同,严格意义上的"教育"要等到孩子六七岁才会开始。大多数芬兰儿童长到六岁后,可以去上一年制的幼儿园;原本,这一规定依据的是"自愿原则",但到2015年初转为了"义务制"。但以美国标准来衡量的话,芬兰的学校教育开始得很晚,因为孩子要到七岁才能入学。如果你去问芬兰人,他们会说给"小小孩"开设的日托中心和学校不一样——本来也不该和学校一样。实际上,直到几年前,芬兰的公立日托系统还不归教育部管,而是由社会事务与卫生部管辖。[24]

那么,为何北欧父母似乎一点也不急于让孩子"赢在起跑线"上?答案出奇简单:童年就应该是童年。芬兰的日托中心对于教多少字母、数

The Nordic Theory of Everything   **103**

字或者词汇不设任何具体目标，它们注重发掘每个孩子的兴趣点，鼓励孩子培养社交技能和好奇心，从而为之后的自主学习打下良好基础。多数情况下，日托的运作遵循一句广为人知的芬兰谚语——孩子的工作就是玩耍。在芬兰的日托中心里，除静修、游戏、午睡和手工以外，每天的典型项目不仅包括课间休息，还有长达数小时的户外活动（不论天气如何）。老师们会带孩子出门，去森林、体育馆、剧院、动物园等地进行参观旅行，还会带孩子参加一些日常活动，比如游泳或烘焙。所有北欧人都笃信新鲜空气与运动的价值，在孩子还很小的时候，人们就会推着婴儿车出门，即便在寒冬，也任由孩子在户外打盹……当然，他们还是会记得把孩子裹得暖暖的。丹麦和挪威有一种被称为"森林幼儿园"的日托中心，在那里，孩子们几乎整天都在户外度过，与自然为伴。即便在哥本哈根这样的城市里也可以做到这一点，因为会有专门的班车早上接孩子出发，傍晚再送他们回来。还有一些日托项目，老师会带三岁孩子外出，进行一场愉快的远足。

在芬兰的日间托儿所里，老师们通常会给孩子大声朗读书本，孩子们则学会乖乖坐好，完成一些小任务，比如和小伙伴一起吃饭、帮助别人倒牛奶、清理自己的餐盘等。如果小朋友在玩购物游戏，老师有时会上前帮助他们正确计算数字、完成交易；在其他游戏中，老师也会提供各种小知识来充实游戏环节。部分孩子可能渐渐学会识字和阅读，但在小学一年级以前，阅读能力并不是孩子必须具备的技能。[25]

芬兰日托每年召开一到两次家长会，谈话基本围绕着"如厕训练""团队合作"诸如此类的主题展开，也会为了应对孩子耍小性子的问题，讨论是否有必要在家和日托之间建立一套统一的规则。关于日托的质量，芬兰爸妈最关心的事通常和学业成就毫无关系，困扰他们的往往是如下问题：能不能把孩子送进离家最近的那家日托？游戏小组的人数会不会太多？餐食和卫生质量是一流还是尚可？孩子们的午睡时间是否过长？

(家长不希望孩子在日托里休息得太好,因为这样一来晚上他们就睡不着了。)教职工对于性别的观念是老派还是较为先进?至于日托里是否要上正经的文化课,北欧家长所秉持的态度往往都很坚定——少即是多。

与其他国家的儿童看护业相比,芬兰的日托中心在质量和理念上都出奇一致,因此芬兰父母无需在一堆令人困惑又耗资不菲的选项中作抉择。这些中心往往都硬件出色,而且统一配有功能齐全的操场。这种可靠感和一致性并非北欧文化固有的特征,而是源于北欧国家在实施家庭政策时致力于实现"平等",即强调在全国范围内对所有孩子从小就要一视同仁。联合国儿童基金会的一份报告赞扬了芬兰对于早期儿童看护的投入,它在这方面的财政支出远高于经合组织成员的平均值,而且在所有发达国家中,芬兰的保教人员与儿童的比例是最高的:对于三岁以下儿童,一名成年人看管四名儿童;对于三岁以上儿童,则是一名成年人看管七名儿童。[26](由于北欧国家育儿假较长,其日托中心通常只接收六个月乃至九个月以上的孩子。)日托教职工必须至少拥有早教专业的本科学位,或社工专业、护理专业的专科学位。虽然芬兰孩子们可能主要都在玩,但芬兰仍出台了全国性的日托政策,以确保照看他们的人都是专业人士,他们不仅知道自己在做些什么,而且还要密切关注各种可能反映出孩子有学习障碍的迹象。该报告还指出,当孩子去上幼儿园后,芬兰对于幼儿园老师的基本任职资格也设定了非常严格的要求,大多数幼师都在教育领域拥有一个本科或硕士学位。

相形之下,美国父母在送孩子去上日托时担心的问题则截然不同。时任白宫高级政策顾问的山姆·卡斯(Sam Kass)主要负责给营养政策提出建议。有一次,我听到他说,第一夫人米歇尔·奥巴马正在积极应对儿童肥胖问题,她所做的一项工作就是要经常性地劝说日托的保教人员带孩子到户外去活动,而不是允许他们整天赖在电视机前面。[27]在光谱的另一端,我的一些美国朋友把孩子送到了学业竞争很激烈的幼稚园里,而他们担心的是，自己孩子年纪还那么小，就要被迫长时间地静坐和学习。在北欧人看来，放任孩子去玩耍，让他们自己在应对自身的无聊中发挥创造力，比单纯的记忆和掌握机械的技术要重要得多，对于未来的学习而言，其积极影响也更加深远。

不过，整幅拼图里我还有一大块没提，正是它确保了芬兰儿童能够有余裕享受一个真正的童年。芬兰父母与美国家长不同，他们不必从孩子出生的那一刻起就开始为孩子未来的教育路径感到焦虑。用帕西·萨尔贝里的话来说，"入学准备"并不意味着家庭和孩子需要做好准备，迎接学校的挑战；相反，这个短语的意思是，学校要做好准备，迎接孩子们的到来，并且要帮助每一个孩子实现自我。现在，它们正蓄势待发。

培养好老师

不久前，我看了一部电影，片名为《阿黛尔的生活》（英译名：*Blue Is the Warmest Color*）。这是一部法国电影，探讨了年轻女性和性向探索之类的话题，涉及的元素多半会让美国观众心惊肉跳。但是我从北欧文化中成长起来，对于裸体或性描写比较习以为常，所以注意力并没有特别集中在那些受到热议的性爱场面上。最让我耿耿于怀的场景反倒是一场桌边谈话。电影中，主人公阿黛尔交了一位新的女朋友，名叫艾玛，然后她第一次去见了艾玛的母亲和继父。阿黛尔出身于工薪阶级，家庭氛围较为保守，而艾玛家则属于上流社会，颇为附庸风雅。席间，所有人边吃牡蛎、边喝白葡萄酒时，艾玛的父母问起阿黛尔她以后想做些什么。"我想当一名老师。"阿黛尔回应道。"哦，这样啊。"艾玛的母亲说道，显然对之缺少兴趣。她又接着问："那你为什么想当老师呢？"阿黛尔解释说，因为学校教会了她很多东西，这些东西她不可能从父母或朋友那儿知道，所以她想要把这些传递给其他孩子。这时艾玛插话了，说可能等阿黛尔真的开始学了之后，就会改变想法。艾玛的继父则在中间打了个圆场："至少你知道自己前进的方向。"

这一幕给我留下了很深的印象，因为它很好地揭示出芬兰和很多其他国家之间存在的一项巨大差异，那就是"对于教师的尊重"。我很难想象在芬兰电影里会出现类似的场面；一个受过良好教育的家庭竟然会看不上教师行业，这实在讲不通。

许多美国学校改革人士都确信，当今美国公立教育最大的问题是老师不行，而造成这一点的根源则是教师工会。最常见的一项控诉就是工会阻碍学校开除不称职的教师。纪录片《等待"超人"》(*Waiting for "Superman"*)感人至深，受到广泛的关注和赞扬，它聚焦了贫困美国儿童在糟糕的公立学校中的困境，并把责任都归咎于教师工会。

然而，在北欧人看来，如果你担心没法开除一个不合格的老师，解决方案应该是从一开始就不要把一个不合格的老师招进来。当我们讨论"教师质量"以及"对教师的尊重"时，本质上涉及其他一些更大的问题，例如我们应该如何看待教师这一职业。当一名教师是否和当一个注册护士差不多，只要一个准学士*或学士学位，外加一些专业培训就足以上任？还是说，当老师和做记者更接近，一个大学学位、一点人生态度、一些街头智慧以及能够边做边学差不多就够了？又或者，成为一名学校老师实际上更像是成为律师甚至是医生，需要更高程度的硕士学历和正规的职业培训？

在芬兰，人们并不认为教书是一种天生的才能，但也不将其视为一项容易习得的技能，其性质和学医类似。芬兰学校改革进程中，政府推出的最重要的政策之一，就是要求所有老师（从小学到高中）都拥有硕士学历。目前，师范类项目是全芬兰大学最"优中选优"的专业之一。

所以，要在芬兰成为一名老师，究竟需要什么？首先，芬兰的大学系

---

* 准学士（Associate）学位是高等专科学校授予的两年制高校学位，类似于中国的大专毕业证书。

The Nordic Theory of Everything　　107

统和其他欧洲国家类似,都会早早地要求学生定好自己想要学习的专业。比较恰当的类比是,一个美国大学生之后想进医学院,所以要从本科阶段就开始参加医学预科课程。而如果芬兰学生打算以后当老师的话,从大学一年级开始就要在教育专业就读。即使他们只想当小学老师,也必须主修教育类专业,取得学士学位,另外还要辅修小学课程中包含特定科目的专业。在此之后,教师的预备军还得接受后续的专业训练,水平与美国研究生院相当,然后取得硕士学位。此外,假如学生以后想要去初中或高中教书,则除了参加五年制综合师范项目或在大学第五年主攻教育学外,他们还必须主修其所要教授的特定科目,如数学或历史。每一个教育学硕士在读生还必须完成七百小时的教学实践,这意味着他们要花时间备课,然后在真实的课堂环境里面对学生上课,并且接受老教师的监督评估——这套机制颇像大学里的"教学诊所"(teaching hospital)。如果学校每天的上课时间是六小时,七百小时就相当于整整半年的学时或为了取得这样一个学位所要花费的总时长的 10%。全国只有八所大学提供此类学位,而且每所学校的课程设计都大体相当。[28]

而美国各州的教师资格制度都各不相同。我所在的纽约州要求公立学校教师最终都应取得硕士学位,只有少数几个州出台了此类要求。与之相对,在得克萨斯州,一个本科学历的人经过短短三个月的培训后就可以获得教师资格。许多州都推行类似的替代性路径,允许更多新教师速成,任其涌入这一行业。五花八门的资格证书和培训项目全都胡乱拼凑在一起,它们考察的内容不同,培训时长也各异,引发了一片混乱。多项研究表明,即便是背靠美国大学的教育院校,其设定的毕业要求大多也很低,培养出的学生难以成为可以在现实中独当一面的教师。[29]

美国人认为,任何人,只要足够聪明和想要成为老师,那他就可以当一名老师,而无需经过严苛的专业训练,这一点在著名的"为美国而教"(Teach for America)项目中,可谓展现得淋漓尽致。刚毕业的大学生,没有任何教学经验,也没有参与过重大的教育类课程作业,就被立即投入教学岗位……该项目所展现出的理想主义相当诱人,但近年来,批评家们开始愈发质疑其实际成效。[30] 从前,人们或许还可以说,教书并不高深,但在当下的高科技知识经济时代,教育其实也变得更加复杂。

另一方面,给那些想要教书的人设置如此高的准入门槛,是不是也有负面作用呢?芬兰的要求听起来就颇为繁重,可以想见,那些层层闯关的幸存者——也就是最终在芬兰成功当上老师的人——肯定也会要求更高的收入作为回报吧。

事实上,在芬兰,老师们的工资基本和其他专业的芬兰本科生或硕士生持平,并且远远低于律师或医生的收入;但在美国,教师工资甚至比一般大学本科生的平均工资还明显更低。[31] 虽说芬兰的教师培训要求事无巨细,但申请的人数却并不见少,因为一旦志向远大的年轻人发现教育这一行当可以为他们带来荣誉和尊重,那么教育类项目就不愁招不到最聪明和最优秀的人才。

不过,即便美国人的态度发生了转变,但具体落实起来的话,教师培训的新标准不仅严苛,还要像芬兰那样付出一大笔前期投入,对于一个由纳税人买单的教育体系而言,是不是太不自量力了?其实未必。芬兰经验表明,正是这一举措解决了很多棘手的问题,它们困扰过不少教育改革人士,也尤为困扰着当下的美国。看数据会更加清晰,那些在全球PISA测试中表现最好的国家和地区,往往也是对其教师投入最多的地方。[32]

该方案虽然简单,却十分有助于实现"爱的北欧理念"所强调的目标,那就是不论一个人的家庭拥有多少财富或采取何种行动,每一个个体都应该得到高质量的教育,从而有能力塑造自身的命运。此外,一旦政府在"培养好老师"上投入更多,学校也将拥有更大的自由度,它们不必再事无巨细地要求老师做这做那,也无需采用侵犯性措施监控老师的所作所为

（美国的教育改革中，许多方案采取的正是类似举措），而是可以或多或少"退居二线"，让教师做好他们的工作。

芬兰的学校里没有标准化测验。对于那些推动学校改革的美国人而言，这一简单的事实却可谓暴击，因为不论是巴拉克·奥巴马，还是米特·罗姆尼，所有人都相信，只有实施标准化测验，才能确保学校质量和教学质量。美国所有的州必须从学生三年级起施行数学和英语的统一考试，不然州内的公立学校就无法收到联邦拨款。科学这一科也会不定期地进行考试，至于其他科目是否有必要定期测试，各州可以自行决定。[33]

从一个芬兰人的角度来看，美国的标准化测验显得尤为奇怪。这些测试主要不是用来考察学生的，学生似乎只是用来评估学校、学区和教师的工具。在纽约市，主管公立学校的政府行政人员会公布排名表，上面列的不是参加考试的学生，而是教他们的一万八千名教师。这些表单会列出每一位教师的姓名以及他们所属的学校，依据近五年中其所教的学生在全州统一的数学和英语测试中的成绩高低对他们进行排名。[34] 每一个学生、家长、同事、朋友乃至陌生人，都可以在网上查到这些老师的评分。一旦学生们的测试成绩没有什么进步，学校就可能被关停，老师则会被开除。

1970年代初，芬兰刚刚开始进行学校改革时，政府也制定了一套严格的全国课程方案，监督所有教科书的编纂，甚至派视察员到学校去，确保学校和老师都遵守政府要求。也就是说，芬兰当时采取的手段跟如今的美国教育界没太大区别。但是，随着越来越多的芬兰老师接受了新一套更加严格的培训，政府也相应地放松了管制，公立学校系统的自主权也因此不断上升。[35]

美国批评家一提到北欧国家的教育系统，总是大谈特谈"由上至下"管理的危害啦，大政府就代表"社会主义"啦……但现实是芬兰政府已在教育领域做到"去中心化"，并以一种宽松的方式进行管理。几十年来，教育部不断把权力下放给市镇和社区,它们才是负责学校运作的主体。虽然全国有一套统一的核心课程要求,但从我上学的年代开始,它已不再是最初那样的硬性规定。政府会制定整体的学习目标以及每门主科的最低教学时长,至于如何达成这些目标,则由市镇和学校自己决定——它们也有权开设核心课程要求外的其他课程。

因此,不论是小学、初中还是高中,所有的芬兰教师都比美国公立学校的老师们享有更多的教学自主权和独立性,他们可以自行决定怎么教、什么时候教特定的内容,以及选用什么教科书(或不用任何教科书)。鉴于教师享有上述自主权,所以很难确切地描绘出"一个典型的芬兰课堂会是什么样"——一切都取决于学校和老师。但这种自由可不是轻易赋予老师们的,他们必须经过非常严苛的培训,才能反过来取得家长和政府的信任,让后者相信他们能胜任自己的工作。

芬兰人不施行统一的标准化测验,但这并不意味着芬兰人反对评估学生的表现。"爱的北欧理念"旨在给个体赋权,这也意味着用高标准来要求个体。芬兰教师会接受专门的培训,学会通过课堂上的日常练习对学生作出评估,也会自制考试题来测试学生的学习情况。实践中,教科书都会配有相应的"教师用书",老师们往往会简单修改一下那上面的测试题(基本也都是老师自己出的),然后直接拿来给学生做。此外,美国标准化测验的题型多为单选题,而芬兰学生做的通常都是简答题乃至论述题。教育部也会定期从不同学校抽一小批学生作为样本,测试追踪全国学生整体的学业表现。

原则上,芬兰不举行统一测试,但有一项例外,那就是"普通高等学校招生全国统一考试"(National Matriculation Exam,与中国的"高考"相当*)。芬兰的义务教育到九年级结束,那时学生年龄为十五六岁。读高

---

* 括号内后半句系译者补充,为便于中国读者理解。下文中所简称的"高考"也为"芬兰高考"。

中不是强制的,但大多数学生还是会在接下来的三四年里继续学业,有些进入学术性高中,有些则去上职业性高中。去上学术性高中的学生必须在学业结束前参加"高考",不然无法获得高中学位证书,也不能申请进入大学。在芬兰,这项考试以其"宽泛的考察范围"和"严酷的考试过程"而著称,我还记得为了应对这场高强度的恐怖考试,自己在备考时付出了多少努力。学生要连着数小时一刻不停地写作或答题,而且整场考试不是只持续一天或者几天,而是要进行数周。考试每年举办两次,具体时间全国统一。

那么,如果不借助标准化测验,芬兰要如何确保其教师和学校管理人员会认真履行职责呢?芬兰教育专家帕西·萨尔贝里在(哥大)教师学院演讲时,说了这样一句话:"芬兰语里,没有'有责性'(accountability)一词。从一开始就不存在这个词。"他说:"因为在我们芬兰人看来,只有当'责任'(responsibility)已经缺位时,才会出现'有责性'这样的填充物。"

萨尔贝里认为,关键在于全芬兰的教师和学校管理者都享有荣誉和体面的收入,也意识到自己肩负重大的责任。如果老师表现不称职,那么校长就有责任发现问题并且去解决它。在芬兰,要开除一个有编制的教师是很难的,而且几乎所有芬兰教师也都是工会成员[36],但人们并不认为这是什么严重的问题,因为一旦有老师失职,优先方案是了解这位老师究竟哪方面不足,然后为其提供相应的额外培训。在极少数情况下,假设老师已经得到好几次改善的机会,但都没有取得成效,而且还被给予数次警告,那么这位教师也可能会被开除。但显然,这种情形少之又少。

偶尔,芬兰教育当局也会考虑实施统一的标准化测验,但目的绝非在于检查教师的工作表现,而是想要确保在义务教育结束时,所有学生最后拿到手的成绩单上,评分是公平合理的。但到目前为止,芬兰人还是认为,标准化测验的弊大于利,因为它们不仅可能剥夺教师们的自主性,而且耗资巨大——美国每年花在考试上的费用,预计高达17亿美元。[37]除此之外，如果把学校的办学资金或教师的职业生涯与考试结果绑定在一起的话，部分学校就可能会开始篡改考分。[38]

最糟糕的是，标准化测验可能会让学校偏离重心，忘记真正重要的事，而真正重要的永远是"学习"本身。但问题来了，在21世纪，"学习"究竟意味着什么呢？

换个更简单的问法，问题可以变成，教育是为了什么？事实上，全球各地对这一问题始终争论不休，给出的答案也总是变化不定。教育孩子的目的，究竟是为了让他们适应时代最紧迫的社会需求——比如制造业、工程、软件技术或者护理行业——还是让他们能够实现自己作为人的全部潜能而不论结果如何？应该教会他们艺术和创造性思考，还是教他们习得实实在在的技术与勤勉？自尊还是自律？数学还是音乐？……如今在美国，流行的观念是学生的数学和科学能力不够强，导致他们从学校出来后，无法找到科技含量高的工作，而正是这样的工作对21世纪经济体的发展至关重要。

芬兰的教育体系确实重视数学和科学，芬兰学生在这两门学科中表现得相当出色，芬兰经济也因此受益。在1990年代早期，诺基亚公司推动芬兰经济繁荣到达新高度，而它正是一家设计和制造手机的高科技大企业。长久以来，其他工程类行业在芬兰经济中也占据重要地位，如造船业、电梯制造业、纸浆和造纸业以及林业……以至于你时常会听到一些推崇艺术文化的芬兰人抱怨芬兰是一个"工程师之国"。近年来，新一代芬兰初创企业冒头，它们创造出的一些手机游戏和应用风靡全球，也让芬兰人为之骄傲。所以你可能会觉得，芬兰学校就跟美国一样，重"STEM"学科（即科学、技术、工程和数学，该简称取上述四个英文单词的首字母组合而成）而轻人文学科，但现实情况却更复杂微妙。

芬兰人仍旧相信，公立教育的基本目标不是为了应对标准化测验，不是为了最后能进大学,也不是为了给特定的工种或行业做准备,而是更宽泛的"为了学习怎样生活"——即便到了 21 世纪,生活的本质并未有太大改变。因此,学校致力于培养人全面发展,要求学生既具有创造力,又掌握一定的技术和技能。为了实现这一目标,政府把体育锻炼、人文学科和手工课固定为核心科目,另外再加上其他的理论课。所有学生,无论男女,还一概必须学习木工、缝纫和烹调。[39]

这就与美国的教育趋势截然不同。举例来说,我住在纽约市的布鲁克林街区,最近几年,我发现路边办艺术类学习班的铺面如雨后春笋般越冒越多,这在芬兰是很少见的景象。起初,我对这样的变化表示赞赏,因为它似乎代表着美国人对艺术的热情在逐渐高涨,但随后我才渐渐意识到其背后的真正原因:本地的公立学校已经完全抛弃艺术课了,它们被从学校课程里整个移除,而这一情况在全美各地都在发生。[40]

2012 年的某日,纽约市正忙着公布根据学生考试分数而制定出的教师排名;就在同一天,芬兰国家教育委员会(Finnish National Board of Education)也很忙,它忙着宣布要在现有的课程大纲里加入更多与艺术、手工、公民教育和芬兰语言相关的课程。[41] 有人可能会发出以下合理的质疑,指出公立学校体系资源有限,而在当今这个高科技时代,将那么多资源投入上述学科究竟是否有必要呢?在一部关于芬兰学校的纪录片里,美国知名新闻主持人丹·拉瑟(Dan Rather)就将这一问题抛给琳达·达林-哈蒙德(Linda Darling-Hammond),请求后者解答。达林-哈蒙德女士是斯坦福大学教育系的一位教授,经常去芬兰访问,她指出,在学校设置艺术和手工艺课是很有必要的:"虽然人们往往认为这些学科不实用,但对于心灵的活跃与健全而言,它们却必不可少。这些科目不仅能帮助人们更好地享受人际关系、与他人沟通、拥有审美能力,还可以促使学生以更加灵活的方式去学习那些核心科目。"达林-哈蒙德将这一过程称为"建构认知肌肉"。[42]

当然,芬兰学校还有许多可以和应该改进之处。世界不断变化,学校也必须跟上步伐。虽然芬兰教育者尽力淡化国际考试竞赛的意义(毕竟芬兰人并不信奉标准化测验),但客观上,芬兰在 PISA 教育测试中的排名确有下滑的势头,而这也激起了芬兰教育界关于未来走向的迫切讨论。

其中一个很重要的问题是,为了帮助孩子更好地学习和取得进步,引入竞争究竟是好还是坏呢?在这一点上,芬兰或许也有一些值得美国参考的重要经验。

通过合作来竞争

我人生中有三年是在蒂斯托拉学校(Tiistilä School)度过的,它位于埃斯波市,我在那里从七年级读到九年级。在我上学的时候,这所学校不叫现在这个名字,而且低年级部和高年级部互相独立,但学校里两栋低矮的红砖楼依旧如故,大厅和自助餐厅里的大落地窗也都和从前一样。如今,该校共有七百名学生,年级横跨幼儿园到九年级。最近的一个秋日,我从爸妈家车棚里拖出我的旧自行车,骑到了学校。我看见孩子们的手挂在攀爬架上,身体荡来荡去,看见青少年在走廊上嬉笑打闹,一切都无比亲切。如此活力四射、激动人心,但又布满青春期特有的烦恼……这些东西好像始终都在,即使世界早已不复从前。[43]

关于学校到底应该在学生的生命中扮演多大的角色,美国的家长、老师、学校管理者和政策制定者一直争论不休。而在芬兰,"爱的北欧理念"为人们提供了几项关键的指导性原则。芬兰人相信,公立学校除了要提供高质量的教育外,还必须积极参与保障孩子们的健康与安全,只有这样,才能真正确保每一个孩子都是自给自足的个体,不受其父母能力和财力的影响。这就要从最基本的做起:芬兰公立学校为所有学生提供免费的热餐食、医疗保险、心理咨询以及个性化的学生指导。

总体而言,芬兰学校竭力为年轻人营造一个舒适的环境。去芬兰学校或者日托中心参观过的访客通常都会说那里让人很自在。学校不要求学生穿统一的制服,也没有严格的行为守则,低年级学生甚至可以在进教室前脱掉自己的鞋子。和许多其他国家相比,芬兰学校的规模一般都比较小,但还是有半数以上的孩子会去"学生总人数在三百以上"的学校上学。从小学一年级到六年级,一个班的平均学生数基本为二十人,但有时会增至二十五人左右[44]——这是引发家长抱怨的一项常见事由。上学时间很短,课间休息也安排得比较多,每过四十五分钟,老师们通常都会放学生到院子里玩上十五分钟,午餐后的"放风"时间则会更长一些,无论晴雨,皆是如此。此外,美国观察者常常会发现,芬兰老师布置的回家作业少得惊人。芬兰的《基础教育法》明确规定,在放学做完回家作业后,孩子还应有充足的时间用于消遣和休息。[45]

在我读书的时候,上述的部分政策已开始实施,但还有一些新进展是后来才慢慢出现的。我去蒂斯托拉上学已是二十几年前的事了,那时,学生的家境有穷有富,但文化和种族上基本都很单一;如今,该校约三分之一的学生拥有移民背景。

另外,很多学校目前都组建了"学生福祉团队"(pupil welfare team),这是一项新的制度,典型的组成人员包括一名教师、学校校长、一名医生或护士、一名社工、一位心理学家和一位心理咨询师。团队成员定期开会讨论各种问题,并且会与学生和家长进行面谈。如果有学生的情况一直得不到改善,那么家长就需决定是否要让自己的孩子转学,去专门给具有学习障碍的学生开设的特殊学校上学。

蒂斯托拉的学生和其他学校的学生一样,都有权利用一项灵活的制度,名叫"校内辅导"。辅导的具体形式丰富多样,从几个小时的额外补习,到针对特定科目的固定学习小组,任其挑选。约半数的应届生都曾参加过"校内辅导"项目,时间或长或短。这一制度的存在既让学生不会为自己在学习上寻求额外帮助而感到羞耻,也导致"请家教"这种事在芬兰几乎闻所未闻——这一点与美国形成了鲜明对比。在美国,私人家教业开展得如火如荼,利润颇丰,同时也进一步加大了教育机会方面的贫富差距。[46] 芬兰的做法也和韩国这样的教育强国截然不同。韩国学生放学后已疲惫不堪,但还要赶往各种私人辅导中心,开启又一轮晚间补习,可谓备受煎熬。与之相对,芬兰的市镇会资助学校开设"晚托俱乐部",所有一年级学生都可以选择待在那里,和其他小朋友一起,等爸妈下班后来接自己回家。在俱乐部里,学生可以吃饭、做作业、进行体育锻炼或只是纯玩。[47] 我上学的时候都还没有这些项目。

如果你去问芬兰教师,为什么芬兰学生在教室里的时间几乎比所有其他经合组织成员国的学生都要少[48],但他们却可以在全球测试中脱颖而出,老师们给出的理由非常简单,因为学生在学校的时间得到了高效的利用。老师可以根据自己的课程计划,自主地调整课程表;虽然学校不实施标准化测验,但学校会清楚地告知学生,做作业是很重要的。在学年内,学校几乎从来都不会取消上课——虽然芬兰离北极圈那么近,但也没有像美国那样会因为下雪而取消上课的"传统"。另外,老师们总是密切关注着学生的情况,一旦发现他们有跟不上的迹象,就会立即提供帮助。

听起来芬兰学生从周围得到了太多的支持,似乎没费什么力就轻易取得成功,那么,他们是不是就此错失了良性竞争和拼搏奋斗给人带来的好处呢?

帕西·萨尔贝里在他的书里引用了芬兰作家萨穆利·帕罗宁(Samuli Paronen)的一句话:"胜者不争。"很难想象还有比这更不美国的理念了。如今,驱动美国教育改革的,正是形形色色的竞争:让学校和老师一争高下吧,如此一来,强者就会显现;让学生们也互相比赛吧,只有这样才能发挥出年轻人的最大潜能,激励他们成就更多,不管是在学业排名、体育赛事上胜出,还是被一系列名牌大学录取。在 PISA 测试中,学生表现优异的国家本身通常对学生有较高期待,这也意味着更多的竞争。

芬兰在教育上取得了巨大的成功,但芬兰人对待教育的态度却是:竞争,越少越好。它或许意味着,这种态度自有其重要优势。芬兰基本从来不给学校或老师进行排名,只有一项例外,那就是由媒体编制出的学术性高中排名表,排名依据的是这些学校的录取分数以及其学生在芬兰"高考"中的表现。[49] 芬兰教育体系运作的基础是"合作"。老师们一起备课、制作教案甚至有时一起上课;校长们也会彼此交流意见。最近,芬兰老师们在讨论是否有可能把教案上传到网上,供所有同事免费使用。[50]

美国人可能还会对另一件事感到惊讶,那就是芬兰学校里没有运动队。学校课程中当然会包括体育锻炼,但是如果学生想要搞体育竞赛,那就只能用自己的时间去做这件事。全国遍布各种公立或私营的体育组织,它们会组建青少年运动团队,但在学校里,体育课不是用来训练专业运动员的,而是为了给孩子们介绍各种形式的锻炼方式,帮助他们过上健康生活。我住到美国之后,逐渐意识到美国学校里的团队运动模式也有不少好处,它不仅可以培养团队精神、促进团队合作,让穷人家的孩子也能够参与昂贵的运动项目,还给学生提供了在学习之外展现自我的机会。但与此同时,我也很想知道,团体运动是不是占了太多的教育预算?是不是在学生中构建起不必要的等级划分?(比如"众所周知,运动员优于书呆子"。)学校管理者会不会因此给运动员学生提供"后门",免去他们部分学业上的负担?还有,从整体上看,热衷体育是否会分散老师和学生的注意力,忘掉在学校里主要任务应该还是学习?[51]

芬兰学生也是人,他们也会互相比较成绩、一争高下;在适当的场合下,芬兰人同样热爱竞技——"世界冰球锦标赛"举办期间的芬兰就是明证。但学校是公共机构,它鼓励学生关注自身所要完成的任务,而不是和同学比来比去。

然而，这并不代表学生要完成的任务会很容易。

阿曼达·里普利（Amanda Ripley）是一名记者，她调查研究了外国交换生的经历，调查对象既包括去外国交换的美国学生，也包括来美国交换的外国学生。然后，她为此写了一本书，名为《世界上最聪明的孩子》(The Smartest Kids in the World)。她发现，多数学生认为，其他国家的中学教育会比美国更难，比方说数学题难度更高、考试范围更广，以及打分更严。在里普利的采访对象中，有一位芬兰青少年，名叫埃利娜，她在密歇根州的某中学当了一年的交换生。埃利娜说，一次考试前夕，教美国历史的老师在班级里下发了一份学习资料，上面写着考试的题目和对应的答案。她当时无比震惊，因为这种事绝对不会发生在芬兰。不仅如此，班里很多同学最后居然考得还不怎么样。埃利娜在这门考试里得了 A，但她却并不怎么自豪，毕竟自己都事先收到答案了，难道还能再考砸不成？还有，她所在的美国高中里，最高阶的数学课就是"代数 II"，而她在第一次测验中得了 105 分——满分 100 分。里普利戏谑地写道，在此之前，埃利娜从未想过自己可以在任何满分为 100 分的事情上得到 105 分……因为这在数学上就不可能成立。在芬兰，埃利娜是一个好学生，但算不上优异，而她却感觉美国的高中如同小学。芬兰的历史课要求学生学习写长论文，而美国历史课主要让人做海报。[52]

但说句公道话，芬兰的交换生基本都来自学术性高中，他们那些不太擅长学习的同龄人此时基本都已经分流到了职业性高中，而美国高中是没有这种划分的，所以直接这样比较或多或少不太公平。不过，里普利的观察资料至少反映出，学校对于学生在学业表现上具有不同的期待，这就让我想起了北欧和美国家长不同的育儿方式……究竟采取什么样的做法，才能最好地支持学生、帮助他们表现更佳呢？北欧孩子基本长到六七岁开始正式上学,此时,家长和老师也都开始鼓励他们学会独立自主,"直升机式育儿"相当少见。与之相对,美国的父母却觉得自己有必要高度参与到孩子的学习和课外活动之中。为了让孩子能进好学校,爸妈又是帮孩子做作业,又是忙着安排家教。它助长了孩子对父母不健康的依赖关系,而这正是"爱的北欧理念"所希望避免的。

意味深长的是,当阿曼达·里普利采访美国青少年金时,金表示,她在芬兰曾交换过一年,那段时期里,她最喜欢芬兰的一点就是自己被给予了极大的独立性和自主权。金解释说,芬兰的青少年基本都自己安排日程和任务量,没有家长和老师会在旁边一直监督,这与她在俄克拉何马州自己学校里所感受到的氛围截然不同。她每次看到八岁孩子独自从学校走回家(在芬兰这很常见),或者十岁孩子们自己在外面玩儿,没有大人管,都会有些惊奇;这还是在赫尔辛基这样的大城市呀! 金最后得出的结论是,芬兰把青少年也当作成年人对待。

我的一个瑞典友人娶了一位英国妻子,他们有两个正值学龄的孩子。他曾向我形容过,自己和妻子的育儿方式如何不同。"她会下更多的指令,跟孩子讲他们应该做什么、不应该做什么;应该穿什么、不该穿什么;还有应该学什么之类的……"他解释道,"站在英国人的立场上看,这就叫'关心'。她觉得北欧人总是漫不经心,甚至有点漠不关心,但依我看来,我只是在告诉孩子:'嘿崽子们,这些事儿你们得自己搞定。我不可能每天都在你们身边,也不可能跟着你们去学校,所以你们必须自己想办法解决。'"

北欧家长眼中的"教孩子自立"在他人看来就成了"疏忽",他人眼中的"关心"在北欧人看来则是"鸡毛蒜皮都要管"。虽然北欧家长也会经常提醒孩子"读书很重要",或者在考试前给孩子做小测、询问他们是否做完作业之类的,但总体而言,比起美国家长,北欧父母给孩子的空间要多得多,主要还是让孩子自己安排他们的学业和日程。

芬兰学校同样帮助培养孩子的独立自主性,所以如果孩子遇到了问题,家长也会放心让学校帮忙处理。有人可能会批评北欧学校"娇惯"学生,又是提供热食和护理,又给大量的休息时间;学习时间短不说,还没有标准化测验。但实际上,芬兰学生学的内容很复杂,他们也会沮丧,会挫败,生命里不是只有称赞和表扬,老师也绝非他们的保姆。北欧人认为,成年人应该竭力为孩子提供成功所必需的土壤,但成功的果实终究还是需要孩子自己去争取。

最近,两名美国教授的研究显示,与美国通行的观念相反,家长们在学校里做义工或者帮助孩子完成学校作业,并不会提高孩子在学校的表现。[53]"最重要的还是要让孩子理解,上学的价值究竟是什么?父母应该在孩子很小的时候就向他们传递这一讯息,并且在之后的岁月里不断加以强化。"基思·鲁宾逊(Keith Robinson)和安杰尔·哈里斯(Angel L. Harris)这样写道。前者在得克萨斯大学奥斯汀分校的社会学系担任助理教授,后者则在杜克大学的社会学系与非洲和非裔美国人研究系担任教授。"但是,传达这一讯息并不需要通过传统的活动,例如参加 PTA 会议*或者去和老师确认孩子的情况……家长应该怎么做呢?他们应该搭好舞台,然后退场。"

虽然已经有那么多迹象表明,芬兰的教育方针行之有效,但仍有一个巨大的问题尚且悬而未决。归根结底,美国是一个极其多样化的国家,芬兰模型对于它究竟是否适用呢?从供给路线、统一日托、雄心勃勃的教师培训,到拒绝标准化测验、设置校内辅导、缩短学时和强调合作,芬兰的成功确实源自它的政策选择吗?

还是说,成功的理由实际上更加简单,仅仅是因为……芬兰人其实都差不多?

---

* PTA,全称 Parent-Teacher Association,中文译名为"家长教师协会"或"家长教师联合会"。

富有、同质且独特？

芬兰是个小国家，族裔单一且颇为安静；而美国却是一个地域辽阔、人口众多的"种族大熔炉"，二者的不同点极多。所以，也难怪会有很多美国人认为，芬兰的教育经验对美国没什么参考价值。他们声称，芬兰（或任何一个北欧国家）都不适合拿来作为美国的榜样，因为芬兰不仅贫困率更低，他们的人口本身也高度同质。弗雷德里克·赫斯（Frederick M. Hess）便持此类观点。他在保守派的美国企业研究所（American Enterprise Institute）工作，担任教育政策研究主任。他认为，这一切的"芬兰狂热"完全就是被吹过头了。[54]

诚然，芬兰和美国不同，但我们也应注意到，美国的教育问题多数是由各州自主管辖的。芬兰人口在五百五十万左右，与美国许多州的人口相当；事实上，美国有一半以上的州（具体来说是三十个）人口还少于芬兰。仅从规模上看，在美国任何一个州推行芬兰的教育体系都是可行的。就人口多样性而言，芬兰确实是一个更为同质化的国家：只有略多于5%的芬兰居民出生于他国，而在美国，这项数据是13%；此外，芬兰的组成族裔也显然更为统一。不过，在2010年，美国还是有十九个州的外国出生人口比例低于芬兰，与此同时，芬兰的人口多样化程度也在迅速攀升，自2002年至2012年的十年间，外国出生的居民数量整整翻了一番。[55]那么，芬兰是否因此丧失了在教育方面的优势地位呢？没有。更何况，移民往往聚居在某些特定区域，所以在部分芬兰学校中，学生是高度多样化的。那么，这些特定的学校是否落后于其他学校呢？答案也是否定的。

认为芬兰学校的成功主要是基于一种同质的文化，而不是源自明智的教育方针——这样的观点是站不住脚的，北欧地区内部的情况也能够证实这一点。因为很遗憾，并非所有的北欧国家都是"教育神话"。那些教育方针和学校体系与美国更相似的国家,在教育领域的优势其实并不显著,即便它们在教育上也遵循北欧文化的价值理念,即便它们的人口同质性与芬兰不相上下。

塞缪尔·艾布拉姆斯(Samuel Abrams)是一位前美国教师和现教育研究员。他曾在纽约市的私立和公立学校中任职多年,并且作为哥大教师学院的访问学者,研究过芬兰和挪威(芬兰的近邻之一)在教育政策方面的差异。挪威与芬兰有所不同,它采取标准化测验,对教师的专门培训也不那么严苛,其教育模式更接近美国而非芬兰。[56] 结果是?它在 PISA 测试中表现平平。艾布拉姆斯认为,一国的学校体系成功与否,或许更取决于是否采纳了好的教育政策(如芬兰),而不是由国家规模或族裔组成所决定。

然而近年来,北欧国家也在做出种种尝试,想要从整体上为居民提供更多选择,一项主要的措施就是针对部分公立的服务,推出私营的供应商。比如瑞典,它一马当先地允许私人企业开办学校,允许学校逐利。如今,有 14% 的瑞典学生上的是私立学校。美国和全球支持"择校权"的人士当然也为瑞典的这套"学券制"热情欢呼,但是,他们时常误解或忽视了后者的一些重要特征。如果家长支付的是瑞典克朗,则政府允许他们在所有政府批准的学校中进行选择;但与此同时,瑞典仍是一个北欧国家,它极其强调服务的公平性,因此瑞典要求其"独立学校"(independent schools)收取的学费不得高于"学券"金额,而且"独立学校"也必须遵循全国课程大纲的内容。[57]

事实上,瑞典人所说的"自由学校"(free schools)在美国对应的就是"特许学校"(charter schools)。而且说实话,这套制度实施下来,就其成效而言是要打一个问号的。推行择校权,加剧了瑞典学校与学校之间阶层和种族的区隔现象;2000 年至 2012 年期间,瑞典在 PISA 测试中退步显著,其退步之严重程度为所有被测国家之最。

瑞典的移民人口确实较为庞大。2013年,有15%的瑞典人系非本土出生人口,这一比例甚至高于美国,但移民不是造成瑞典表现不断下滑的根源。芬兰的教育体系几乎完全公立,就目前来看,这种更"一刀切"的举措显然取得了更好的成效。这一切不禁使人困惑,钱究竟能不能买来更好的教育呢?

几年前,当我读芬兰发行量最大的报纸时,一行大字标题冲击了我。"未来,"该标题宣称,"政府将根据学生父母的教育水平,决定对各个学校的拨款金额。"芬兰真的决心要给家境更优越的孩子所上的学校输送更多资金吗?我一边读这篇报道,一边才渐渐意识到,自己在"过去"——换而言之,在"美国"——生活的这几年怎样深刻地影响了我,使我贸然得出了错误的结论。在美国,特权阶层孩子读的学校会比其他学校接收到更多的资金支持,现实就是如此陈旧又悲伤。而芬兰政府所宣称的事项则恰恰相反,一个市镇内拥有高中学历的家长越少,该市镇的学校就会得到更多的政府拨款。新政策将引领芬兰进一步走向未来。

美国在全球教育排名上表现一般,与其他表现优异的发达国家相比,二者最显著的一项区别就在于,学校收到资金支持的逻辑不同。还是以芬兰为例。虽然芬兰学校在设计教学大纲和日常行政管理方面享有很大的自主权,但就办学资金而言,芬兰有一套从上至下的严格规定,它要求所有的市镇地方与中央政府通力合作,为所有学校提供充足的资金,以保证其正常运作。这意味着芬兰学校的办学资金不直接依靠学校所在的街区、城镇乃至城市,而是源自基本统一的财政税收,由更大范围的社会来共同分担。[58] 各个市镇在不同学校间分配资金时享有一定的自行操作空间,但是它们都必须遵守教育部对于每一科目最低学习时间的规定。换而言之,类似于削减艺术课来节省开支这样的操作是被严格禁止的。

事实上,在某方面削减开支,通常会导致特定的学生群体受损,因此芬兰人倾向于采取一种更加进步的策略,名为"积极的差别待遇"(positive discrimination)。如果学校面临一些特殊挑战,中央政府就会给其所在的市镇进行额外专项拨款,帮助当地的学校应对难关,例如当地具有学习障碍或特殊需求的学生较多、移民较多、失业率较高或家长的教育水平普遍较低——最后一项正好就是那篇新闻报道所针对的现象。当然,富有的市镇通常有能力给学生提供更多选修课(比如更多的外语类别),但总体来说,这些差异都是很小的。

相比之下,在美国,不同学校获得的资金数额相距甚远,这就直接导致了不同地区之间,孩子们的教育经费存在巨大的差距;甚至在同一地区的不同学校,学生的教育资金也可能大不相同。许多美国人都清楚地认识到,关于美国学校的资金来源,最大的问题就在于它取自当地的财产税收。这是一种相当老式的传统做法,具有显而易见的弊病,那就是不同地区之间,基于财产所有权的财富总量差异悬殊。有一项报告指出,"在一个州最富有的学区内,当地的人均资产是同一州内最贫困学区人均资产的五十倍乃至更多"。[59] 因此,富有地区的学校往往会获得比贫穷地区学校更多的资金,这些钱不仅可以用来建造更漂亮的大楼、给老师付更高的薪水、为学生提供更多课程选择,还可以引进更高科技的设备。

美国有一个联邦教育委员会,由美国国会特设,组成人员包含二十七名教育专家。该委员会对教育领域的公平问题进行研究后,强烈谴责了美国基于地方财产税给学校提供资金的做法,他们认为,在 21 世纪的时代背景下,这样一套制度与其发达国家的地位极不相称。[60] 该委员会在 2013 年的报告中表明,学校经费的差异是造成当今美国教育不平等的最大动因。该委员会还指出,这套财产税制度中隐藏着另一项不公正之处,人们往往不会对其加以注意,那就是富人可以在支付较低税率的情况下筹集更多资金。"想象一下有这样两个城镇,"该委员会如此主张,"A 镇每个学生的应税财产为 10 万美元,B 镇则为 30 万美元。如果 A 镇投票决定对其财产征收 4% 的税,那么每个学生可以筹集到 4,000 美元;而 B 镇只按 2% 的税率征收,每个学生就能筹集到 6,000 美元。"[61]

很大程度上,美国的教育经费体系似乎正好站在了北欧方针的对立面,它非但没有将每个孩子从其出生的环境中解放出来,反而起到了相反的作用:这套制度使每一个孩子几乎都只能仰仗他们的父母,受益于其富有——或受制于其贫穷。它剥夺了所有孩子(不论贫穷或富有)在成长过程中培养出自主权和独立性的机会,也进一步浪费了潜在的人才种子;而美国作为一个国家,想要取得成功,就需要这些人才。但这还不是事情的全部,美国的教育系统甚至低效得惊人。2011 年,在六岁至十五岁孩子的人均教育开支上,全球只有四个国家超过美国。全世界大多数的教育强国,在教育支出上却并不大手大脚。得益于明智的政策选择,芬兰在每个学生身上投入的教育经费,从各方面来看都少于挪威、丹麦、瑞典和美国,却最终取得了更好的成效。[62]

不过,这对美国来说,其实也算是一个好消息,因为对于教育经费紧张的国家而言,芬兰经验恰恰可谓是"振奋人心"。芬兰的学校改革起步于 1960 年代至 1970 年代,时局相当艰难;等到了 1990 年代,芬兰又遭遇了严重的银行业危机和经济衰退。于是,政府大刀阔斧、毫不留情地削减了公共卫生和家庭福利的预算支出,但是整体而言,学校没有受到太大冲击,并得以正常运行。那么,芬兰是如何做到比美国少花钱的呢?

原因就在于,芬兰人特别擅长"削减行政成本"。学校校长都是从老师中选拔出来的,而且他们即便升任了校长,也依旧要同时从事教学工作。各个学校都直接受市镇管辖,更小的行政区划不参与教育指导工作;而市镇则直接听命于教育部。丹·拉瑟制作的那部有关芬兰教育方针的纪录片名为《芬兰优先》(*Finnish First*)。影片中,他把芬兰的教育管理部门与洛杉矶的放在一起作比较。拉瑟注意到,芬兰境内从小学到大学,学生人数超过一百万,负责监管教育的行政人员约六百人;与之相比,洛杉矶市下辖学生在六十六万四千人左右,而对应的行政人员却有将近三千七百人。[63]

芬兰所采取的其他一些教育举措也有助于节省开支,例如帮助具有学习障碍或特殊需求的孩子融入普通班级、避免让学生留级、保持班级规模相对较大以及不安排标准化考试。

所以,我们从中是否能看到改革美国教育的一丝希望?显然,如果一个人真的希望为全美国的孩子整体地提升机会均等、改善学业表现,那公立教育必然是其中的重头戏。芬兰经验证实,无需增加预算,达成这一目标也是可能的。那么,具体究竟如何实现呢?要达到芬兰所取得的成就,美国似乎有太长的路要走。

幸好,希望不仅限于一线曙光。其实,大多数现行的芬兰教育政策都不是芬兰人"发明"的,而恰恰是美国人。教育应以儿童为中心、学习应从解决具体问题出发、教育是为了让人民更好地参与民主生活……这些理念都是由美国思想家最先提出的。[64] 芬兰经验表明,一个国家虽然不可能从他国全盘移植一整套教育体系,但是引进相关的教育理念,适应自家"国情",为己所用,这样做却是充分可行的。事实上,芬兰教育者仍旧推崇当前美国教育体系的很多方面,例如美国学校与其所在社区的互动模式,美国教师把学生作为平等个体对待的方式以及他们培养学生自信心的方法,还有各类由美国在校学生所发起的大型项目。

因此,建议美国可以从芬兰那里借鉴一些明智的理念似乎也并不过分。从另一个角度看,美国人自身对教育改革其实就有很多心得,他们只是需要学会利用其中的"精华",而芬兰人已经帮他们证明了哪些行之有效。

此外,还有一个教育领域是我尚未论及的,而正是在这一领域,芬兰人反而对美国充满憧憬。

向美国……学习？

每当我的美国朋友们回想起自己的大学生涯，不经意地提起那些教过他们的老师，那些举世闻名的经济学家、科学家和艺术家，我都不止一次地难以抑制自己的妒羡之情。像这种"明星阵营"，只有在梦里才会出现在我的大学……那所遥在芬兰、朴实无华的大学。

英国的《泰晤士高等教育》(Times Higher Education)杂志根据十三项绩效指标来衡量全球的研究型大学，并制定出举世闻名的"世界大学排名榜"。这些指标包括了教学、研究、引述和创新等，同时还评估了各校的教职工、学生和研究在多大程度上具有国际化视野。每年，美国都在该榜单上名列前茅。在 2015 至 2016 年度的排名中，位列前十的研究型大学里，有六所来自美国，三所来自英国，一所来自瑞士。赫尔辛基大学是第一所上榜的芬兰大学，但名次相当"凄惨"，仅位列第七十六名。瑞典情况则好很多，斯德哥尔摩最顶尖的医学院卡罗林斯卡学院排在第二十八位。[65] 所以，为何芬兰的基础教育体系如此出色，大学却表现平平？而与之相对的是，为何美国在基础教育中举步维艰，但一来到高等教育，反而能在全球都遥遥领先？

首先，我们需要认识到，PISA 测试和大学排名评估的事项截然不同。PISA 测试考察的是一国所有十五岁学生的整体技能水平，而大学排名关心的则是每个国家最优秀的一批大学，它并不测试所有从大学毕业的学生的技能水平。凯文·凯里(Kevin Carey)是"新美国基金会"教育政策项目部的主任，他在一篇文章中写了以下段落，点明了上述两者的区别："奥巴马总统曾说：'我们有最一流的大学。'他的意思不是说，美国大学的平均水平一流（虽然很多人会这样理解），他实际上是在说，'最顶尖的一批大学里，美国占了多数席'。"[66] 凯里接着解释道，这一区别背后其实隐藏着重要讯息,即"世界大学排名……本质上和教育没什么关系,因为他们主要把大学视作研究机构,采用的指标也与此相关,例如'教职工中的诺贝尔获奖人数'或是'期刊文章发表数'。所以,哪怕一所大学不再招收学生,它在大学排名上的评分也不会受到影响"。

因此,最好有面向大学毕业生的 PISA 测试,这样比较起来才更加合理。2013 年,经合组织还真的首次发布了一项类似的调查结果。这项调查首先抽取了不同国家的部分成年人,其中有接受过大学教育的,也有未接受过大学教育的;然后要求他们解决一些实际生活中的问题,以此来评估他们的读写能力、计算能力和技术技能。结果揭晓,芬兰再次表现优异,位居前列,而美国人(即便是接受过大学教育的那些)则低于经合组织成员的平均水平。[67]

正如我们必须不断反思教育的目标是什么,我们也必须叩问大学究竟为何存在。虽然赫尔辛基大学作为全芬兰最好的大学,在世界大学排名中并不起眼,但显然,总体而言,拥有大学文凭的芬兰人接受了相当良好的教育。或许更关键的问题是,美国大学和芬兰大学分别在追求什么?所有经合组织成员中,美国在高等教育上的投入是最大的,平均到每一个学生,其财政支出的金额最高。美国最一流的高校才杰辈出,但这同时也体现出资源的高度集中。它代表着一种典型的精英教育,对大多数普通公民而言遥不可及,甚至对于那极小一部分成功"登龙门"的学生和家庭来说,大学教育的学费也昂贵得让人痛心。[68]

原本,人们认为,随着"上大学"成为常态,大学教育应会变得更加普及和便宜,但在美国,事情却恰恰相反。大学学费的增幅远远高于家庭收入中位数的增幅,而国家和地方政府甚至还削减了对学校的财政资助。因此,我的美国友人们只要有一定的经济实力,往往从孩子一出生起就开始定向存钱,为他们将来读大学做准备,哪怕孩子之后总是有可能申请到各种助学金、助学贷款甚至奖学金。如今,越来越多的企业在招人时都要求大学学历,但对于普通美国人而言,大学却反而变得越发"读不起"了。

与之相反,芬兰的大学则持续贯彻政府对于全社会的承诺,保障机会均等。全芬兰的大学都是公立且免学费的。赫尔辛基大学每年对每位学生收取的总费用在110美元左右,这笔钱也仅仅用来支付学生会的会费。与此同时,每一位大学生每月会收到一笔约600美元的津贴,他们可以用这笔钱来付房租或购买日用品,并逐渐过渡成为一个自主的成年人。部分的津贴是要缴税的,而且如果有学生边读书边工作,其挣得的工资超过一定限度后,津贴则会相应减少。除了这种情况以外,对于津贴的发放没有任何考核机制,因为北欧的体制旨在帮助每一个个体获得独立,不鼓励任何人在经济上依赖家庭。[69]

不妨想象一下,在北欧当家长会是怎样的体验?你可以专注于养育孩子这件事本身,在每一个年龄段以适当的方式教育他们,使之成为一个真正的"人",而不必担心自己没有存下或赚到足够的钱供他们去读大学,或者担心他们因为没有大学文凭,最后只能流落到社会的最底层……因此,在多数情况下,你无需事无巨细地安排孩子的生活,尽可以放手让他们自己应对大学的申请流程,他们还能从中获得"步入成年"的满足感。从各个方面来看——不论是心理、经济还是学业上——这与美国人读大学的经验是多么不同啊。

在美国,家庭财富可以帮助学生在很多方面先人一步。如今,美国社会尤其依赖这种老式的传统结构,导致这一情况变本加厉。金融危机之后,大学发现,不仅私人捐款在缩水,连公共资金也被缩减了。于是,部分学校的招生部转而青睐那些爸妈付得起全额学费的学生。众所周知,如果父母曾经就读的是具有竞争力的大学,他们作为校友给母校捐款的话,可能会提高自家孩子录取的概率;就算没有,肯定也不会有什么坏处。[70]类似于这样的惯例,外加水涨船高的学费,以及日益激烈和复杂的申请流程,导致美国的高等教育极其不平等。这样的不平等通过一种残酷的排他性体现出来,并越发根深蒂固。

我很乐于承认,芬兰可以从美国名校那里学到许多东西。我有一些芬兰朋友曾经在伯克利*或耶鲁这样的学校读过书,他们就对小班化的教学规模、举世闻名的教师队伍,以及周围师生在工作学习上所展现出的那种野心与活力赞叹不已。与这一切相比,气氛悠然的芬兰大学相形见绌。无疑,芬兰的大学本身还有很大的可提升空间,而美国则应致力于让更多人有机会接受高等教育。美国很多政策制定者已经意识到,要实现这一点,任重而道远。归根结底,要教育全体国民,最重要的就是关注"机会均等";要培养出具有创造力、自信心和灵活性的独立思考者,就没有比"培养个体自主性"更重要的事了。

平和的家长

比较不同的教育体系有时会让人觉得毫无意义。国际调研所能证明的最多只是那些指标旨在测试的事项,它们无法反映出任何一个教育体系的全部真相。标准化测验违背了芬兰的整个教育理念和具体举措,但芬兰教育能获得全球性声誉,恰恰源自一项国际标准化测验的结果——作为一个芬兰人,我很清楚地意识到这是一件多么讽刺的事。芬兰人自身对于芬兰的学校体系并不满意,经常会批评它缺乏创新和创造力;有校园霸凌的现象;班级规模太大;教室里充满冲突和躁动;对于天资聪慧的学生和问题青年都缺乏相应的支持;健康、咨询和辅导方面的资源紧张,等等。近年来,有关教育部门还试图通过合并规模较小的学校来缩减开支,这引起了许多芬兰家长的恐慌。

芬兰的学校也需要不断进化。作为芬兰的教育专家,帕西·萨尔贝

---

* 指加州大学伯克利分校,全美排名前列的公立大学。

里担心初高中的男孩在学校里表现不佳,他还认为,芬兰人对于教育体系的前景缺乏展望。他希望在学生踏入高年级后,学校可以砍掉一半的集体上课时间,不必将课程安排得满满当当,而是允许学生拥有更多的时间用来自主学习和参加学习小组。这样做也能让不同岁数的学生融合在一起,打破传统的年级区隔。对于芬兰学校目前常常忽视的技能(例如人际交往、沟通和辩论),他也希望予以更多关注。最后也是最关键的一点,就是他要把"帮助学生找到自己的热情所在,并且能够将这种热情转换为学习的动力"作为办学的首要任务,而这就需要对目前芬兰教育模式的方方面面进行反思,其中也包括对于教师的教育。

在芬兰,也开始有父母不再把孩子直接送到离家最近的学校,而是选择了提供更多选修课或者在某些方面会"更好"的其他学校。具体的理由五花八门,例如有些家长听说学校里有学生已经开始喝酒了,而他们担心这会对自家孩子造成不良影响;有些家长则担心移民学生日益增多,会拖慢所有人的学习进度。与此同时,也有学校开始设立"择优班",学生必须通过相应的录取考试才能申请加入。不过,与其他国家和地区所惯常理解的"特优班"不同,在芬兰,这种班级并不会拔高所有科目的学习难度,只是会在课表中加入一些额外的课程,比如音乐、跳舞、科学等。

不过芬兰的家长还是普遍相信,家附近的学校也能教育好自己的孩子。芬兰的父母和家庭之所以能够保持一个相对平和的状态,一方面是基础教育体系的结构使然,另一方面也是因为在义务教育结束以后,人们还是有很大机会能接触到更高一等的教育。芬兰社会的一大目标,就是保证所有学生从初中毕业之后还能继续升学,不论他们具体是读学术性高中还是职业性高中。另外,政府也确保所有二十五岁以下的青年要么接受实质性的学习,要么参与到实质性的劳动中去。[71]

而且,由于绝大多数芬兰人都无需背负沉重的助学贷款,他们可以自由选择职业,而不必担心工资不高会最终导致个人破产。因为芬兰构建起了这样一套教育体系,才使得像我朋友诺拉那样的父母可以充分信任他们的孩子不会有什么问题。它给参与其中的所有人都提供了大量的自主权和自由度,而这正是"爱的北欧理念"的核心要义。

由于芬兰重视"平等",也基于此设计自己的教育体系,使得每一个学生无论家庭背景如何、爸妈富有与否,都能够获得其所需要的教育基础,从而可能在当今的全球经济中有所成就。相形之下,美国的教育状况则糟糕得惊人:虽然教育上的选择和竞争无处不在,但现实中,人们可选的却相当有限。美国本来被称作是"机遇之地",并凭此获得全球瞩目,如今,人们面前的机遇却越发渺茫。年轻人在走向成年的过程中,其独立性非但没有增长,对于外部条件的依赖性反而越来越强。他们要么寄希望于运气,像中彩一样有幸在众多公立学校中抽到一所还不错的,或是有机会去上好的特许学校;要么就指望父母有足够的经济实力,可以负担得起私立学校、昂贵的家教以及精英大学。但不管是哪种情况,美国的家庭都受困于这一套不平等的体制。很大程度上,个体的成长路径是被预先决定的,年轻人无力去开创自己的人生,因为他们既没有物质上的独立自主性,也缺乏内在的自信和勇气。无论对于穷人还是富人而言,这一点都同样不利。当代美国人对于教育如此焦虑,本质上就反映出"通过学习实现阶级跨越"的成功案例并不普遍。此外,也已经有不少数据证实,美国社会确实面临着"阶级固化"这一悲哀的现实。

在我搬来美国的时候,我已经读完了大学且尚未生育。即便如此,美国的教育现状仍侵入我的生活与梦境,加重了我的焦虑感。当我和崔佛讨论要不要孩子的问题时,我们的重点主要还是放在那些迫在眉睫的事项上,例如育儿假、儿童托管和付账单。然而,一旦我们把眼光放得更长远一点,或是和那些有孩子的亲朋好友聊完天之后,我们的忧虑只会变得越发深重。那时,我们租的公寓周围有很好的学校,但是,要在好学区买房子大大超出了我们的能力范围;而且,我们俩的收入也是万万不够送孩子去读私立学校的。每次话说到这儿,我们的结论就自然变成了"如果要生孩子,只能搬回芬兰"。事实上,我认识的好几对芬兰裔美国夫妇还真就是这么做的。但是,仅仅因为孩子在此地难以获得体面的教育,全家人都要被迫离开这个世界上最富有和最具活力的国家之一,这是多么遗憾的事啊。

我相信,很多美国人面对我们的处境,肯定已经停止抱怨,振作精神,开始努力工作赚钱,以期为孩子提供最好的教育。但是,父母做错,孩子受苦,这一点本身是否公平呢?况且,很多孩子只要有机会读一所好学校,长大后就能对社会有所贡献,他们身上的潜能是不是被白白浪费了呢?就国家层面上看,从总统到平民,几乎所有人都认为,美国教育政策的目标就是要通过打造一个全方位的知识经济,保持美国在国际舞台上的竞争优势。芬兰经验表明,一个国家若想在国际竞争中脱颖而出,就必须武装全体国民,而不是只培养一小部分的国民。

如果任由我选,我无疑希望自己的孩子能够享受两个国家的"精华"。从芬兰处,我会取其平价自在的日托、受过良好教育的老师、家附近就有的高质量学校以及免费上学的统一待遇;从美国处,我则会选择让孩子拥有多元的伙伴环境。此外,美国最优质的学校常以一种系统且极具启发性的方式鼓励学生发扬个性,独立思考,大方地表达自己的观点、展现自己的才能而不必过于羞怯,这也是我希望孩子可以拥有的学习环境。我总是会想,假如自己上学时有机会接触到美国最好的那些戏剧课、科学小组或是辩论部,我的人生又会发生怎样翻天覆地的变化?

我究竟是不是在痴心妄想呢?芬兰经验表明,把重心放在合作而非竞争、公平而非选择之上,也有可能得到良好的结果。芬兰所采取的基本原则和方针并不复杂,几乎在任何地方都适用;它把"为所有个体创造一个公平公正的赛场"作为原则(不妨称其为"爱的北欧理念"之"教师版"),

旨在为所有人提供同等优质的教育，不让家庭的经济条件影响孩子受教育的权利。正是因为致力于实现教育公平，最终才能取得卓越的成果，不应本末倒置。芬兰的做法让它在面向未来的全球局势中占得先机，美国也必须直面这一挑战。

美国已经掌握了改善其学校所需的所有资源和知识，美国最一流的学校也仍在不断培养学生，使他们具备活力、创造力、自信和创业精神等特质，为其他国家的人民所艳羡。取芬兰和美国之所长，然后把它们有机结合起来，创造出一个面向未来的教育系统，将真正地带领美国走入21世纪。这不仅会使美国受益于其充足的人力资源，也能解放美国儿童和家长，让他们免于焦虑，并免受不良依存关系的限制。学校不是教我们人生所需知识的唯一场所，但它们是一个开端，而这个开端需要向所有人开放。

第五章　强健体魄，健康心灵：为何全民医保能给你自由

欢迎来到布基纳法索

纽约市。4月下旬。一个阳光明媚的周六，天气异常和煦。经过一整个冬季，我和崔佛打算出门去公园走走，享受夏日吹来的第一缕气息。但出发前，我还是先坐下来，过了一遍当日送来的信件。有一封从芬兰寄来的信映入我的眼帘，信封看起来像是政府专用的。或许，我应该对此感到紧张？但事实上，我的内心毫无波动。

那时，我刚在美国住了不到四个月，和崔佛也还没有订婚，所以我并没有想到，自己最后会成为美国的永久居民。我继续在芬兰缴税，名字也仍旧登记在芬兰的国民医保服务名单上。为了防止我在美国可能会出什么事，我还为自己额外购买了芬兰人旅行保险，价格公道合理，覆盖各种意外事件。在当时的我看来，一切都安排稳妥。

然而，当我撕开那封来自芬兰的信，一切都改变了。信中，芬兰政府有关部门通知：由于您现已居住在芬兰境外，您身为芬兰居民所能享受的所有福利都被中止。我盯着这封信，胃里直发紧。自从在美国开启新生活后，短短几个月，我就陷入了与日俱增的焦虑感中，但我原本其实并不清楚自己究竟在担忧什么，现在好了，我有充分的理由感到焦虑了——我不再受芬兰国民医保服务的"保护"，与此同时，我所购买的辅助性旅行

保险也即刻失效……换而言之,我成了一个"没有医保的人"。

"放轻松。"美国人都会这样对我说。当我提到自己最近失去医保的事时,数位美国朋友表示,他们自己也都曾经历过好几年没有医保的日子,有些人是因为付不起,有些人则是单纯因为觉得没必要。他们建议我:"只要去当地的免费诊所就行了,他们会照顾好你的。"

毫无疑问,事情完全不像他们说的那么简单。在美国,如果一个人没有医疗保险,那么他就必须自掏腰包支付所有的治疗费用,包括诊疗、急救、住院、医药还有各种检测费。去慈善诊所看病可能有助于减轻经济上的负担,但这不代表人就可以不需要有医保。事实上,在没有医保的情况下,美国人往往会选择不去医院定期做体检,其中包括如乳腺癌或者前列腺癌之类的筛查,而这类检查对于疾病预防其实相当关键。一旦生病了,他们又会拖延就医,直到真的痛得受不了。可到了那个时候,他们或许已经病入膏肓,反而需要进行更加昂贵的手术治疗。[1] 我绝对不想让自己陷入此等境地。

我也开始发自内心地恐惧,假如自己在没有医保的状态下前去就医,最后可能会落得债台高筑。好几次,我坐在位于布鲁克林的自家厨房桌边,翻阅着晨间报纸时碰巧读到诸如此类的"恐怖"故事。比如有一名和我年纪相仿、没有医保的女性,某日突发消化系统疾病,住院几天后,她收到一张医院送来的账单,上面的金额触目惊心,超过17,000美元。我还听说,有人牙疼,明明可以治疗单个牙齿,但却选择直接把牙拔掉,只是因为拔牙显然会更加便宜。为了省钱,上百万没有医保的美国人还会选择不吃药、不足量吃药,乃至从朋友那儿拿来随便什么剩下的药给自己吃。

然而,即便如此,很多美国人(其中也包括政客,他们明明掌握了更多信息)仍不断重复着那句"宽慰人心的咒语":没有美国人会因为无医保而死。但事实证明,这也不是真的。例如,我曾经读到过的一篇研究表

The Nordic Theory of Everything   137

示,假如一个人遭遇车祸,而其没有医保的话,那么在别的变量相同的情况下,相比于一位有医保的车祸受害者,其受到的治疗会更少,因伤势严重而死亡的几率也会更高,即便二者都被立即送往急救室,情况也一样。其他研究则给出了预估数据,在平衡其他变量如年龄、是否有吸烟史以及是否肥胖后,无医保美国人的死亡几率比有医保美国人高出25%乃至40%。[2]

此外,我们还必须问一下,有多少美国人长期冒着死亡的风险,只是因为他们心下清楚,看病的费用很可能会高得难以承受。诚然,如果一个人身受剧烈疼痛或者情况危急、需要立即治疗,美国的急诊室"必须"予以救治,但是,这种救治显然不是"必须"免费的。况且,面对那些身患慢性疾病的人群,医院就没有必须救治的义务了,而像糖尿病这种慢性病其实也可能置人于死地。因此,我们很容易理解为什么一个人只要想到自己没有医保,哪怕情况危急,也情愿待在家里、听天由命,而不愿意去医院就诊。毕竟,一旦到了急诊室,账单金额飙升起来可谓"丧心病狂",像是缝几针或许就要花掉上千美元。对于无医保病人,医院有时会要求他们提前付费,当他们还坐在等待室候诊时,就派债务催收员上去要钱;如果他们事后付不起账单,医院就会提起诉讼,胜诉后可直接从病人的税后收入中划走最高四分之一比例的金额。[3]

我还了解到,高价医疗账单是导致美国个人破产的"元凶",这就意味着,每年有成千上万的美国人因为没有医保或没有全面医保而失去家产、信用破产。在美国,面对高昂的医疗账单,无医保人士可能会沦落到乞求医院宽宏大量或向亲朋好友讨要救济的地步,有些人甚至会把家人一起拖入债务的深渊。[4]

我坐在布鲁克林的公寓里,想象自己某天突发急病,被送到急诊室动手术,却因为没有医保而必须向别人借上5万美元才够付医疗费……呵呵,那会在我新男友的父母心中留下怎样一个"好印象"呢?我简直不寒而栗。

目前为止,我已经对美国生活的许多方面产生了极大的热情,美国医生和医院所能使用的各种高精尖技术也给我留下了深刻的影响。他们似乎真的会日常使用这些技术,用来拯救生命以及改善患者的健康状况。美国患者可以接触到前沿的临床试验和实验性治疗,这一切显然有助于增加诊疗的希望。我也了解到,美国的医学院和医学研究机构在全球范围内都跻身一流。然而,作为一位北欧人,我却很难向美国人(甚至是向崔佛)解释清楚,从像芬兰这样一个有全民医保体系的国家移居到美国是一种怎样的体验。

当然,即使到了21世纪,医疗问题在每一个国家都是一项巨大的挑战,没有一个国家的医疗体系能堪称"完美"。哪怕是那些在国际医疗服务调查中排名靠前的国家,都始终面临着各种各样的问题,如医疗成本不断攀升、医院负荷过重、候诊时间过长以及行政管理混乱。至于如何解决这些问题,不同的国家采取了不同的办法。而若你体验过北欧的国民医保体系,再回到美国就难免深感震惊。

几年前,一位名叫T. R. 里德(T. R. Reid)的美国记者对全球医疗服务的基本模式进行了分类。里德发现,不同国家为其公民提供医疗服务时,主要存在四类基本模式,其中一类就是芬兰及其他北欧国家(瑞典、挪威、丹麦、冰岛)当前正在实际运行的模式——当然,各国在具体操作层面肯定有所不同。这类模式名为"贝弗里奇模式"*,以经济学家和社会改良家威廉·贝弗里奇(William Beveridge)的名字命名。贝弗里奇在1942年发表了一篇报告,启发英国最终建立了"国家医疗服务体系"(即NHS)。如今,英国的医疗服务体系也仍旧被归于该模式之下,属于其中

---

* 又名"公共医疗模式"。

一种分支,处于同分支的国家还有西班牙和意大利。[5]

"贝弗里奇模式"的基本理念很简单:医疗保障服务应由政府提供及出资,资金来源于政府的税收收入;它是一种公共服务,和其他的公共服务如公立教育没什么两样。所以,就像送孩子去读公立学校一样,当人们去医院看病时,主要也应是免费的,只有在超出限额后,才需要支付少量的补充医疗费;而医生就跟老师差不多,是中央或地方政府雇用的全职公务员。医生也可以被视作个体服务提供者,只是他们的工资直接来自政府。如果人们愿意自掏腰包,那他们当然也可以拥有其他的选择,例如私人医生、私立医院或者商业保险。而且,如果是政府在为大多数医生的工资、医院的运营以及基本药物的费用出钱,它就可以和各个供应商讨价还价,反过来压低整个医疗服务的成本。这一模式在美国时常被视作如"洪水猛兽"般可怖,美国人还给它贴了一个听起来很吓人的标签,名曰"社会主义医疗"。

里德确定的第二类基本模式叫作"俾斯麦模式",以19世纪后期著名德国首相的姓氏命名。除德国外,日本、比利时和瑞士也采用相同的模式。在这些国家中,医生、医院等医疗服务方系属私立,医疗保险公司也都是私有的。医疗保险的费用由雇佣方和劳动者共同分担,无业人群的医疗费用则由政府兜底。然而——请注意!——整个体系都是"非营利性"的,私人保险公司性质上都属于受监管的慈善机构。法律规定,它们必须覆盖到每一位公民,至于医疗费和药费,也都受到政府的管控。

第三类基本模式名为"国家医疗保险模式",这类模式的代表性国家是加拿大,在一定程度上,澳大利亚也可归于该模式之下。该模式的特点是,医疗服务的供应方系私有,但医疗保险却是一套统一的系统,由中央和地方政府管理运营。人们把钱投入其中购买医疗保险,然后由政府支付医疗费用,因此,这套制度往往也被称作"单一付款人"体系。这样做也让政府可以从医生和医院那里争取到更低的服务价格。

里德写了一本书,名为《美国疗愈:在全球探寻更好、更低价、更公平的医疗服务》(The Healing of America: A Global Quest for Better, Cheaper, and Fairer Health Care)。他在书中指出,事实上,世界上大多数国家都太穷、太混乱,它们无力提供上述三类模式中的任何一种。所以在这些国家里,通行的就是第四类模式(如果这还能被称作是一类"模式"的话),即没有任何医疗保险或政府参与,病人需要自己全价购买一切医疗服务。这就是目前很多国家人民所面对的残酷现实,包括但不限于柬埔寨、印度以及布基纳法索。在书中,里德笔触辛辣、直截了当地写道,在这样一个系统下,可想而知,结果只能是"有钱的治病,没钱的认命"。

美国的医疗体系则将上述四类模式全都糅合在一起,自成一体。美国人口普查局的数据显示,2014年,美国人口中,有55%的人的医疗保险由雇主资助,37%的人参与了某种形式的政府医保项目;另外,全美有15%的人口购买了私人的商业保险,而10.4%的美国人(约三千三百万人)则没有任何形式的医保。[6]

大多数六十五周岁以下的美国人就仿佛生活在"雇佣兵模式"下的德国。雇主替员工去和私人保险公司统一协商保险政策,投保费用则由雇佣方和劳动者共同承担;而当人们去私立的医院和医生处就诊后,医疗费用则由保险公司为之支付。但与德国不同的是,美国的保险公司和医疗服务提供方基本都是营利性企业,所以它们会不惜一切代价运用最小的付出,获取最大的回报。此外,美国政府既不会为无业人士兜底,也不会监管医疗服务的价格以对其成本进行规制。

而对于六十五周岁以上的人群来说,美国又像是一个"不合时宜、莫名其妙"的加拿大。政府建立了一个独立的健康保险项目,并给它取名为"联邦医疗保险"(Medicare),用来支付老年人医疗账单的主要或部分费用。另外,还有一个"医疗援助计划"(Medicaid),专门面向赤贫人群。针对极其贫困的人群,尤其是儿童、孕妇、残疾人和老年人,联邦政府和州政府会对他们的医疗保障进行资金上的支援,但是,关于申领条件和具体的援助措施,各州的规定也各不相同。你可能会认为,美国的"医疗援助计划"就相当于是一个国家医保体系了,而假如你祖国的医疗服务体系属于之前提到的三类,你可能会更容易产生这样的类比。但是,你必须想到,在美国,提到"贫困"(poor),实际上意味着"赤贫"(extremely destitute),而很多经济上艰难度日的美国人离"赤贫"还有很长一段距离,他们压根没资格申请加入"医疗援助计划",更别提没生孩子的成年人了——许多州规定,"医疗援助计划"不对此类人群开放。[7]

与此同时,为美国退伍军人服务的医疗系统与英国或者北欧的医疗系统类似,但前者的资金不足问题尤其显著。政府支付医生的工资和购买医疗设施,它们都属于退伍军人健康管理局(VHA)的管辖范围。不过,鉴于美国自2001年起便深陷中东战局,众多退伍老兵不断涌入退伍军人事务部(VA)提出各种需求,使得该系统本身已负荷过重,不堪承受。近年来,联邦政府也开始增加相应拨款与改革管理制度,试着以此来提高服务水平。

最后,让我们来看一下没有医保的美国人都是什么情况。他们一般都有以下一项或几项特点:年轻、自由职业、无业、打零工或者在不提供医保的小微企业里打工(也有可能公司提供的医保贵得吓人,根本买不起)。对这群人来说,在美国看病和在柬埔寨或者布基纳法索看病没什么区别,因为没有医保就意味着,获取任何医疗服务都必须自掏腰包。如果他们掏不出钱,但又需要紧急治疗,那等保住命后,他们就会收到医院送来的账单,很多人就此债务缠身、丧失信用评级甚至最终只能申请个人破产。而假如他们碰到的病症是不会危及性命的小病或慢性病,但又没钱去医院做正规治疗,那么他们所拥有的选择就很有限了——要么找一家慈善诊所,看病后结清账款,要么只能默默忍受。

纽约市。4月。阳光明媚的那一天。我打开了来自芬兰的那封信。

在那一瞬间,我加入了上述最后那批美国人的行列。现在,当我透过公寓的窗户朝外望去,低头看向楼下那条熙熙攘攘的街道时,在我眼前缓缓展开的不再是布鲁克林,而是布基纳法索。

失去社保对我个人的安全感和幸福度造成了重大打击,对此再怎么强调都不为过。包括芬兰在内的多数现代化工业社会之中,"享有医保"被视作是一项基本人权,所以我怎么也想不通,为什么到了我新家所在的国度,人们居然会觉得,没有医保日子也能过得去;我也不能理解,为什么这里的人可以接受自己仅仅因为看个病,就有可能被逼到个人破产的境地。我先是感到难以置信,然后沮丧,继而恐惧、想哭、愤怒……我在这一系列的情绪之间循环往复。我当时身体完全无恙,但这一点压根无关紧要。我喉咙所感到的每一次不适都意味着肺炎,膝盖或手肘的每一阵刺痛都预示着手术,脖子上的肿块指向癌症,任何小毛小病都通往巨额账单。

不过,考虑到全球可能有上亿人一辈子都没有医保,我必须承认,自己已经算是相当幸运的了。毕竟,如果情况真的很糟,我随时都可以再搬回芬兰。再说了,我有一些积蓄,我和崔佛也有各自的家庭做靠山,假如我们真到了难以为继的地步,家人总还可以给我们一些支援,哪怕只有一点也好。即便按照美国人的生活标准,我也仍旧处于平均线略微偏上;但按北欧或其他发达国家标准来衡量的话,我现在正置身于堕入赤贫的现实危险之中。

于是,我加入了"憔悴的美国人"大军,与劳累过度的人们为伍,花费生命中无数的宝贵时光,疯狂地搜寻着,只为从眼花缭乱、要价高昂或过于离谱的诸多选项中,尽量找到那个"最不坏"的医保选择……没过多久我就意识到,这不是我孤身一人就能做到的事。

病态的依存关系

　　我刚搬到美国之后，每次听到美国人讨论某份工作是不是提供"福利"（benefits）的时候，在我脑海中浮现出来的，总是类似于健身房会员优惠或者午餐券之类的东西，所以我一直搞不懂，他们为何如此在意公司是否提供这类"福利"。后来我才慢慢了解到，如果个人去购买健康保险，保费极高，所以大多数人都是通过某一组织（如雇主企业、工会、专业协会等）去集体购买，而且，由雇主资助的健康保险通常对雇员的家人也都适用。因此，找到一份带"福利"（最主要是带"医保"福利）的工作，基本就决定了一个人究竟是能过上"正常的生活"还是会面临"个人破产"的风险……有时，它甚至还可能决定了一个人的生或死。

　　另外，每次看着私企承担那么繁重的社会责任，我都觉得这"很不美国"，因为这种安排听起来……嗯……很像社会主义。话说，企业存续的目的不就是为了营利吗？反正不会是为了保障自己的雇员可以获得医疗服务吧？再说了，美国公民不都在依法缴税吗？那么，运用收到的税收收入提供必要的社会服务，难道不恰恰是政府存在的意义吗？况且，人们失业后不是最需要社会保障吗？而实际上却是一旦失业，健康保险也会一同消失，这难道不是完全本末倒置了吗？

　　如果你生活的社会重视和支持个体享有自主权，那么美国人的生活现状就会显得不可理喻，因为全美有至少一半的人，必须依靠雇主才能获得最重要的"那项"社会服务，个体的自由度因此受到了极大的限制。人们似乎成了一个小型企业主而非简单的受薪雇员，在选择工作之前，必须谨慎衡量经济和医疗上的风险——不仅只考虑自己，还要考虑家人。人也更有可能被困在一个无聊的办公室工作里，而不敢去追求自己的梦想。假如你真的成功建立了一个公司，当上了小老板，重担又随之而来——你要负责购买雇员的健康保险,而这就意味着在经济和管理上都会增加负担。与之相对,北欧的创业者甚至都不用担心自己的医保问题。他们从最开始便拥有健康保险,之后也会一直拥有下去,所以他们在做职业选择以及决定是否"追梦"时,至少可以免于对生病的担忧。有些北欧企业主也会给员工提供额外的私人医疗福利,但这种福利给企业带来的负担远不及美国企业日常要承受的经济和管理压力——两者完全不是一个重量级的。

从其他方面来看,依靠雇主获得健康保险也同样不合情理。每当美国人想要换工作时,他们就会经历健康保险剧变,时常还要面对断档的恐怖前景。下面这个故事就是一则典型事例。我认识的一个美国人换了份工作,然后发现自己有三个月处于无医保状态,因为新雇主给他购买的保险没有立即生效,而前雇主不再给他提供高额的保险补贴,导致他也买不起专门用于职业空档期的"COBRA"*保险。所以,在那九十天里,他和家人缺乏医疗保障,只能自求多福。工作、居住地、经济状况乃至申请资格,其中任何一项发生改变都会对医保造成影响。[8] 于是,美国人就这样在不同的医保项目之间翻转腾挪,困惑不堪,筋疲力尽。显然,仅健康保险这一件事,就极大地消耗了每一个人的时间、精力和金钱。更糟糕的是,保险公司也都清楚,很多客户总会在某一刻离他们而去,转换到其他的医保项目和保险公司,所以他们几乎毫无动力为客户提供预防性医保——即使长远来看,这类医保可以帮助节约成本。私有制的保险公司通过雇佣方对个人提供医保项目,对它们而言,最佳策略就是"眼下付出越少越好",至于人们未来的健康有没有保障,并不在它们的考量范围之内。

---

* COBRA,即《统一综合预算协调法案》(Consolidated Omnibus Budget Reconciliation Act),颁布于 1986 年(美国)。此法案要求雇主在员工停职期间仍应向后者提供短期延续的团体健康保险。

还是托这套医保体制的"福",等到了晚年,美国人也不能享受完全的自由和独立。一项针对工薪阶级美国人的调查显示,一半以上的受访者表示自己计划延长工作时间,并不是因为他们真的想一直工作,只是为了可以从雇主那里接着获得健康保险。[9]

在任何一个北欧国家,人们都完全无法接受这种对于个人自由的极大限制。北欧人就像美国人一样,相信每一个人都应该工作——北欧劳动力的市场参与度与美国相当,乃至更胜一筹。[10] 但是,北欧人无法想象自己的职业选择居然要受到医保的支配。在 21 世纪的经济环境下,越来越多的人正加入项目制工作、零工经济或者自由职业者的大军,因为随着经济的高度现代化,社会本来就需要更加灵活、健康的劳动力。因此,把人们的健康保险和雇佣情况完全分开才是明智之举。

那么,"奥巴马医改"怎么样呢?《患者保护与平价医疗法案》自推行之初便备受争议,有人拥护、有人中伤,最终于 2014 年正式生效——它是否解决了上述的诸多问题呢?确实,从理论上来看,该项新法案试图应对部分问题。例如,它要求每一位公民和合法居住者购买私人保险,否则将对他们进行惩罚性征税;针对那些没有雇主提供医保的低收入人群,法案则规定应给予他们税收减免,让他们能有钱去购买保险。所以,个人可以更加方便地购买保险,凡自由职业者、无业人士、小型企业主或其雇员,只要登入在线互联网平台"exchanges",即可直接购买保险。虽然该网站从公开运营的那一天起就出现了各种各样的问题,但这项规定本身似乎就是为我和崔佛这样的人"量身定制"的。不过我很快发现,它还是存在很多问题。

和崔佛结婚后,我便收到了美国政府发给我的"绿卡"。有了这张人人向往的居留许可证,我就可以自由地在美国求职。理论上来说,带有雇主资助健康保险的工作也向我敞开了大门。此外,崔佛购买了面向自由职业者的医保计划,作为他的法定配偶,我现在也有权加入他的这个医保项目。我开始四处求职,但是,由于我之前的工作经历主要都是用芬兰语编辑和写作文章,美国又恰巧深陷1930年代以来最严重的经济衰退,导致我在纽约很难找到一份合适的工作。于是,我和崔佛坐定下来,细细审视我们的财务状况,研读"自由职业者联盟"发放的最新版医保计划表,其中也能够覆盖自由职业者配偶的医保项目。我们都在外挣钱,但我们仍旧悲痛地发现,自己负担不起所需的健康保险……我们被困住了。

美国的医保体系不仅催逼着人们进入对雇主的病态依赖关系,同时也将这种不健康的依存结构强加于家庭内部成员之上——我对后者有着亲身体会。自从发现自己找到一份合适工作的希望很渺茫后,我做了许多美国人都会做的事:我告诉自己的伴侣,他最好还是出去找一份工作,可以给我们俩都上医保的那种。

在此之前,我已经知道好几对美国夫妇都做了同样的决定。即使配偶一方可能想要在职场上转换赛道或者希望变成自由职业,他们仍旧同意接着做手头的这份工作,其中最主要的原因,当然就是全家人的正常生活都有赖这份工作所附带的健康保险。而我在成长过程中深受"爱的北欧理念"之熏陶,它向我们指出,要想建立健康的人际关系,一项基本原则就是要确保其中的每一个关系主体都是充分独立的,不论是在经济上还是其他方面。因此,我觉得这样安排生活其实是很危险的,因为它容易催生怨恨。如果一方必须搁置自己的部分潜力或梦想,乃至必须彻底压抑个人追求,而其伴侣孩子的生活全都建立在这一个人的牺牲上……在这样的家庭关系中,每一个人都难免会或多或少有一种被情感绑架的感觉。"爱的北欧理念"想要避免的正是这样一种无奈的安排。一段本来很有爱的关系就此变质,这恰恰是我们最不想看到的。

很多美国人会觉得,这种安排看起来并没有什么问题。毕竟,家庭被视作一个整体,旨在为所有成员谋取福利。如果家庭中某个人工作得很开心,而且,这份工作还能顺便为全家提供健康保险,那当然是皆大欢喜;

而即便那个人自己可能更想做自由职业,或者去做一些其他的尝试,但如果这样的话全家人的健康保险就会岌岌可危,那么,最合理的决定难道不是把家庭整体的利益放在第一位吗?既然要组建家庭、参与人际关系,作出一定的牺牲难道不是在所难免的吗?不论是在北欧国家还是任何其他地方,人们对此都会有基本的共识。

但是,这种人际关系中的依赖性相当危险,很容易使人不知不觉中滑向深渊。怨恨伴随着牺牲默默累积,无声无息,甚至难以察觉,但最终会破坏掉原本相爱的个体之间的联结。"爱的北欧理念"就是想要创造出一套合理的社会制度,允许每一个人可以自由地给予和表达爱,不受任何外在条件的制约,从而尽可能地避免经济利益对于感情关系的腐蚀。在情感生活中,人们不应被困在算计中,无时无刻不在想着"谁欠了谁什么东西""谁作出了什么牺牲"之类的事。家庭中每一位个体都是独立的,并且具备一定的个人能力,大家齐心协力为家庭的共同利益而奋斗,这才使家庭成为一个真正意义上的"团队"。如今,不论在北欧还是美国,人们对于"现代生活"的期待之一,就是个体在享有基本自主性的同时,能够参与到家庭和社区生活之中,但是美国的医保体系却落后过时,根本无法实现人们的期待。在我看来,这其中最具悲剧意味之处在于,人们本不必过这样的生活。

可无论我有多么不安,只要我还想继续留在美国,还想拥有一份医保,我就只能依靠崔佛,别无他选。在此期间,崔佛大概不得不做出妥协,选择一份他并不心仪的工作。怨恨可能会在他的内心中隐秘滋长,毒化我们的夫妻关系,但与此同时,我对他的心理依赖性却在不断加深。我们还算幸运,崔佛成功找到了一份教职,可以为我们俩都提供健康保险。我松了一口气,直到某天他和他的新雇主开完会回家后,告诉我上这份医保要花掉我们多少钱。

我曾经听很多人谈起过"雇主资助的健康计划",所以下意识地认为这类健康保险对雇员来说肯定很便宜，甚至干脆就不要钱——不然为什么要把它称作是一项"福利"呢？那时，我还不知道"健康保险"这四个字名下，究竟容纳了多少五花八门的项目和各不相同的费用；我也没有意识到，一个人得有多么"学富五车"，才能在这一方面做出恰当的选择。另外，我当时尚未发现，在美国，崔佛新取得的教师身份并不像它在芬兰那样广受尊敬。

后来，我调查了一下，美国"雇主资助的健康计划"每年究竟耗资多少。"凯泽家族基金会"（Kaiser Family Foundation）的一项报告显示，2015年，"雇主资助的健康保险"的年平均总保费分别为 6,251 美元（只保个人）和 17,545 美元（保全家），它计算的是雇主方和雇员方所付保费的总额。只看雇员方所需支付的保费金额的话，年平均保费分别为 1,071 美元（只保个人）和 4,955 美元（保全家），从该雇员的工资收入中扣除。但我也听说过有家庭每年要自己支付高达 15,000 美元的医保费，即便他们购买的健康保险也是有雇主资助的。[11]

除要缴纳保费外，大多数雇主资助医保还规定了每年的"免赔额"，也就是说，病人首先要自己承担一定数额的医疗费用，超出范围的费用才由保险公司支付。对于只保个人的健康保险而言，年平均免赔额为 1,318 美元。多数美国工薪族还要给保险公司付一大笔"共付医疗费"（copayment），用来支付医师诊疗费以及部分的处方药费。我渐渐意识到，当美国人跟你说他们每个月要付多少医保费时，你必须接着追问他们，免赔额、共付医疗费、共同保险、保单范围等究竟是什么情况……"医保费"这个词本身说明不了任何问题，而在我此前的人生中，对于上述这些词，我几乎都闻所未闻。但总的来说，雇佣方的规模越大，劳动者的福利待遇就会越好。

遗憾的是，崔佛的新雇主算不上大企业，并且，在美国当老师（尤其是在规模较小的学校里任教）能够得到的"福利"真的非常少。现在，崔佛有了固定收入，我们在健康保险上只能选"保全家"的项目了（没有"只保配偶"的选项），而该类医保每个月要花掉我们俩790美元——这还是在他任职的学校已经承担了总保费接近一半金额的前提下。当然，与我们之前研究过的自由职业者医保相比，现在我们要交的保费已经少一些了，但还远远没有达到我的预期值。事实上，我们为这份"家庭医保"所交的保费，比当年全国"家庭医保"平均保费的两倍还多，而我们那时甚至还没生小孩。

我尽了最大努力试图淡然处之，以优雅的姿态去迎接这最后一击……但是，一年9,500美元听起来实在太多了，它甚至还没把"共付医疗费"的金额计算在内。就是在这样的时刻，我屡屡感到自己或许注定无法适应美国的生活了。泪水滑过我的脸颊，崔佛则无言地看着我。过了一会儿，他柔声问道："我最近有没有告诉过你，我有多么爱你？"

我们紧紧相拥。两个深爱的人，深受美国医保体系的折磨。我一边落泪，一边却几乎要笑出声来。所以说，这就是美国浪漫爱情故事中的戏剧化情节吗？从前，我的生活是多么不同啊。

哪种最好？

在芬兰生活的时候，我能从好几个渠道获得医疗救济。年幼时，学校里首先都配备有专门的护士，在此之外，我一般会去公立诊所、公立儿科医院看病。有时，爸妈也会花钱送我去看私人医生。读大学后，我则去公立的学生健康中心就医。后来我成年了并开始工作，通常只会去拜访一下当地的公立诊所，偶尔有些小毛小病，我的雇主会向我提供推荐的私人医生，我也会去看一下。有些时候，我也会自己去私人的皮肤科医生或妇科医生处就诊，他们既不属于公立医疗体系，也不在我雇主的医疗资助项目之内。

那么,上述医疗资源一般要花掉我多少钱呢?如果是去公立诊所的话,每年头几次诊疗会产生一定的共付费用,每次约为20美元,此后金额一旦累计达到划定的上限,我基本就无需支付任何资费了。2016年,在医疗服务方面(包括公立诊所、急诊室、各种测试、手术等多项费用),一个芬兰人不管得了什么病、治疗本身有多贵,其全年自费金额最多基本不会超过750美元。如果我需要长期服用处方药,每年自费金额同样也有上限,2016年的标准约为660美元。假如我比较贫困的话,芬兰的社保项目也会帮我分担一部分的共付金额。针对很多严重的长期疾病如糖尿病、多发性硬化症(MS)乃至癌症,政府给相关药剂制定了优惠价,病人每次去开药时,只需支付不到5美元即可拿药。[12]

另外,如果我去雇主推荐的医生那儿看病,诊疗全程都是免费的。在雇主医疗资助项目之外,我自己去看私人医生当然需要自掏医疗费,但政府通常对私人就医也会提供一些补贴。[13]

每次决定究竟去哪儿看病时,我主要考虑的因素是"去哪家医院最方便"或者"哪家的预约等待时间最短",至于医疗服务是否有高低优劣之分,我向来不会担忧,因为在芬兰,公立医院和私立医院的医生水平没有太大差别,两者最大的区别只在于"最后谁买单"。很多医生都会两头跑,在公立医院工作之余,也会去私立医院挣外快。有时市镇政府会从私人医疗服务供应商处购买服务,有时企业雇主也会向公立诊所购买服务。一般来说,私人诊所的预约等待时间更短,公立诊所则更便宜甚至完全免费。

不过,如果病人情况危急,所有的私立机构都会把病人转送到同一个地点——公立医院。芬兰的私人诊所和私立医院主治的病症一般都是不会危及性命的疾病,常见的专业类型包括眼科(例如白内障)、妇科、皮肤科、牙科或运动复健等。至于那些生命危险系数更高,治疗起来更加复杂也更加昂贵的病症,完全归公立医疗机构处理。简而言之,一旦你患上

"大病"，国家会照顾好你，基本也不要你花什么钱。就是这样。

不过，对于医疗体系的运行现状，芬兰人和其他北欧人也会发很多牢骚，他们的不满同样有充分的理由。去公立医疗体系就医时，如果病人的手术属于"非紧急"或"选择性"的，那么其等待时间就会比较漫长。就拿白内障手术来说，2014年，该手术的平均等待时长在荷兰仅为三十天左右，而在芬兰则将近三倍（和葡萄牙人的等待时长相差无几）。另外像是人工髋关节置换手术，在荷兰平均等待时长约为四十天，在芬兰则长达一百一十六天。

美国人或许会想当然地认为，既然医疗体系由政府运营，那么手术的等待时间长必然无可避免。但事实并非如此。美国联合基金会（Commonwealth Fund）是一个专注于医疗服务研究的私人基金会，它在2014年发起的一项调查显示，英国的医疗体系虽然也采用"贝弗里奇模式"，但在获取医疗服务的便利性上，它却能排到全球第四位，紧随美国之后。英国政府还通过投入额外的医疗资源，成功做到了大幅缩短等待时间。这就意味着，芬兰所面对的问题绝非无解。目前，芬兰政府也已经开始着手解决相关问题。荷兰、德国、法国也都有各自的国民医疗体系，当这些国家的患者需要进行"非紧急"或"选择性"手术时，他们的等待时间都短于在美国治病的患者。[14]

即便解释了那么多，我也能想象一个美国人接下去可能会说些什么：美国有全世界最好的医生及最先进的医疗技术和诊疗方案，任何公立医疗体系都无法与之媲美，因此美国人甘于忍受当下的这套系统。对吗？

在比较发达国家的医疗体系时，我们很难对医疗服务的质量给出明确的评价，但有两点是确凿无疑的。其一，几乎在任何地方，有钱人得到的医疗资源都比穷人更多；其二，全球的发达国家之中，这种医疗资源上的"贫富差距"在美国是最严重的。

众所周知，美国拥有世界上最顶尖的医学院、高水平的医生、成果丰硕的研究机构、设备完善的医院,以及最具创新性的治疗方案。在美国,只要你有钱,就能享受到世界级的医疗服务。但不知为何,美国人在讨论这个问题时,似乎很容易忘记,在全球所有其他的发达工业国家里(尤其包括那些拥有全民统一医保体系的国家),每一个人也都同样可能获得世界级的医疗服务,不论他们是否购买了高级医疗保险或者是否拥有可观的个人财富。

经合组织作为富裕国家的联合组织,不仅会调查教育领域的相关情况,也研究了不同国家的医疗体系。其调查显示,就医疗服务的质量来看,美国整体上并没有明显优于其他国家。美国的人均预期寿命更低、新生儿死亡率更高、医师占全人口的比例低于多数发达国家,其中也包括北欧国家。如果去看重疾(如癌症)的治疗结果的话,美国的术后存活率确实排在世界前列,各项指标与北欧国家不相上下、差距细微,而且总体来看,不论病人是在美国还是在北欧确诊癌症,其后续存活期都大体相同。

然而,美国在某个重要方面的医疗表现远低于北欧国家。2011年,美国联合基金会的一项调查研究发现,针对部分可预防或可治疗的疾病(包括细菌感染、糖尿病、心脏病、中风或常见手术过程中产生的并发症等),七十五岁以下的美国人患上此类病症后,死亡的几率更高,高于其他十六个工业国家的居民。假如在该情况下,美国的死亡率能够降低至与法国齐平,那么每年就有多达九万一千名美国人可以避免过早的死亡。而法国拥有一套强健的全民医保体系,采用"俾斯麦模式"的一种变体:公立与私立医疗机构并举,保险公司则为非营利机构,受政府监管。在该项指标上,瑞典、挪威、芬兰和丹麦的表现都优于美国。美国联合基金会还比较了美国与其他十一个国家的医疗服务状况,衡量的指标包括质量、效率、平等、健康生活及获得服务的便捷性,综合下来美国排在倒数第一。[15]

美国人生病后,因为担心医疗费过高而不去就医的概率比其他国家的人更高，美国的医生也会更经常地陷入被美国联合基金会称为"行政纠纷"的事项中。所以，尽管人们可能在美剧里经常会看到一些高科技疗法或绚丽的急救措施（像我就沉迷于《实习医生格蕾》好多年），美国医疗在这方面也确实先进，但它仍旧存在严重的缺陷。《行医：一位美国医生的醒悟》(*Doctored: The Disillusionment of an American Physician*)一书的作者名为桑迪普·约哈尔（Sandeep Jauhar），他曾经是一名心内科医生，后转职写作。当约哈尔在全国公共广播电台（NPR）接受采访时，他为 NPR 的听众总结了一下美国的医疗现状。他说："提到高科技医疗，美国的医学界无疑是世界顶尖的。如果你得了什么疑难杂症，那你最好来美国就医；上帝保佑你们别感染埃博拉病毒，但假如真的不幸'中枪'，我们的学术性医学中心也是全世界最有希望治好你的地方。不过，如果你得的是某种平平无奇的慢性病，像是充血性心力衰竭啦，或是糖尿病啦，那么，这套系统不能保证给你最好的救治。我们必须打破这样的局面。"[16]

此外，与北欧人民相比，美国人还受到另一方面的限制，导致他们正不断丧失自主性与独立性，那就是"金钱"的限制。一提到就医成本，美国的医疗体系可谓在劫掠自己的人民。

我们所付出的"代价"

纽约市某个晴朗的春日，我和一个美国友人约了一起喝咖啡。他的妻子前一年刚生了小孩，他告诉我，最近他们收到了很多从医生和医院那儿寄来的账单，全都是关于那次分娩的。因为距今已过去整整六个月，他们完全没想到这时候还会寄来账单，而且金额已经累计上千美元。但他认为问题不大，让我放心，因为他和妻子都有医保，他只是对这些账单本身感到意外罢了。他说自己已经给医院打过电话了，负责收款的办公室同意根据他们夫妇的收入水平适当降低收费，所以现在他们每个月向医院支付50美元,剩余还款金额约1,000美元。他还向我表示,觉得自己的医保总体来说还蛮好的。几年前,他动了一个手术,当时也是和现在同一个医保,手术总计花费超过1万美元,但需要他自费的金额只有1,500美元左右。

在此之前,我刚刚去了一趟芬兰又飞回纽约,听了他的话,我简直无言以对。当然,类似的故事我既不是第一次听说,也早已听过不止一次。我一个纽约的朋友没有购买牙科的医疗保险,所以她只是拔了个智齿,就要花掉950美元。有朋友的妻子脚里卡进一块玻璃碎片,她赶到急诊室想把碎片取出来,医院先给她拍了个X光片,但什么都没有发现,于是急诊室的医生让她去找专科医生处理这个问题。然后,他们给她寄去一张1,244美元的账单。还有一个朋友的公司给她购买了相当优惠的医保,保险项目中也包括牙科。有一次,她的下巴出了点问题,她去就医后才发现,专门治疗她这个病症的医生都不在她保险的覆盖范围之内,于是她只得自费1,600美元治病。所以,并不是这些账单和费用本身让我无言以对(虽然我确实也认为它们有够夸张),真正使我无语的是,我的美国朋友们好像都不觉得这当中有什么不对的地方。

当然,不少美国人拥有体面的工作和高端的医保,他们看病时,自费的部分并不会太多。但是对于很多哪怕是中产阶级的美国人而言,保险保障不足导致自费金额上升,显然会带来非常严重的后果。哈佛大学曾对"因病返贫",最终宣告个人破产的人群进行了调查,其研究显示,该人群的主要特征是:人到中年、中产阶级、大学学历,在整个患病期间都至少在某段时间里拥有过医疗保险。他们之所以会陷入财务危机是一系列因素共同作用的结果,其中既包括费用超过限额后要支付给保险公司的共付医疗费、处方药费、医生和医院处寄来的医疗账单(金额可能累计到上万美元),还有因为生病而丧失收入来源所造成的打击。[17] 所以,即便在有医保的情况下,美国人也可能会为了支付医疗费而抵押自己的房屋或四处借钱。

一定程度上,"奥巴马医改"旨在解决上述的部分问题。例如《平价医疗法案》就对预防性医疗服务(preventive services)的共付医疗费金额作出限制,它要求多数政策必须为患者的自费金额划定具体的上限。2016年,个人的自费金额最高不得超过 6,850 美元,以家庭计则不得超过 13,700 美元,仍旧不能算是一笔小数目。有时,保险公司会很武断地单方拒付医疗费,称某某服务并不在保险赔付范围之内,徒留病人自己去应对金额庞大的账单。另外,任何协议都不可能面面俱到,保险合约也同样,病人难免会有一些治疗落在了条款之外的模糊地带,由此产生的费用几乎总是要病人自己承担。"奥巴马医改"也没能解决上述情形所产生的种种问题,而它们在芬兰却是压根就闻所未闻的。[18]

当然美国人通常想的是,北欧人所面对的情况其实也好不到哪儿去。他们年复一年地为了支撑那套公立医疗体系,要从收入里挤出多少钱去交税呀。

下一章我马上就会讨论到"税"这个有趣的话题了,在此之前,让我们先看一下"医疗服务"这项特定支出的横向数据比较。每一个国家的人均医疗支出都是可以直接统计出来的,不论这一支出究竟来自哪方,税收也好,私人保险公司或病人自费也罢,总归都是支出。在经合组织成员中,芬兰的人均医疗支出与冰岛相近,位列中游。美国的情况如何呢?我们已经看到,美国医疗服务的质量与北欧国家大体相当,甚至在某些方面,后者还略胜一筹,而美国人在医疗服务上的人均支出却是芬兰和冰岛人的二点五倍。事实上,美国在医疗服务上的开销远超经合组织的其他成员,当之无愧地"位居榜首"。[19]

怎么会这样呢?

2013 年,在美国顺产生下婴儿平均需花费 1 万美元,是在西班牙顺产生娃的四倍;一个核磁共振要价超过1,000美元,而在瑞士,该项目的定价约为140美元;在美国做一个心脏搭桥手术要花费75,350美元,比荷兰多出将近四倍。在美国医院,平均每人每天住院费超过4,000美元,而在西班牙只要480美元。那么,同样的服务,为什么美国人付出去的钱会比其他国家的人多那么多?[20]

为解答这一问题,数名美国记者着手进行调查之后有了惊人的发现。首先,不管多小的医疗项目,美国医院通常都会定出高价,这种做法从法律上讲没有任何问题,但本质上它和"欺诈"没什么两样。史蒂文·布里尔(Steven Brill)曾在《时代周刊》上发表过一篇名为《苦涩的药丸:为什么说医疗账单正在摧毁我们?》(Bitter Pill: Why Medical Bills Are Killing Us)的长篇报道,他在其中详细罗列了医院的具体定价。一片普通的止痛药,医院卖1.5美元,而你在亚马逊上花1.49美元可以买上一百片;个人用的血糖试纸,医院卖18美元一张,亚马逊上一盒五十张的定价27.85美元,折合成每张只要55美分;注射一次癌症的特效药,医院定价13,702美元,进药成本却不超过4,000美元。

伊丽莎白·罗森塔尔(Elizabeth Rosenthal)曾在《纽约时报》上刊载系列文章,主题名为《付到你心痛》(Paying till it hurts)。她的文章也揭示出,医院在开药、扫描检测和各种流程中的定价是多么"大胆",最终导致美国的患者比其他发达国家的患者多付了大笔的医疗费。"动一个人工髋关节置换手术,美国人付的医疗费平均是瑞士或法国人付的四倍;做一个剖腹产手术,美国人花的钱则比新西兰人或英国人付的三倍还多。"罗森塔尔接着写道,"在美国,内舒拿(一款针对过敏性鼻炎的常见鼻腔喷剂)的均价是108美元,相比之下,西班牙平均只卖21美元。"[21] 然后,罗森塔尔引用了一篇美国联合基金会的报道,并对美国和其他发达国家的住院费用进行了比较。她发现,美国人的平均住院时间并不比其他国家的患者更长,但他们付出去的住院费却几乎是后者的三倍。

造成美国医疗费用高昂的因素有很多,大部分都与其私营经济体制有关。美国坚持在医疗领域也贯彻老派的纯自由市场经济,拒绝更加现代化、合理化、规制明确的国营体系,导致美国的保险公司虽然也会尽力去协商压低医疗服务的价格,但在这样的市场环境下,它们的议价能力实在有限,毕竟,医院就那么几个,而它们也在不停地招兵买马,又是引进新的医生,又是建立内部实验室,其市场地位逐渐牢固,占据了近乎垄断的地位。面对保险公司,医院的谈判筹码与日俱增,它们对医疗服务的定价自然也水涨船高。[22]

此外,对待病人的健康问题,美国的医院总是采取更加昂贵的治疗方案,且往往会有过度医疗之嫌,而欧洲的医院则更倾向于选择那些不那么具有侵入性但也同样有效的治疗手段。就拿生育来说,美国的剖腹产比例远高于其他的发达国家,而且自不待言,每例剖腹产手术的费用也比他国更高。就连制药公司也忙着"敲美国人的竹杠",药费在美国市场的定价普遍高于其他国家。另外,美国的保险公司、医院乃至医生都不得不在行政管理方面投入巨资,因为美国的私有制发展得过于复杂,催生了无数的管理层级和独立的管理部门,同时还有数不清的中间商。至于美国医药公司和各种医药服务供应商为招揽生意砸在广告宣传上的钱,更是数不胜数。

在很多其他国家,这类造成支出超额的因素从最开始就不存在。如果医疗服务主要由公立医院提供或者医疗费主要由特定的公立保险公司支付,那么账单、表格、争讼的数量都会大幅减少,广告宣传也变得毫无用武之地。《纽约时报》的报道指出,美国医药业中有不少像是医药编码师、赔款理算员、患者引领员之类的"专业人士",其他国家对此类职业既少有耳闻,也鲜少需求,但他们却在现实地增加着美国人的就医成本。

然后,让我们来看一下美国医生的情况。比起其他国家的医生,美国医生让患者做各种检查的次数更多,美国的检测费用、医疗设备和医药费用的价格也都更高。另外,和欧洲的医生相比,美国医生不仅从各项收费中的提成比例更高,他们还与医学实验室、设备制造商和医药公司建立了更加全面的经济合作关系,由此一来,他们在给病人出具治疗方案时,可能会因利益驱使而选择更加昂贵的疗法,哪怕有过度医疗之嫌。

我的家人里也有在芬兰当医生和牙医的。他们有一份体面的收入,但他们也只是住在公寓楼或普通的郊区住宅里,没有人开保时捷。经合组织的一份报告显示,芬兰全科医生的收入是芬兰人口平均工资的两倍,这已经相当不错了,而芬兰的专科医生则挣得还要再多一点,达平均工资的二点五倍。然而,美国医生的收入溢价就高得很夸张了。美国全科医生的收入是美国人口平均工资的三点五倍,而专科医生竟高达五点五倍。

诚然,美国医生的工作时长普遍长于芬兰医生,但是这并不足以解释他们为何能够取得如此高的收入,毕竟加拿大和法国医生的工作时长和他们差不多,但挣得却比他们少。另外一个美国医生经常会为自己的高收入给出的"辩护"理由是他们要自己偿还高昂的助学贷款。确实,在芬兰受训的医生完全不用为此担心,因为芬兰的医学院(只要你考得进去)完全是免费的。针对高收入,美国医生还有一项解释的理由,那就是他们必须自行购买医疗过失保险。该保险在美国要价极高,而在芬兰,类似保险的费用则低到几乎可以忽略不计。

不过,公正地讲,在美国医疗界里挣大头的并不是医生群体,利润主要流向了医院的管理人员和保险公司的领导层。

那么,究竟是谁在为这一切买单呢?答案是普通美国人。

不久之前,美国有一位男士需要在他的背里植入一个神经刺激器,我们就叫他"史蒂夫·H"吧。史蒂夫有医保,所以他前往美国医院待了一天进行手术。史蒂文·布里尔在《时代周刊》上发表的那篇文章中讲述了好几个故事,史蒂夫·H的手术便是其中一则。史蒂夫·H有医保,手术进展得很顺利,但之后他还是收到了医院寄来的账单,而用布里尔的话来说,这张账单里包含了"所有那些常见和常规的超额收费"。比如在逐条列出的账单明目中,有一条这样写道:"STRAP OR TABLE 8X27 IN……$31."布里尔解释说,它是指"用来把史蒂夫·H先生固定在手术床上的约束固定带"。它下面一条写的是"BLNKT WARM UPPER BDY 42269……$32",指盖在病人身上的毯子,用来防止他们在手术中受寒。这样一条毯子当然是可以循环使用的,在eBay上可以买到全新同款,定价为13美元。再往下数四行有一条写着"GOWN SURG ULTRA XLG 95121……$39",这是外科医生穿的手术服,在网上花180美元可以买三十件。无论是"联邦医疗保险"还是其他的大保险公司,都不会为这一件件约束固定带或者外科手术服单独给医院付费,这些小条目都统一归入支付给医院的"医用设备费",而就史蒂夫·H的这台手术而言,该费用总计为6,289美元。这一天手术下来,医院账单的总费用为86,951美元,但史蒂夫·H先生的保险公司只愿意支付45,000美元,也就是说,现在史蒂夫·H先生还要为这些注了水的高价服务自费40,000美元付给医院,而这笔钱里甚至不包括医生的费用。

那么现在不妨来看一下我某位芬兰朋友的就医经历,看看与史蒂夫·H先生有何不同。我这位朋友的症状包括部分感觉缺失、背部疼痛以及手上有烧灼感。他先自行观察了几周,但症状没有消失,于是他去看了医生。医生告诉他,这种情况需要手术。他可以选择在私立医院动手术,但他决定去赫尔辛基大学下属的公立医院。在重症加强护理病房(ICU)躺了几个小时后,他被转到了医院的普通病房并住院一晚。第二天他就回家了,并从公司申请到六周的带薪病假。手术后,他也收到了一张账单。他看到账单后情绪比较激动,决定把它发到脸书上。"刚刚收到医院寄来的账单了。拍了颈部的核磁共振片子后,预约了神经外科医生门诊,两项费用加起来一共29欧元。由全芬兰最有经验的、专攻颈部问题的神经外科医生动刀取出两块脱垂的椎间盘，外加一晚上的住院费，共69.6欧元。这次治病总开销98.6欧元。"

40,000美元对96欧元，后者折合下来约等于105美元。我的朋友对他这一次受到的医疗待遇（尤其是价格）非常满意。

北欧国家是怎么做到把医疗成本压缩到那么低的？很多美国人相信自己知道那背后的原因——肯定是因为北欧国家有"死亡委员会"（death panel）。

死亡委员会

对于公立医疗体系，美国人最担忧的一点是，他们认为在建立了公立医疗体系的国家里，政府会对人们能够得到什么医疗服务做出限制，这种限制首先肯定是不公正的，有时甚至可能会背着人民秘密进行。前阿拉斯加州长和副总统候选人萨拉·佩林（Sarah Palin）曾公开表达了这一担忧，把对公共医疗的"污名化"推向了舆论高潮。佩林声称，美国进行医疗改革，最终就会组建起一个"死亡委员会"，它由一帮行政官僚组成，专门决定哪些人"值得被救治"。[23] 此言一经出口，很快就遭到了辩驳。美国新出台的《平价医疗法案》（亦即"奥巴马医改"的核心内容）中，没有任何条款规定任何组织有权判断任何人是否值得受到医学救治。之后，事实核查团队"政实"（PolitiFact）则将佩林的错误声明列为"本年度头号谎言"。

然而，仍旧有很多美国人相信佩林所说确有其事，换而言之，他们臆断芬兰和其他北欧国家总归靠某种见不得光的方式压低了国民的医疗账单，哪怕不是什么"死亡委员会"，肯定至少也会有什么"政府精算委员会"，里面的人算盘打得噼啪响，然后阻止医生进行某些过于昂贵的手术，即使它们有助于救死扶伤。事实情况完全不是这样。北欧和美国一样，根本不存在任何委员会有权决定某个病人是否能够得到医疗救治,病人是否治疗、如何治疗,完全由医生自行与病人商议后决定。当然,北欧的医生和患者也都会遇到一定的限制,就和美国医生与患者面对私人保险公司时的情况一样——他们也要考虑什么药和疗法是在医保报销范围之内的。区别在于,芬兰和其他北欧国家中,决定哪些药品和疗法最终被纳入医保范围的程序是合理、透明、对公民负责的;定价也同样如此。而这一切都与美国人的做事方法有天壤之别。

一次医学检查或者一台手术究竟需要花多少钱?听起来或许很荒唐,但在美国,几乎没人能预先为此确定一个具体的金额——无论是消费者还是行业专家。崔佛找到新工作后,我也终于拥有了自己的第一份美国医保。保险公司寄来了一本厚厚的福利手册,我认真看了一下,但几乎读不懂,里面的术语让人一头雾水,规则就更加难以理解了。

我向周围的人问了一圈,才发现原来大家对此都有相同的困惑。在美国看病,不论事项大小,病人基本都只会在事后了解到相关的服务价格。也就是说,他们事前难以获知具体价目,最后自己却必须要承担下各种费用。艾奥瓦大学的一组研究人员编造了一个"假想案例",说自己的祖母今年六十二岁,需要做一个人工髋关节置换手术,因此打电话给医院咨询一下,做这样一台手术外加各种住院费、医疗费,总费用最低大概要花多少钱。他们给一百多家美国的医院打去电话(每州两家,包括华盛顿特区),其中只有十分之一可以给出一个具体价位,而且,这些医院提供的价格区间也相当之大,从 11,000 美元到 125,000 美元不等。[24]

美国的医疗服务提供方和保险公司混杂在一起,形成一张恼人、混乱又老式的"拼贴网",病人们被甩入这张网,为了规划好自己的看病事宜同时又要控制好预算,不断付出自己宝贵的时间和资源……但很多时候,深陷其中的不仅是病人,还有医生。

我有一个美国朋友的职业是遗传咨询师(genetic counselor)*,她曾从自己的职业视角出发,向我描述了美国的医疗定价问题。由于每位病人的医保都各不相同,所以医生也经常搞不清楚某项检查或治疗方案究竟会花掉病人多少钱,而医生又不可能把一整天的时间都花在打电话给每个病人的保险公司上……她说,即使医生确实尽力想去搞明白相关的费用问题,他们往往也无法得偿所愿。"某个周五,我和一名心脏病医生外加一位心脏病学研究生站在一起,围绕着'究竟是让一个住院病人直接做基因测试还是等到其转为门诊病人再说'这个问题,争论了足足十分钟。"她把这件事写下来发到了脸书上。"我们试图弄清楚,究竟怎么做才能避免让这家人最后收到一张巨额账单。但要解决这个问题,我们必须知道他们当年的医疗支出首先是否已经达到免赔的额度,然后又是否达到了当年的自费上限——如果没有达到,他们做这项测试之后,能向保险公司报销的比例又是多少。那是一个周五的晚上,我们根本不可能得到上述这些问题的答案,而且就算真的费劲去查清楚,也是对我们时间的极大浪费。"

不过,很多美国医生还是会花大量时间打电话给保险公司,因为当他们想给病人开的药比较高价的时候,他们需要确定保险公司能够报销相关的药费——当然后者往往很不情愿。美国联合基金会的一项报告显示,超过半数的美国医生认为,在确保病人的保险能覆盖相关的药费和治疗费这一件事上,他们付出了太多的时间(多于报告中其他十一个受访国家的医生),已经成为工作中的一大问题。[25]

从病人的角度来看,如果你事先不清楚治个病最后会花掉你多少钱,虽然有时候可能也不会产生什么问题(尤其是当你的雇主给你精心挑选了好医保的情况下),但有的时候又确实会造成一些困扰。我的一位朋友

---

* 为即将做父母的人就可能遗传的缺陷问题提供咨询的专业人士。

怀孕时,医生建议她给孩子做一项"常规"的心脏检查,只是为了确保一切正常。这对父母接受了这一提议……毕竟医生都这么说了,谁会不同意呢? 而且他们听到"常规"二字,自然以为这项检查在他们的医保范围之内。但后来他们才发现,他们的医保并不覆盖该项检查。于是,一张1,000 美元的账单悄然而至。

很多美国人也逐渐意识到,一个人之所以无法事先知道任何事项的确切价格,其背后的原因很简单,用史蒂文·布里尔的话来说,就是因为美国医院也是逐利性机构,所以它们自然会在账单上列满"所有那些常见和常规的超额收费"。保险公司也一样。它们同为逐利性机构,做的第一件事就是拒付一切可能拒付的理赔申请,然后等着看保险人是不是会为自己据理力争,又能在多大程度上反击回去。

说实话,在一个现代的文明国家,此类行径本来压根就不应该出现,更别说它现在竟然在医疗领域中大行其道了——要知道,医疗本应是一项至关重要的公共服务。美国"医疗界"仿佛倒退回一个狂野的西部世界……很多情况下,病人已经深受病痛的折磨或健康问题的困扰,同时却还要竭力为自己争取最基本的医疗权利。在此期间,他们不仅要被迫付出大量的时间和精力,而且还不得不承受由此而生的种种沮丧、焦虑和愤怒。

没有一个北欧居民必须忍受这样的"磨难"。

在一个现代国家中,医疗服务系属基本人权——目前,北欧国家对这一点已达成共识。因此,将医疗作为一项基础的公共服务提供给人民自然是最合乎情理的做法。在这方面,北欧国家与其他发达工业化国家(除了美国)都采取了类似的策略,即对医疗服务和药品的成本进行集中管制,避免了国内市场出现像美国这样普遍的定价乱象。

就拿芬兰的处方药审批举例,这里确实存在一个"委员会",而且由于它所扮演的角色很重要,它做出的各项决定都对外公开并接受公众监督。该委员会的组成人员并非是"发死亡卡"的官僚,而是医学界的各方专业人士,包括医生、教授、药剂师等。该委员会的职责是审查医药公司递上来的药品申请,决定是否将它们新开发的药品纳入公共医保的范围。委员会一般会根据药品的有效性研究作出相关决定,并为药品的批发价确立一个最高上限。一旦药品被批准纳入公共医保的范围,委员会还会就每项药品确立具体的报销比例——通常公共医疗系统会支付其中的大部分费用。2013 年,经过与各医药公司的协商,该委员会最终批准了约 95% 的新药申请。

当然,对于不在全民医保覆盖的范围之内的药物,芬兰的患者仍旧可以根据所需自费购买。任何药品,只要经过欧盟或芬兰的药品监督管理部门(相当于美国的 FDA*)审批允许出售,医药公司就有权以任何价格出售该药品,与之相对,任何人只要有处方和钱就可以购买,这和美国的情况是完全一样的。政府只针对那些被纳入公共医保名录的药品进行价格规制。

由于美国在医疗领域也采取了自由放任的市场化方针,因此与之相较,芬兰的医疗体系在评估及管制药品和治疗的有效性上具有几项重要优势,其中最突出的一点就是芬兰的机制可以把价格高昂但不甚有效的疗法剔除出去,如果高价药物有更加平价的替代品,它也会优先选择后者,从而帮助降低了整个国家的医疗成本。这一机制的缺点在于,有些时候,某一药品确实适用于部分患者且没有其他替代物,但委员会考虑到其价格较高,也不会将它纳入公共医保的范围。[26]

不过,既然委员会作出的决定都是对外公开并接受公众监督的,纳税人对任何事项有异议时,也可以按流程质询。而在美国,决定哪些事项在

---

* 即"美国食品药物管理局"(U. S. Food and Drug Administration),是美国专门从事食品与药品管理的最高执法机关。

医保的覆盖范围之内、具体的报销比例又是多少的通常是私人保险公司，而且整个过程往往在台面下悄悄进行。[27] 可以报销的情况千差万别，病人乃至医生基本都无法理清头绪；病人常常没有任何申辩的余地，搞不明白为什么治疗 A 可以报销治疗 B 却不可以，又或者为什么旁边那个病人买的医保就可以同时覆盖掉治疗 A 和治疗 B……讽刺的是，美国人之所以抵触公共医疗，往往是因为他们认为政府会将自己的决定强加于人民，而在民主国家中，恰恰只有政府提供的服务必须是公开透明的——人民可以公开地监督和质询政府所作出的决定，却难以干涉私企的行为。美国的退伍军人健康管理局就是一个典型案例。近期，其医疗体系经审查后开始了一系列的改革措施。虽然政府犯错后也可能会想方设法掩盖自身的失误，但就美国的情况来看，私人企业似乎更加不可信任……我们一次又一次地"见证了""所有那些常见和常规的超额收费"。

目前，美国医疗领域的常规做法一般都是避免预先收费。乍一看，这么做似乎很不错，毕竟即使真的治起来可能不便宜，人们自然还是希望医生可以为自己选择最有效的治疗方案。然而，这种"不计成本"的做法却在损害美国人治病的性价比，因为医生往往倾向于选择更贵的治疗方案，哪怕更便宜的方法也同样有效，而越来越多的病人逐渐意识到，自己将是那个最后要为超高价账单买单的人。于是，有些美国人甚至开始请求他们的医生在选择治疗方案时务必把治疗成本也考虑在内。

然而，在很多美国人看来，对医生发出请求这件事本身就反映出了病人对医生的失望乃至怀疑。治疗费用失控和各种不公操作已成为美国医疗的普遍现象，并开始破坏美国医疗体系的基石——对自己医生的信任。[28]

最近，反疫苗运动的流行直观地体现出这一趋势，我在日常生活中也接触到很多美国人表现出他们对于医生的不信任。比如我注意到，当医生要求病人做额外的诊断、昂贵的检查或侵入性手术时,有越来越多的人会吐露自己的顾虑——他们怀疑医生提出此类方案并非基于医学上的必要性,而只是为了挣更多钱。

不少人转向互联网寻求帮助,搜索各种替代性的治疗方案,例如"食疗养生"以及其他非侵入性疗法,等等。哈佛大学2014年的一项研究显示,虽然多数美国人对于最近一次的就医经历都表示满意,但是自1960年代以来,他们对于医学职业的整体信任度却呈现出大幅下滑。研究调查了二十九个国家中表示相信医生的成年人数比例,美国仅排在第二十四位。

面对病人的怀疑,医生们想必会感到非常沮丧。为了成为合格的医生,他们苦读多年(有时甚至长达几十年);他们工作异常勤奋;他们希望能够治愈病人,而绝非给后者带去伤害。但无论医生觉得病人的指责有多不公平,持有类似疑虑的美国人确实在不断增多,而他们的怀疑也并非毫无依据。比方说,在对待怀孕和生育问题上,美国就显然比其他国家进行了更多的医疗干预,其剖腹产的比例高得惊人。有些人可能会觉得这是件好事,但正如经合组织曾指出的,依靠助产士而不是产科医生的分娩方法也同样有效。事实上,一项研究述评发现,在助产士的引导下,分娩产生并发症的几率反而比在产科医生主导下更小。[29]

同样,和其他国家的医生相比,美国医生给病人安排的各种检查也要多得多。例如在经合组织成员中,美国的人均核磁共振(MRI)次数是最多的。表面上看这似乎也挺好的,毕竟检查越多保障越高嘛。但是经合组织的研究显示,美国人可能只是在单纯地滥用CT和MRI检查。经合组织在一份报告中指出:"美国的CT和MRI检查数量大幅增加,很多研究试图评估这一变化是否带来任何实质的医疗效益,但目前尚无可信的证据显示出二者之间的关联性。"此外,美国医生给病人开出的抗生素数量也远超北欧医生,而已经有大量研究表明,一个社区中开出的抗生素数量越多,就会有越多的耐药菌株在当地扎根。[30]

但也并不是说北欧国家就完全不存在上述状况。如今互联网上涌现出大量的健康类信息,这些信息唾手可得,导致病人容易对医生的意见产生怀疑,此类趋势不论是在美国还是在北欧都有所显现。但在北欧国家,患者通常不会怀疑他们的医生可能将利益置于职业伦理之上。像在芬兰这样的国家里,假如政府缩减了医疗预算,那么病人当然会担心等待时间变长或者医生的行程太赶,但芬兰人很少会怀疑一个医生可能在做某个医疗决定时为自己谋私利,毕竟医生在一个公立的体制内工作,属于受薪雇员,他们能拿多少工资,主要并不是看他们给病人做了多少检查或手术。与美国医疗体系的运作模式相比,这是一项根本性的不同,芬兰人与其他北欧居民也因此受益,得到了更加理想的医疗服务。

鉴于美国人对医生的不信任与日俱增,难怪他们会那么在意一个人是否有权选择自己想要的医生。事实上,"自主选择医生的权利"可能是美国医疗体系为数不多的一项可取之处。假如美国采取了像芬兰那样的公共医疗体系,这一自主权当然也就无从谈起了。

不过,真的会这样吗?况且,所谓"可以自由选择谁来为你提供医疗服务"以及"可以自由选择医疗服务的提供方式",究竟意味着什么呢?这种理论上的自由真的能让人更自由吗?

选择权

大约在我搬到纽约的一年以前,我的哥哥米科和他的女朋友薇拉结婚了,婚礼在芬兰乡间的一座美丽小镇上举行。将近五十年前,我母亲曾到美国的俄亥俄州当过交换生,在那里结识了一家美国人,并和他们成为了挚友。因此,他们听闻我哥哥结婚,便从美国一路赶来参加婚礼。我们置身于芳香的果园中,围着一张长桌而坐,我开始和这家美国人里的两位姐姐聊起天来。当时我正在考虑是不是要搬去美国,觉得自己还有许多需要事先了解清楚的事。不知不觉间,我们谈到了看病的事,于是我便询问那两位姐姐,想要知道对她们而言,能够自主选择谁给自己治病究竟有多重要。

"我绝对要自己选医生。"其中一位立即回应道,然后她开始讲述起自己以前得了某个重病时的情况。当时,一知道自己的病情,她就马上开始自行调查各种相关的事项:在网络上搜寻一切能找到的、有关于自己病症的信息,记录下各种可能的治疗方案,打电话给亲朋好友问他们有没有推荐的合适的医生,最后还向医生强烈建议采取她认为最适合自己的那个治疗方案。她坚定地告诉我,她希望做自己命运的主人。

在此之前,我从没想过看病还能这样。我想象自己如果某天突然得了重病,我要应对自己心理上的恐惧和身体上的不适都来不及,更别提担当起调查医生、疗法、医院和价格的重任了……我只希望医生能接手处理这一切,毕竟他们才是这方面的专家,我不是。

我马上意识到,自己面对困难时的态度与这位美国访客相比,显得多么虚弱又可怜。显然,我愿意轻而易举地将自己的生命直接托付给一个陌生人,完全不懂得如何保护好自己,而美国人则似乎时刻准备着为自己负责,无论情况多么危急,他们也不会指望别人来替自己出头。或许很大程度上,正是由于美国人普遍具备这样一种"自决"的态度,美国才成为了一个了不起的国家。

因此,很多美国人最担心的事之一,就是自己丧失了"自决"的能力。那场对话又过去几年后,当我在浏览美国一家报纸的网站时,无意间读到了一条犀利的评论,发表评论的是一位网名为盖伊·汤普托的人。这条评论给我——一个在苏联边界附近成长起来的芬兰人——留下了深刻的印象。汤普托这样写道:"有时,自由是被一下子剥夺的,就像坦克碾入东欧时那样。"接下来,他却笔锋一转,谈起了医疗的问题:"但有时,自由是

The Nordic Theory of Everything 169

被一点一点刨走的,一次刨去一层。比方说一次刨去你自由选择医生的权利,下一次是你愿意为什么东西买单的权利,再下一次则是你为自己和家人自主选择所需医保的权利。有时,人们告诉我们,拿走这些自由都是为了我们好;有时,人们又说,这么做是为了那些穷苦的人……他们还向我们表示,假如我们不乐意这么做,就是贪心——或者往往还很'无知'。"[31]

我在芬兰的生活是不是太娇生惯养了?我如此信任政府为我作出的种种选择(不论是学校还是诊所),是不是显得极为天真?或者说,情况有没有可能还更糟?比如我已经被政府洗脑成了一个顺民,压根都想不到自己本来其实有权选择为自己治病的医生?北欧理念不是支持个体自治、个人主义和独立自主吗?这种对于政府强烈的依赖性与上述理念以及"爱的北欧理念"难道不是格格不入的吗?或许我应该庆幸自己来到了美国,拥有了自由选择医生的权利,然后好好研究一下这种自由究竟意味着什么。

但事实证明,这份自由远比我所预期的更为复杂。整个纽约市的医师、诊所、医院构成了一座神秘的迷宫,毫无意外地,我迷失在了其中。我发疯般地询问朋友有没有推荐的医生,打电话给各式各样的办公室,而它们给我的回应却总是要么不接收我的医保,要么就根本不接收新的病人。在接下来的数年里,每当崔佛的雇主换了新的保险公司,或者崔佛换了新的工作,我们都不得不离开当时正在看的医生。每次我们都必须重新审阅医保项目、核算成本、看医生评价和处理各种书面文件。挑选医生变成了一项重担,使人筋疲力尽,收效却甚微——我甚至都不确定这么做究竟是否会带来任何好处。很多美国人或许足够幸运,能够找到一个自己喜欢的、合适的医生;然后他们还更加幸运,可以维持一个比较稳定的生活状态,从而才能在经年累月间与自己的医生建立起深刻的互信关系。但这并非美国人的常态。

当我还住在芬兰的时候，究竟由哪位医生来为我治病，对我而言并不是很重要，因为我在公共医疗体系里碰到过的所有医生都相当不错。但假如说，在公立诊所里，我想要选择某位特定的医生，然后希望每次都能由这同一位医生来给我看病，是否可行呢？

过去几十年以来，即便是在公立系统里看病，人们也可以更加方便地选择自己的专属医生。挪威和丹麦都采取了英国的医疗模式，在该模式下，全科医生是私人服务提供者，不属于公立系统，但所有人去看病的费用都从税收里出。病人可以选择任何一个医生进行预约看病，医生的收入多少则部分看他们预约名单上的病人数量，部分取决于实际的看病人数。整体而言，医疗仍被视作一项公共服务。另外，如果病人要去看专科医生，必须首先去看全科医生，并由后者在检查后决定是否转送到专科医生处。很多丹麦人也会有额外的私人医保，通常是由他们的雇主作为雇员福利为其购买的，如此一来，他们在医疗上自然拥有比较多的选择余地。而在瑞典，病人也可以自主选择全科医生，无论这些医生是私人执业还是在公家服务，病人看病的费用同样都从税收里出。

芬兰人去看私人医生的话，也会得到一定的补贴，这个钱有时是政府出，有时则来自雇主。这套规则已经运行了很久。如今，芬兰人也可以自主选择公立医院的医生，自由决定去哪家健康诊所或医院看病，只不过还是会受到部分限制。比方说，为了避免造成太多不必要的行政成本，政府规定每个病人每年只能换一次诊所。但近来芬兰国内也传出风声，以后可能会往瑞典模式靠拢，也就是说，芬兰人看病可能得到更多的税收补贴，从而拥有更多的医疗选择。[32]

比较了我自己在芬兰和在美国的就医经历后，我得出了以下结论。首先可以说，在某些方面，我在美国得到了比芬兰更多的医疗照护。我的美国医保基本都包含一次年度体检和各种免费的常规检查，而我在芬兰时从来没做过类似的检查，因为芬兰医生们从一开始就不认为做这些检查有什么必要。但与此同时，在美国，我要靠自己安排好所有医疗事宜，要从变动不居的雇主、医保项目、价格迷宫中理出头绪，还要挤破脑袋去抢合适医生的预约名额……这一切都使我处于持续的压力状态之中。要知道，我甚至还没生病或受伤，就已经难承其重。我迫切地渴望另外一种自由——那种无论我在职或失业，芬兰医保体系都始终向我敞开，我因此不必担心生病问题的自由；那种清楚知道所有医生都很出色，他们的一切决策都是为了我的福祉着想，我因此不必担心医生的所作所为只是为了创造利润的自由；那种当我虚弱或亟需医疗服务时，不必强打精神自我保护，也能被医疗体系自动接收并获得周到照护的自由。那才是真正的自由。对了，还有知道上述一切都不会使我最终破产的自由。

美国人在芬兰

世界各地的人们都对自己国家的医疗体系怀有怨言。即便一个国家在医疗服务方面已经做得相当出色，它也仍有很多需要改进的地方。

记者T. R. 里德在全球旅行的过程中，研究了不同国家的医疗模式，他在自己的报告中引用了一段话，语出普林斯顿的政策分析员郑松梅（音，Tsung-Mei Cheng）。对全球各国的医疗体系进行仔细观察后，郑注意到，一个国家想要打造一套有效运作的医疗系统将会遇到哪些困难。她提出了三项结论，并将其称之为"医疗系统的普遍法则"，具体内容如下："第一，无论一个国家的医疗服务实际上有多出色，人们总会有各种各样的抱怨。第二，不管在医疗领域投入了多少钱，医生和医院总是会表示钱不够。第三，最近那一次医疗改革永远都是很失败的。"[33]

很多芬兰人就认为芬兰的医疗体系糟糕透顶。芬兰雇主会给自己的职员发放医疗津贴，所以受薪雇员去看全科医生的话，没有任何等待时间，但这样一来，处于无业、自雇或退休状态的芬兰人去公立诊所看病的话，就会面临更长的候诊时间。另外，私人提供的医疗服务一边收着政府的补贴，一边相当于是在给有钱人提供"绿色通道"，因为如果人们想做一些"选择性"手术，只要他们拿得出钱来，就可以很快安排上手术台，而拿不出钱的人则只能在公立医院干等。以美国人的标准来看，芬兰的私立医疗费用也不算多夸张，但这改变不了"有钱就能得到优待"这一事实。

美国人很可能会说，通过这种方式给予辛勤工作者更多的嘉奖，同时激励人们去努力争取一份福利待遇更好的工作，有什么问题吗？更何况，本来人们赚更多钱，用来满足自己的愿望，获得更好的服务，不就是理所应当的吗？但这一趋势在芬兰才刚刚开始冒头，芬兰人仍普遍认为，这样的现象对芬兰社会而言是一种耻辱。虽然有一部分芬兰人支持医疗领域也应该像其他行业一样采取更加自由的市场经济方针，这样可以提高整体的经济效率，但大多数芬兰人还是相信，作为一个国家，要想在21世纪取得成功，就必须在全社会实现机会均等。因此，在医疗领域，每一个社会成员也都有权获得同等的待遇。一个强有力的国民医疗体系应当尽量贯彻这一原则。[34]

为确保芬兰的医疗服务能保持其公平合理性，芬兰政府制定了相应的政策，用来缩短病人的候诊时间。当病人首次联系公立的健康诊所后，如果其情况属于"非紧急病例"，那么诊所必须在三天内对这位病人的状况予以评估，并尽快安排病人会见对应的全科医生或专科医生；首次评估后的九十天内，病人必须获得适当的治疗。若病人需要进行"选择性手术"，则医院必须在六个月内为其安排手术。当然，假如任何人需要紧急救助或身受剧痛，全芬兰急救室的大门随时为其敞开，且病人进行急救后的自费金额不会超过45美元。[35] 此外，芬兰政府还在医疗行政机关推行改革，增加预算，旨在建立一个更加集中化的医疗体系，以提高医疗领域的效率和公平。

说了那么多，但假如你成长过程中经历的一向是美国式的医疗系统，你大概还是会想,怎么可能会有美国人反而费尽心思地去追求北欧式的医疗体系呢? 就算美国医疗不尽完美,但胜在熟悉嘛,换一个新体系总会碰到新问题,不是吗?

帕梅拉也是这么想的,直到有一天,她被诊断出患上了多发性硬化症。

拉米是一座芬兰小镇,全镇一共约五千人。从赫尔辛基开车前往拉米需要一个半小时,沿途会经过大片的农田和亮红色的谷仓。10月,某个凉爽的秋日,田野上笼罩着一层薄雾,太阳低垂,照耀着黄绿间杂的大地,泛起闪亮的光。抵达拉米后,我走过一排房屋,来到最末尾的一栋平房,按响门铃。一位四十九岁的美国白人女性打开了房门。她名叫帕梅拉,来自亚拉巴马州。

帕梅拉有着一头深褐色头发,眼神明亮、笑容随和,相当健谈。她养了一只黑白相间的猫,名叫"尤达";还养了一只蓝黄色的大鹦鹉,她给它取名为"西贝柳斯",与那位著名的芬兰作曲家同名。她很喜欢这两个小家伙,我们谈话时,它们就在一旁陪着我们。

帕梅拉为何会来到芬兰的这座小镇生活呢? 故事要从很久以前说起。几十年前,帕梅拉在佛罗里达州的阿尔塔蒙特斯普林斯当服务员,那是她的第一份工作。某天晚上,一位芬兰学生和朋友一块儿走进了她工作的地方……不知不觉间,帕梅拉就和这个学生开始约会了。然后他们便结婚,一起在美国生活了二十年。婚后,帕梅拉在亚拉巴马州伯明翰地区的一家医院里从事文职工作。后来,她的丈夫收到了一份来自家乡的工作邀约,他们便举家搬到了芬兰。我和帕梅拉见面时,她已经在芬兰生活了五年,但当时他们夫妻俩都没有正式工作,他们希望能找到一个长期的工作岗位。她丈夫最开始在芬兰工作的那家公司已经倒闭了,所以他们考虑着是不是该搬回美国,不过现在这对夫妻面前摆着一个难题——

帕梅拉最近刚被诊断出患有多发性硬化症。

与他们在美国生活时不同的一点是,虽然她和丈夫目前没有稳定的工作,但这并不影响他们拥有医保。因此,帕梅拉一经确诊,便被芬兰的公立医疗系统收治。我和她见面的时候,美国的《平价医疗法案》不久后就将要正式生效,帕梅拉远在芬兰也备受鼓舞。她登录新的医保交易平台"exchanges",研究了该平台上给个人提供的各种医保计划,但由于她还不确定自己回美国后会定居在哪个州,也不清楚自己的情况可以享受哪些税收优惠,所以她不知道自己究竟是否具有报名购买的资格,而她如今患病在身,自然也不能冒险在没医保的状态下回到美国。

假如她选择继续待在芬兰,则上述一切问题都不存在。她的医保几乎可以100%覆盖她的医疗支出,同时也不会受她的雇佣状态或居住地的影响。即便遇到需要自费的情况,也不过是这里付个40美元,那里付个20美元,而政府对于个人年度自费的额度设定了较低的上限,适用于全体芬兰居民,自然也对帕梅拉适用。她拜访的医护人员包括神经科医生、眼科医生、泌尿科医生、护士以及理疗师各一名,另外她还会参加一些政府补助的锻炼课程。虽然有时预约的排队时间比她希望的要长一些,但总体而言,帕梅拉对她所受到的医疗照护表示满意。她对我说:"我去看了很多医生,我觉得自己被照顾得很好。"她走到厨房,在抽屉里翻寻了一阵,拿出一把奶酪切片器,上面安装了一个特殊的把手,是专门为手指无力的人群设计的。帕梅拉边在空中欣喜地挥舞着这把切片器,边告诉我:"我的生活理疗师(occupational therapist)给了我这个,还有一把很妙的刀、一把剪刀,以及一把可以在洗澡时坐的椅子。这些全都是免费的。"

帕梅拉自己就曾在美国的医院工作过,在被诊断出患有多发性硬化症之前,她也碰到过其他一些健康问题,所以她与美国医疗体系打交道的经验不可谓不丰富。帕梅拉的故事和很多美国人的医疗故事有着类似的走向。在美国,她要同时应对医院和健康保险公司,整个治病过程中会经历诸多曲折。参与方繁多、事态进程不一、各种困难突发,即便对像她这样的业内人士而言,要想弄清楚究竟发生了什么并把一切安排妥当都异常困难。帕梅拉基于她自身的经验认为,芬兰有着一流的医护服务。有一次,她在芬兰住院,双人病房里只安排了她一个病人,但她却几乎没有花什么钱。"我在那里住了五个晚上,受到了无微不至的照看。两次救护车、拍X光片、CT扫描、后续回访……全程竟然只花了我300美元。"她向我讲述这件事时,仍旧感到非常震撼。她在美国的医院也有过同样良好的医疗体验,但是一如既往地,最后的账单金额比刚刚所说的数字要高得多,麻烦和压力自然也随之增长。

在美国人的想象之中,公立医疗体系下的医院总是苏联式样的——外面是一个光秃秃的、灰蒙蒙的老旧建筑,里面则人员懒散、水池肮脏,缺乏足够的医疗设备。帕梅拉第一次走进芬兰的医院时,也感觉院内的装修风格显得极简又注重实用主义。比方说,芬兰医院没有划出特定的候诊区域,只是在各个诊室外面的走廊上放了一排排的椅子。此外,美国医院里有很多志愿者,还有小教堂和礼品店,因此常常充满骚动,而在芬兰医院,则看不到这样人声鼎沸的景象。有一次,帕梅拉走进一家芬兰医院里的礼品店,发现它整个看起来死气沉沉的,她立刻开始思考如何能让这家店变得焕然一新,她那美国式的乐观精神完全按捺不住:"我当时就想,你们这些家伙,快给我振作起来啊!"

撇开这些已经过去的"礼品店机会"不谈,帕梅拉认为,她的美国同胞们对于公共医疗体系还抱有不少误解,而她希望可以帮助扭转一些不那么符合实际的观念。芬兰的医院和美国医院一样干净和现代,某些情况下甚至有过之而无不及。但美国不是拥有最先进的医疗创新嘛?假如她搬回美国的话,难道不是可能得到更好、更前沿的治疗吗?不,帕梅拉回应称,她并不觉得自己错过了任何东西。另外,她也有一个可以同步比较的对象——她在美国的姐姐同样患有多发性硬化症。帕梅拉想象了一下,假如回到美国,自己现在会是怎样的状况,然后若有所思地说道:"当然,我在美国得到的治疗肯定会比我在孟加拉国更好,但不见得会比我在芬兰更好。"

后来我还碰到了另一位住在芬兰的美国人,她同样嫁给了一个芬兰人,也同样身患多发性硬化症。米歇尔的经历和帕梅拉的很像,但是她的病情比后者更严重,所以她需要进行非常昂贵的药物治疗,而帕梅拉则尚且不必。在美国,治疗该症的药物定价比在其他国家都要更高。当米歇尔还生活在美国的时候,为了购买一项她所需要的药品,她每年要自费600美元,这还是在医保已经报销了一部分的情况下。我和她的沟通是远程进行的,当时我正坐在布鲁克林的公寓里,而她则远在芬兰,刚刚去药房配了同一剂药。她告诉我,在芬兰,每年配这一款药所花的钱从欧元折算过来差不多只有14美元。[36](她与我的谈话发生在2016年以前,而芬兰政府在2016年时将所有处方药的新年度免赔额设定为55美元。)

帕梅拉很想念自己在美国的亲朋好友,而且怀念美国生活中对她而言更便捷的方方面面,比如充足的停车位、大型百货商店、更大的房子以及专门为行动不便人士改造过的城市。但在她看来,美芬两国的医疗质量都很好,问题只在于她是否负担得起。

当然,在一定程度上,帕梅拉的案例并不典型,毕竟不是谁都会患上像她那样严重且长期的病症,但有一件事却是我们所有人都无法回避的。

老有所养

置身21世纪,我们都希望自己能健康地活到晚年,过上独立的生活,可以根据自己的愿望安排自己的人生,面对自己所爱的人,也能无条件地给予他们爱与关怀。北欧的医疗体系旨在帮助将这一愿望变为现实,而美国的医疗系统却常常给人们戴上枷锁,使其不得不陷于对他者的依赖关系。

在美国,"联邦医疗保险"为六十五岁以上的老年人分担其医疗费用,但是老年护理是一个长期的过程,其中有很多大项支出是"联邦医疗保险"没有涵盖的。事实上,它不覆盖的恰恰多是那些最大头的支出,比如养老院或辅助生活机构的食宿费,二十四小时全天候护理服务费用,请健康助手到家里来送餐、帮老人洗澡、购买杂货和清洁房屋的费用,等等。[37] 在美国,上述一切服务的费用都要由老年人自己来承担,直到他们家财散尽,陷入赤贫。

如果想靠自己承担起以上费用,美国有一项不成文的说法,认为一个人在退休前必须至少存到 100 万美元才可能够用。很遗憾,绝大多数美国人离这条"底线"都还差得很远。根据 2013 年的一项数据估计,全美临退休人士(五十五岁至六十四岁之间)家庭中,不包括房屋和汽车的价值,其净资产的中位数仅略超 6 万美元。[38] 与此同时,2013 年美国私人养老院一个房间的年费中位数就超过 8 万美元。[39]

假如一个美国人老后完全没钱了的话,"医疗援助计划"作为专门针对贫困人群展开的国营项目将会介入帮助,但它们通常会把老年人转移到质量堪忧的养老机构。近年来,部分州也一直在缩减"医疗援助计划"的投入预算,并且不断变更对于申请资格的规定,这就导致很多原本能够获得援助的老年人如今只能想办法自救。因此,目前已经有好几项调查研究表明,在很大一批美国民众中间,"退休后返贫"已成为其最普遍的担忧之一,甚至有部分富裕阶层人士都为此忧心忡忡。考虑到现实情形,人们有此担忧也在情理之中。[40]

而鉴于很多上了年纪的美国人根本不可能负担得起自己老后所需要的一切服务,他们的成年子女自然就要挑起照顾老年父母的重担。他们不仅要帮忙为父母支付各种账单,还得实实在在地化身为父母的护理人员、家庭健康助手以及处理医疗事项的协调员和代理人。显然,在照护父母之外,这些成年子女还有很多其他的社会和家庭责任需要承担,例如他们还要抚养自己的孩子、安排小家庭的医保事宜以及支付自家的账单。于是,成年子女就必须与自己的老年父母进行协商,转换角色,这一过程常常会触及深层的家庭结构关系,各个成员也会经历强烈的情感波动和不安。况且,在漫长的岁月中,父母已经习惯了在家中享有自主权,如今却要依赖自己的孩子才能生活,这一转变对于他们而言可能会艰难又痛苦。有时,这样的转变或许也会成为一种美妙的机遇,帮助年迈的父母与自己的子女建立起一种全新的关系,更新并加深他们之间的情感联系。然而,在美国,现实往往更为残酷。年轻夫妇带着孩子,要养活自己的小家庭就已经相当吃力,不管从金钱还是从时间的角度来说,日子都难免过得紧巴巴的。他们或许会很乐意在周末或节假日时陪伴在自己年迈的父母身边,但是每天都要照看父母、为父母支付账单就完全是另外一码事了。

我观察了一下自己认识的美国人和美国亲戚的日常生活,然后惊讶地发现,他们经常要一边做着工作、带着孩子,一边和自己的兄弟姐妹轮流照顾家里的老人,这种安排实属常见。另外,有人每个月给爸妈上千美元的生活费,而有些女性正值工作的黄金时期,却不得不放弃事业,全职照顾家族里年老的长辈。[41]

这种家庭模式在某些传统社会里或许是很正常的。在那种社会中生活的女人,一旦成了别人家的媳妇,可能就得负责给三代同堂的一大家子做好一日三餐,还要伺候自己的公公婆婆吃饭穿衣,把他们照顾得无微不至……但在 21 世纪,这可不是大多数现代西方社会的人们所向往的生活。

北欧人和全世界的人没什么两样,他们对自己年迈的父母同样充满爱戴,正因如此,他们不希望这样一种原本纯粹的爱被怨恨所玷污。倘若父母在老迈后不得不依赖自己的子女生活,导致家庭中每一方的自主性、

The Nordic Theory of Everything   179

独立性和自由度都受到毁灭性的打击,家庭成员之间自然也会开始互相怨恨。

北欧是全球老龄人口增速最快的地区之一。目前,在全世界很多老龄化社会中,老年人的生活与照护费用主要还是由其成年子女支付。但是北欧国家受"爱的北欧理念"所启发,对于现代生活方式有一套更超前的看法。它们认为,在当今世代,"养老"也理应属于一项基本的社会服务,费用应由全社会共同承担。这样一来,家庭成员之间可以毫无负担地享受彼此的陪伴,每个人的尊严与福祉也能够得到保障。每一位社会成员应能过上最基本的老后生活,既无关乎其拥有多少财富,也不应该取决于其是否和自己的家人关系良好(这一点在很多社会中几乎决定了一个老年人的生活质量)。既然北欧社会已经认定,孩子的生活不能完全听任其父母掌控,它们自然也认为,父母的生活同样不能完全任由其孩子摆布。

基于上述理念,北欧国家对待养老的方式与公共医疗大体相当,它们把"养老"作为一项基础服务,由政府统一提供,面向全体社会成员,开支取自税收。相关政策的主要目标是帮助老年人尽可能长久地维持居家生活,地方市镇会给他们提供各种支持,例如定期派人去家里为他们做健康检查、投递食物、清洁房屋以及送货上门,他们不用花钱或只要花适当的一小笔钱就能享受以上服务。而等他们到了必须搬进养老院或辅助生活机构的时候,只要他们有养老金或者退休金,就可以从中支取出来,偿付相应的食宿费用。但是,政府对支取比例作出了合理的限制,从而确保每位居民自己手上还能留一笔钱自主安排,不够的部分则由政府资助。由此一来,居民即便住到养老院后,其原有的个人资产也不会受到减损,他们的子女也不必替他们支付任何费用。值得一提的是,我有很多生活在北欧地区的朋友,他们基本都不太清楚自家长辈养老方面的细节和费用,甚至连那些经常去探望家里年长亲戚的人也同样如此。正是因为市镇直接给民众安排了主要的养老服务,所以当事人以外的其他家庭成员都不必费心去处理这方面的问题。[42]

但必须指出的是,北欧——尤其是芬兰——的养老领域仍旧存在很多问题,民众对于养老的质量和费用始终争论不休,北欧媒体也曾曝光多起私立和公立养老院中发生的不良行径。还有芬兰政客开始吹风,说假如人口老龄化进一步加剧,那么婴儿潮时期出生的富裕一代在步入老年后,国家将无法承包他们的养老问题。此外,芬兰人太想让老年人尽可能长久地维持居家生活,最近甚至曝出有老年人其实已经无法在家正常生活,却难以搬入养老院。不过,尽管北欧的养老体系存在上述种种缺陷,多年来,许多国际调查研究仍旧将北欧——尤其是挪威和瑞典两国——列为全球最适合养老的地区之一。

从北欧整体的医疗环境来看,老年人拥有的选择还是很多的。他们可以选择自己付钱获得私人服务,或住进私营的辅助生活机构。不少成年子女也确实会花很多时间来帮助自己老迈的父母,但是他们所做的不是从零开始安排照护并支付相应的费用,而更多是要跟父母和市镇的护理人员进行协商,决定出最好的照护方案。人们如果愿意,也可以选择自己照料亲人,在他们有需要的时候,国家也会及时提供支援。比方说,市镇可能会在周末或节假日安排家庭健康助手上门,临时替代日常负责照顾老人的家庭成员,让他们能有时间休息一下。

把美国和北欧的养老方针放在一起比较来看,北欧的做法似乎削弱了家庭成员之间的联结,使"家庭"本身变得分崩离析……但是有研究显示,事实恰恰相反。蒂内·罗斯特加(Tine Rostgaard)是丹麦奥尔堡大学的一名教授,她的专业领域是北欧家庭政策,她向我解释道:"我们可以这样说,正是由于北欧社会为养老提供了一整套的公共服务体系,人们才更愿意照顾老年的家庭成员,做一些自己力所能及的事,为后者带去欢乐,因为他们知道这并不会太耗时间,而且他们也不必独自承担最主要的照护任务。"

罗斯特加接着表示,换而言之,这套公共体系帮助人们解决了养老"最基本"和"老大难"的问题,把人们从照护老年人的重担中切实地解放出来,使他们有余力发自内心地为上了年纪的家人做一些事,既能表达自己的爱意和关怀,又不至于太过繁重,拖得人疲惫不堪。在这样的安排下,每个人都更加满意,也避免了怨恨滋生,毒害原本和睦的家庭关系。北欧方案再一次帮助提升了所有人的生活质量。

展望一个健康的国度

2014年初,"奥巴马医改"法案正式生效,很多欧洲人以为,美国的医疗体系因此获得了重建。某日,我和一个朋友在纽约市见面聊天,他刚从芬兰飞到美国。当我讲起自己碰到的医疗困境时,他语气轻快地回应道:"但现在你们不是有'奥巴马医改'了嘛!"他的天真差点让我晕倒。确实,在欧洲人看来,美国的医疗体系古怪又过时,而且竟然还存在了那么久,本身就是一个"奇迹",现在终于有人来"改造"它的话,那问题应该差不多都已经得到解决了吧。但答案显然是——还没有。

《平价医疗法案》确实解决了过去存在的部分问题,比方说,它扩大了保险的覆盖人群,让更多人拥有医保,上百万美国人因此受益,而且还对受保人的医疗支出作出了一定的限制。然而,该法案也有很多未能解决的问题,例如它没有简化购买医保的流程,也无法控制住飙升的医疗费用。[43] 不少在美居住的人士对此感到失望懊恼,而我碰巧也是其中的一员。"奥巴马医改"实施后,虽然我的自费金额上限被调低了,但是我的免赔额和共付医疗费金额却大幅上升。况且,我的忧惧也并未随着自费金额上限的下调而有所减轻,因为我心里清楚,无论自己和哪家私人保险公司打交道,每次我提交十项理赔申请,它们永远都会驳回五项。正如美国时评员所指出的,"奥巴马医改"试图达成的目标极其简明,即"为所有人提供医疗保障",但它本身却是一项充满妥协的折中产物,因而显得相当混乱、低效和恼人。

在发达工业国中,有很多国家都建立了货真价实的公立医疗体系,为什么美国无法做到这一点?暂且不提私人医疗行业对于政治的影响力,我们还能为此找到什么其他能够站得住脚的理由吗?

依我所见,美国很多时候需要通过劳动雇佣方和私人保险公司来安排医疗事项,其背后主要有三大原因。第一,这样做不必向民众征收新的税种。第二,人们可以根据自己的需要,自由挑选保险项目和医生。第三,很多美国人相信,只有让众多逐利的私营保险公司和私人医疗服务提供方相互竞争,才能产生对消费者有利的结果。

但问题是,美国人早就在为他们的医疗服务缴税了,只不过是通过这样或那样隐性的方式。像是"联邦医疗保险"和"医疗援助计划"的资金,还有美国退伍军人事务部为退伍老兵提供医疗服务的资金,都来自政府税收;"奥巴马医改"为人们提供新的补贴,也是通过税收抵免的方式来实现;甚至连劳动雇佣方资助的医疗保险背后,也有税收优惠在起作用。在劳动者的健康保险计划中,雇主的缴费部分都是免税的,而雇员的缴费在大多数情况下也是免税的,这就意味着,雇员实际上得到了一笔额外的税前收入。[44] 由于有这一部分税务上的减免,导致雇佣方资助的医保成为了联邦税法中减税力度最大的项目之一,换而言之,这里的公共开支是以"应收而未收税款"的形式作出的,而这恰恰是对税款极其低效的利用方式,因为从中获得最大收益的正是那些收入最高、保险理赔条款最优厚的人群。至于低收入人士、健康保障一般的人群以及那些压根没有医保的人,他们所获得的税收减免力度就小得多,甚至可能从中得不到任何好处。总的来看,这些政策混杂了各个历史时期出台的不同措施,其最终呈现出的面貌就是,通过不同途径获得医保的美国人,他们所取得的待遇也大相径庭。

至于健康保险的买卖，就像任何交易一样，一旦买方迫切地想要达成交易——当我们急需治疗时，大多数人都会非常迫切——卖方就处于巨大的优势地位，在这种情况下，原本合理的自由市场原则也不再完全适用。美国死死地抓着自己那套私有制利益驱动的模式不放，导致它远远落后于时代发展的进程，越来越多的美国普通民众只能受困于愈发膨胀的医疗费用，为这套完全过时且极其不公的系统买单。

在一个具有无限资金的（假想）社会中，只要实施一项治疗具有正当合理的医学理由，并且穷人也能享受到相应的社会福利，那么，经常给人们做一些昂贵的检查或是给医生和医疗行业管理层发放巨额工资也没什么太大的问题……毕竟，我们很多人都相信，好的医疗本来就应该是这样的嘛——越多越好。但问题是，现实远比这更加复杂。全球各地健康产业的开销都在不断增长，背后存在多重理由，比如世界人口普遍呈现出老龄化的趋势，人们对于健康的预期在持续提升，此外，对于过去检测不出或无法治疗的疾病，如今诞生了新技术和新药物，从而也通向更多新的检查和疗法。从某种程度上来说，医疗是一个"无底洞"，无论一个国家在这上面投入多少钱，人们总是觉得不够，因为总是"还可以做些什么"。事实上，现在的我们为治病付出的努力已经比几十年前，乃至几年前都要多得多，而这一点也恰恰说明了为什么置身21世纪，现代国家更应该努力确保自己把钱花到了点子上。换而言之，社会应该为有效的医疗买单，投入的金额应保持在合理范围之内，以及为上述二者划定的标准应当是明确、透明的。

如果美国大手大脚的开销确实有助于显著提升医疗质量，那么这种做法或许还能站得住脚，但北欧国家和其他建立了国民医疗体系的发达国家已经用它们的实际经验表明，情况并非如此。北欧国家的医疗服务质量和美国的一样好，有些情况下甚至还更高。

由于美国医疗开销的增速既远高于美国整体的经济增速,也远高于大多数美国人的家庭收入增速,美国人实际上已经不堪其重。现实是如此充满讽刺又令人悲哀,虽然先进的技术和药品正在不停地推陈出新,但美国人的整体状态却在大步后撤,退回了遥远的"前现代时期"——社会再次变成了只有有钱人才看得起病的状态。2015年,美国联合基金会的一项报告解释了此种现象产生的原因:"劳动雇佣方为降低自己给员工提供健康保险的经济成本,通过提高免赔额与共付医疗费的方式,增加了劳动者自己所要缴纳的保险费和医疗费,导致员工需要自费的金额急剧上升,换得的经济保障却不增反减。"

从2003年至2013年的十年间,雇主资助的保险费金额增长的速度是工资增速的三倍,由员工缴纳的保险费金额和免赔额也都翻了一番。结果是与十年前相比,美国人要从自己的工资收入中拿出更大的比例去购买医疗保障。这套系统本应为消费者服务,如今却压得他们喘不过气来——尤其是在他们本就奄奄一息的时候。[45]

遗憾的是,很多美国人只有在自己生病之后,才会意识到这一点。

2014年,一位名叫珍妮的女士被诊断出患有结肠癌三期。她来自得克萨斯州的奥斯汀市,四十八岁,职业为护士。在她确诊后,她的医生第一时间给她安排上了一系列的组合式治疗方案,因此,她在医院住了将近两个月以便接受治疗。珍妮首先经历了放射疗法,然后动了几场手术,紧接着又是十二轮的化疗。整个治疗过程相当艰难,她忍受了长时间的钻心之痛,死亡的阴影时刻笼罩着她,而她丈夫和他们年幼的女儿也因此受到了精神创伤。除此之外,她的健康保险给他们带去了又一场噩梦。

当珍妮发现自己患病时,她有健康保险,由丈夫的雇主所资助购买,其背后的保险公司是一家全国知名的大企业,提供的保险条款也很优质。在过去的多年里,这家人总是记得按时体检,每半年会洗一次牙,还会带着女儿去做年度检查，所以他们从未碰到过什么严重的健康问题。珍妮刚开始进行癌症治疗的时候，一切似乎同样进展顺利。这对夫妇当然也要自己支付共付医疗费和其他一些零零碎碎的费用，但总的来说，医保覆盖了他们的大部分开支。

珍妮经历了好几场手术，当她终于获准出院后，还要接着去医院做持续的跟进治疗。此时，她身上还有几个创口有待愈合，导尿管和中心静脉导管也尚未拆除，而且她还是会感受到剧烈的疼痛。她的丈夫为了照顾她已经请假多日，所以现在也不得不赶回位于郊区的公司上班。珍妮自己的娘家人里没人能抽出空来照顾她，为她把生活琐事安排妥当。于是，她联系了一家居家护理机构，将自己的保险信息告知对方，然后就开始接受对方提供的护理服务。三个月后，她的保险公司通知她，虽然一般情况下，居家护理服务确实在健康保险的覆盖范围之内，但由于她没有履行事先告知义务，未获得保险公司的批准，所以他们拒绝支付其居家护理的费用。

差不多就在同一时间段，珍妮的化疗疗程也开始了。化疗要持续数月之久，而正当其进行至中途时，珍妮注意到有些事情不太对头：保险公司给她寄来的表单上开始声称，她每接受一轮化疗，就需要自费15,000美元。突然之间——没有任何征兆和预警——珍妮发现，化疗已经过去了好几轮，而肿瘤中心寄来的账单已经累计达到6万美元。

震惊之余，珍妮试着理出头绪。化疗开始后的第一个月，她丈夫的雇主决定要给所有员工换一套新的健康保险项目，但保险公司还是同一家。因此，珍妮和她的丈夫收到了雇主寄来的医保更换通知，但鉴于保险公司没变，而且他们之前的就医经历都很完美，再加上他们当时还需要为很多事忙得焦头烂额，所以他们也就没顾得上仔细查看，确认新的医保是否还支持她所看的那些医生。事实证明，给珍妮做治疗的肿瘤医生和药物注射中心属于前一个健康保险，但却并不在新医保的覆盖网点之内。肿瘤中心的工作人员都没有向她指出这一点,而等她自己意识到这件事时,待付账单上的金额已累计达到数万美元。

紧接着,珍妮的丈夫被公司解雇了。这对夫妇不仅丧失了稳定的经济来源,还双双面临着失去医保的危险。她丈夫的雇主同意为他们额外支付六个月的保险费用,但六个月后,他们就得靠自己解决这个问题了。

我采访珍妮时,距离她诊断出罹患癌症已过去将近一年,她的化疗也进入尾声,即将结束。听说她的健康有所好转,我由衷地感到高兴。她的丈夫也找到了一份新的工作,全家人因此获得了新的健康保险——虽然换了一家不同的保险公司。不过,珍妮仍和前一家保险公司保持联系,试图解决之前遗留下来的各种问题。"每次我打开邮箱时,只要看到里面躺着那家保险公司的信封,心头就会不由得一紧。"

迄今为止,保险公司已经给她寄了几十份大大小小的文件,其中充斥着难懂的条文和费解的款项。"我这么说你就懂了,"珍妮给我解释道,"每一次化疗都会产生十四五项独立的费用,它们都位于同一个日期之下,但由于是不同的费用,所以能否报销、报销多少的情况也都各不相同。保险公司有时会给同一日期产生的费用都安排同一个编号,有时则会标记为不同编号。"因此,当珍妮有点力气的时候,她会花大量时间认真读这一大堆文件,然后,面对着眼前不断累积的巨额费用,她还要花更多时间在电话上和各方理论,试图减掉一点应付账款。她也把部分文件分享给了我……真的是看一眼脑袋就想爆炸的程度。

如今,为了避免疗程中断,珍妮每个月都以分期付款的方式给肿瘤中心打钱;而为了偿付账单,她已经利用信用卡提前支取了上千美元。有一个维护患者权益的团体正在帮助珍妮,试图使她和保险公司达成某种协议。她不知道自己最后总共会欠下多少钱,她也避免去算,因为这一切实在令人绝望。"我简直是又沮丧又害怕,"她说,"保险公司到底什么给报什么不给报,标准似乎是很武断的,完全是他们说了算。没人知道一个东西的成本到底是多少，一切都不合常理……他们好像觉得癌症和失业对一个家庭的打击还不够大似的。"

我们采访结束后又过了一阵子，珍妮的事有了新的进展，只能说让人喜忧参半。好消息是，她的申诉起了效果，前一家保险公司最终同意在指定期限内，把为她治病的医生和机构也视为"属于更换后的保险覆盖范围"。这就意味着，至少，她的化疗费用总算被免去了一部分。坏消息是，居家护理的相关开销仍旧由她自费。虽然她可以少付一大笔钱，但她还是对这一切折磨倍感恼怒。这也难怪，毕竟，他们既然有幸生活在一个富裕的国家，过着现代化的生活，本不必经历上述的种种磨难。

我在芬兰有一位关系很亲近的朋友，她的丈夫也罹患结肠癌，并与其做了艰苦的抗争。为了救他的命，公立医院里的医生们尝试了所有可能的治疗手段，包括一系列高难度手术、要求他住院治疗，以及在几年内陆陆续续为他进行化疗，等等。医生对病人直言不讳，表示他的情况不容乐观，但他们绝对不会放弃。当病情发展到一定程度时，他甚至还经历了一场脑外科手术，由芬兰顶级的神经外科医生执刀。这位医生是一位传奇的专科医师，享有国际声誉。在病人有需要的时候，市镇派了健康助手到他家去为其进行护理；等到他临终时，市镇还送他住进了私人的非营利性临终安养院，并支付了相关的照护费用。但即便他获得了上述所有的治疗与关照，对于他本人、他的妻子和他两个年幼的孩子而言，死亡的迫近、长年与病魔作斗争、忍受各种手术和化疗的痛苦，这些都难以避免地使人感到无限沉痛。

对于他们家来说，钱也是一个问题。虽然我的朋友（也就是病人的妻子）是有工作的，但病人自己在确诊后只能断断续续地做一些工作。于是，他们算了一笔经济账。算完后他们发现，依靠她的收入，外加他还能工作时赚的工资，以及芬兰政府发放给他们的现金补贴，他们家还是可以维持之前两个人都有收入时的那种中产阶级生活方式。他们也从来不用担心自己会深陷巨额医疗账单,难以脱身。

如此一来,他们得以全心全意地珍惜每一天家人共处的时光,这都是治疗为他们抢下的时间……他们也能在病人还活着的时候,专心地表达对彼此的爱意。

北欧的医疗经验表明,美国没理由不能采取类似的策略,最终做到以更少的成本提供更高质量的医疗。所谓"统一公立医疗体系"其实存在各种各样的形式。例如,联邦政府或者州政府可以在新建立的健康保险交易平台上推出公共的医保计划,这将和"联邦医疗保险"类似,只不过对象是全体居民而不仅限于老年群体。它可以为所有需要的人提供一套更加透明、公正的福利措施,而当购买人数不断增加后,政府也能够和医疗服务的提供方协商出更加合理的价格。这个想法并不新鲜。事实上,在美国,建立一套公共医疗的呼声已多有耳闻,而在《平价医疗法案》的制定前期,呼声尤其高涨。好几项民意调查都显示,半数乃至多数美国人赞成这一措施。[46]

部分州和县已经开始自己着手推动相关进程了。例如,佛蒙特州就准备采取加拿大式的"单一支付方"模式。该州的最新计划是建立公共财政资助的保险机制,预计从2017年起覆盖全体居民。但在截止日期到来的几年前,佛蒙特州州长却单方面宣布,出于对成本的考虑,他决定暂时放弃执行这项计划。其他一些州,如马萨诸塞州或者俄亥俄州,也出台了相应的议案,意在推动类似的计划;加利福尼亚的好几个县则在不断试点公共医保计划,或者试图扩大现有的政府职能。假如任由每一个州各行其是,那显然会比由联邦政府面向全体国民统一提供健康保险要混乱得多,也复杂得多,但像在加拿大,公共健康保险就是由各省自行管理的。因此,美国各州所做出的一系列努力绝非徒劳,一方面,它们有助于加速改变的发生,另一方面也是在为全国性的改革作试点。[47]

那么,美国在短期内还能做些什么呢?目前,对于大多数的疗法和药品,美国政府仍未实施相应的价格管制;在决定是否将其纳入保险范围时,也不对它们的有效性进行考察。这似乎已成为一项重大的全国性困境。

如今,很多国家医疗体系能够正常运作,主要还是依靠私人的医疗服务供应者和私人保险公司,但是政府要么以公共服务的标准给医疗服务进行定价(就好像电力公司提供电力,就必须受到一定的价格限制),要么同这些医疗服务供应方和保险公司进行协商,就相关的医疗费用和基本的医保范围达成一致。在欧洲,药品的价格虽受到管制,但美国的医药公司仍乐于在此经销自己的产品——显然,他们还是认为这桩生意有利可图。当然这帮医药公司也放出风声,表示一旦他们在美国的利润受到削减,他们的创新能力也会遭受不利影响……但事实上,大型美国医药公司的收益颇丰,用于研究和开发的经费成本只占其利润的一小部分,他们在广告宣传上投入的钱远比产品开发更多。[48] 无独有偶,美国也是少数几个"允许直接向消费者宣传兜售处方药"的国家之一。正如史蒂文·布里尔在他写给《时代周刊》的报道中所言,美国人没理由需要比其他国家的人花更多的钱购买相同的产品,这种对于医药公司的"隐形补贴"是毫无依据的。

有多种途径可以帮助改变美国当前的体系。奥巴马总统建议国会通过相关法案,允许负责"联邦医疗保险"的政府官员与制药公司商谈药品价格。[49] 这样一种完全合情合理的做法在现有的法律下却被明令禁止,简直难以置信。同时,也有好几个州议会考虑采纳相关法案,要求医药公司上报其制药成本,并向有关机构证明自己的定价是合理的。[50] 鉴于医疗服务的费用不断猛涨,美国最终除了像其他发达国家一样进行价格管制外,别无他选,而上述措施或将成为转变的开端。

推动公共医疗,引入政府监管,很可能会给美国带去诸多益处。对劳动雇佣方而言,假如政府推行统一的国民医保,那么不仅会让企业间的竞争更加公平,同时还能增加公司在国内和国外市场的竞争力。目前,美国企业中,那些给员工提供健康保险(或者也包括育儿假期)的公司与不给员工提供相关福利的公司相比,在市场竞争中存在一定劣势;而它们和其他那些具备公共医疗体系国家的公司相比,也处于不利地位。不少美国公司早就表示,只要不必再为员工提供医疗保险,它们很乐意给员工开出更高的薪水,或者补助员工自己购买健康保险。[51]"奥巴马医改"要求大企业必须为雇员继续提供医疗保障,但实际上,推行公共医保,让医疗保障与雇佣情况脱钩,将会把雇佣方和劳动方都从当下这种荒诞的局面中解救出来。

对于医生而言,统一的公共医疗体系意味着固定的服务价格和明确的医保范围,这也会使他们的工作更加轻松一些。他们不必再花大量的时间去搞清楚每一个病人各自的健康保险是否覆盖特定的治疗项目或药品;同时,他们也能从海量的文书工作中脱身,免于应对各家保险公司和厘清不同医保计划的麻烦。虽然北欧的医生也会抱怨和官僚体系打交道有多头疼啦,薪水和工作不成正比啦,但我见过他们工作时的场景——从未像我知道的几位美国全科医生或牙科医生那样,紧凑到如同工厂生产线一般的地步。由于美国医院需要很多人手来处理保险理赔的事项,所以其行政人员颇为臃肿,而医生的数量却相当有限,医生们经常忙到分身乏术。大多数流程性工作由护士和牙科卫生员完成,而医生和牙医则要从一间病房穿梭到另一间病房,每个房间停留几分钟,查看病人情况,由此确保医院获得足够的收入,才能雇得起充足的行政助理。

而对于每一个普通美国人而言,统一的公共医保体系将会极大地提升他们的自由度、自主权和独立性。他们无需再依赖其雇主,家庭内部成员之间不会出现消极的依存关系;人们也不必再为了安排好自己的医保事宜花费无数时间,更不用为了高价医疗费而绞尽脑汁。在美国这样一个自我标榜"坚定捍卫自由"的国度,其过时的医疗体系反而夺走了人们的自由,成为一场彻头彻尾的灾难。但这还没完,该系统还产生了其他的受害者,那就是社区。

在2011年的共和党总统参选人辩论会中,众议员罗恩·保罗(Ron Paul)是当时角逐共和党总统候选人的竞选者之一。他曾是一名医生,并且以鼓吹"个体的自由意志"而著称。在该辩论会上,有人问他,假如一个拥有体面工作的三十岁健康男性自主选择了不购买健康保险,却在某天突然陷入昏迷状态,并且需要长达六个月的重症加强护理,那么,这笔费用应该由谁承担?"你要知道,自由就是——"保罗回应道,"自担风险。" CNN电视台的沃尔夫·布利策(Wolf Blitzer)在这场辩论会上担任主持人,他为了明确候选人的态度,又追问了一句,社会真的就应该眼睁睁地看着这个男人死掉吗?这一次,观众替保罗给出了回答,观众席爆发出一阵热烈的呼声——"没错!"[52]

第一次听到辩论台下的观众建议"就让他死"的呼声时,我简直义愤填膺。大家都是受过教育的文明人,怎么能这样想问题呢?但几年后,我理解了其中的缘由。那时,我已经在美国付了好几年的医保费用,发现自己经常处于个人破产的边缘,严重缺乏经济上的安全感。某天,我偶然间读到一篇文章,主人公是一名男性自由职业者,他本来是付得起健康保险的,但他自己选择了不买。结果,他后来被诊断出患有前列腺癌,而且已经发展到了晚期。颇具讽刺意味的是,原本他的癌症是有可能被更早检测出来的,但他因为担心产生治疗费用,所以一直拖延就医。他在这篇文章中坦言,自己就是个傻瓜,并对医院表达了衷心的感激,因为后者不仅对他进行了救治,还免除了他的大部分医疗费用——当时,他的账单累积金额已接近50万美元。[53]

读完这篇文章,我发现自己竟与当年看罗恩·保罗辩论的观众有着相同的心情,因为医疗成本不会凭空消失。如果病人自己没有偿付其账单,医院进行了爱心救助,政府就要从税收中拿出钱来,对医院给予相应的补贴,这就意味着由全体纳税人分担医院的这笔损失[54];又或者,医院为了弥补这笔损失,可能会提高各项服务的定价,带动保险公司也随之提升自己的保费(因为医疗服务的价格整体上升了)[55]……如此一来,医院坏账的成本就落到了其他看病和购买保险的个体身上。那个男人自己做出了他的决定,为什么到头来反而要我去帮助他脱离险境?然而,在芬兰的时候,我从未有过这样类似的感受。因此,美国目前的医疗体系不仅在"获取健康保险"方面显得很糟糕,它甚至还在不知不觉之间撕裂了整个美国社会。

而倘若一个医疗体系的资金来源于稳步发展的国民所得税,那么它将有助于激励人们为整个社会进步各尽所能。与此同时,这也会让医疗决策成为整个国家民主制度的一环,并促使人们对这套体系产生"主人翁意识"。如果政府以"覆盖医疗成本"为由,大幅提高人们的纳税额度,却没有提升相应的服务质量,那么民众最终可能会为了保护自己的权益而武装暴动。但假如一家私人的保险公司每年都大幅提高其产品价格,人们除了能抱怨几句,基本上别无他法。而在美国,这样的场景正在不断上演。

每当我就"医疗"这一话题采访北欧居民时,他们总是对政府"控制费用"和医院"按照轻重缓急治病"表示理解,这一点给我留下了深刻的印象。因为他们感觉到自己付钱建立起的这一套制度旨在平等地对待每一个病人,所以他们也能欣然接受在有必要的时候承担起相应的社会责任。而到了美国,民众普遍的感受似乎恰恰相反。他们相信,保险公司是人民公敌,因此普通人一旦碰上机会,就一定要最大程度地榨取对方的金钱,连一美分都不能放过。一位医疗问题的研究人员曾记录下一个"焦点小组"(focus group)的情况。这是一群普通的美国人,而据她描述,他们对于保险公司怀抱着一种"近乎复仇"的态度。[56]他们还明确表示,在保险覆盖的范围之内,自己绝对会去选择那些最昂贵的医疗服务。如果人们觉得这套系统对自己并非"投之以公平",那么他们自然也不认为自己有必要"报之以公正"。

美国人很难意识到他们错过了什么。有些欧洲人对于自己的医疗体系可谓倍感自豪,甚至融入了某种爱国的热情。因为这套体系是用纳税人的钱构建起来的,人们可以真切地感受到是他们自己创造了它,而它反过来也在为他们服务。假如系统失灵了,他们会毫不留情地予以批评,并强烈要求其进行革新。成功打造出一套杰出的公共医疗体系绝对是一项国家级成就,毫无疑问可与"夺得奥运金牌"或"成功登月"相媲美。对于美国人而言,这种"国民自豪感"唾手可得。毕竟公共医疗体系似乎已成为"民心所向",大多数美国人(尤其是年轻一代)本来就对其充满渴望。根据皮尤研究中心的一项调查显示,超过半数的"千禧一代"相信,联邦政府有责任确保所有美国人都拥有健康保险。[57] 一个像美国这样伟大的国家没有理由无法实现这一点。即便是布基纳法索,都通过了一项有关"全民统一医保"的试验性立法案。

这些国家间的差异让我想到了一个网上流行的表情包,它打趣了大火美剧《绝命毒师》(*Breaking Bad*)剧情展开的前提条件。故事的主人公是一名高中化学老师,名叫沃尔特·怀特。在故事的开头,他发现自己得了癌症,但保险公司却拒付其治疗费用。为凑出 10 万美元的医疗费,沃尔特想出了一个赚快钱的法子——制作冰毒。那个网上疯传的表情包描绘出假如故事发生在某个拥有"统一公共医疗"的国家,这部剧将会是怎样的走向。图片上,加拿大医生单方面告知病人沃尔特:

"你得了癌症。下周起开始治疗。"

完。

第六章 吾有、吾治、吾享：去吧，问问你们的国家能为你们做些什么

"福利"还是"福祉"？

在我来美国之前，我从来没有听说过"大政府"这一概念。我知道你想说什么——我，一个从"社会主义"欧洲国家出来的人，本国政府从儿童托管到教育医疗无所不包，竟然会不知道"大政府"是什么？但这还不是最奇怪的。在此之前，我也从未听说过"福利国家"。就这么一个简单的组合词，却足以让大多数美国人在惊恐之余退避三舍。我了解到，所谓"福利国家"，意味着里面会产生很多"福利女王"，这群人依靠"寄生"存活于世，以他人的辛勤劳动作为养分，自己却从来都懒得做任何事。在2012年的总统竞选上，候选人米特·罗姆尼在镜头前失言，透露出全美人口中符合上述描述的人口比例高得惊人，达到了47%。[1]"福利国家"的另一个消极代表性名词是"食品券"。在共和党总统候选人党内初选期间，纽特·金里奇（Newt Gingrich）给某个非裔美国人协会作演讲时，选取的主题是"要工资，不要食品券"。[2] 他的讲话显然反映了美国社会某种普遍的观点。

与此同时，候选人罗姆尼则更进一步，在对奥巴马总统展开批评时，他甚至质疑起这位总统"究竟是不是货真价实的美国人"。在共和党内初选的一场辩论会上，罗姆尼声称，美国目前有一位"想要把美国变为欧洲

式的福利国家,并且建立一个劫富济贫型政府"的总统。罗姆尼还接着说道:"这种做法将会扼杀美国为它的人民提供繁荣未来的能力,将剥夺人民的自由,《独立宣言》与美国宪法赋予我们的权利也将变成空中楼阁。我所信仰的,是一个建立在机遇和自由之上的美国,绝不是奥巴马总统所构想的那个社会主义福利国家。"[3] 听到这种言论,我一开始是完全摸不着头脑的,等到之后我才慢慢理解到,美国人讲"福利"一词,通常都是指"依靠'吃福利'为生"——换而言之,这种状态就意味着贫困、无业,以及拖社会后腿。

与之相对,在我的母语芬兰语中(请允许我事先给你提个醒,芬兰语落到纸面上可能会看起来略显滑稽),最接近英语里"福利国家"(welfare state)的一词是"*hyvinvointivaltio*",但它直译过来后,更准确的意思其实是"福祉国家"(well-being state)。如果要表达"吃福利",则要用完全不同的词,比如"拿救济过活"(get support for getting by),而它在芬兰语里看起来更搞笑,写作"*saada toimeentulotukea*"。2013 年,全芬兰人口中,要靠"吃救济过活"的人口比例仅为 7%。虽然不同国家的福利项目不尽相同,难以放在一起类比,但可作为参考的是,2013 年,全美接受某种形式"食品券"的人口比例是上面这个数字的两倍,高达 15%。[4] 就两国的劳动年龄人口而言,芬兰人的就业率还比美国人更高一点。[5] 从这些数据来看,很难说究竟哪个国家才是真正意义上的"福利国家"。

另外,对北欧居民提起"福利国家"一词时,人们想到的并非"不工作白拿钱"这种事。相反,在人们脑海中浮现的是一个"福祉国家"的形象,它旨在确保其公民——所有公民——享有获得福祉的平等机会;换而言之,每个人都应有权追求幸福、享受自由、实现成就。需要强调的是,它是一个内涵积极的语词,绝非是什么"大政府"施舍给人民的产物。"福祉国家"的诞生是人民通过自己的辛勤努力取得的成果,是用人民缴纳的税款所建立起的产物。

当然，一听到税这个问题，不少美国人可能又要惊慌失措了，毕竟欧洲的税率向来被认为远超美国，而在高税收方面，北欧国家更是个中翘楚。那么，就让我们来看一下，情况是否确实如此。我在芬兰居住的最后一年里，做着一份普通的全职工作（杂志编辑），一年的总收入折合下来约为 67,130 美元——远超芬兰工资中位数。扣去一些杂七杂八的标准费用，我的税前净收入为 61,990 美元。那么，我究竟要缴纳多少个人所得税呢？把交给中央政府和市镇的税款全部加起来，总计是 18,973 美元，相当于税前净收入的 30.6%。

看到这个数字，请您在得出任何结论之前，务必注意，除了这一笔钱，我基本没有什么其他需要缴纳的税款了。比方说，像财产税这一税种，对芬兰人生活的影响就远比对美国人要小得多。而我支付这样一笔税款，换来的东西包括但不限于：运作良好的全方位健康保险；一整年的部分带薪伤残假；每生一个小孩就可以享受到将近一年的带薪育儿假；如果我或者孩子的父亲想要在育儿假结束后接着在家陪伴孩子，那么在接下去两年的每个月里，我们还能领到一笔育儿津贴；平价且高质量的日托服务；全球顶尖的 K-12 公立教育体系；免费的大学教育以及免费的研究生教育。我在芬兰上缴的税款不是用来拱手送给那些"躺在福利上过活的懒虫"的，而是被用于为我提供那些高质量的服务。依我所见，这是笔相当划算的买卖。

这个体系的奥妙即在于此。由于北欧国家的每一位居民都和政府达成了这样一笔交易，因此，该系统显然可以满足所有人的自利心理。它与美国人假想中的那个可怕的"福利国家"不同，生活在"福祉国家"的居民，并不需要跪倒在"利他主义"的圣坛之前，通过牺牲自己的利益去帮助那些"不幸的人"。相反，国家支持个体获得真正的个人自由，取得自主权，根据个人能力来实现自我价值。为了发挥出自己与生俱来的潜能，每个人都需要相应的安全保障，例如医疗、教育和危急情况下的紧急救助，而这套公共机制使所有人不必依赖于父母、配偶或雇员的经济援助,就能获得最基础的保障。除此之外,它还使人们在心理上受益。"自己所参与建立的社会确实在为所有人创造公平的生活环境"——当人们感受到这一点时,自豪感和满足感就会从心底油然而生。

美国人往往将政府和公共服务视作与自身分离甚至敌对的事物,而北欧人民却把政府和它所提供的服务看成是他们自己的创造性产物。一个"福祉国家"本身是从人民中来,又回到人民中去;由人民共享,又为其所共治。尽管芬兰人对于"福祉国家"的具体运作方式也常常争论不休、各执己见,但就大方向而言,他们是毫不动摇的,因为从整体上看,他们显然领先于世——不论是作为集体,还是作为个人。富裕阶层的人们乐于参与这一社会契约,也并不是出于无私的利他心,更多还是因为他们希望为自己和自己身边的朋友、同事、家人创造一个更美好的生活。

站在北欧人的视角来看,美国人民实际上也做出了类似的选择,而且,他们关于如何维持社会安全网的方式也尤为多样,只不过很多美国人似乎并没有意识到自己已经签署了相关的契约。

2012 年初,《纽约时报》调查了一项"神秘现象"。在美国的部分州内,当地人从各类政府项目中显然获益良多,但该地的选民们却极力支持共和党候选人……要知道,共和党人大多都是向选民承诺要"削减政府开支"的。有人可能会认为,之所以产生这样的现象,是因为这些州的富裕阶层反对过多的政府开销,他们不想自己多交税来养活闲人。但实际情况却是,支持削减政府开支的选民,恰恰正是那批自身生活极大地受益于政府福利项目的人群。

当记者来到明尼苏达州的奇萨戈县采访当地的低收入居民时,很多受访者表示,他们非常生气。为什么?因为政府在把钱送给那些根本不配获得帮助的人,这完全就是在浪费钱。[6] 但通过联邦医疗保险、社会保障金项目(Social Security)拿到钱的人,孩子们也从学校领到免费午餐的人,不正是他们本人吗?他们似乎对自己"竟然"需要依赖政府而心怀怨恨,但又不知道假若政府完全不存在,他们又究竟会过上怎样的生活。

那么,奇萨戈县居民们真正需要面对的问题是什么呢?美国人总觉得政府福利只流向了穷人和懒虫,但现实早就今非昔比。1979年时,政府福利的半数以上——准确说是54%——确实都流向了收入占全美最底层20%的家庭。然而,到了2007年,流向同一人群的福利比例已下降到了34%。如今,受到美国政府最多援助的人群其实是中产阶级。

为什么美国中产需要那么多政府支援?

1979年至2007年的这二十八年间,全美最富裕的前1%阶层,其税后收入增长了275%。与此同时,中产阶级人群税后收入的涨幅仅为37%;在收入光谱上位于最底层20%人口的收入增长则更显微薄,只有区区的18%。[7] 难怪很多美国人即便工作再辛苦,生活也难以为继。然而,与这种不断加大的贫富差距、根深蒂固的不平等现状相比,更糟糕的是,美国的中产阶级、工人阶级以及贫困者仍旧被告知:美国是一个机会平等的社会。因此,他们为自己"必须依靠政府的介入才能维持生存"感到自责与内疚。

在美国的自画像中,社会是公平公正的,一个无法自食其力的人是可耻的。但现实情况并非如此,社会的整体形势都对穷人和中产阶级不利,结果就是,每个人都痛恨这套体系。政府投入了很多钱用来支援中产阶级,但"羞耻感"与"受援助"如影随形,导致接受帮助的那一方很难对这种"支援"本身表示感激——他们甚至都不愿意承认自己接受了帮助。相反,人们还会怨恨这套体系和它给予的所谓"支援",因为它让人为自己感到羞愧。于是,唯一的出路就是拿起手中的选票,反对它……即便从本质上看,这似乎是一种"端起碗吃饭,放下碗骂娘"的吊诡行为。

更糟糕的是,美国人甚至还完善了一项"可疑的艺术",康奈尔大学的教授苏珊娜·梅特勒（Suzanne Mettler）称之为"隐秘的政府"（submerged state），指政府不会直接给人们发钱，而是通过私人企业或税收条例来执行相关的政策，从而使政策的实施变得非常"神不知鬼不觉"。[8] 实际上，税收减免、抵扣、免除等措施，都是政府对特定人群提供经济支援的方式，因为原本应当缴纳的税款不必缴纳了，其本质上与收到现金福利的效果无异。但很多人却没有感知或意识到这一点，从而错误地认定，他们自己没有从政府那儿得到过任何好处——即便事实并非如此。美国的税务问题异常复杂，只有极少数的人可以真正理解其中的盘根错节，并算清每一次政府出台的赋税优惠政策究竟给自己的财务状况带来多少实际的好处。而很多美国人连报个税都要雇专业人士来帮忙处理，可见他们自身与具体税务数字之间的距离有多么遥远。

由于人们往往将"交税"视为政府从自己手里拿走钱，所以政府一旦出台了减税政策，人们也不过将此看作是合理的纠偏，甚至还可能会觉得"不够"；只有政府直接给现金，人们才会觉得自己确实收到了福利。这种常见的观念也加剧了上述的认知偏差问题。"减税"和"发钱"从本质上讲没有差别，但是人们对这两者的认知差异却是巨大的。我们不妨来看一下芬兰是怎么做的。芬兰夫妇每生一个孩子，就会收到来自政府的现金补贴，每月一百多美元，可以让一个家庭充分感知到政府对于他们的支持。而当美国政府针对需要抚养孩子的家庭出台了"所得税税额抵免"（Earned Income Tax Credit, EITC）、"儿童和被抚养人照护税额抵免"（Child and Dependent Care Tax Credit, CDCC）等税收优惠政策时，很多因符合条件而受益的美国民众却没能意识到，政府实际上在变相地给他们发放现金补助。

在美国，这种"无意识"现象相当普遍。苏珊娜·梅特勒在进行一项研究时，以一千四百位美国人为调查对象，询问他们是否使用过任何一项政府的社会福利项目。其中，57%的人给出了否定的回答。接着，她向他们出示了二十一项具体的联邦政策,其中包括儿童照护税额抵免、所得税税额抵免、雇主资助的健康保险(其中隐含了免税额度)、联邦医疗保险、社会保障金项目、失业保险、抵押利息减免以及助学贷款等各类项目。然后她再一次询问他们,是否使用过上述任何一个项目。结果,在之前那些否认自己接受过任何政府福利的人当中,有高达96%的人至少使用过上述的一项服务,而所有受访者给出的平均数是四项。这显示出美国人对于"谁是政府项目受益者"的认知与现实存在明显脱节,它也解释了美国人为何那么容易妖魔化"福利国家"。

而关于自己平日里交税究竟能换来什么,北欧居民就比美国人民了解得更加清楚。这同时也反映出,对于"政府究竟为什么存在"以及"政府的职责是什么"这些问题,北欧人比美国人有着更清晰的认知。在芬兰,每当我去公立的医疗中心看病时,我从不会觉得自己是在白白地从政府那里领福利。相反,通过申报纳税,我已经预先支付了应付的医疗费。同时我还知道,假如自己得了重病,我有权得到救治,而且无需付出额外的资费,因为我过去缴纳的税款已经成了社会共同资金的一部分,用来为所有需要帮助的人提供服务。正是由于公共医保体系具有这样的普遍性,对我而言,它才显得如此公平并充满建设性。在社会生活的其他方面,设计和执行北欧政策的人也在追求同一个明确且普适的目标,那就是为所有人建立一个福祉型社会。我所参与建设的,是一个显然在竭力实现公平的体系,更重要的是,它明确致力让人们最终都能够"凭借自己本身的能力和资质取得成功"——我从未对自己参与了这样一个社会进程而感到羞愧过。

因此,美国人对于所谓"欧洲模式"的批评,以及他们假想出来的那些"恐怖场景"就显得很莫名其妙了。站在北欧人的角度来看,容易导致社会成员对他者产生依赖关系的,恰恰是当下美国的这套体系。芬兰政府的目标从来都不是补贴某一群特定的人或组织,而是希望在更广泛的社会范围内，实现"基本生活保障"的平等。相形之下，目前美国很多通行的、最为人所知的政府福利项目却显得具有高度的针对性、选择性，并且在不少语境下，自带一定的"侮辱性"。例如"联邦医疗保险"，明确面向老年群体；食品券、免费学校午餐和"医疗援助计划"，主要面向穷人（也有越来越多的"前中产人士"加入了这一队伍）。没生孩子的年轻人以及相对富裕阶层则几乎得不到任何优惠政策或政府红利，即便偶尔真的有，他们也注意不到。与此同时，最富有的那一小撮人却成了"最大赢家"——一切税法条款上的漏洞都是他们避税的法宝。

与美国的批评声恰恰相反，北欧路线不仅被证实对大多数居民有益，它对整个经济状况也同样有利。

美国时评人和政客对于欧洲整体的状况往往"表现得不屑一顾"，称欧洲国家都在一路下滑、直奔破产而去。我想回击此类批评声，但要成功做到这一点，我必须利用接下去的几页，先来厘清一些较为"技术性"的问题。

首先必须承认，近年来持续的欧元危机确实具有极大的破坏性，对希腊、葡萄牙、西班牙及其他欧洲国家的经济造成了重创。之后很多欧洲国家的政府也确实有必要反思一下，自己是不是在某些社会领域投入了过多的成本，国内的"避税文化"又是否过于"流行"。但是，下面这三个斯堪的纳维亚国家——丹麦、瑞典和挪威（它们都使用自己国家的货币，不属于欧元区）——与很多其他的欧洲国家相比，更好地"挺过了"全球经济危机和欧元危机。冰岛或许是一个例外[9]；它的麻烦缠身，但不是因为政府发放了太多的福利，而是由其他因素所导致的。首先，银行业缺乏监管。冰岛的银行多为私营，在缺少管制的情况下，就开始肆意妄为。其次，政府在制定和执行货币政策时也犯了各种错误。但撇去冰岛不提，剩下所有几个北欧国家没有一个在全球银行业危机中被打垮。

和世界上所有国家一样,北欧的经济也会随着经济周期的变化起起伏伏;同样地,北欧政府也会犯错。在1980年代至1990年代期间,主要由于金融市场缺乏监管,北欧也经历了衰退,整个经济丧失了活力。就芬兰而论,1990年代初,隔壁大国苏联的解体也给自己国家带来了震荡。后来,随着欧元危机旷日持久,芬兰作为欧元区的一员,自然也受到了影响。

但在全球金融危机和欧元危机期间,整体上而言,北欧地区的经济还是维持了一定的活力、自由度和稳定性。由于北欧拥有可靠的基础公共服务体系,因此高素质劳动者、高科技公司仍源源不断地从中产生,再加上该地区一贯的低贸易壁垒,市场环境甚至变得比此前更加宽松,有利于企业自由开展贸易活动。在全球贸易竞争力和自由度的各项排名上,北欧国家始终名列前茅,甚至时常排在美国前面。[10]

近年来,芬兰国内确实遭遇了一些财政上的困难,但这是否因政府开支过高所导致呢?事实并非如此。国际组织的调查报告显示,原因主要来自以下几点:出口需求降低、人口老龄化加剧、在国际科技行业的市场份额缩减(手机巨头诺基亚的"陨落")、芬兰林业问题以及劳动力市场流动性降低。另外,最近芬兰所面临的部分经济上的"危机"主要由外因所导致,芬兰只能说是"为了集体,牺牲小我"——它选择站在其他西方资本主义民主国家一边,支持它们对俄罗斯的抵制。美国与其他西方国家为了对弗拉基米尔·普京施压,对俄罗斯实施了经济制裁,但由于芬兰"恰巧"是俄罗斯的邻国,所以俄罗斯一向是芬兰最大的贸易合作伙伴……芬兰参与这些经济制裁,自然使本国经济遭受了重创。此外,欧元危机显然也给芬兰带去震荡,因为不管怎么说,芬兰早在1999年便选择加入欧元区,采用了欧洲的通用货币。美国的经济学者和行业专家指出,芬兰政府已经尽了最大努力维持本国的财政平衡,并将其打理得井井有条,但无奈它作为欧元区的成员国,无法使本币贬值。诚然,芬兰需要复兴自己的制造业,只是欧元问题将复兴之路变得更为荆棘丛生。[11]

随着芬兰企业纷纷裁员,芬兰的经济形势也愈显黯淡。短短几年前,国际社会还对芬兰赞不绝口,如今回过头去看,难免有过誉之嫌。就"如何恢复增长"这一话题,芬兰人也在国内展开了激烈的辩论。和全球各地所讨论的主题没什么两样,无非就是那个老问题:紧缩还是刺激?总体来看,芬兰人倾向于采取"紧缩"策略,削减了很多福利项目,其后续影响还有待观察。虽然芬兰遇到了现实的经济震荡,但这并不能代表"北欧模式"本身有什么重大缺陷,如果我们去看其他那些"不在欧元区"或"拥有不同产业结构"的北欧国家,会发现它们的经济状况还是相当良好的。

美国人往往认为,北欧国家都在"超支消费",但现实却并非如此。整体而言,北欧政府远比美国政府更擅长平衡收支。到 2014 年为止,美国累积的债务已经超过了它的国民生产总值(GDP),而芬兰的债务额占本国 GDP 的 70%,丹麦 60%,瑞典 50%,挪威则仅略高于其本国 GDP 的 30%。2013 年,经合组织成员中,"债务:GDP"的平均值为 109%。在过去十年间,所有较大的北欧国家都维持了一定的财政盈余,与之相对,美国则是经合组织成员中财政赤字最严重的国家之一。[12]

让北欧国家最终能够长期处于财政健康的状态,同样也是"爱的北欧理念"所要达成的目标之一。面对经济下行和其他问题,北欧国家也一直试图针对其社会福利项目进行改革和削减,但与此同时,北欧政府仍坚决支持"个体自主"和"机会平等",绝不放弃对于此类终极目标的追求。公共福利体系(尤其是其中的统一国民医疗体系)的存在,帮助将"与商业利益没有直接关系的事项"剥离出了雇佣方和劳动者的关系,双方都不对彼此负担额外的经济义务,这样一来,不仅劳动者受到了更好的保护(即便其财务状况发生变化,个人生活仍旧具有基本的保障),公司的运营压力也更小。通过这种方式确保个体始终拥有一定的自由和独立,已经被证实有利于保持自由市场的活力,因为它提高了劳动者的灵活性和生产力。

此外，北欧虽然实行过许多社会福利项目，但出人意料的是，它们也展现出很不"社会主义"的一面，即社会福利的存在反而增强了劳动者的工作动力。这主要是因为一个人能够拿到多少福利与其收入的高低密不可分；也就是说，你平时挣得越多，没工作时能拿的也越多。这不仅适用于生病、失业、育儿期间能取得的收入，退休后的养老金也是同样如此。当然，政府对福利金额设置了合理的限制，但总的来说，这套系统的基本结构就是基于"多劳多得"的理念。它鼓励劳动者在具有工作能力和条件时勤奋努力，这样的话，即便在无法工作时，他们也能维持一个较为舒适的生活状态。这也从另一方面解释了为什么北欧国家相对富裕的阶层通常也拥护这套制度——它也对他们有利。

最后，媒体上对于"北欧路线"的另一项常见"指控"是，恰恰由于北欧国家都相当富裕，具备丰富的自然资源和庞大的国民生产总值，它们才能那么轻易地为其国民提供免费医疗和教育。人们之所以会产生这类误解，主要是因为挪威近年来发掘了丰富的石油和天然气储备。但即便在北欧国家内部，挪威也同样是特例，而芬兰就和它形成了鲜明的对比，后者除了林业资源和一些金属资源外，基本没有什么重大的自然资源可加以利用。如今北欧国家所拥有的国民财富，大多也都是通过人民自己的努力奋斗得来的，当它们最开始着手打造福祉国家时，都算不上富裕国家——即便是挪威，也要等到1960年代后期，才发现了丰富的石油资源。

换而言之，北欧的中产阶级并没有什么顺风车可搭，他们能获得诸多公共服务，也是靠自己努力挣来的。除了挪威能够背靠石油和天然气资源外，北欧人民基本没有碰到"天上掉馅饼"的美事；同样地，在北欧，也没有什么"邪恶的"共产主义者正干着"劫富济贫"的勾当。北欧国家凭借自己的实践经验表明，建立一个强有力的公共服务体系可以推动经济发展，并证实了"所有人出资打造一个统一的系统，用来分散所有人在人生中可能面临的风险（从生病、失业、衰老时的救助，到确保每个人都能受教育，从而过上体面的生活)"的社会,要比"每一个人必须小心翼翼地储蓄,编织自己的安全网,并在面对灾难时自求多福"的社会,来得更加有效和高效——在当下这个"全球经济充满不确定性和相互竞争"的时代尤为如此。

我们也可以说,美国人是对的,解决问题的最佳途径,并不是建立一个"大政府"。北欧能够取得成就,其秘诀也不是所谓的"大政府",而有赖于实施明智的政策。很多美国人已经充分意识到,美国当下所急需的,也并非是什么"大政府",而是一个"更明智的政府"。

更小,更明智

在美国住了一段时间后,我很能理解美国人为什么会那么讨厌和政府打交道。邮政是场灾难,税法一团混乱,美铁(Amtrak trains)很少准点,道路凹凸不平……至于车管局(DMV),则是不折不扣的噩梦。诚如罗纳德·里根那句著名的讥讽所言:"英语中最可怕的九个词是:政府派我来提供帮助。"(I'm from the government, and I'm here to help.)

美国政府部门的表现实在堪忧,不仅令美国人自己大失所望,也让我这样一个来自北欧国家的人大跌眼镜。2013年,全世界目击了美国政府的"关门",我自然也是其中充满困惑的一员。当时,由于政府预算案未能在美国国会通过,导致整个联邦政府停摆超过两周,约八十万名政府雇员因此遭遇停工。这场"大垮台"发生后不久,我读到一篇调查报道,显示出美国人对牙根管治疗、头虱、结肠镜检查以及蟑螂的印象都比对国会的印象更好。[13] 说真的,我开始理解背后的缘由了。

对很多美国人而言,解决方案再直接不过,那就是让政府越小越好。美国人甚至回到了强大的政治传统的怀抱,主张政府制造的问题比它解决的问题更多。既然如此,我们究竟为什么还需要政府的存在呢?

将近四百年前,英国哲学家托马斯·霍布斯为上述疑问提供了一种可能的解答。霍布斯在他的名著《利维坦》一书中这样写道:"在没有任何政治权威的自然状态中,人们为了私利而争斗,呈现出一切人反对一切人的战争状态。因此,需要有一位说一不二的统治者和一个强有力的政府——这个政府必须像《圣经》中那个名叫'利维坦'的恶魔一般极具震慑力——用来执行法律、维持秩序,从而确保个人的安全。"[14] 然而,不久之后,法国哲学家让-雅克·卢梭却指出,"虽然人们的确需要让渡部分的个人自由,来换取法律和秩序,但这并不意味着他们必须臣服于某位特定的统治者——相反,人们可以自己制定法律。"[15] 美国的国父们受到类似政治思想的启发,最终确立美国是一个"民主共和国",而借用后来亚伯拉罕·林肯的名句来说,美国政府则是一个"民有、民治、民享的政府"。

因此,早在18世纪后半叶,美国的政治理念就处于世界的前沿,对于"政府为何存在"以及"政府的职责是什么",美国拥有相当革命性的认知。当时,欧洲各国仍处于君主专制的统治之下,与之相比,新成立的美利坚合众国可谓全世界最民主、平等的国家——不过其中也有一项不容忽视的例外:要记得,当年美国的"奴隶制"尚未被废除。然而,美国还是成为了全球民主化改革的先行者。世界各地的人民开始不断推翻旧有的政治体制,缓慢推动着民主的进程。等进入19世纪后,又出现了一位影响美国治国理念的哲学家,他就是英国思想家约翰·斯图尔特·密尔。在《论自由》一书中,密尔认为,人们享有言论自由、贸易自由以及不受政府干预的自由,他们有权凭借自己的能力和资质去行动,无论失败或成功。[16] 等到1830年代,法国人阿历克西·德·托克维尔在他的经典著作《论美国的民主》中,论述了美国对于推动"政府的现代化"所做出的贡献。[17] 虽然很多关于"民主"的理念来自欧洲,发端于古希腊哲学家、启蒙运动和法国大革命,但美国却是第一个将这些理念真正付诸实践的现代国家。美国为世界贡献了一份永久的遗产,那就是关于"民主自治"和"有限政府"的历史经验。如今,全世界的人民都应为此而感激美国。

既然我们现在已置身21世纪,有人可能会问,关于"政府"这一问题,是否还有什么新的理念值得人们去深思呢?近年来,英国杂志《经济学人》的两名编辑便对当今世代下的"政府"进行了再思考,并将成果展现在了一本书中,书名叫《第四次国家革命:重新打造利维坦的全球竞赛》(The Fourth Revolution: The Global Race to Reinvent the State)。简单介绍一下,长期以来,《经济学人》都坚定拥护自由市场政策,并且是美国的忠实拥趸,而上述两名编辑分别叫作约翰·米克斯维特(John Micklethwait)和亚德里安·伍尔德里奇(Adrian Wooldridge)。在这本书中,两人主要回顾了19世纪英国哲学家约翰·斯图尔特·密尔的作品。密尔曾对美国产生了深远的影响,如今,其关于"个人自由不受政府干涉"的理念仍被许多美国人奉为圭臬,他们也因此希望能逐步缩小政府的权力范围。

讽刺的是,密尔本人却在晚年时意识到,自己早期的一些观点存在缺陷。密尔观察了自己周围的英国社会,发现其中存在很多不平等现象和各种社会问题,用米克斯维特与伍尔德里奇的话来说就是:"假如在一个社会中,蠢货能去上伊顿公学,天才却只能早早辍学打工,人们又如何根据功过评价他人呢?除非社会给每个人提供一个良好的开端,否则个体如何可能充分实现自己的潜能呢?"此外,"假如一个国家的穷人无法获得良好的教育,那么他们追求幸福和自由的能力是不是也受到了限制呢?"[18] 在米克斯维特和伍尔德里奇看来,密尔本人观念上的演变,也恰恰是两派观点争锋的缩影,争点在于政府在履行特定职责时,究竟构成了对自由的阻碍,还是有助于奠定自由的基石?密尔本人最终实际上倾向于第二种观点。后来,北欧国家也采纳了相同的观点。

既然提到了"政府的职责",就不能不说起另一位在美国广受爱戴的思想家,苏格兰哲学家亚当·斯密。斯密提出过一项著名的论断,称假设每一个人的行动都基于自利的动机,那么社会资源反而会被合理地分配,满足所有人的利益,仿佛有一只"看不见的手"在冥冥之中指引着整个市场。[19] 如今,美国仍有人信奉着斯密的这一理论,要求政府最好关停一切公共服务,让更有效的自由市场规律来支配整个社会。

但斯密理论的缺陷和密尔是类似的。斯密提出上述理论是在18世纪,而随着时间的推移,很多有识之士都发现,那只"看不见的手"遭遇了重大的技术性难题。它的运行方式并不像斯密所预测的那样,社会发展的现实也验证了这一点。米克斯维特和伍尔德里奇以"工业化进程中的野蛮时代"为例,提醒他们的读者,为了让自由市场经济能够平稳运行——本质上说,也只有这样资本家们才能继续挣钱——工人应当受到保护,疾病需有治愈之法,孩子则必须接受教育。越来越多的国家意识到,不能过于简单地解读斯密的理论,并逐渐转向,提出政府可以更多地充当"调停者"和"赞助人"的角色,以此确保社会的进步。事实证明,对于一个快速变动的现代世界来说,这一修正后的理念远比最初的理论能够更好地应对错综复杂的情况和层出不穷的挑战。

于是,步入现代之后,一些国家开始采取更加精细化的治理手段。英国,作为密尔和斯密两人的祖国,恰好是最先转向的国家之一。20世纪初,一位英国商人之女,比阿特丽斯·韦布(Beatrice Webb)成为如今知名的伦敦政经学院(LSE)的创始人之一,并为英国政府撰写了一篇具有里程碑意义的报告。为了让整个英国能够成为一个更好的社会,韦布提出了一个新的设想,认为政府必须在全国范围内保障"文明生活的最低标准",其中包括为年轻人提供食物和教育,为病人提供救助,为残疾人和老人提供固定收入,为劳动者提供足以维持生计的工资。这一设想将成为北欧理念的一项重要基石。(值得注意的是,威廉·贝弗里奇就是"韦布帮"的一员,而他的名字被用来命名英国以及日后北欧国家的医疗模式。)

美国也开始朝着类似的方向前进。19世纪,经历了所谓的"镀金年代",美国的不平等状况大幅加剧,各种"非正义事件"大行其道,政府显然已经到了"不得不做些什么"的时刻,以免美国再度滑入贵族专制的黑暗时代——毕竟正是为了避免这种情形产生,美国人才打响了独立战争。富兰克林·罗斯福实施"新政",对金融市场进行监管,规定了最高工作时长和最低工资,为公共基建项目投入资金,并设立食品援助等项目来帮助失业者。(此后,林登·约翰逊总统所推行的"伟大的社会"和"向贫困宣战"政策,进一步加强了政府在教育、医疗等重点领域的作用。)

然而,步入20世纪后,一些西方政府走上错误的道路,选择了"大开杀戒"。在德国,第三帝国和希特勒抬头。即便是美国(一定程度上还包括英国),也显示出失控的迹象。美国政府不断扩张着自己的权力范围,虽然有部分计划确实取得了成功(如"社会保障金"项目),但也有很多项目过于杂乱无章、运转不灵,并且对太多特定的团体、太多生活的领域以及太多不同的行当进行了过度监管,与此同时,这一切调控却并未促进社会的机会平等。"简而言之,"米克斯维特和伍尔德里奇总结道,"政府一大,就会过度地自我扩张。"[20] 因此,当罗纳德·里根和玛格丽特·撒切尔在1980年代登场,向民众保证将"尽其所能缩减政府规模"时,他们显然正中其选民之所好。自那以后,在美国人的字典里,"大政府"就顺理成章地变为了一个贬义词。

可问题在于,很多美国人开始相信,连中间道路都是不可能的,因为政府要搞公共服务,只可能"大",不可能"明智"。不管政府走什么样的路线,它都被视作是人民的敌人。最近的一次调查问卷显示,有三分之一的美国人甚至认为,在不久的将来,人民必须依靠武装起义才能保护自己的自由不受政府的侵犯。[21]

这样看来,也难怪美国人在面对政府向他们要钱时,基本都没有什么好脸色。

缴纳税款

2011年，美国总统初选中，有一位共和党竞选人名叫里克·佩里（Rick Perry）。他以"反政府"闻名，之前担任过得克萨斯州的州长。在竞选会现场，他把自己的竞选主张举到空中，向观众挥舞。那是一张明信片大小的个人所得税报税表，简明到令人叹为观止。那一刻，我忍不住为他欢呼起来，同时我还想告诉他："芬兰就是这样的！"当我每年必须填写那份复杂到离谱的美国报税表时，我深深怀念在芬兰交税的场景——这在美国人听来大概会觉得难以置信。

在芬兰时，我的报税表只有一页，而且已经预先填写上了我的收入和应缴税款，欠税或退税金额也都被计算在内。我要做的很简单，只需检查一下所有款项是否有误，发现问题时进行修订即可。当我还是受薪雇员时，我所做的基本只是从头到尾翻一遍，什么也不会改；变成自由职业者之后，我必须自行添加上自己的支出情况，然后再把表格寄回去，但即便如此，整个流程仍旧相当简单。所有人的税都是单独计算的，与是否结婚没有关系，只不过当有"共享应税所得减免"时，将在配偶间平分该额度。

还有一件出乎意料的事。在来美国之前，我听说的向来都是欧洲的税要比美国高出多少多少，可等我自己交税后才发现，缴纳完联邦税、州税、市税、社保税和联保医疗保险税后，我在美国的总计税率可以有多高。当然，不是所有美国人都要交市税的，部分州也不征州税，但绝大多数美国人都要缴纳大额的财产税，而芬兰的财产税税率则远低于美国。2011年是我在纽约市以自由记者为生的第二年。这一年快要结束时，我扣除掉工作上的开支，发现自己全年的净收入不高不低，差不多是33,900美元。等到我明确了当年的全部收支金额，便坐下来开始算账。事实证明，我在纽约生活工作所要缴纳的税款比我在芬兰交的多，但换来的好处却反而少得多。我注意到,在芬兰,即便从事的是自由职业,我交的税也能给我带来极具价值的福利,如带薪病假、育儿津贴和平价日托(假如我生育的话)。并且,作为"自雇人士",在芬兰纳税还能得到一项巨大的现实回报,那就是基本医保——它自动涵盖在我所支付的税款中。而在美国,我缴纳完全部税额后,还要另外支付上千美元自行购买医保。[22]

当然,根据人们收入来源(和请的会计水平高低!)的不同,纳税的情况也会有所不同。在2012年的总统大选中,美国税制中的"缴税倒挂"现象引起了公众的注意。共和党候选人米特·罗姆尼和他的妻子安在2010年的总收入约为2,170万美元,但他们支付联邦税时的税率仅为14%,该档税率主要适用于年收入8万美元的家庭。与之相对,奥巴马夫妇年收入共170万美元,却在按26%的税率缴税。以上所说的还没有包括州税或地方税。罗姆尼家的税率那么低,主要是因为他们的收入大部分来源于投资收益而非工资,而针对投资的税率要低于针对工资的税率。[23]

至于医疗体系中的征税情况,就很难简单地作出比较了,因为一切都太过错综复杂。不同国家之间就不说了,即便是在同一国家内部,人们各方面的人生状况也有所不同。有些国家可能会对工资征税较多,但对于社保和医保则基本不征税(美国是要征的),而有些国家则恰恰相反;有些国家对所有人实施"统一税率",而有些则采取"累进税率";有些国家着重于所得税,有些则更关注消费税或财产税;有些只有单独一个国税,有些则除了国税外还有地方税。几乎所有国家都对养小孩的家庭制定了比针对单身人群更低的税率。基于上述的种种差异,在不同国家和人民之间比较税制往往会引发困惑,甚至有故意误导之嫌,毕竟同一个词所代表的内涵可能并不相同。

举个例子,美国人常常想当然地以为北欧人会把收入所得的大头(比如70%)都作为税交出去,这完全是不切实际的想象。确实,在1980年代,瑞典最高一档的边际税率差不多是这个程度,但自那之后,政府大幅下调了相关税率。更何况,如此高的税率也从未适用于任何人的总收入,针对的只是超出某个极高限度后的增量收入。另外,单纯比较税率也无法展现出人们缴税后究竟能获得多少回报。比如,X国某家人的纳税比例或许占到家庭收入的40%,而Y国某家人的纳税比例仅为25%。但假如,Y国那家人还需要额外花费25%的收入用于支付健康保险和孩子的学费,而X国的那家人却不用在这些事上花钱,同时假设二者获得的服务质量相当,那么实际上,X国家庭的可自由支配收入是更多的。

既然如此,北欧国家的个人所得税税率究竟是什么情况呢?经合组织比较了34个发达国家的平均税率——综合计算了联邦税、地方税和社保金的雇员缴纳额得出——且选取的纳税人群仅为无子女的单身人士。结果显示,在2014年,丹麦的平均税率为38.4%,在被调研的34个国家中位列第三高,排在比利时和德国之后。芬兰税率为30.7%,位列第九。然后,令人震惊的情况出现了,瑞典的税率仅为24.4%,低于经合组织成员的平均值,甚至也低于美国的24.8%。鉴于北欧居民纳税后可以取得的社会福利如此之多,看到这一结果反而使人有些难以置信。芬兰人平均缴纳的"所得税额"和"社保金的雇员缴纳额"综合起来仅比美国人高了约六个百分点,而瑞典人的平均税率竟还低于美国人。[24]

总的来说,相对于本国的GDP规模而言,北欧国家收的税确实比美国更多。在芬兰、挪威和瑞典,同样是雇主要给劳动者发工资,劳动者自己也要出一部分社保金,但上述政府对于雇主要为员工缴纳的社保金比例比美国规定的更高。因此,北欧国家对富人征的税比美国更多,也就不足为奇了。另外,北欧政府往往也会对食物、汽油和电子产品等消耗品征收更高的税,这在一定程度上是因为北欧人相信,对于破坏环境或危害人类身体健康的行为或产品(如高耗油汽车或酒精饮料)就应该收取更多的税,从而实现"利用税法推动社会健康发展"的目标。

需要再次强调,不看"投资回报率"而只谈"税率"的,基本都是无效对话。北欧居民交的税可以为自己换来极其高质量且可靠的公共服务,其中包括全民统一公共医疗、平价日托、全民免费公立教育、丰厚的病假工资、一年左右的带薪育儿假、养老金,等等;而上述服务放到美国,动辄就能消耗掉美国人五位数乃至六位数的税后收入。结果就是,对于两国的中产阶级而言,在美国能获得的可支配收入说不定和在北欧国家不相上下,甚至算下来在北欧生活可能还会更划算一些。

"我本来觉得自己在美国工作时,收入交完所得税后,剩下的可支配收入还是更多一点的,但奈何美国财产税的杀伤力实在太大。"维莱告诉我。他是在第四章里提到过的那位芬兰父亲,有两个小孩,曾住在纽约州的韦斯特切斯特郡,后来举家搬回了芬兰。"而且在美国的时候,我必须规划好储蓄为退休做准备,但在芬兰就不必,因为有统一的公共退休基金。所以算上所有这些情况,我发现回芬兰的话,实际的可支配收入要比在美国多。嗯,如果我们再加上油费和餐饮费的话,好像又拉平了,因为这两样是芬兰更贵……可话又说回来,在美国,光是日托就要花掉我们一大笔钱。"

别忘了,等维莱的两个孩子到了读大学的年纪,这两笔账的差距将更加明显。考虑到当代美国大学学费的"天文数字",北欧生活就被衬托得格外美妙了。事实上,很多北欧人原本已经住在了美国,但等他们一有孩子后,很快就搬回了自己的国家——毕竟回去之后,生活不仅更轻松,而且更实惠。

面对税收问题,北欧人和美国人的态度差异不仅围绕着"税该怎么用"这一问题,也事关"怎么收税才公平"。美国税法对富人有利,这一点相当有悖常理。任何一个国家,想要在21世纪的全球市场上保持竞争力,都不该采取这样的策略,但在美国,这一趋势在过去的几十年里甚至还愈演愈烈。这里的问题不是说"人们不该有钱"——一个人当然有权利成为富人——问题在于,税收是用来维护和满足社会中所有人的基本需求的,富人在社会中一般拥有远比普通人更多的安全感,但他们所缴的税占他们收入的比例却反而远低于普通人的缴税比例。放在北欧国家,"有钱人的缴税比例理应更高",这完全是不用脑子也能想清楚和决定的事。北欧国家针对所得税制定了边际税率,其最高档一般在50%左右,这是把中央税、地方税和雇员自己缴纳的社会保障金份额都囊括在内后的标准,而且(再次强调)并不适用于全部的所得收入,只针对超出一定限额的那部分收入。2014年,在北欧国家,这条个税的最高线低至63,000美元(丹麦),高至115,000美元(芬兰)不等。而在美国,最高档的边际税率比多数北欧国家要低一点(但高于挪威和冰岛),然而,其适用的范围只限于个人年收入超过40万美元的部分。[25]

对一个美国人而言,上面这些数字可能听起来都怪吓人的,但现在让我们停下来好好看一下,上述税收政策究竟会对哪类人群造成影响。假如芬兰的个税最高边际税率政策在美国实施,我们基本上可以认定,大约95%的美国人都不会受到什么影响,因为根据美国税收政策中心(TPC)出台的数据显示,2011年全美人口中96%的个人年收入低于109,000美元。[26]

大多数美国人似乎也认同北欧的"征税理念",在不少调查研究中都有很多美国人表示,政府应该提高对富人的税率。[27] 然而现实中,政府不仅没有这样做,甚至还倒行逆施。2012年,参议院预算委员会主席肯特·康拉德(Kent Conrad)称:"如果把各种免税、减税、抵扣和其他优惠政策都算进去,美国最富有的一群人实际支付的税率实则大大降低了。事实上,在1985年时,全美最有钱的四百名纳税人的实际税率近30%,而等到了2008年,这一数字已降至18.1%。"[28]

这一反常的情势愈演愈烈,甚至很多富有的美国人自己都认可康拉德的话,并且试图主动缴纳更多的税款。例如亿万投资人沃伦·巴菲特、小说家斯蒂芬·金等名人都曾撰写了相关评论文章,建议政府应对他们这样的富人提高征税比率。如果一个国家对其所有国民都实施相同的低税率政策,那就是另一码事了,但美国的情况并非如此。奥巴马总统也注意到,他自己和沃伦·巴菲特的所得税率甚至都低于他们手下的秘书。[29]

一个国家即使对富人和特定消费品征收高税率,也仍旧可以维持其竞争力、经济富裕和国民福祉——北欧国家就是活生生的例子。在美国的政治辩论中,时常会听到有政客提出,高税率(尤其是针对有钱人的高税率)会打击人们的创业精神、创新动力,并阻碍企业的发展……而北欧是一个充满活力且富裕的社会,这一事实本身就给上述观点提供了反证。现实中,激励人们奋进的往往不是什么"绝对富裕",而是和周围人相比自己是不是"更加富裕";除经济状况外,还有其他各种因素如社会地位、成就感、相对意义上的生活质量等都会对人产生相应的影响。和世界上所有国家一样,芬兰人中也有人憎恨税收体系,并想方设法地避税,但大体而言,北欧人民认为自己的税收体系还是比较公平公正的。毕竟,他们缴税能换来实际的好处(富人同样能获得回报),只要他们想,自然也可以接着去争取比自己邻居更高的收入。假如美国进行类似的税制改革,想必也能取得类似的成果,美国人所要做的,只是选择更明智的政策罢了。

再见,"大政府"

如果要用一句话简单概括美国和北欧国家的区别,或许可以这样说:美国有一套不公正的税制和一个庞大的政府,而北欧则有一套公正的税制和一个明智的政府。还可以换一种说法,美国被困在过去,而北欧已活在未来。《经济学人》的两位编辑约翰·米克斯维特和亚德里安·伍尔德里奇就是如此表达目前的情况的。在他们合著作品的最后一部分中的头一章(全书第七章)的标题便是《未来最早发生的地方》。他们对此直言不讳,表示在他们看来,北欧国家就是"未来最早发生的地方",因此当今世界上的每一个国家,为了自己的利益考虑,也应该向北欧借鉴学习,取其精华。

北欧国家之所以能率先"抵达未来",就不得不提到 1990 年代的金融危机。经历了那场危机之后,北欧国家开始对政府进行大刀阔斧的改革,使其变得更加精简、高效,并且能够收支平衡。北欧各国确实采取了削减公共开支、降低税收等措施,但也没忘记"投资"自己的人民——它们增加了公共服务的种类,还创建了新的制度来扶持企业的发展。比方说,丹麦如今就以其"弹性安全"*制度所著称,它旨在帮助企业适应变化迅疾的全球经济,同时避免摧毁个体劳动者的人生。具体而言,这套体系允许雇佣方轻易地解雇劳动者,但与此同时,它也向被解雇的劳动者承诺提供可观的失业津贴,最长可达两年,并且会协助劳动者寻求新的工作。[30]

而在米克斯维特和伍尔德里奇的心目中,最受推崇的北欧国家是瑞典。首先,在经济上行期,瑞典严格维持着一定的财政盈余(至少 1%),并会为每一财年的政府预算设置界限。瑞典所采取的财政模式相当灵活,当遭遇经济下行周期时,政府也可以适当增加开支,但在下一个上行期来临后,则必须记得补回此前的亏空部分——政府必须严格遵循上述规则。[31]

媒体经常会引用各国政府支出与 GDP 规模的占比图,其中北欧的数据远远高于美国,美国人往往据此推定,北欧政府的财政支出庞大,必然代表其运作低效。确实,考虑到 GDP 的规模,北欧政府的开销远超美国,

---

* 弹性安全(flexicurity),由"弹性"(flexibility)与"安全"(security)二词组合而成,欧洲联盟委员会认为弹性安全代表了在劳动市场内同时加强市场弹性以及安全性。"弹性安全"的设计主要包含:弹性且可信赖的契约计划;综合性的终生学习计划;有效率的劳工市场政策;在劳工转换工作时能提供适当的收入支持,意即能有完善的社会安全制度。

毕竟它们要拿税收和其他财政收入去为人民提供很多公共服务,如医疗服务、退休金、日托等。这些都得花钱,显然会增加政府的财政开支,而美国人则需要自己去找私营供应商安排好以上事项。此外,这一指标其实很难反映出所谓的"行政效率",因为它只是告诉了我们,一个政府究竟"花出去多少钱",但我们并不能从中了解到这些钱究竟"花在哪里"。要知道,不同政府提供的服务会产生很大的差别,那么也就难以根据这一数据比较政府的"行政效率"。[32]

要比较"效率",最好是比"市场效率",即看每个国家在特定的同类服务领域中支出了多少钱,无论这钱是从谁的口袋里而来。经合组织就做过这方面的调查研究,发现在医疗、退休金、失业津贴、儿童托管、针对育儿家庭的课税扣除等社会服务领域中,美国的开销与其 GDP 的占比和瑞典不分上下。不仅如此,在比较同类服务领域的总开销与本国 GDP 占比时,芬兰、丹麦、挪威的数据甚至都低于美国。这反映出北欧国家在提供必要社会服务方面,比美国具有更高的市场效率——它们花的钱更少,但得到的结果和服务质量通常和美国一样好,甚至有时还更优质。

总的来说,北欧能够取得成就,背后并没有什么复杂的秘诀;北欧社会只不过是认真对待政府的职责罢了。政府会犯错,也会有各种问题,但是它们坚持在试错中不断调整、不停完善,并竭力保持收支平衡。它们证明了政府也可以像私营领域一样,有效地安排和提供社会服务——作为"政府"这件事本身,并不会必然地降低市场效率。

一提到技术、科学、娱乐和商业,美国人总是能遥遥领先,但如果要评价"政府"的话,就目前来看,只能说美国在发达国家里似乎是垫底的。不过,美国人完全可以扭转局势。人们但凡读过阿历克西·德·托克维尔的名著《论美国的民主》,就不难知道早期的美国政府"做对了"多少事。

美国所需要的,并不是更大的政府,而是更明智的政府,更适应 21 世纪的政府。这要求政府更加精简透明,尽力提供最好的公共基础服务,对市场进行合理的监管,同时放弃所有过度的定向干预(美国政府的名声就是因此而败坏的),让市场得以自由发展。尽管美国人对政府普遍抱有失望感,但上述目标完全有实现的可能性。现实中,美国各地都有人不断为政府改良建言献策,并付诸实际行动。[33]

美国不少州政府和地方政府都通过了新的立法、实施了新的政策,成功规避开联邦政府中存在的政治僵局。许多州和城市在当地创造了教育奇迹,有些出台了地方的育儿假、最低工资标准,有些甚至还设立了一套自己的医疗体系。也有人提出,应在州和地方层面上对政治献金加以更加严格的限制,从而进一步推动政府改革。

把国会选区的划定权移交给独立的委员会,有助于防止政客出于自身利益考量操纵选区,迫使他们关注更广泛的民生问题;限制国会中不同党派和利益集团的否决权,有助于促进有效立法的通过;活用科技成果,有助于提高政府的服务效率。即便是联邦政府,也运营了几项拿得出手的福利项目,如社会保障金和联邦医疗保险,与此同时,虽然面临很多挑战,它也仍在努力促成新政策的推行。

已经有很多例证表明,即便提高富人的税率,美国经济也绝不会就此垮掉。1990 年代,克林顿政府就曾涨税,之后便迎来一波经济上行期。政府也可以采取里根时代的政策,将投资所得的税率提高到与工资收入所得税齐平,或者采纳所谓的"巴菲特规则"——亿万富翁沃伦·巴菲特自己就曾提出,应当确保所有年薪百万及以上的富豪至少缴纳其收入所得的 30% 作为税收。此外,目前的税制中存在大量的赋税优惠和税收漏洞,整个体系无比复杂,只有富人能够从中钻空获利,其他所有人只会感到无穷的负担……因此政府还可以选择单纯地取消优惠、填补漏洞,让税制更加简明扼要。[34]

The Nordic Theory of Everything

上面仅是部分的例子和想法。美国曾是最先迈向自由和民主的国家，在试错中不断完善着治国的艺术，步入21世纪后，它难道就无法对政府进行"再思考"吗？所以，去吧，问问你们的国家能为你们做些什么。

第七章　机遇之地：重拾美国梦

双城记

这个男人穿了两条裤子,身上包裹着层层叠叠的衣服。他胡子拉碴,满面灰尘,头发也乱糟糟地粘在脸上。他在自言自语,身边满是各种破旧的袋子,里面装着他的全部家当。然后,他尿在了自己的裤子里。人们纷纷起身,躲着他远远的,但臭气四溢,使人无处遁形,我只能牢牢地捂住嘴鼻,强压下自己欲呕的冲动。

这一幕仿佛来自查尔斯·狄更斯的小说,男人则恰如狄更斯笔下那19世纪贫苦大众的一员;这一幕也可能发生在某个第三世界国家,到处都是赤贫、潦倒的人群。但实际上,这一幕就发生在21世纪的纽约地铁车厢中,周围干净整洁、秩序井然。我抵达美国后不久,便目睹了这一幕,在接下来的好几天里,我的心情都因此而久久无法平息。

我以前当然也曾看到过流浪汉,但谁也不像纽约地铁上这个男人一般彻头彻尾地不成人形。在此之前,我这辈子都没见过如此潦倒的人,更不用说在赫尔辛基。

当然,北欧国家里也有精神病患者、酗酒者、吸毒者以及失业者,但是我难以想象他们会在芬兰首都或任何其他北欧城市的街道上四处游荡。通常来说,每个人都有处可去,要么住在政府提供的特定场所,要么就拥有合适的私人居所。偶尔,人们也会在公共场所看到有人自言自语,但与

The Nordic Theory of Everything

美国相比，北欧的医院一般都会及时收治这些精神失常的人。来到美国后发生的一些事以及在纽约地铁上碰见的那个男人，让我很快就意识到，在美国，一个人真的只能靠自己。

后来我见过太多流浪汉，已经习以为常了，甚至很难注意到他们的存在。与此同时，光谱另一端的人群则开始吸引我的注意。

我在美国渐渐认识了新的人，有时也会受邀参加一些典礼或聚会。举办地可能会在某个花园平台或者公寓顶楼，在那里，人们可以俯瞰曼哈顿天际线；也可能会在某栋红砖小楼里，房屋盖了好几层，还自带后花园。这时，我的脑内就开始了飞速的计算，他们到底哪儿来的钱能住在这种地方？其中有些人是律师、医生或者金融家，他们有钱，这倒不足为奇；但另外一些人则是艺术家、非营利组织雇员、独立搞项目的自由职业者……他们能拥有如此高档的居住环境，着实令我咋舌。如果说，这反映出美国是多么重视才华，不论哪行哪业，人才都能获得丰厚的报酬，那么确实令人振奋，我在惊异的同时也感到欣喜。美国梦似乎仍旧生龙活虎、熠熠生辉，甚至触手可及——如果这些人能行的话，那我当然也有希望。

但我最终发现，假如一个人从事的并不是一般意义上的"高薪职业"，但生活方式却非常昂贵，通常是因为背后都有家里给的钱在支撑着他们。连我这样来自古老守旧欧洲大陆的人都看得出，人不靠自我成就而要靠继承财富的话，就恰恰站在了美国梦的对立面。从一开始，美国之所以会成为一个独立的国家，部分原因就在于它要脱离传统国家内部那种根深蒂固的等级制度，确保每个男女都拥有充足的机会，成为自决的个体。

我曾在全球各地旅行，并在芬兰、法国和澳大利亚都长期居住过。如今到了美国，我却没有感觉到自己脚下的这片大地曾诞生托马斯·杰斐逊、亚伯拉罕·林肯以及马丁·路德·金，反而觉得自己仿佛生活在某个19世纪臭名昭著的香蕉共和国，社会被两极化撕裂，一边是难以撼动的财富、权力和特权，另一边则是极端贫困、流离失所和厄运缠身。确实，这些也都是老生常谈了,但现实就是现实,即便说再多遍,残酷也丝毫不减。此前我从未在任何一个其他的现代化工业社会中目睹过如此赤裸裸的不平等现象。

在一个北欧人看来,美国的贫富差距大到难以置信。在2013年这一年里,美国排名前二十五的对冲基金经理挣了将近10亿美元——每人10亿美元[1]——而美国家庭年收入的中位数差不多只有5万美元[2]。与此同时,全美收容所的数量直线上升,越来越多的人要靠救济过活。[3] 值得注意的是,他们中很多人并没有毒品上瘾或精神失调,而只是普普通通的工薪阶层。看来,美国似乎退回了洛克菲勒、卡耐基和《了不起的盖茨比》的时代,而且这一"发展"趋势丝毫没有减缓的迹象。金融危机之后,最富有人群的收入极其迅速地回弹了,而大多数美国人的生活则几乎看不到什么好转的希望。2009年至2012年间,美国最富有的1%人群的收入超过全美人口总收入的90%。[4] 贫富差距拉大的问题并不仅仅是由金融危机导致的。在过去的几十年里,美国最富有的1%乃至0.1%的人群收入得到了大幅增长,而剩下大多数美国人的收入几乎原地踏步,有些人的工资甚至反而还缩水了。

对于上述变化,美国人给出了很多理由,如今看来已是老生常谈。像是全球化、自由贸易、宽松管制以及新技术的诞生,这些因素都让最聪明的一小撮人得以占领更大的市场份额,并从而积累更多财富。如今的市场局面是由最具远见卓识的CEO领导一家超大型跨国企业,而不是由五十位优秀经理人各自运行一些规模较小的公司。最好的产品在全球各地售卖,挤占了本地产品的市场份额。一方面基于技术的发展,另一方面由于发达国家选择将劳动密集型产业转移至较为贫困的国家,导致其国内所需要的人才必须具备更加专业化的技能。于是,那些具有特定技能的少数派获益,其余的多数人则遭殃。与此同时,市面上的工作岗位也变得越来越不稳定了。因为技术可以帮助雇佣方优化生产，而工会的势力却在逐渐衰退，导致兼职和低薪工作开始大行其道。[5]

但是，这些常见的理由却并没能展现出故事的全部面貌。确实，上述变化会对市场秩序造成影响，但所有富裕国家都在应对此类变化，并不唯独美国一家。而像是北欧国家，就采取了与美国不同的策略，通过顺应时代潮流，制定和实施更加明智的政府政策，竭力适应着眼下的这个"美丽新未来"。自由市场上无可避免地会出现种种变化，但它们并不会必然导致社会不公加剧，很多时候特定的政策影响着社会的走向，甚至可能决定其发展的方向。例如美国的税制就选择了"逆流而上"——即便眼前社会的贫富差距正不断扩大，却还在变得愈发有利于富人。这一政策上的转变相当狭隘短视，一定程度上导致了美国社会福利对象的重心转移，从原本主要对穷人的救济转为对中产阶级的支援。全球各地收入不公的现象都在加剧，但在美国，其严重程度尤为显著，因为不像其他的现代化发达国家，美国政府并没有在税收制度和公共服务领域做出相应的努力来减缓市场变化对人民收入状况造成的影响。

对美国当下各种不合时宜的现状感到迷惑的，并不是只有像我这样的北欧观察者，也包括美国人自己。有一项调查曾请一些美国人估计一下目前美国的财富分布情况，受访者大多严重低估了美国财富分布不均的程度。然后，调查组又以"打造更好的美国"为名，请他们给出一个自己理想中的国民财富分布图，受访者提供的假想图又比他们之前所估计的分布图要公平很多——别忘了，他们已经严重低估了现实的不公程度。最后，调查组向受访者展示了好几幅饼图，展现出不同国家的财富分布状况，但并没有标明国家名称，让受访者选择自己最希望加入哪个国家。哲学家罗尔斯曾提出著名的"无知之幕"理论，用来衡量一个社会是否公正，该理论的核心表述如下："当你在思考社会公平的问题时，你可以想象自己假如加入这个国家，就会被随机分配到社会光谱的任意一个位置，从最富有到最贫穷,都有可能。"由于受访者并不知道上述饼图每一幅究竟代表哪个国家,所以有超过 90% 的美国人都跳过了美国那张图,而选择了反映瑞典财富分配情况的饼图。[6]

看起来,普通美国人本质上似乎认同"爱的北欧理念"的核心原则,而且认同的程度远超他们自己的想象。但不论在美国还是在欧洲,总有人坚称,贫富差距加剧是科技发展的必然结果,是步入 21 世纪后的全球客观新局面。然而事实上,几乎所有的研究都表明,我们目前面对的是一个超现代社会,全球化、自由贸易、宽松管制与新技术的出现都推翻了传统的生产关系,而一个有所成就并将继续取得成就的社会,是那些像北欧国家一样,能够实施明智的政策以确保其人力资源健康发展的社会。在当下这个高度动态的经济环境中,随着越来越多的人接受更高水平的教育,然后迈入劳动力市场,成为自由职业者、创业者,或是签订各种短期合约、参与各种项目制工作,北欧式政府将对一个国家是否能取得成功起到关键性的作用。

目前,还是有很多美国人相信,收入不均的现象不仅无可避免,对整个国家而言甚至也是有可取之处的。这也很好理解,毕竟长久以来美国都以"机遇之地"而闻名,每个人都有机会在此改善他或她的际遇。这不就是所谓的"美国梦"吗?人们自食其力、取得成功,从一无所有到应有尽有。那些更勤奋工作的人理应获得更大的回报。只要每个人都有较为平等的机会取得成功,那么一部分人比其他人都富有很多,又有什么关系呢?问题在于,提到"机会均等",美国人已经往另一个方向越走越远……对于多数人而言,成功的可能性也变得越发渺茫。

父业子承

长期以来,美国都自诩为"机遇之地",这究竟意味着什么呢?对"机会"进行量化的最好方式是测量社会中的"向上流动性",即人们能提高自己的生活水平以及其子女能超越自己这代人的可能性。在这一点上,美国确实拥有辉煌且持久的遗产。在历史长河中,它为成百上千万的移民提供了新的生活,其中也包括我自己在内。但近年来,一项接着一项的调查报告显示,社会的向上流动性在美国正不断降低,而在其他地方却逐年上升,这一上升趋势在欧洲北部(特别是北欧地区)尤为显著。

有很多明确且强有力的证据可以证明这一点。比方说,考察父辈收入与其下一代收入情况的关联性时,一位名叫迈尔斯·科拉克(Miles Corak)的加拿大教授发现,美国和英国社会相当缺乏流动性,一个父亲在生前积累的各种社会优势,半数以上都会在儿子成年后传递给儿子,换而言之,儿子所取得的大多数优势并非源于其自身的辛勤工作或个人成就,而主要是因为"投胎投得好,生于好人家"。相形之下,在北欧国家,这种不公正的代际优势传递的程度则轻得多。对于这一问题,已经有很多相关的研究,其中,引用率最高的研究之一由马库斯·延蒂(Markus Jäntti)所主持。他是一位芬兰经济学家,在赫尔辛基大学任职,他和同事一起研究了社会中的"代际劣势"(inherited disadvantage)现象,即假如一个人出生在一个低收入家庭,那么其成功的可能性会比其他人低多少的问题。他们发现,在美国,出生在社会收入光谱最低端的人群中,有40%的人未能脱离该阶层;而在北欧国家,这一数字仅为25%。

有一个非常简单明了的理由可以用来解释为何两个社会存在上述差异。多项研究证实,社会中收入差距较小的话,人们往往会享有更高的向上流动可能性。就机会均等而言,美国实在显得落后于时代了。[7]奥巴马总统的经济顾问艾伦·克鲁格(Alan Krueger)就曾提到"了不起的盖茨比曲线",指出美国社会不平等加剧与流动性下降之间存在因果关系。当然,美国人还是有可能实现白手起家的,只是研究表明,难度会比在其他富裕国家要高得多。美国已不再是遍布机遇之地,北欧才是。正是基于这样的现实情形，英国工党党魁爱德华·米利班德才会在 2012 年发出惊人之语，对人们说："如果你想寻求美国梦，就去芬兰吧。"[8]

关于"美国梦"为何会变得支离破碎的缘由，社会上有很多说法，但罪魁祸首当属美国在收入、医疗、教育和社会资源分配上的不平等。造成这种局面的原因也很清晰明了——因为美国政府并没有像北欧国家一样，致力实施贯彻基础领域的公共政策，确保社会中每个人可以享受更加平等的竞争机会。

芬兰政府决心统一本国的教育体系，打造一个面向全体国民的高质量 K-12 教育，这就导致两国的发展前景产生巨大的不同。即便两国的教育支出占 GDP 的比例相当，但正如迈尔斯·科拉克所指出的，这一部分经费投入什么方向，对于创造更公平的社会所能起到的作用并不相同。投入打造私立高等教育，只会让一小撮能够进入私立名校的人受益；而投入打造高质量的公立早期教育和中学教育，则会让全体国民受益，也更加有助于保障社会中的机会均等。[9] 显然，芬兰为了能够更好地迎接 21 世纪的新挑战，有意识地采取了后一种策略，而美国则坚持前一种方针，直接导致上百万孩子的人生受到严重损失。

平价医疗、日托、中小学和大学教育都能帮助促进机会平等，但是在美国，近几十年来，上述服务不仅严重缩水，其质量也每况愈下。接受一个好教育变得日益困难和昂贵起来。美国低收入家庭一路要闯的难关不断增多，而富裕阶层则能给自家孩子买到一切他们所需的事物：书籍、兴趣爱好、家教、私立学校、医生，还有社会关系。我曾一次又一次惊叹于一个人究竟能在多少方面取得多少成就，结果发现其父母也是各自领域的杰出人士，家里自然有足够的家底予以支持。

父母在社会上取得了成就，然后将自身得以成功的内驱力传递给自己的孩子，这一点完全无可厚非。但是，社会上有一小部分的家庭占据着远比其他人多得多的经济和社会资源，因此可以在孩子成长的每一步都提供许多额外的实际优势,这就和第一种情形截然不同了。在我所遇到的美国人中,受益于家庭背景而取得成就的人,远比不受家庭影响而获得成功的人要多得多。每个孩子都具备各自的资质和禀赋,他们遍布美国社会的各个阶层,而其中太多孩子(尤其是那些没有出生于富贵之家的孩子)的潜能没有被挖掘,也没有得到培育的机会。换而言之,他们的天资被白白浪费了。

北欧只是相信,无论一个孩子的出身是贫寒或富有,任何孩子的潜能都不能被浪费,一个国家承担不起这样的损失。

第三章里,我曾提到一位名叫卡里纳的母亲,在她生育之后,她的丈夫请了育儿假并与孩子们建立起联结,而她则向我分享了自己由此产生的"解放感"。几年后,她和孩子们都经历了一场深重的丧亲之痛,卡里纳的丈夫不幸死于癌症。他生前没有购买人寿保险,而且遗憾的是,她也无法从双方各自的原生家庭处获得太多支援。她必须独自承担后续的房贷,并将两个尚且年幼的孩子抚养长大。

这无疑是一次重大的情感打击,而对于一个美国中产家庭而言,这场变故还很可能会通向严重的财务危机。但在芬兰,卡里纳挺过了丈夫的绝症和死亡,整个过程中没有欠下任何外债。首先,当然是因为癌症治疗本身并不会产生过高的医疗费;其次,卡里纳和孩子们除了能收到全芬兰家庭都有的福利外,还从政府那儿领到了一笔遗属抚恤金。由于公立教育全部免费,她的孩子当然仍旧可以在高质量的公立学校继续上学,也可以参加由政府补贴的课后社团。她大儿子想去读的高中采取全英文授课,周边住着很多外交官和富裕家庭,但对学生而言,只要通过该校的考试就能被录取,而且也不用交任何学费。平日里,他就搭乘公共交通去上学。孩子们仍旧自由地选择并参与各类兴趣活动:去公共泳池游泳、每周到公立俱乐部上四节柔道课、在学校健身房锻炼,还会前往公立的市镇体育中心免费参加综合格斗训练。他们所有的活动都不怎么花钱,因为上述设施一般都受到市镇地方政府的财政补助,并且对全体居民开放。假如孩子们之后还想接着读大学的话,学费同样为零。此外,由于芬兰的育儿假政策较为健全,使得卡里纳在和丈夫共同育儿的期间也能保持正常的工作状态,为自己铺垫了一条牢靠的自由职业道路,从而在丈夫去世后能借此自力更生。

卡里纳丈夫的死无疑是令人痛心的,我对她深表同情,但与此同时,我也对她充满好奇。某一时刻我不禁问起她,在她看来,当命运给予她如此重击时,芬兰的这些社会政策对她而言意味着什么。"我没有家庭也没有雇主可以依靠,大概可以成为一个典型案例,"她向我表示,"在世界上任何其他地方,任何除北欧以外的其他国家,我们全家人的生活、我孩子的未来,都将发生剧烈且长久的变化,更别说我自身的经济和社会地位了。而现在,我们的损失——请允许我这样说——仅仅停留在情感层面。在任何其他的历史时期之下,我儿子们的未来都可能被改写,成为一场巨大的悲剧。"

这个故事说明了,政府为何有必要在实施社会政策时深思熟虑,竭力支持个体的自主权,保障儿童的独立性,并确保每个孩子的天赋都能得到发展,从而可以创造属于自己的未来。而在美国,假设你足够幸运,当面对人生的种种挑战时,你还可能依靠家族提供的私人资源来维持生活的正轨,但假如你意识到,自己的优势不公正地建立在他人受苦的基础之上,你也很可能会难以摆脱内心深处的负罪感。这会削弱个体的自信,人们感觉不到自己是自身命运的主人,也无从确信自己的成功是通过自己的双手挣来的。

就个人而言,我感谢自己在芬兰的成长经历。我不仅可以为自己的成就感到自豪,也同样为自己能够参与这样一份社会契约感到骄傲——它为了确保社会中每一个人都拥有更平等的机会取得成功,做出了不懈的努力。没有人可以庇护孩子免于丧亲之痛，孩子们也难以避免地会遭遇种种创伤，例如心理疾病、酗酒嗑药、家庭暴力或者家庭中可能产生的其他问题。每个孩子的成长境遇都各不相同，也总有人会更幸运一些。但我清楚地认识到，芬兰社会竭尽全力给每个人提供平等的机会，从这一点来看，它在当下的全球都处于领先地位。因此，和生活在其他社会的人相比，我所取得的成功更多来自我的个人奋斗，而不单纯是因为自己有幸出生在了一个优越的家族里，也正因如此，我才能够心满意足地看待自己所取得的成就。

另外，我也可以自由地去追逐梦想，不必把全副心思都放在"钱"上，而这恰恰是大多数美国人每天都在担心的事情。

中产阶级的前景

有一句话是这样说的，美国是世界上最富裕的国家之一，它的中产阶级是全世界最富裕的一批中产阶级。这句话的前半部分仍旧成立，但后半部分却不再站得住脚。有人研究了过去三十五年来不同国家的收入数据，发现加拿大中产阶级家庭的税后收入似乎已经高于他们南边的同阶层邻居，而就在2000年时，前者的收入还大幅落后于后者。很多欧洲国家的收入中位数仍低于美国，但在部分国家，例如挪威和瑞典，这一差距比起十年前已大大缩小。上述趋势并不出人意料，毕竟，一个普通美国家庭在2013年能挣得的收入不比1988年多多少，即便在过去几十年里美国整体的经济水平已经大幅提高了。[10]

美国的贫困阶层过得就更不怎样了。在国内收入光谱上位于最底层20%的美国家庭，收入远远低于同阶层的加拿大、瑞典、挪威、芬兰和荷兰家庭。而在三十五年前，情况是截然相反的。

不过，这些数据还只透露出部分的真相。美国中产阶级的税后收入在全体国民收入中占比持续下降的同时,他们日常的医疗、托管和教育开支反而逐年递增。而在北欧国家,无论人们挣的是多是少,属于中产阶级还是社会较底层,他们基本都不需要再从自己的税后收入中抠出钱去购买上述服务。在美国,一个人仍有机会一夜暴富,但对于大多数美国人而言,仅仅是一个较为舒适的中产阶级生活也已经变得越来越难以获得和维持。

要让"美国梦"再现辉煌,办法不是没有,而且也并不复杂。经合组织就提出了"三步走"的方案来应对当代的经济变化,帮助被扰乱的劳动力市场恢复秩序。第一,培育劳动力,给大众提供更普及和平价的教育、医疗、日托;第二,创造出更加优质、薪酬更高的岗位,尤其关注提高较低收入阶层的工资收入;第三,调整税制,使它能够有效地缩减贫富差距,促进机会平等。[11]

美国人已经迫不及待地想要作出改变。2014年,皮尤研究中心的一项调查显示,很多美国受访者认为,目前全世界所面临的最大威胁是日益增长的贫富差距,它的紧迫性甚至超过了宗教或种族仇恨、环境污染和其他问题。[12] 各州和各市自行提高了本地的最低工资标准,连锁快餐店也开始给员工开出更高的时薪,有些甚至高达15美元一小时,即便如此,餐厅还是能保持盈利状态。[13] 另外,正如诺贝尔经济学奖得主保罗·克鲁格曼(Paul Krugman)所指出的,美国其实从很久以前开始就有要求挣钱最多和拥有资产最多的人缴纳更多税的传统。[14]

关于如何应对日益加剧的社会不公问题,北欧国家已经给美国提供了一份简明清晰的行动指南。另一位诺贝尔经济学奖得主约瑟夫·斯蒂格利茨(Joseph Stiglitz)便注意到,瑞典、芬兰和挪威三国中,人均收入的增速均与美国持平乃至更快,但其收入增长的分布都远比美国更为公平。[15] 随着美国的阶级固化日益深重,社会流动性也变得越来越如同"都市传说",而在北欧,向上流动是可见的现实。

诚然,建立起这样一套社会框架需要资金,每个人都要为之作出一点贡献,而赚钱多的人则会被要求拿出更多的钱。这背后的逻辑也很合理。首先,有钱人就算出更多的钱,他们也能生活得相当不错。其次,众所周知,财富增长同样遵循边际效应递减的规律,也就是说,当财富超过一定的界限后,它给人提供的满足感便会逐级递减。这听起来就很像常识,实际上也已经受到越来越多的研究证实。[16] 在赫尔辛基或斯德哥尔摩的街道上走几天,你会看到有钱人开着各种崭新的豪车,比如宝马、保时捷,偶尔还可能撞见几辆法拉利,但你不怎么会看到一个有钱人坐拥四五辆法拉利。说真的,北欧人有那钱情愿去买更好的医疗和教育。

总的来说,北欧人支持这一套系统,因为它看起来很公平,而且整体上运行得相当良好。对于很多政策上的可能性,美国还仅仅停留在讨论阶段,而芬兰和它的邻国已经将其付诸实践。结果就是,如今一个芬兰、挪威或丹麦居民比一个美国居民更有希望实现向上流动,在社会和经济地位上超越其父母。也就是说,北欧人更有可能凭借自己的双手创造出属于自己的财富。在北欧国家,政府起到的作用往往像是一个裁判,它们确保竞争是公平的,每个人都遵守比赛规则,但当比赛进行时,它们并不会插手,而是站在一边,让竞争者自己一决胜负。假如这个裁判会叫停比赛,然后把胜者得到的分数拿走,送给落败的那方——在一些美国人眼里,北欧国家似乎就是这样运作的——当然就没人会愿意参与这场比赛。正是因为情况并非如此,北欧人民才会拥护这套体系,因为它的存在符合他们自身的利益。

或许因为"爱的北欧理念"其实也植根于北欧国家的治国理念之中,所以推动北欧政府采取了相应的社会政策,并且取得了较为理想的成效,但这些政策本身绝非专属于北欧的。事实上,对于税收制度、收入不均以及社会机会等问题,不少美国人的看法也折射出"爱的北欧理念",二者的核心价值是相同的,而且如今在美国国内,也有很多人正在努力推动政策上的变化,使其能够更好地应对21世纪的种种挑战。

美国仍旧受全球各地人民的瞩目和敬仰。美国人的生活享有高度的个人自由、充沛的物质财富,他们在诸多事项上都拥有很大的选择余地,从购物到宗教到生活方式……可以说是很多人梦想中的生活。每年也确实有很多人仍旧想要移民到美国,因为它承诺会给自己的人民提供更公平的机会和更美好的生活。因此,美国不该丧失掉这些美好且重要的特质,相反,它可以也应该竭力去维护它们。正是因为美国偏离了它最初给自己制定的理想目标,才导致如今美国人反而不像其他富裕国家的人民那样,能够在人生道路上获得足够多的机遇。所谓的"机遇之地"已名不符实,人们需要把"机遇"重新注入其中,让它重获生机。

第八章 非同寻常的商业：身处 21 世纪，如何运营一家公司

"部落冲突"和"愤怒的小鸟"

10 月的赫尔辛基可谓愁云惨淡。雨总是下个不停，整个世界似乎都笼罩在一层灰蒙蒙、湿漉漉、冷冰冰的薄雾之下。早上 9 点，每当我一边走向那些呆板的办公室大楼，一边盯着脚下那片潮湿的柏油马路，都忍不住心想，在这样漫长的冬季，难怪会有那么多芬兰人感到困苦不堪。

但这一天却有所不同，我仿佛推开了一扇通往新世界的大门——步入其中，墙面是明亮的橘黄色，窗帘是粉色的，有些椅子黄得像金丝雀的羽毛，有些则绿得如同森林中的绿叶。衣帽架旁边有一座运动鞋堆成的小山，让我误以为自己闯进了一屋子的青少年之中。房间中央竖立着一个个白色的英文字母块，它们拼出一个单词：SUPERCELL（超级细胞）。这家公司最近刚刚宣布，日本的电信巨头软银集团花 15 亿美元购入了该公司 51% 的股份——对于一个员工数只在一百人左右的网络游戏初创企业来说，这显然是很大一笔钱。

在很多方面，Supercell 的经历和全球各地初创公司的典型故事没什么两样。2010 年，六名经验丰富的游戏开发者在赫尔辛基成立了这家公司。起初，Supercell 开发的一系列游戏都没成功。直到 2012 年夏天，它在苹果平板电脑和苹果手机的游戏中心上线了一款名为《卡通农场》(Hay

Day)的游戏,几个月后,《部落冲突》(Clash of Clans)发布。结果它们都成了"爆款游戏",在全球的应用软件榜单上均名列前茅。整个2013年里,它们每天都给Supercell带来超过200万美元的进账。第二年的收益甚至更加可观,该公司全年的净收入是前一年的三倍,而利润则比前一年翻一番。全球媒体开始大肆赞扬Supercell的企业模式,其中也包括美国的媒体。到了2015年初,Supercell已经成为游戏产业中令人瞩目的明星公司,它甚至还一掷千金,买下了"超级碗"比赛上的一个广告位,为《部落冲突》游戏做宣传。广告片的主人公由电影演员连姆·尼森扮演。

不过,Supercell最吸引我的一点却在于,它证明了美国人的观念有误。一提到北欧的生活方式,美国人总是怀有一些根深蒂固的"偏见",其中很常见的一项就是他们相信,"保姆型国家"一定会扼杀进取心和创新力。这种想法的逻辑如下,既然北欧政府把所有东西都放在盘子上直接端给自己的人民,那么人们自然会变得消极而缺乏创造力——或者更糟,他们的精神会被整个压垮。毕竟,如果人不用工作就能过得很舒服,为什么还会有人费心费力去工作呢?另外,如果公司一直被高额税收所累,而员工却浸淫在各种权利之中,企业又怎么可能获得成功呢?更不用提什么富有创造力了。

北欧国家或许为本国的中产阶级提供了一个安全有保障的生活,为孩子们创造了机会平等的竞争场域,但就美国式的"企业家精神"而言,它可谓一片贫瘠的沙漠。照这一逻辑,Supercell大概是全世界最大的"黑天鹅"。

Supercell鼓励其员工在下午5点准时下班,而且所有员工——不仅仅只有创始人和管理层——都能获得股票期权。整个公司内部以小组形式展开作业(即所谓的"cells",细胞),每个小组都自主开发一个游戏,并有权决定游戏的走向。如果一个小组的成员们发现,自己手上的这个游戏最后不会变成一款"好游戏",感觉自己或许应该及时止损、停止开发,即使这意味着几个月的心血付诸东流,那么他们有权叫停手上的项目,只是他们必须向全公司的其他成员分享自己从整个游戏开发过程中吸取到的经验教训。伊尔卡·帕纳宁(Ilkka Paananen)是一位三十多岁的"连续创业者",也是 Supercell 的 CEO 和联合创始人。在他看来,Supercell 获得成功的关键在于,公司内部没有任何官僚作风,组织小巧灵活,注重分享,以及拥有忠诚但独立的员工——简而言之,就是具备"建立在自主之上的合作关系"。听起来颇像是"爱的北欧理念"之"企业版"。

帕纳宁不认为在芬兰创立和运营一家创新型企业有任何问题。"芬兰的教育体系相当不错,医疗服务也很优秀。"我和他见面后,向他询问了芬兰的优势,他如此回应道。"在创立和运营一家企业的过程中,难免会和政府打交道,但我们很少遇到麻烦。基础设施总是运行良好,而在我所从事的这个行业里,政府资助体系很完善,放眼全球应该都是数一数二的。芬兰人民拥有强大且正直的工作伦理,富有雄心,追求质量。所以即使我们的工作时长可能比美国人短,但我敢断言,我们在效率上的优势绝对足以弥补时间上的劣势。另外我也坚信——用美国人的话来说——在工作和生活之间取得更好的平衡,有助于提高效率。"帕纳宁笑着说道,"还有什么别的吗?我目前就先想到这些。"[1]

帕纳宁所提到的"政府资助",是指芬兰政府设立的专项基金,用于投资各种研究、开发和创新活动,弥补芬兰市场中存在的一项短板,即缺乏私人的风险投资企业。当然,如今很多芬兰公司都会收到来自海外的巨额投资。像是在 Supercell 的早期投资者中就有阿克塞尔合伙公司(Accel Partners),它是一家来自硅谷的风险投资企业,其投资过的企业包括脸书和另一家芬兰游戏公司 Rovio,后者出品了风靡全球的手机游戏《愤怒的小鸟》(Angry Birds)。

即便是芬兰的"高税收"也没有动摇帕纳宁的想法。他还注意到,芬兰的企业税率实际上算是比较低的,2015年时只有20%,与此同时,美国的公司税率却达到了39%。此外,芬兰公司缴完税后就没有别的义务了,而美国企业还要给员工购买健康保险、支付相应的养老津贴……要知道,这些都意味着巨大的开销,而它们和税收一起压在美国企业的身上。我去Supercell做采访时,它的整个芬兰总部拥有一百多位员工,而负责公司日常运作的行政人员只有区区两人;其美国办公室里只有二十名员工,但却也需要招两名行政人员负责统筹。"归根结底,"帕纳宁表示,"如果一个社会不去处理这些事情,那责任就落到了企业的头上。"假如美国真的担心企业家精神和创新能力会逐渐式微,那么它或许首先可以选择"解放"初创公司和普通企业,让它们不必再承担"国民保姆"的重任。

帕纳宁很了解美国社会的现实情况,因为他曾经创立的一家公司某年被美国游戏公司"数字巧克力"(Digital Chocolate)收购了,此后,他就为后者工作多年。他还记得,"数字巧克力"在美国经常碰到的一项问题就是"留不住人"。并不是说他本人或者该公司是"坏老板",只是因为美国社会逼得人不得不"一切向钱看"。在硅谷,各家公司的员工们永远在争夺更好的工作机会,一旦其他公司向他们伸来橄榄枝,他们往往都会选择跳槽。在芬兰,"诱惑"雇员们的工作选择或许固然更少一些,但帕纳宁认为,最关键的不同在于,芬兰社会的福利政策让人们可以比较轻松地过上舒适的生活,因此他们不必总是为钱担忧。站在雇佣方的角度来看,这就意味着员工往往会更忠诚,只要他们喜欢自己手上的这份工作,就很可能会在一家公司待上很长时间,那么公司本身在人员安排上就会简便很多,也省去了雇佣和培训的成本。

帕纳宁把眼光放得很长远,所以一点儿也不担心自己手下员工申请长期的带薪休假,无论是每年五周的年假,还是当他们有孩子后会请的育儿假。"我是这么看待这个问题的,如果你雇用了一个极具才能的人,到了某一时刻却要为一个小小的休假而把关系闹得不愉快的话,其实是件很丢脸的事。更何况,他们请那一年假的初衷是想陪伴孩子成长。把时间拉长来看,如果我们的目标是在一起工作二十年,那么,多一年少一年又有什么区别呢?"

谈到纳税问题,帕纳宁和他的 Supercell 同事们或许也可以作为"爱的北欧理念"的完美代言人。Supercell 和软银达成的收购协议给前者带来了巨大的收益,而在此之后,帕纳宁和其同事们的所作所为完美体现出生活在一个"投资自己的人民"的社会究竟意味着什么。他们小作庆祝后,公开宣布 Supercell 绝不会采取任何富人惯用的避税手段来使自己的纳税负担最小化。纳税季来临时,帕纳宁本人缴纳了 6,900 万美元的税金,鉴于他 2013 年的总收入为 2 亿 1,500 万美元,其税率约为 32%。(在芬兰,资本所得税率同样低于工资所得税率。)很多与他"情况相当"的美国人——沃伦·巴菲特除外——很可能会认为帕纳宁和其同事是傻子,因为他们竟然不作任何抵抗,就允许政府轻易拿走那么多他们自己"辛苦赚来"的钱。但帕纳宁对于这件事的看法非常明确。他们从社会中得到了很多很多,首先是每个芬兰人都拥有的公平竞争的场域,外加初创企业基金和稳定的高素质人才储备……而现在,轮到他们回馈社会了。对他们而言,自己有能力"回馈那么多",本身也是"成功"的一部分,而且这么做的感觉真是好极了。

当然,北欧国家的"精英"也不都像他们那么正派,有人为了"合法避税"机关算尽,有人甚至直接移民到其他国家。但是,像 Supercell 里帕纳宁和他同事这样富有公民精神的人也并不在少数。

我一边听帕纳宁讲话,一边联想到了另一位成功企业家,米卡埃尔·席勒(Mikael Schiller)。不久之前我也刚采访过他,他是瑞典时尚品牌艾克妮(Acne Studios)的董事长和联合创始人。艾克妮的衣服风格前卫,业务遍布全球,对于年轻人和时尚人士的影响巨大,远超其品牌体量。其创始人从安迪·沃霍尔的"工厂"(The Factory)处汲取产品灵感,自己则学会了如何像艺术家般行为处事,同时又能赚得盆满钵满——《华尔街日报》曾撰写了一篇关于他们的报道,标题为《如何"四两拨千斤"地制胜时尚业》(How to Succeed in Fashion Without Trying Too Hard)。[2] 比方说,艾克妮没有选择传统的广告宣传,而是发行自己的艺术杂志。和帕纳宁的想法一样,席勒也认为,政府最重要的职责就是提供最基础的社会基建,如好的教育、医疗、公路、宽带,等等。"这就解放了企业,让我们可以创造价值,而不仅仅追求盈利。"席勒说道。当时,我们正在他的公司总部进行谈话。他们的办公室很时髦,位于一栋富有年代感的建筑之中,坐落于斯德哥尔摩古色古香的老城区。"税嘛,和万事万物都一样,关键是要简洁。每个人都应该清楚自己需要做什么,而规则本身不能总是朝令夕改。"

谈到公平问题,席勒和帕纳宁二人都表示,如果"公司所有人"缴纳的税率比他们雇来管理公司的经理还低,那么最终很可能会危及企业自身的利益,因为这种事有损于士气,也不利于做生意。他们两人还不约而同地表示,自己支持通过税收促进分配公平,即使此类政策将意味着他们个人所缴纳的税率可能会进一步提升。

放眼北欧地区的企业家群体,并不是所有人都像帕纳宁和席勒那样想法积极。那些在芬兰较为传统行业做生意的商人们时常会抱怨雇人的成本太高,很多人还觊觎芬兰邻国爱沙尼亚的低税率。他们常见的牢骚包括"招工难"、工会权力太大、和行政流程打交道麻烦,当然还有税太高。不过,帕纳宁的话毋庸置疑。虽然北欧模式下,社会仍有很大的进步空间,但至少它并不会抑制创造力或企业家精神,反而会激励人们去创造和开拓。

事实上,历史已经确凿无疑地验证了这一点。

幸福家庭时代的创新

由北欧人创立与运营的公司和品牌享誉全球。比如，瑞典有大名鼎鼎的宜家、H&M、Spotify、沃尔沃、爱立信以及利乐（Tetra Pak）——一家无处不在的食品包装公司。丹麦有乐高、嘉士伯啤酒（Carlsberg）、航运和能源巨头马士基（Maersk），以及世界上最大的制药公司之一，诺和诺德公司（Novo Nordisk）。网络视频聊天软件 Skype 公司是由一位瑞典人和一位丹麦人共同创立的，并且还有爱沙尼亚的软件工程师参与开发。芬兰也不甘人后。诺基亚作为芬兰企业，曾经在长达十年间，是世界上最大的手机制造商——有一阵子还是全欧洲市场份额最大的公司。如今，芬兰最"拿得出手"的企业包括通力公司（KONE），世界上最大的电梯制造商之一，拥有约四万七千名员工。[3] 通力电梯不仅只是一个制造业巨头，它同时也是一家高科技创新公司，旗下产品应用于最新的世界第一超高摩天大楼*中（高达一千米，折合约三千三百英尺，是纽约帝国大厦的两倍高），为其扫清了技术障碍。[4] 芬兰还有知名的纸和纸产品生产商，如斯道拉·恩索集团（Stora Enso）和芬欧汇川集团（UPM），它们的生产制造遍布世界各地。近年来还出现了一批新公司，像是 Supercell 和 Rovio，以及瑞典的 Mojang——后者开发了风靡全球的电子游戏《我的世界》（Minecraft），微软在 2014 年以 25 亿美元的价格收购了该公司——而它们正在使网络游戏行业焕发出新的面貌。在时尚领域，北欧企业规模虽小但极富影响力，例如前文提到的艾克妮、丹麦的 Malene Birger 和芬兰的玛莉美歌

---

* 根据译者查询的信息可知，目前世界第一高楼是迪拜的哈利法塔（Burj Khalifa Tower），高 828 米，于 2010 年建成。作者此处所指的可能是沙特阿拉伯于 2013 年动工开建的吉达塔（Jeddah Tower，始称"王国塔"），预计高 1,008 米，但受新冠疫情等各方面因素影响，截止到 2023 年 3 月尚未完工。目前其建设工程停滞不前，最终的落成时间也一再推迟。

(Marimekko),它们的店铺和追随者也是遍布全球。北欧的设计、家具及建筑在全世界广受赞誉,近年来,其犯罪小说和电视剧也大为热门。

以任何标准来看,北欧国家中都出现了一批成功的跨国企业和品牌,考虑到北欧是一群国土面积如此狭小、地理位置如此偏僻的国家,这些企业的数量实际上也已相当可观。和其他地方没什么不同的是,北欧公司里也会有最终倒闭破产的,有的可能从未走上过正轨,还有少数则能够长期占据市场的主导地位——这些都是一个自由市场和资本主义经济社会中的正常现象。但有一点是明确的,那就是允许劳动者在工作和家庭中取得平衡,保障统一的高质量教育,为所有人民提供医疗服务,为每一个孩子提供日托,遏制收入不均的扩大……上述措施并不会摧毁人们的创新能力,也没有阻碍芬兰人去打造属于自己的商业帝国,并在这一过程中为自己获取财富——有些人也真的借此积累了一大笔财富。

世界银行会定期评估全球各国的"营商环境",其评估的事项包括开办企业、工程许可、获得信贷、跨境交易、合同履行及纳税等,而北欧国家常年都位居"全球最宜营商国家"之列。事实上,根据上述标准评定的结果,美国企业家在丹麦经商会比在美国更满意,因为在 2015 年的榜单上,前者的排名高于后者。瑞典、挪威和芬兰也都紧随其后,挤进前十。[5]

我想再次重申,北欧国家在商业领域能够取得上述成就,其背后的原因并不复杂。北欧政府的政策选择是经过精心规划的,从而获得了这样的成果,而启发其作出相应决策的则是"爱的北欧理念"的基本价值和目标,即要确保组成家庭的个人是强大且独立的,他们能作为团队良好地协作;确保劳动者是健康、受过良好教育的,并且不会过度依赖于自身的雇主;确保基建是一流的,机构是透明的;确保司法体系为公共利益服务,腐败维持在较低水平;确保科技在社会的各个角落发挥力量;确保贸易自由,管制合理。换而言之,北欧国家培养出了 21 世纪一个社会所能拥有的唯一一项最有价值的资源——人力资本。有了高素质的人,那么社会的活力、创新和繁荣自然随之而来。

事实上,北欧模式不遗余力地给企业家提供支持,无论企业家本人是否意识到这一点。从最基本的层面上来看,北欧的社会环境降低了创业的风险,因为即使初创公司本身前途未卜,但对于创业者及其家人而言,像教育、医疗这样的基本服务至少总是有保障的。而假如企业办成了,那么创业者本人也会受到税制的"嘉奖"——资本收益所得税率低于工资收入所得税率。确实,北欧对劳动者的保护要高于美国,因此必然会影响企业家的雇佣成本。他们开除员工时会面对较多限制,而且还必须保障所有员工的某些基本权益(如育儿假)。此外,公司需要为员工缴纳的社保金比例也会更高一些。但需要再次强调,在"为劳动者提供基本保护"这一方面,美国几乎落后于所有的现代国家。当经合组织对各国解雇劳动者的难易程度进行调查研究后,发现在多数指标上都显示出美国"独占鳌头"——雇主几乎不需要给出什么理由,就可以开除手下的员工。诚然,北欧公司也享有"试用期"优惠,其给员工开出的试用期通常为数月,有时长达半年,而在试用期内,公司拥有以任何理由解除雇佣关系的权利。[6]

那么,北欧国家的企业家和公司与美国企业家和公司相比,还可能面对什么额外的"困难"呢?对了,还有工会。确实,北欧的工会很强大,但在多数情况下,它们和雇主的关系都是合作有节的。他们一般都会基于互利共存的原则来协商制定劳动合同:雇主让利于其员工,以换得生产日程能够稳步推进,不受罢工或其他问题的干扰。所以这样做的结果看起来会是什么样的呢?哦,劳动者获得了较为公平的待遇——这会不利于做生意吗?

近年来,劳工权利活动家一直在争取提高美国的最低工资标准,将联邦规定的每小时 7.25 美元提高到每小时 15 美元。位于这场斗争的旋涡中心的,是快餐行业,该行业的劳动者工资通常只是勉强超过法定最低工资线。北欧国家没有全国统一的最低工资标准,由相关行业的劳动者(通过工会)与雇主进行集体谈判,谈判后达成的协议中会对劳动者的最低工资标准作出约定,所有雇佣方都必须遵守协议。比方说,在丹麦,快餐店给其雇员支付的时薪折合下来约为 20 美元;而在芬兰,麦当劳员工的平均时薪约为 14 美元。不仅如此,北欧的连锁快餐店也必须和所有其他公司一样,给员工提供同样的带薪休假和丰厚的带薪育儿假。

那么,这一切可怕的成本肯定转嫁给消费者了吧？丹麦的一个麦当劳巨无霸汉堡比美国的贵了 1 美元,而在 2015 年,芬兰巨无霸和美国巨无霸的价格是完全相同的。[7] 既然重负不是由消费者承担的,那如今北欧的快餐领域估计快不行了吧？恰恰相反,快餐行业在所有北欧国家都蓬勃发展,上至麦当劳这样的快餐巨头,下至本土的连锁餐饮店。站在北欧人的角度来看,不可持续的不是北欧方针,而恰恰是美国路线——后者最终会难以为继。超过一半的美国快餐行业工作者需要依靠某种形式的公共救济才能勉强过活,这就意味着,美国纳税人实际上正在补贴快餐行业,而这是一笔巨款,每年多达几十亿美元。所以说,如果真有什么国家正在实践社会主义,我看美国似乎是一个强有力的候选者。

但即便如此,美国人往往还是很难理解,如果你在一个竞争激烈的行业里运营一家企业,而你手下的员工不仅工作时间较短,还动不动去度假、休育儿假,你又不是像 Supercell 这样价值数十亿美元的初创公司(Supercell 显然是极少数),这生意还怎么能做得下去呢？

话已至此,北欧公司究竟是否会遇到挑战呢？答案是肯定的。不过,如果管理技巧高超,能够保证员工的工作效率,那么要在行业内维持竞争力并不会太难。我们不妨来问问相关的业内人士。

丹麦的诺和诺德制药公司是世界上最大的胰岛素生产商,旗下员工多达四万五千名,遍布七十五个国家,而它的总部则坐落于哥本哈根郊外一座低矮的工业园区中。它的外观其貌不扬,但走进去后,可以看到大厅白得发光,建筑线条明快,厅里布置有弧形的高脚桌,桌上放着果盆,供访客在等待时小食。拉尔斯·克里斯琴·拉森(Lars Christian Lassen)时任诺和诺德人力资源部门的高级副总裁,当我与他坐下来面谈时,他的助理端来一份正宗丹麦午餐——名为"smørrebrød"的开放式黑麦三明治,上面的配菜是盐渍三文鱼和鸡蛋。我来主要是想问拉森一个问题:既然诺和诺德是一家丹麦企业,而丹麦政府高度保障劳动者的权益,这势必会加重企业的负担,那么像它这样的公司怎么可能竞争得过美国的制药公司呢?要知道,后者总是不断扩张、利润丰厚。

"挑战肯定有,但不是没办法。"拉森回应道。他性格活泼,眉毛浓密而富有变化,头发则有些凌乱。虽然北欧劳动者享有各式各样的假期,但他相信,只要员工对工作热诚,具备自立自强的精神,其工作效率一定可以弥补较短的工作时长。"我认为,当我们的员工在公司上班时,"拉森向我表示,"他们自己肯定都是想要有所产出的。"他还确信,如果员工喜欢自己的雇主,那么公司一定能从中获益。他想必很了解这一切,因为他自己与诺和诺德的缘分就始于他还在哥本哈根大学做研究员的时期,当时他已经完成了医药学的博士学业,请了长达六个月的研究假来到诺和诺德做研究,最后就选择留在了这家公司。当我采访他时,他已经在这里工作了二十年。

和大多数北欧夫妇一样,拉森的妻子也在外工作,所以他们夫妻俩会轮流照顾孩子。每当轮到拉森要为儿子们准备晚餐的日子,他会在下午4点离开办公室,也不会有谁来说什么。但只要还有工作没来得及处理,他基本都会在晚饭后继续办公,赶上进度。员工们如果请长期的育儿假,确实会对公司带来一定的"挑战",也有可能影响到自身的职业发展,但育儿假本身并不会扰乱企业运作或抑制创新能力。事实上,拉森告诉我,长达一年的假期反而比时间较短的假期更好安排,因为要雇人来顶岗一整年并不困难,外加北欧公司并不需要自己给休假的员工开工资(税收会覆盖这部分的支出),所以只要员工能提前表明他们在什么时候需要请假,公司就可以为之后的情况做好打算,同时能清楚地知道请假的员工什么时候能重回岗位——他们基本都会回归的。而美国女性的产假时间总是过短,所以她们很可能会为了照顾孩子,不再回归职场。

"我们评估雇员的工作情况,依据的并不是他们在办公室里待的时长,而是他们的工作成果。"拉森表示,"在这家公司里,职工并不会因为他们要在4点回家去接孩子而被解雇,而只可能因为没有产出而被开除。"

我也从其他的北欧企业管理人士那里听说过类似的论调。我认识一位芬兰女性,名叫薇拉·西尔维厄斯,她有一份相当高压的工作:在芬兰空间系统(Space Systems Finland)公司担任首席执行官——她同时也是该公司的联合所有人。这家公司从事一系列高难度的业务,如编写用于运作卫星的软件,为核电站、火车及其他高科技机械的电子安全系统做检查等。它的雇员人数约为七十五人,来自好几个不同的国家;而其客户不仅遍布欧洲,也包括美国的机构。她告诉我,不管什么时候,公司里永远会有数名员工(男女都有)在请育儿假或是请假在家照顾生病的孩子。有些人可能就请几天假,有些人请一个月,还有人的假期则会长达一年。西尔维厄斯手下的雇员都是教育程度很高的工程师、物理学家或是软件开发工程师,但她并不认为员工请假会危及公司的发展前景。

"养育孩子、在工作之外构建个人生活,这些都是人生中极其重要的事,人们不应该失去做这些事的机会。"她告诉我,"有些雇佣方声称,育儿假对公司造成了太大的负担,但我不信这一套。要是仅仅因为有人需要照顾他们的孩子,就会让一家公司垮掉,那显然它本来的运转就不怎么灵。如果一个企业甚至处理不好员工请假的事宜,要么是它的商业模式不行,要么就是它的管理方式不对。"

西尔维厄斯自己有两个孩子,而且她每生一个孩子,就请一年半的假。她的丈夫也在软件工程领域工作,等她生完第一个孩子回归职场后,他就请了六个月的假在家照顾孩子。她和她的丈夫后来都重新回到要求甚高的职业赛道,而且都发展得很好。

丹麦的社会政策还走得更远,它们在坚持保护劳动者权益的同时,也帮助像诺和诺德这样的公司在国际商业竞争中保持竞争力。丹麦创新的"弹性安全"制度一方面让公司能更加便捷地雇用和解雇员工,另一方面对于那些被解雇的员工,政府也保证支付最高两年的失业金,同时提供职业培训和再就业援助。关于该制度给诺和诺德公司带去了什么成本和好处,拉森也如实相告。"我们缴很多税,"他坦承,"而在我们交的税款中,有一部分会用来给失业人群提供最基本的保障。可以说这是我们和工会达成的'社会契约'。"

当涉及"外来人才引进"问题时,北欧的体制可能成为一项正资产,也可能构成阻碍。例如,尽管丹麦政府会给外国研究人员和关键雇员提供数年的税收减免优惠,但总是会有部分外国劳动者对丹麦的高税收望而生畏。不过另一方面,北欧国家的生活安全、松弛,对组建家庭十分友好,这些也能对人构成很大的吸引力。北欧的管理人才可能挣得不如国外的同圈层人士那么多,但他们也没有蜂拥到国外求职。[8] 多数情况下,比起额外的收入激励,他们似乎更看重高品质的生活。当然,也有明显的例外。北欧最出名的"税收难民"之一就是宜家的创始人英格瓦·坎普拉德(Ingvar Kamprad),他在 1970 年代为躲避瑞典的税收而定居瑞士,不过到了 2013 年,他又搬回了瑞典。

拉森还注意到,由于北欧政策给人们的生活提供了稳定的基石,它实际上也起到了鼓励员工不畏风险、勇于创新的作用。和创业者一样,公司职员也可以大胆尝试新的路径,而不必担心自己最后可能会流落街头。各种不同的环境都能够孕育创造性。显然,美国公司在创新领域是全球的领军人,这也从侧面反映出,创新并不一定需要多么尽善尽美的员工福利——不过,人们或许也会发现,硅谷巨头和制药公司(尤其是它们的美国办公室)以其高规格的职工福利而闻名。另一方面,北欧企业也并不乏创造力,这就表明更加人性化的工作节奏、更加灵活的工作安排同样能够催生创新。

也有美国专家支持工作场合变得更具灵活性,但是北欧劳动者所享有的那种"灵活性"甚至可能超乎前者的想象。尤其是瑞典人和挪威人,他们在工作上拥有巨大的灵活变通空间,程度远超芬兰人……因此,要厘清他们的工作安排简直令人头晕目眩。在瑞典,如果孩子是在 2014 年以前出生的,那么孩子的父母总共可以获得长达四百八十天的带薪育儿假(约十六个月),在孩子八岁以前,其父母可以在任何时候、以任何形式来分享和使用这一段假期。后来,这项育儿假规则略有调整。如今,新生儿的父母可以在孩子四岁以前的任何时间使用他们的四百八十天假期,而其中五分之一的假期,只要在孩子十二岁以前使用完毕即可。父母两方都必须至少请两个月的育儿假,不然他们就会丧失这部分的福利。我认识的多数瑞典人会把他们的育儿假分摊到好几年里,有的人在那几年里每周只工作两到三天;有人选择除去每年常规的度假以外,每年冬天再多休一个月的假期;还有些夫妻会在孩子出生后的前几年,以不同的请假组合来分摊假期天数,而不是一个人休完一大段时间,再由另一个人休。他们必须提前两到三个月向公司提出他们的休假安排,但只要他们满足这一要求,其雇主就无权驳回他们的申请。

这种情况下,企业究竟还能运作得下去吗?我向克里斯廷·海诺宁抛出了这一问题,她是我的一个瑞典友人,当时正在管理一家小型的数码设计公司。"其实这算不上什么难题。"她回应道。然后她思索片刻,接着说:"休假已经完全刻在我们的文化基因里了。在我的公司里,这种事向来被安排得很好,一般都是有人休假回来,别的人再申请休假。有时候,公司整体的工作量会比较少,比如最近经济下行期就是这样,那么员工休假或许反而是件好事。像我的几个同事当时正好在休部分或全天的育儿假,公司的工资支出就不像员工正常工作时期那么多,这反倒还帮了公司一把。"

如果看劳动者每小时工作可以创造出的 GDP,美国人的生产效率通常会显得比较高,不过在这一方面,丹麦和瑞典也并没有落后美国多少。(挪威有石油,所以用该标准来衡量时,它甚至比美国更高效。)我得不好意思地说,芬兰是"北欧小分队"里效率最低的国家。然而,有些美国人认为,工作时间短自然就是"懒惰"和"低效"的表现——在某些层面上,这一观念显然是误入歧途。当一家公司或者一个国家运转良好,创造出可用于分配的多余财富时,劳动者可以获得他们的分红——更多的钱或是更多的自由时间。而比起钱,北欧的劳动者往往更愿意选择时间,因为北欧人民懂得一项幸福的秘诀,那就是当物质积累到某一节点后,更多的休息时间能比更多的现金给人带去更高的生活质量。每年夏天,北欧人民可以享受四周至五周无比美妙的带薪休假,而实际上对于雇主来说,他们一年也只需要付十一个月的工资。[9]

不过,站在雇主的角度来看,假如员工更愿意休假而不是拿钱的话,确实也会给公司运作带来一定的困难。如果员工的工作时间不够规律,公司就要雇更多人、花更多精力去协调工作。在某些领域,劳动者的工作时间越长,他们就越擅长自己所做的工作,所以一名全职员工要优于两名兼职员工,这一点在那些需要大量培训或特殊才能的行业尤其成立。北欧国家的大学教育是免费的,所以培养一名全职医生显然比培养两名兼职医生更划算,更对得起纳税人的钱。然而,北欧经验也表明,大多数职业领域并不需要劳动者拥有极高的专业技能,因此要找到一位合适的代班者不是件太难的事。事实上,某些岗位需要较高的专注度,而随着劳动时间的增长,劳动者的集中度会不可避免地下降,这种情况下,雇用多名劳动者反而变成更加高效的选择。

创造一个更具弹性的工作环境也对公司有利。在2012年的一场访谈中,H&M的人力资源主管耶安内特·希勒(Jeanette Skijle)告诉《华尔街日报》的记者,H&M公司将育儿假视为一次机遇,可以用来让公司的员工们尝试不同的岗位,培养新的技能。公司为所有H&M的职员都各自指派了一位同事,当他们请假时,就会由该同事来顶替他们的工作。[10]她总结道,有些人可能认为自己是无可取代的,但事实上,没有人是无可取代的。而对于学生或其他求职者而言,当一家公司有员工去进行暑期度假或休育儿假时,正是他们一展身手的好时机。雇主们也恰好可以利用这些"代班时刻"来考察新老员工的能力及潜力。

当所有公司都采用弹性工作制时,该制度所能发挥出来的效果最好,因为每多一家公司这样做,每家公司这样做的成本就会降低一分——美国人也早就注意到了这一规律。

2013年,美国白宫发布的《总统经济报告》中称:"一家公司会观察市场上的其他公司是否采取了弹性工作制,如果其他公司没有实施此类制度,那么单个公司选择弹性工作制的可能性也会更低,因为它担心自己招来的员工可能会对工作不够投入。"[11]这恰好解释了为什么北欧国家会将弹性工作制纳入国家政策,而不是任由单个的企业自己来做选择。由于北欧人相信,拥有强健的个体才能组建更强大的企业,所以北欧的国策首先是强调保护个体,但它同样也致力保护公司的权益,其方法主要是对所有企业一视同仁,制定相同的指导原则。

研究显示,一个富有弹性、家庭友好型的工作环境,有助于激励现有的员工、降低人员流失率、吸引新员工、减少工作压力,并能从整体上提高劳动者的满意度和生产力。经合组织的一项报告表明,如果企业推行了家庭友好型的措施,那么其内部的人员流失率和缺勤率都会显著降低,此外,女性员工在结束产假后回到原公司工作的几率也会上升。[12]另一项研究认为,如果美国向所有女性提供十五周的带薪产假,那么其整体的国民生产力会得到提升。世界经济论坛发现,推行家庭友好型政策有助于提高工作场合的女性数量,促进人员的多样性,从而提升企业的创新能力。整体而言,给员工提供足够的休假和病假,可以帮助劳动者减少压力,补充睡眠,改善身体健康,而这些不仅符合人的生物常识、有助于提升整体的生活质量,而且已被证实能够提升生产力,从而节省企业的用人成本。但是,这一切并不会自动发生。有一项研究曾在欧洲范围内调查了工作场所的性别平等问题,其结果显示,在很多情况下,即便企业并不为员工提供更高的工作生活平衡度,它们也能继续存续并获取利润。[13] 这就意味着,如果一个社会希望它的人民(以及它的企业)可以享受福利、蓬勃发展,那么需要在法律层面上要求所有企业共同改善它们为员工提供的工作环境。

为什么法律应该作出这样的规定?原因很简单,马萨诸塞州参议员伊丽莎白·沃伦(Elizabeth Warren)曾雄辩地给出了其背后的理由:"在这个国家,没有人是完全靠自己发家致富的——没有人。你建了一个厂,很好。但我想要说明的是,你把货物一路运到市场上,那些道路是我们所有人花钱建造的;你雇用工人,这些工人是我们所有人花钱教育的;你在你的工厂里很安全,因为我们所有人在花钱维持警力和火警;你不用担心抢劫团伙占领你的工厂并洗劫一空,不必再雇人来对工厂严防死守,这一切都是基于我们所有人为了维系社会秩序所付出的努力。好了,现在你建了一个工厂,然后上帝保佑,它做强做大了,你尽可以拿走一大块利润,但别忘了,整个社会有一项潜在的契约,要求你拿出一部分利润来回馈它,这样才可能出现下一个像你一样的孩子。"[14]

与美国人所预想的截然不同,北欧人所说的"福祉国家"并不会扼杀创造性、竞争力或美国梦——换而言之,对向上流动和不断成就的强烈渴望。实际上,美国人就像是其雇主的仆人,不断劳作,无尽地推动着那颗西西弗斯的巨石,并被告知这是"保持竞争力的唯一途径"。而与此同时,北欧的同代人却既能享受职业上的成功,帮助提高自己雇主和整个国家的竞争力,又能在工作之外尽享生活的乐趣。北欧的企业仍旧善于创新,并在国际市场上富有竞争力。"福祉国家"为全社会制定的标准也使企业受益,而并未成为它们发展的阻碍。

在生活中那些最重要的领域——家庭、工作、教育、健康、爱、金钱——北欧人民都享受着不同形式的个人主义和自由度,他们生活在一个流动性较高的社会,在履行社会责任的同时也能保有相当的个人独立性。本质上来说,比起普通美国人当下所亲历的生活,北欧人的生活似乎更接近美国式的"理想生活"。因此,美国或许可以反过来学习北欧的"成功经验",借鉴北欧社会运作的基本理念——它们不仅能够适用于美国社会,而且可以帮助找回那些"曾经帮助界定了'美国'的基本理想",并使其重新焕发生机。事实上,研究北欧模式也是一个难得的契机,可以用来探索"美国式个人主义"更加深入和深刻的那一面。它所需要的只是我们能对我们自己——所有参与在这个社会中的人们——展现出一点信心。

人类精神

美国人比其他国家的人更相信"个人成就自身命运"的能力。"变得富有"当然是美国梦的一环,但美国人同样也受其他更加崇高的目标的驱动。他们尤其赞赏无私的英雄形象以及乐善好施的行为——换而言之,那些把他人的生命、健康和幸福放在自身利益之前的个人。无论是为了改善"附近"人们的生活,还是因为心系那"无穷的远方",各行各业的美国人开展了各种各样的项目,而且不计代价、不求回报。他们的态度总是那样富有感染力,他们的行动总是那样富有活力,他们的自我驱动力又总是如此强盛……我总是会为此情此景深深地触动,并受到极大的鼓舞。然而,一提到社会和经济政策,美国人似乎就突然丧失了对于人类精神的所有信心。

《源泉》(The Fountainhead)和《阿特拉斯耸耸肩》(Atlas Shrugged)的作者安·兰德(Ayn Rand)是一名坚定捍卫自由主义精神和自利本能的美国偶像。她曾亲历苏联的社会主义制度。在那样一种统治下,人们确实丧失了工作的动力,因为政府剥夺了他们所有的独立自主性和主观能动性。但如今的美国和北欧国家全都是坚持自由市场的资本主义民主国家,在这样的现实背景下,如果还有人因为担心人们会丧失工作的动力而认为最好不要为人民提供充足的服务,不要为劳动者保障丰厚的权益,并且不要让成功者做出相应的回馈……只能说明他们对于人性的判断过于悲观以至于有失公允了。

我们已经见识到北欧的企业有多成功,而且毫无疑问,在北欧的私营领域中,对于挣钱的渴望是促使人们行动的强大动因。但在公共领域和非营利性活动中,北欧也同样是领先的创新者,并同样促进了竞争力的提升和社会的繁荣。生活在资本主义民主国家里的人们,其行为举止并不仅仅受"贪婪"的驱使——北欧政府和非营利性机构所展现出的创造力和使命感恰好证明了这一点。

再拿丹麦来说吧。为了应对气候变化,它所追求的气候工程法可谓是"全球最具雄心"的气候问题解决方案。哥本哈根设定了最早于2025年实现"碳中和"的目标,并且已经开始安装含有智慧路灯和智能红绿灯的超高科技无线网络,它们不仅自身节能,而且还可以帮助交通运行更加高效,同时减少燃油消耗量。所有这一切对环境、非营利性公共领域和私营领域都有所裨益。再比如说,丹麦还致力在2050年以前让整个国家都彻底摆脱化学燃料,它也因此成为风能行业的国际领头羊。

与此同时,瑞典为自己设立的宏伟目标是"将交通事故导致的死亡率降到零",并在这一进程中重塑城市规划、道路建设、交通规则,同时运用科技让整个交通状况变得更加安全。瑞典是在1997年定下的这一目标,迄今为止,该国的交通事故死亡率已下降了一半。如今,每年每十万瑞典人中,只有三位会死于交通事故,而在美国,这一数字接近十一。[15] 因此,全球各国交通部门的官员都开始就交通安全的事宜寻求瑞典的建议,纽约市长白思豪(Bill de Blasio)所推出的"街道安全计划"便是建立在瑞典方案之上的。

当然人们也可以说,北欧最重要的一项发明创造其实是整个"福祉国家"的概念和实践。

美国人可能还会惊讶地发现,非营利性质的创新活动最终竟构成了全球科技领域的某些关键基石。比如,Linux现已成为全球领先的计算机操作系统,应用于各类服务器、电脑主机和超级计算机,而它的核心编程代码是在芬兰诞生的,其开发者是一名赫尔辛基的学生,名叫林纳斯·托瓦兹(Linus Torvalds),他将Linux作为开源程序公之于众,不收取任何费用。后来,托瓦兹确实收到了一些价值不菲的股票期权,是其他软件开发人员为了表达对他的感激而赠送的礼物。[16] 另外,芬兰人也为全球开源软件运动做出了其他重大贡献,有一群程序员自愿付出自己的时间和技能创造出各类软件,供所有人免费使用。像是全球最热门的开源数据库之一"MySQL"就是由一位名叫蒙蒂·维德纽斯(Monty Widenius)的芬兰人和他的瑞典同事共同开发的。如今,几乎所有的美国巨头企业都依赖于MySQL,其中包括谷歌、脸书、推特和沃尔玛。后来,维德纽斯和他的开发团队也挣了不少钱,但他们靠的是提供其他网络支持和服务,而MySQL这一系统本身仍旧是对全世界都免费开放的。

除去北欧的开源软件外,还有一项性质相当不同的北欧智力产品也同样风靡全球,那就是所谓的"北欧黑色作品"(Nordic noir),即北欧的犯罪小说和电视剧集。它们的主题常常触及心理的阴暗面,同时也向我们展现出北欧创造性和创新力的另一面。

斯蒂格·拉森的"千禧年三部曲"系列小说是现象级的全球畅销书,故事从《龙文身的女孩》开始,并被两度改编为电影搬上银幕,一部由瑞典拍摄,另一部则由好莱坞出品,后者的男主演是丹尼尔·克雷格。不过或许有些出人意料的是,拉森本人一开始并没有"计划"着要成为畅销书作者。在几十年里,他的主职是记者和非营利性组织的研究员,他的"专长"是为反种族主义事业工作。在拉森去世前不久,他才把三部曲卖给出版社,而书则是在他死后出版的。拉森深感这个世界充满不公,并且坚信这点必须改变。他的信念赋予这部小说力量。

和拉森一样,其他在国际上获得赞誉的"北欧黑色作品"也并非是在利益驱动的心理下创作出来的。丹麦电视剧《谋杀》(The Killing)就是这样一部独具匠心的犯罪剧,它将一位年轻女孩的谋杀疑云与当地的政治状况联系起来,细腻地描绘出受害人家庭的沉痛经历。美国人翻拍这部剧集后,在本国收获了观众的热烈反响;而英国人则主要着迷于丹麦的原版剧集。它由丹麦广播公司出品制作,这家公司可谓丹麦的BBC。近年来,该广播公司(根据丹麦语的缩写,它在丹麦被称作是"DR")产出了一系列高质量的电视连续剧,并被全球各地的观众收看。如果你用典型美国人的标准来衡量DR,它所取得的成功完全不符合逻辑,因为DR是一家公共服务企业,它不需要参与市场竞争,也没有盈利压力。它的资金来源于税收——具体而言,来自"广播电视费"(media license fee,也称"媒体许可费"),即每家每户丹麦人只要想看电视,每年必须支付的费用。

对于究竟什么能驱动企业创造出高质量产品,美国人有一套基本的假设,而DR在全球所取得的广泛成功似乎与他们的构想背道而驰。因此,我想要了解,究竟是什么驱使《谋杀》的作者创造出了这样一部剧集。于是,我与《谋杀》的编剧瑟伦·斯威斯楚普(Søren Sveistrup)在哥本哈根见了面。斯威斯楚普是一个高大的男人，有着士兵般的身形，头发被剃得光光的，穿着黑色的牛仔布衬衫和绿色的工装裤。他曾于丹麦的电影学校学习，在被DR纳入麾下之前，他尝试写过电影剧本。他告诉我，自己一向热衷于观看美国的电影和电视剧，其中，克林特·伊斯特伍德（Clint Eastwood）的作品尤其是他的心头好。在斯威斯楚普看来，美国已经将犯罪剧的"基本款"打造到了极致，而他所追求的目标就是在"基本款"上进行创新，通过注入某种社会批评的视角来升华剧集的主旨——社会视角恰好也是北欧犯罪作品一贯的传统。

斯威斯楚普充分意识到，他在丹麦工作的预算远低于英国或美国同等级电视产业所享有的预算水平，但他同时也认为，对于想要创作出原创电视剧集的人而言，丹麦和DR提供了一种不同的优势。"我觉得丹麦的体系很好。我们都被宠坏了——对，和美国人比起来，显然是这样。这一整套福利国家体系简直妙不可言啊……"斯威斯楚普的意思是说，政府给人民提供了基本的生活保障和安全感，就连像他这样在"高风险行业"工作的人士，也能享受到整个社会环境给人带来的安定感。"我认为，作为一名写作者——或者可以仅仅把我看作是一位创业者——我在丹麦工作能获得的机会要多于我在其他国家。对此我充满感激。在我看来，有公共资金的资助，艺术家可以做到更多他们光是靠自己难以实现的事。"

斯威斯楚普创作《谋杀》时，他做研究、写剧本，每个月都能领到一笔工资。而且就和大多数北欧人一样，他基本可以比较早地离开办公室，去日托接自己的孩子回家，然后和家人一起吃晚饭。

还是那句话，如果用美国人的标准来衡量这一切，整个故事最后就会变成一场灾难：一帮文艺工作者，花着纳税人的钱，做自己喜欢的项目，不需要承担任何责任，甚至都不必讨好广告商。然而，斯威斯楚普相信，虽然不同环境会造就不同类型的作品，但归根结底，想要创造出某种杰作的动力和野心与特定的社会结构基本没什么关系。无论一个人是否受到金钱或其他物质激励的驱使,无论其生活在北欧的福祉国家体系之下,或置身于资本主义最野蛮残酷的战场之中——"这种野心,"斯威斯楚普表示,"都始于自身内部。"

"我自己的经验是,所有动人心弦的好故事都源于创作者本人某种内在的创作饥渴和创作需要。而如果你去和作家导演聊聊天,你就会发现,创作的动因常常和某种悲惨经历有关。单纯感到快乐的人难以创作出真正有意思的作品,至少我是一个也没见过。"斯威斯楚普说,"至于究竟什么使人产生创作的热望?它通常根植于你的过往、你的童年以及你的青少年时期。你可能偷尝了禁果,或压根没有禁果可尝,或想要吸引人们的注意,或试着重现业已失去的事物……这些都和你是不是住在一个福利国家毫无关系;它们作为催使人过一种创造性生活的原动力,普遍存在于全人类之中。而倘若你纯粹只感觉到快乐,那你绝对没什么东西可写。"

我听着斯威斯楚普的话,不由得微笑起来——他所说的这一切太像是一个北欧人会讲的话了。尽管北欧国家几乎在全球所有关于生活质量和国民幸福度的榜单上名列前茅,但本质上,北欧人身上具有相当阴郁的一面。而我突然想到,或许斯威斯楚普说的这些,恰恰也是帮助北欧取得成就的一项潜在因素。北欧国家打造出了"福祉社会",让所有北欧居民过上了更舒适的生活,但他们仍旧受到内在动力的驱使——去创造,去争取地位和权力,去获取金钱——在这一点上,和其他国家的人民都没什么两样。不过与此同时,北欧经验也在提醒着我们,人类对于卓越的追求远非美国人所想象的那样脆弱无力、不堪一击,没有金钱的激励就会不复存在。也许,即便在美国,生活中也有比金钱更重要的东西。

第九章　追求幸福：是时候重新界定成功了

关于"并不特别"

2012年6月1日，马萨诸塞州的韦尔斯利高中，小戴维·麦卡洛（David McCullough Jr.）走上讲台，面对一群毕业班学生，发表了一篇如今家喻户晓的毕业演讲。麦卡洛是该校的一名英语老师，也是著名历史学家、普利策奖得主戴维·麦卡洛（David McCullough）的儿子。他慈眉善目，看起来就像是一名善于启发学生、改变了很多学生人生走向的老师。他的两鬓略有些花白，鼻梁上架着老花眼镜。当他的视线从镜片上方望向他面前的听众时，他会看到一张张年轻的面孔，戴着学生帽，穿着一袭长袍，在阳光下整齐地排坐着，热切地等待着聆听他的演说。

麦卡洛首先讲了几句俏皮话热场。但开场后还没过几分钟，他的演讲似乎突然发生了转向。"通常来说，我会像避瘟疫似的避免陈腔滥调，闪得远远的。但现在，我们正置身于'平等的竞技场上'。"麦卡洛的言下之意是指，他们正在学校的足球场上举办这场毕业典礼——"而这点很重要，它传达了某些重要的讯息，外加你们那身毫无造型、外观统一、尺码相同的毕业礼服。无论你是男是女、是高是矮、读书勤勉或懈怠，无论你是晒成一身古铜色的舞会皇后，还是X-box游戏里的星际刺客……你会发现，每个人都穿得一模一样。而你们的毕业文凭……除了名字以外，其他也都完全相同。这一切本应如此,因为,你们之中,没有任何人是特别的。"[1]

他在美国讲这些话,简直可谓异端邪说。演讲视频在网络上迅速蹿红,引发了媒体的热议。批评麦卡洛的人埋怨道,毕业典礼本应是一个祝福毕业生获得大好前程的日子,他却偏偏选在这一天发表如此消极的讲话。但支持麦卡洛的人也不少,他们纷纷表达了一种如释重负的心情:终于,有人对这一代被过度保护、过分溺爱,因而变得过于自恋的年轻人道出了真相。

某种程度上,麦卡洛的演讲刺破了美国人最珍爱的信条之一,即美国很伟大的一点就在于它允许——甚至可以说是期待——每一个人都是特别的。特别,就意味着与众不同,超群卓越,敢于自己界定并追求人生的幸福与成就。不仅只有美国人拥抱这一理想,外国人对此也同样充满向往。很多北欧居民眼热美国人,因为他们希望自己的独特性也能像在美国那样被挖掘、被歌颂。在北欧国家,虽然人们高度重视个人的自主性,但没有人被视作"特别",也没有人"应该是"特别的。因此,当我看着麦卡洛的演讲视频,心里只有一个念头在雀跃高呼——这男人是个"精芬"(精神芬兰人)!

如今,我已经在美国住了好一阵子了。对于美国人的优势和北欧人的劣势,我也有了越来越清晰的认知。北欧社会惯于贬低个人的独特才能以及每个人对于幸福和成就的独特追求,而这不仅显得狭隘,还容易让人感到丧气。"对于独特性的轻视"可以说深入斯堪的纳维亚人(即瑞典人、丹麦人和挪威人)的骨髓,而且早已弥漫在社会的各个角落,甚至有一个专门的术语用来描绘他们的这一特质,那就是"詹代法则"(the Law of Jante)。

1933年,丹麦裔挪威籍作家阿克塞尔·桑德莫塞(Aksel Sandemose)

出版了一本名为《难民迷影》(*A Fugitive Crosses His Tracks*)的小说。在这本书中,他提出十项诫条,而"詹代法则"就是这十项诫条的简称,因为桑德莫塞在小说中虚构了一个名叫詹代(Jante)的小镇,并用十条诫律来展现詹代镇的精神状况。但读者很快就会发现,它们其实捕捉到了整个斯堪的纳维亚群体的性格特质。具体的诫条内容如下:

1、不要以为你很特别。
2、不要以为你和"我们"一样优秀。
3、不要以为你比"我们"更加聪明。
4、不要觉得自己比"我们"更好。
5、不要以为你比"我们"懂得更多。
6、不要以为你比"我们"更加重要。
7、不要以为你有任何擅长的事。
8、不得取笑"我们"。
9、不要以为有任何人会在乎你。
10、不要以为你能教训"我们"什么。

在芬兰,并没有多少人能真的说出这十项诫条的具体内容,但对于它们想要传达的核心精神,芬兰人一清二楚。需要注意的是,北欧人并不为"詹代法则"感到自豪,恰恰相反,作者写它,正是为了批判北欧特质的某种阴暗面,而且在社会中,它时常会走向极端。在深受北欧传统浸淫的人看来,一个人若想要游离于人群之外,或仅仅是展现出自信的一面,都会显得无比自负和自恋。很多事有所成的北欧人声称,他们时常感受到来自其他同胞的嫉妒,后者也会因此贬低他们所取得的成就。此外,当目睹成功人士遇到挫败时,芬兰人有时会难以遏制自己的幸灾乐祸之情,而这样子实在不怎么好看。

由于北欧人强调整齐划一,外来移民的日子便尤为不好过。虽然瑞典的移民政策较为宽松,广受好评,但就整个北欧地区而言,不少外国人移民到相关国家后发现当地人冷漠、闭塞、充满敌意。很多情况下,这种印象建立在充分的事实依据之上,但有些时候,可能只是误会一场。面对文化背景不同的人,北欧人可能会显得拘谨和疏离,即便他们内心其实并没有任何恶意或偏见。话虽如此,有些北欧人确实发自心底地渴望融入集体,并且完全将集体的规范视为理所应当,导致他们甚至都意识不到,自己对于来自其他文化的人表现得有多么疏远。(当然,北欧的规范对北欧人自己也造成诸多限制。)

不过,从另一面看,这种贬低个人成就和独特性的文化也传达出某种积极的讯息,那就是无论我们可能取得多少丰功伟绩,我们都只是肉体凡胎。这里面没有任何虚饰,只有事实。如果说在北欧社会中,要求他人遵循集体规范的压力如此巨大,自我贬低的倾向如此普遍,真的还可能会有北欧人觉得幸福快乐吗?如果北欧国家强迫所有人都仿佛一个模子里刻出来的,它们真的还能声称自己是拥护个人主义和独立,充满自由和机遇的土地吗?这样看来,即便美国有那么多不足,它仍旧是一个更有利于人们去追求幸福、享受自由和庆祝成就的国度,难道不是吗?

我认为,在某些层面上,确实如此。虽然美国的社会结构还有很大的改善空间,但我喜欢美国人以及他们的那种生活态度。他们是我见过的最乐于助人、精力充沛和富有关怀的人群。美国人总是竭尽全力地鼓舞他人,并且总是能够找到办法将想法化为现实……对此我钦佩有加。美国社会也确实极为多元,虽然它需要应对如阶级差异或种族主义之类的种种问题,但对于像我这样的人而言,能够生活在各种各样背景的人群中间,不仅使我精神振奋,也是足以改变我人生的难得经历。正是那种多样性和积极能量,促使我自己也想成为一个美国人。

但问题来了:当人们强调"独特性"或称某人"特别"时,他们似乎在暗示一些人比其他人更有价值,而这就会让北欧人感到颇为不适了。美国人和北欧人的出发点可能是相似的,即承认每一个个体都自有其内在价值。然而,美国人往往更看重一个人取得非凡成就的能力,因此会着力赞扬那些功成名就的人,这也解释了为什么美国人可以接受建立在收入、职位或其他标识社会地位的"指标"上的等级制度,因为人们相信,这些都是人靠着自己的才能挣来的。与之相对,北欧人则更侧重于强调每一位个体生命都具有平等的价值,无论其成就几何。因此,北欧人不喜欢任何等级制度以及对成功的过分宣扬。

那么,在这两种不同的态度背后,有什么更深层的讯息呢?如今,美国人总体上还是觉得每个人的命运主要由自己塑造——人追求属于自己的幸福——至于"出身"对一个人成功或失败有多大影响,甚至究竟是不是真的有影响,在美国仍辩论不休。而对于这一问题,北欧人早就达成共识。在大多数北欧人看来,假如投胎的运气不好,出生于贫困之家或者家周围没有好学校,那么一个人的人生很可能会受限,其获得成功的可能性也会大大降低,无论其本人付出多大努力。反之亦然:如果你有幸生于富贵之家或者家正好位于一个好学区,显然你成功的可能性就会变得比较高。如果你认同这一想法,那么一个人的成功就不只是基于个人努力,还归功于其他因素。既然如此,当某人确实有所成时,这个人自然仍旧有权为自己感到骄傲,只是说其他人没有必要过于惊叹其所取得的成就,人们也不必为他人的成功而感到自卑,因为一个人的成功需要其他人的助力,而且在绝大多数情况下,也不乏运气的加成。

还有我必须表示,"詹代法则"所展现出的那种北欧精神状态早就过时了;人们应该尽情地"做自己",自由地追求梦想,社会也不应给个体施加压力,要求他们必须整齐划一。当人有所成就后,他们完全有权公开地表达自豪之情,尤其当社会为所有人都创造了一个公平竞争的环境时。毕竟,只有在机会平等的情况下,人们面对自身的成就时,才会感受到发

The Nordic Theory of Everything 261

自内心的愉悦，因为他们可以说自己所得完全基于自身努力，而不是依靠——比方说——父母的财富或者关系。

为了更好地实现个人自主，北欧社会对于个体的不同选择应予以更大的支持，并允许公民以不同的方式追求属于自己的幸福。北欧构建起了一个很出色的社会结构，很好地保障着人们的独立和福祉，但在包容多样性和独特性方面，北欧文化还有可以改善的空间。

而与此同时，麦卡洛的"你并不特别"演说显然戳中了美国的一大要害。很多美国人自己也不禁开始怀疑，整个社会对人极尽呵护、怂恿、劝诱、哄骗乃至献媚，要求所有人尽力实现自己的全部潜能、达成非凡成就，而每个人就在这样的社会里不断厮杀拼搏……人们真的能在这一过程中收获幸福吗？

或许，美国真正需要的，是彻底反思并重新界定究竟什么才是"成功"。

要成功还是要存在？

在美国的报纸杂志里，总是充斥着各种传奇故事：企业家、经理人、运动员以及各式各样的神童，实现各种了不起的成就。于我，这些故事既催生焦虑，又振奋人心。状态好的时候，我会狼吞虎咽下这些故事，然后感到备受鼓舞。还在芬兰的时候，我很少会读到关于励志榜样的报道，这或许也从侧面解释了，为什么芬兰国民拥有我所见过的最低的"集体自尊"。如果你去意大利或西班牙，当地人会滔滔不绝地告诉你，本国的食物、天气、风景和人情有多棒；如果你去法国，你会听到关于法国美食、历史和文化遗产的一切；如果你来美国，人们会确定无疑地跟你说，美国是全世界最好的国家；而如果你去芬兰，人们会问你，费那么大劲来这儿干吗？

好几次,我曾坐在位于纽约城的自家厨房桌前,阅读报纸杂志上那些关于美国"杰出人士"的故事。我的本意是想从中获得启发的,但有时却难免陷入沮丧,这可能就是我身体里的芬兰基因在"作祟"吧。毫无疑问,我在工作时总是坚韧不拔、全力以赴,时而还会加入一些创造性元素;但另一方面,我也很喜欢睡觉、看电视、阅读、和家人朋友一起玩耍,或者只是单纯地穿着睡裤吃巧克力。我讨厌竞争,讨厌急急忙忙地赶着做事,讨厌满满当当的日程,也讨厌过度锻炼。那些成功人士常常过着超级忙碌、快节奏的生活,而他们本人则活力四射、充满自信,但我光是听听他们每天要划掉的超长任务清单,就已经快灵魂出窍了。他们的存在本身,外加社会对他们的赞誉,似乎都在谴责我这种人的存在。

在美国,做一个普通人就意味着不够好。父母不断告诉自己的孩子他们有多特别。毫无疑问,父母这样说是出于爱意,而且他们也真诚地相信,自己的孩子确实就是独一无二的。但对于孩子来说,这种期待反而可能成为压力和困扰的来源,因为要实现所有这些期待需要付出极大的努力。如果父母让孩子以为他们自己是"无所不能"的,那么,当孩子的实际发展情况没能满足他们的这种自我印象时,他们尤其容易紧张气馁。等到成年以后,所有生活在美国的人都感到自己必须不断突破自我局限性、走出舒适区、挑战极限、达成目标、更多目标——目标永无止境。确实,这种社会环境加速了经济的发展,某种程度上还改善了全球人民的生活;与之相对的是,一个人如果对自己所拥有的东西感到心满意足,则往往会被视为胸无大志,甚至生性懒惰。

美国式的"样样都要、样样都行"戏码每天都在我的身边上演,而随着我接触和了解这种故事越来越多,我注意到自己对于工作的看法发生了改变。当我还住在芬兰的时候,我总是希望自己做的工作是有意义的,而且无论为哪家报纸或杂志工作,我都愿意主动投入额外的时间,必要时也会在周末安排工作。但与此同时,在我眼中,工作就只是工作,至于生活,它发生在工作之外。生活,是与友人共进晚餐,是外出度长假,是潇洒骑行,是在湖里游泳,是陪伴家人。有些美国人表示,自己在假期里不知道该干些什么;还有些美国人,甚至从来都不度假……而我清晰记得自己对他们如何深感同情。在当时的我眼中,这些美国人都变成了"工作"的奴隶,已然忘却究竟什么才是生活。

在美国,我常常听美国人说什么"对自己做的事要有热情"。虽然在芬兰人听来,美国人的措辞总是过于夸张,但渐渐地,我也开始理解他们想要表达的内涵。他们的意思是,工作可以成为你真正的心之所向,而不仅仅是你为了糊口不得不去做的事;工作本身可以成为一种幸福的源泉,而不仅仅是用来购买能让你开心的事物的手段。如果你能从这个角度看待工作,你就不必总是翘首企盼周末或假期的到来——如同很多芬兰人那样。美国人将工作视为生命能量和满足感的来源,这种心情我已能够领会,但如今美国人追求成功的这种方式还是产生了很多的问题——它们不仅削弱了美国人的幸福感,还在摧残着人们的健康乃至危及他们的生命本身。而很多人或许还不知道,"爱的北欧理念"也能帮助人们更好地理解和解决这些问题。

在一场全国性的调查中,美国人被要求列出"成功人生的要素"。在他们的回答中,排在前面的分别是:身体健康,婚姻或配偶关系良好,懂得合理开支,可以在工作和个人生活中达成良性平衡,以及拥有一份自己热爱的工作。这一"成功人生要素"清单上总共列出了二十二项指标,其中"赚大钱"排得相当靠后,仅位于第二十位。另一项研究调查了父母最想传给子女的品质,主要包括真诚坦率、为人可靠、亲近家庭和教养良好。他们也希望自己的孩子可以勤勉工作、经济独立。至于是否要变得有权有势,成为具有影响力的人物,则基本不在父母对孩子未来所抱有的期许范围之内。[2]

那么，年轻人自己又是怎么想的呢？哈佛大学的研究人员也发起了一项全国性的调查，询问美国年轻人，对他们来说最重要的是什么。出乎意料的是，将近80%的青年所给出的回答与其父母的期许截然不同。父母表示，他们想要传递给下一代的多为无私的品质，但年轻人的首选却是"取得了不起的个人成就"或"收获幸福"。至于那些显得不那么自私自利的目标，例如公平公正、关爱他人，在年轻人的选择里排得很后面——即便父母一代宣称他们最想要教会孩子的是这些东西。大多数年轻人还表达了对自己父母的看法，而他们的话与其父母的自我评价似乎背道而驰。孩子们说，他们相信自己爸妈最看重的其实也是那些自利性目标，像是社会成就或个人幸福，等等。一面是美国父母说自己想要教给孩子的品质，另一面则是他们孩子实际上接收到的价值观，二者之间有着严重的脱节，导致这种现象产生的原因究竟是什么呢？

有两种可能性。其一，美国成年人在说谎。他们嘴里说着爱和同理心至上，但实际上最看重的却是财富和权力。其二，他们没有说谎，他们最珍重的确实是那些品质，只是现实生活中有些事迫使他们难以做到言行一致。无论是哪一种情况，总之，美国成年人的"所做"与"所说"之间存在巨大鸿沟，以至于他们孩子所接收到的价值观念其实都是他们内心并不希望传达给下一代的"错误讯息"。为什么会这样呢？还有，是什么致使年轻一代在成长过程中觉得，只有自私而不懈地追求卓越、追求独特和追求成就才是最重要的呢？

不管美国父母说自己想给孩子提供什么，如今美国的客观现实是残酷的——很多时候，一个人只有成为一位独特的通才，样样杰出，才可能确保自己人生道路能走得较为顺遂——至于其核心品质如何则无关紧要。我们不妨听一下美国记者阿林娜·图根德（Alina Tugend）是怎样评论这种现象的："父母们似乎越发焦虑，永远担心'不够'，担心好大学、好研究生院、一流企业里没有足够的位置留给自己的孩子——哪怕孩子考试全A,会弹钢琴,还在橄榄球队里担任四分卫。最后我们甚至开始确信,当一个普通人会毁了我们的孩子……那些我们希望他们能够拥有的东西,他们都将无法得到。"[3]虽然就日常的行为举止和内心最深沉的渴望而言,个体美国人可能位列全世界最慷慨大方的人群之首,但他们身处的社会并不为其提供基础的保障,确保他们有机会过上一个普通中产的舒适生活,因此他们只能受困其中,苦苦挣扎。焦虑充斥着他们的生活,因为他们必须竭尽一切变得独特,不然就毫无成功的希望。生活的压力是如此巨大,以至于人们感到只有违背自己内心的价值观才有可能生存下去——此种情形在发达国家里少有,但在美国却尤为突出。

之前我还在一本美国杂志里看见某个理财机构的广告,图片上是一位女性背影的特写,她骑着一匹骏马,向远处飞驰而去。广告词这样写道:"有钱就能告诉全世界——走开,别来烦我。"当我还住在芬兰时,虽然自己也没挣什么大钱,但只要我想,我觉得自己尽可以对世界说"走开,别来烦我"。每年我都享有五周的带薪休假,而芬兰人在度假时,基本上都不会打开工作邮箱。我也从不认为自己必须积累到足够多的财富和权力才能过上一种成功而满足的生活。但搬来美国生活后,我却常常想到这条广告。在美国,如果你想要去做那些对自己真正重要的事——例如陪伴家人,给孩子提供良好的教育,以及确保家人的身体健康——你确实需要有很大一笔钱。不过,这就像是"第二十二条军规"——如果你在职场上发展顺利,能挣很多钱,那么你通常没时间休息;但如果你的工作强度不大,那么你大概率就挣不到很多的钱,而这就会让你陷入持续的焦虑状态,最后你很可能会觉得自己必须再另做一份兼职。

不过,确实有一位很独特也很成功,而且极其富有的美国人思索过上述问题,她就是阿里安娜·赫芬顿(Arianna Huffington),《赫芬顿邮报》的创始人。她在新书《兴盛》(Thrive)中写道,美国人需要重新界定成功。赫芬顿认为,人们应该追求一种更加健全的成功理念,其中包括对我们自身的健康予以更多关注,注重培养智慧和好奇心,并要懂得感恩与回报,而不仅仅只是埋头苦干。听到这些,我的心情很微妙。上述目标无疑是好的,赫芬顿本意也不坏,但她所给出的方法论无法真的解决问题。要让美国人不必再苦苦挣扎着成为"样样都行"的能人,需要做的其实很简单,那就是给他们提供平价的高质量医疗、日托、教育,提高他们的工资收入,赋予他们带薪休假的权利。研究显示,大多数美国人很乐意看到自己的工作时长能有所缩减,只有一小部分人希望自己能在职场上承担更多责任。[4] 所以说,现实并不像阿里安娜·赫芬顿所想象的那样,美国人不是没有意识到自己需要放松,只是他们承受不起。

不过,我们也必须承认,即使人们确实获得了基础的经济保障,有机会在生活中喘一口气,他们也不一定会就此感到幸福。事实上,常常会有研究人员和人气评论员提到一项奇怪的悖论,那就是身处贫困或置身于某种困境的人往往会比那些什么都不缺的人展现出更加积极的生活态度。

确实,只要看看美国人和芬兰人是多么不同——美国人永远那么乐观积极,而芬兰人则并非如此。那么,国际调查榜单究竟为何将北欧人评为全球最幸福的人群?这到底是怎么回事?

乐观主义者 vs. 悲观主义者

有时,当我的美国朋友们听到我讲各种关于北欧国家的好话时,他们会请我做一些答疑解惑。如果芬兰真是这么一个了不起的地方,为什么它的自杀率会那么高?这个问题还可以换一种问法,如果人们过得不快乐,那么拥有再好的公共服务或者再高效的政府,又有什么意义呢?这确实是一个难解的悖论。虽然美国人的日常生活缺乏安全感,总是压力重重,但他们显然自诩为"无可救药的乐观主义者",并以此为傲。而北欧人的生活和美国人相比,不仅更具安全感,生活质量也更高,但他们(尤其是芬兰人)却往往以"悲观主义者"的形象示人。

在很多情况下,我热爱美国人身上的那种乐观精神,它让人充满能量、意气昂扬,浑身上下的细胞似乎都高喊着"我能行"。而在芬兰,人们牢骚不断,做什么事都想着"不可能"而不是"好机会",这种氛围会让所有人都变得很丧气,甚至可能妨碍一项工作的正常推进。我有一些芬兰朋友曾经在美国生活过,后来又回到了芬兰。他们觉得,回芬兰后最难以忍受的事情之一,就是芬兰人身上的那种消极性。但身居美国的我,回望北欧故乡时,总是忍不住思索,美国人那种"充沛的乐观精神"是不是也自有其弊端,而它的不利之处或许并不比芬兰人的悲观更少。

在美国,乐观主义当道,导致美国文化往往不欢迎任何负面的感受。所有人——从癌症病患和失业者,到被欺凌与被侮辱的人——都最好能看到"乌云的银边",展望一个更加美好的未来,并且无论自己拥有的东西是多么的少,都应该怀有一颗感恩的心。那么,这又有什么问题呢?

负面感受往往能成为推动进步的必要助力,而过多的乐观情绪则会切实地阻碍人们实现自己的目标。加布里埃尔·厄廷根(Gabriele Oettingen)是纽约大学和汉堡大学的一名心理学教授,她和其同事进行了一系列的研究,他们邀请来自不同背景的被试者参与相应的心理实验,而这些被试者的共同点是都有一个"目标",比如想要减肥的女人、希望痊愈的伤者、志在取得好成绩或约会顺利或求职成功的学生……研究人员首先会询问他们,请他们自己预测结果会是怎样,之后研究人员会再进行回访,确认实际的走向究竟如何。最后发现,被试者在预测结果时越乐观,其实际表现就越不如人意。厄廷根给出的解释是,乐观情绪会蒙骗我们的大脑,让大脑误以为我们已经实现了自己的目标,于是放松警惕,难以为达成目标做好充足的准备。除此之外,它还可能造成其他的问题。畅销书作家芭芭拉·埃伦赖希(Barbara Ehrenreich)就曾表示,最近发生的金融危机与美国人对"乐观"的盲信脱不开干系,因为它让穷人敢去背自己还不起的房贷,让富人敢去冒不合理的风险。[5]

面对困境时能够展现出乐观积极的态度,这是一项值得钦佩的品质。这类人也会比那些持续散发"负能量"的人更受人喜爱。但过分乐观同样会阻碍人们去作出改变,去改善他们自身的处境。虽然"抱怨"看起来很讨人嫌也毫无意义,但在某些情况下,人们有充分的理由抱怨一件事,而且,这还可能是通向真正改变的第一步——这里所说的改变不仅仅是改变自身,还包括改变世界。

不过,我也能理解为什么很多美国人情愿选择"无缘由的乐观",也不愿选择"有理由的抱怨",因为当你已经觉得自己的生活摇摇欲坠时,哪怕是一丁点的消极情绪,也可能成为压垮你的"最后一根稻草"。住在美国,"乐观"几乎是我唯一允许自己拥有的态度,即便它有时近乎妄想。我领会到,如果一个人缺乏真正的安全感,比如有钱支付自己的账单,拥有平价医保,确信自己的孩子不管在什么情况下都能得到良好的教育,或是有充分的自由请假休息等,那么其所能做的要么是陷入抑郁,要么是竭力让自己相信"自己过得很好"(比如通过瑜伽、冥想、节食来控制自己的思维),或者也可以选择坐在电视机前吃快餐,以此忘却一切烦恼。

美国的心理自助(self-help)产业异常兴盛,颇有排山倒海之势。它们向不幸的人兜售虚妄的承诺,并以此牟利。这一现象或许也从侧面反映出美国人生活在怎样的水深火热之中。要知道,北欧国家里很少有什么"心灵导师",因为人们并不需要他们的"指引"。"爱的北欧理念"渗透在北欧生活的方方面面,在"心灵"领域也同样如此,它给每一个人提供独立自主的空间,从而让人们感受到自由——我在这里所说的"自由",是指人们不必将自己的精力投注到虚妄的希望之中。光靠一厢情愿,一个国家是没法走得长远的。说到底,社会中只有存在真正的机遇,才能点燃人们的希望。只要机会确实在那儿,人们就无需依靠其他方式保持信念——既不必时刻记得汇聚起自己的精神能量和生命热情,也不用从他人为生存而与命运抗争的英勇事迹中汲取勇气。

随着我不断思索美国人常向我提出的那个问题("芬兰社会不是据说已经很健全了吗,为什么芬兰人不能更乐观一点呢?"),我试着把它换一种问法,变成一个在我看来更切中要害的问题:为什么芬兰人总体上那么消极,却能成功建立起一个很不错的社会? 或许答案恰恰是,"正是因为芬兰人悲观,才能做到这一点",而不是"尽管他们悲观,却做到了这一点"。每当芬兰人感到社会中存在不公正时,他们会表现出巨大的愤怒并大肆抗议。有时,这可能会显得很烦人,尤其是当他们抗议的不公平现象在别的国家也存在,而其他国家的人民并不认为这有什么大不了的时候。但芬兰成就的秘诀或许就包括这种对于民众负面反应的承受力。芬兰人会快速行动,要求外部环境作出改进。如今的美国人可能往往更倾向于"内求诸己",借由冥想、正念等调整自己的心态;与此同时,一个芬兰人则会朝政客怒吼,一直吼到他们去解决问题。没有人会建议说,我们都应该只专注于寻找自身的问题,应对自己生活中的挑战。不过,加布里埃尔·厄廷根在研究后认为,实现目标的最佳路径其实是要学会将乐观精神和务实作风合二为一。换而言之,就是要在芬兰人和美国人之间找到一条中间道路。

我在北欧和美国都有朋友,我会把他们的生活放在一起作比较,并综合考量生命中会发生的各种随机因素。有一点是确凿无疑的:就目前而言,我认识的北欧人普遍更加松弛,生活压力更小。虽然它很可能也并不是"幸福"的终极定义,但显然已是一个很不错的起点。

自　由

还记得我和拉斯·特拉加德第一次 Skype 通话时,我们谈到了"爱的瑞典理论"。距离那次通话大约过去了一年后,我来到了斯德哥尔摩与他共进午餐。在位于斯德哥尔摩嬉皮士街区瑟德马尔姆(Södermalm)的一家人气咖啡馆里,我问他,在美国住了那么多年后,回到瑞典是一种什么样的感觉?毕竟,早在1970年代,青少年的他几乎可以算得上是"逃离"了瑞典,再也没想过自己还会回去。当时,他生活在瑞典社会,感到处处掣肘、过于受限,直到今天,他一想到美国式的自由理念,仍倍感怀念。

"我很喜欢西方,"在我们最初的Skype视频聊天中,特拉加德就曾这样对我说过,"我身上有很自由主义的一面,对那种自由毫无抵抗力。虽然从理性上讲,我的大脑认识到,北欧式的社会契约对于大多数人而言是极好的,但我的身体里似乎住着一个很强的美国式自由主义灵魂,渴望摆脱一切限制。"

而现在,我们一边吃着咖啡馆的"今日特色菜"(肉酱、土豆泥和越橘),特拉加德一边向我坦承,自己仍旧怀念着美国的很多事物。他热爱美国人的社交天性,他们总是在扩大自己的社交圈,不像瑞典人,往往固守于旧的朋友圈,每个假期都和老友厮混在一起。但他也发现瑞典变了很多——是往好了变。与身为青少年的他离开此地时相比,整个社会变得更为开放,城市生活也更加丰富多彩。他还不忘指出,美国也变了。当他初次抵达美国时,这座国度刚刚走出1960年代和"爱之夏"*……自那之后,美国人观念发生了很多改变,而特拉加德则深受其扰。

"我很乐意回到瑞典的一项理由是,我有一些生活在纽约的朋友,他们的孩子和我的孩子年纪差不多大,但他们在孩子尚且年幼的时候就开始感觉到很大的考学压力;而在这里,重要的是教孩子们学会独立、学会玩耍,让他们当一个真正的儿童。在纽约,这一套是行不通的。不过,让四岁孩子做测试题?[6] 我觉得这种做法实在有些病态。"

---

* 爱之夏(summer of love),也称"嬉皮之夏",是1967年于美国旧金山展开的一场嬉皮士文化盛会。

特拉加德自己在美国获得了很多机遇,包括去上大学时也申请到了助学金,但他的孩子们所要面对的是一个已经截然不同的美国。对于他而言,瑞典显得越来越宜居,而美国则走向了另一面。

"像我们如今在瑞典生活,人可以维持一个比较松弛的状态,社会整体上运转良好,没什么太大的阶级矛盾,你不用总是花很多钱或者缩在自己的小圈子里,也不必在孩子还很小的时候就要逼着他们去适应那套竞争激烈的体系——一旦你有了孩子,这些事情确实都会变得很重要。当然也有经济上的考量。我那些在纽约生活的学者朋友常常抱怨钱不够花。要知道,他们当中有些人的收入已经相当优渥,但他们要为各种各样的事花钱,然后还要开始为小孩读大学存钱。所以人在里面生活,有时真的会觉得自己像在坐牢。"

我们一边吃饭,一边翻阅着各种社会调查类的书籍和研究资料。他给我看了一张图表,发布者为"世界价值观调查"(World Values Survey,简称"WVS"),这是一项旨在衡量各国公众价值取向的全球性研究项目。特拉加德研读了图表上的数据后注意到两件事。其一,就对于个人自我实现和自由自主的重视程度而言,瑞典和其他国家相比,排在整个光谱的最顶端。确实,在这张图表上,我可以看见代表瑞典的小点独自悬于坐标方格的右上角,其他北欧国家则位于它下方的不远处。美国人或许会感到意外,但美国位于该图表相当下方的位置,反映出该国民众的价值取向较为老派,且更具社群性质。

鉴于瑞典在这张图表上属"离群值",人们很可能会质疑瑞典是否有资格成为一个典型案例以供他国效仿——或许瑞典是独一无二的,它的情况无法被复制。但特拉加德对此则有自己的解释。"研究人员从1980年代起开始着手相关调查,如果这是一幅动态的电影而非静态的图表……"他一边说着,一边在图表前做起手势,"全球的变化趋势是这样的。"他的手移动着推向代表瑞典的那个点。北欧国家并不是古怪的特例,它们只是在引领潮流。步入 21 世纪后,在核心的社会价值取向上,所有其他的发达国家都在朝类似的方向发展,特拉加德认为,这是因为世界各地的人们都希望拥有更多的自由而非相反。然而,当今的美国体制却成了"拖后腿"的那个。它应当顺应大势所趋,和其他发达国家保持步伐,向着自由的方向做出重大进步。

"如果一个社会体制不去鼓励和支持人们追求个人自由,那么这个社会最终往往会处于劣势。社会流动性和美国梦,原本是美国的强项。"特拉加德表示,"但如果不对社会进行投资,那么社会流动性只能成为空谈。公立学校和公共体系可以帮助个体在社会中更好地流动,一旦人们开始放弃完善这两项重要的公共服务,那么贫富差距扩大、封闭式社区兴起、人与人之间失去信任、政治体系失灵……样样都来了。而现在,你可以在美国目击所有这一切。"

某年夏天,我和崔佛一起去怀俄明州旅游。我很清楚自己想要去那儿干什么:我要看牛仔竞技表演——这是我人生第一次看这类表演。我们把车停在了一片碎石地,然后爬楼梯走到了属于我们的露天座位。座位是金属制的,傍晚的阳光下,我们身边随风传来一阵阵混杂着马匹与泥土的气息。随着牛仔竞技公主骑着马飞驰进入竞技场,一边用力挥舞一把巨大的美国国旗,一边坐在马上环绕全场,表演拉开了序幕。然后,一位女孩唱起国歌。此时,身形健硕的骑手们沿着围栏站成一排,他们把牛仔帽握在手中,贴在自己的左胸前。国歌演唱完毕后,主持人提醒观众,这个伟大的国家将自由播撒向每一个人,所有人应对此心存感激。

牛仔竞技表演结束后,崔佛缓缓地开车驶回我们的借宿之所。回程的道路漆黑,一群群麋鹿在路边的树丛里和空地间游荡。我又回想起唱国歌环节结束后,牛仔竞技主持人说的那句话——美国人应当为他们所拥有的自由心存感激。这是美国人很喜欢表达的一种典型情绪,而他们也确实经常性地将其溢于言表。很多移民从其他国家来到美国,他们的祖国可能并不像美国那样保障人们的某些基本自由(如言论自由);但与此同时,世界上也有很多国家的人民享受着和美国人完全相同的自由,而他们的国家并不会总是把这件事挂在嘴上。除此之外,美国人似乎并没有意识到,世界上还有一些地区(如北欧地区)的居民,他们所享有的自由反而是美国人所欠缺的。我透过车窗,望向怀俄明广阔的黑夜,牛仔竞技表演所带来的兴奋感尚未消散,脑海中狂野西部的辽阔图景也尚且栩栩如生,我不禁自问,究竟什么时候,一个人才真正感到自由?

假如你是一个健壮的牛仔,孤身一人驰骋在北美草原之上,无人向你问候,无人为你付出,此时你是否感到自由呢?或者假如你是一位农场主,不通水电、自给自足,当你需要帮助时,能够依靠的只有你的家人和邻居,此时你是否感到自由呢?又或者,你知道无论自己的父母有多少财富或才能,自己都有权决定自己的人生,做任何自己想要做的事,即便你和你的家庭遇到困难,社会总是在那里为你提供支持,让你可以安心渡过难关,此时你才会感到自由呢?

前两个场景确实充满诱惑力,选择这样的生活又有何不可呢?从很多方面来看,如此生活的人们的确是自由的。但这时,我又回想起牛仔竞技表演中的场面。整场表演结束后,主持人将观众席里的孩子都邀请到竞技场上。为庆贺他们的到场参观,孩子们可以像小牛仔一样全场奔跑,分头追赶三路羊群。美国热爱它的自由,而且显然也热爱它的孩子,然而,美国为这两者的实际付出都极其有限。前来观看牛仔竞技表演的家庭一旦离开了这个竞技场,他们就要全靠自己了。

在步入 21 世纪后,各国对"自由"赋予的内涵远比从前更加丰富。它们认为,"自由"意味着保障所有个体都能够获得真正的机遇,让人们可以自己去追寻美好生活;意味着为人们提供切实的安全网,让他们的生活不会因为厄运而毁于一旦,由此一来,他们也无需陷入不必要的日常恐慌和焦虑。很多当代美国人所渴望拥有的，恰恰是这样的"自由"。

我某次回芬兰后，在一间酒吧里与一群老友碰头。其中有一位男性朋友曾周游四方，还是两个孩子的父亲。他向我提出了一个问题，要求我务必回答一下。"北欧模式很出色，这是我们都公认的前提。"他以一句强有力的陈述句开场，"但是我想请你告诉我们这些生活在芬兰的人，为什么美国人远比全球所有其他的国家都要更胜一筹？不论是在商业、军事还是艺术上，它都具有压倒性的优势，这是事实——但，为什么会这样？还有，为什么这种优势却没有体现在普通美国人的日常生活里呢？"

我可以先回答一下他前半部分的问题。美国是一个国土辽阔的国家，拥有丰富的自然资源。在过去的一百多年里，它的土地上没有发生过任何大型战争，因此它可以较为稳定地建设自己的社会；而最开始，它是从美洲原住民手中夺过了他们的土地并对其赶尽杀绝，之后又利用奴隶的免费劳力奠定了整个国家的初期建设。自那以后，它如同磁石一般，吸引着全球各地的人们奔赴美国；人们也极大地受其鼓舞，在这片土地上劳作与创造。除奴隶制度和由此延续至今的种族问题外（但这些问题确实不容忽视），美国在保障民主、机会和自由方面，是当之无愧的世界领袖。19世纪早期，当阿历克西·德·托克维尔从法国抵达美国时，他为这个年轻国度所展现出的进步与成就深深折服。那时，欧洲大陆仍由国王、沙皇与拥有土地的士绅阶层所把持，而托克维尔认为，美国为全世界做了一个好的榜样，最终其他国家都将随之走向民主的道路——所有人都生而自由和平等，所有人都自食其力、自力更生。在很长一段历史时期内，美国教育它的人民，大多数人都有取得财富的机会，它是全球领先的民主国家。同样在很长一段时间里，普通人的生活也彰显出美国制度的优越性：美国人是全世界活得最自由和富裕的一群人。

而我朋友后半部分的问题就比较难回答了。为什么美国的优越性不再体现于普通人的生活中了？21世纪的全球化进程与科技变革确实带来了很多新的问题,但所有发达国家都同样在应对这些问题。然而,在不少发达国家里,其中产阶级的生活质量在很多方面已经赶上乃至超越了美国的中产阶级。

我只能对我的朋友说,在某一时刻,美国人忘记了,仅仅在口头上谈论机会平等、民主自由是不够的,人们必须采取具体的行动来保护和支持它们,而在过去的几十年里,美国人都忽略了这一点。这一疏忽产生的后果极为深远。美国人为日常生活中遇到的种种困难感到自责、沮丧和焦虑,但很多时候其实并非因为他们自己做错了什么。当下的美国社会将自己的人民置于一场高压的噩梦之中,其间充斥着无数机动性任务,很容易让人筋疲力尽。但生活明明有其他的可能性……北欧地区难道不是有一套现成可行的制度,已经被证明能够很好地服务于该地区总计约两千六百万的人口吗？

如今在我眼中,我的北欧朋友们看起来是如此自由。他们工作,他们生儿育女;他们享受业余爱好,他们周游世界;他们似乎永远也不必担心自己真的有可能走上破产的道路。他们有医保、日托和养老金。他们可以去学任何自己想学的东西,而不必赌上自己的生计。

在北欧国家内部,当然也有财政保守分子和鼓吹自由放任主义的人士,他们乐得见到北欧的公共服务规模缩水,并由私人经济领域来更多地接管。他们中有些人尤其将美国视为北欧国家应该学习和前进的方向。每当我听到此类观点,都难免感到担忧。诚然,北欧人民还有很多可以向美国学习的地方,比如他们的创新能力、企业家精神、个人责任、乐观精神、对多样性的包容……以及至关重要的,无论面对什么样的任务,都难以遏制想要追求卓越的内在驱动力。但与此同时,北欧国家也在为人们提供安全保障的基础上,成功打造出可以让人自由生活的社会。它们不仅赋予个人很高的自主度,也增强了家庭的凝聚力。当然,北欧的制度绝不是完美的，其自身也有很多问题，但无论如何，人们获得了足够高的独立性，可以全情塑造自己的人生、热爱自己的家人和朋友，没有经济负担所带来的枷锁，也无需被焦虑折磨得精神衰弱。北欧社会所取得的上述一切成就都不应被小觑，而这些成就也不仅仅只在独特的北欧环境和文化之下才有可能被实现。毫无疑问，北欧能实现这一切，很可能受"爱的北欧理念"所启发，但这些成就本身，不是文化的成果，而是政策的结晶——所有国家都可以选择制定明智的政策，美国更是如此。

随着我在美国居住的时间越长，我越发喜爱自己新生活的方方面面。首先是这里的人——我在美国有了新的家人和朋友。其次是这里的多样性——众多想法、信仰和文化汇聚于此，仿佛全世界都被纳入了一个国家的边界线。然后是这里的自然美景，仅历数我所见过的，便有缅因州的森林、犹他州和亚利桑那州的沙漠和峡谷、加利福尼亚州的海滩，以及夏日傍晚怀俄明州的崎岖山脉与田野清香。还有温暖的美国式价值观：热爱你的家人，帮助你的邻人，即便是对陌生人，也不要忘记展现你的友善与慷慨。此外，这个国家从全球各地吸引了无数英杰才俊汇聚而来，他们在人类能够有所发挥的一切领域，都取得了极其惊人的卓越成果。来到美国之后，我才真正感到自己是世界的一分子。这种感觉是如此的振奋人心，就仿佛自己原本只是坐在一间安静的小木屋中，突然之间，所有的窗户都向我敞开，让我看见屋外有着怎样一场盛大的嘉年华。我喜欢待在那间舒适的小屋里，但我同样也渴望参与到屋外那场嘉年华之中。

我曾衡量过自己在美国生活的好与坏。坏的那一面是，我几乎每天都能感觉到焦虑的重担。不是因为担心自己可能将无法组建起一个真正的家庭，就是单纯因为连自己能否挺过当今美国中产阶级普遍面临的艰难处境都未可知。我的大部分精力都用来思索自己究竟还有没有可能挣到足够多的钱，过上像从前在芬兰那样的品质生活——拥有基本的安全感,和政府打交道时少一点麻烦,并且有更多时间陪伴自己心爱的人。好的那一面自然就是上述所有那些我热爱美国的地方。而有一个问题常常萦绕在我的心头:难道鱼和熊掌真的不可兼得吗?

个人主义是西方文化最伟大的基石之一。但如果一个社会不保障个人最基本的独立性和安全感,那么它将导致愤懑、焦虑和混乱。在过去的很长一段时间里,美国似乎倒退回了狂野的西部时期,而北欧国家则顺应常识和理性,将个人主义发展到一个新的阶段,带着它走向未来。虽然国际媒体与各类研究对北欧国家的赞誉显然有夸大和过于乐观之嫌——毕竟,没有一个地方是完美无瑕的,北欧人自己首先就会指出这一点——但对于21世纪的人们可以拥有一种怎样的高品质生活,一个健康的社会看起来可以是怎样的,北欧国家无疑创造出了一个新的模式。比尔·克林顿向芬兰总统塔里娅·哈洛宁提了一个好问题:她会对世界各地的人们给出怎样的建议?北欧国家树立了一个榜样,美国如果愿意借鉴,不仅将受益匪浅,而且很可能会重拾"全球第一"的荣耀。假若此事成真,我愿永居此地。

尾 声

2013年11月6日,那是一个星期三。我和丈夫崔佛(美国人)、朋友艾莉(芬兰人),一同步入位于布鲁克林市中心的美国纽约东区地方法院。我走进一间木屋,房间的墙上排列着一幅幅严肃的男子肖像。我在一条长木椅坐下,左边是一位韩国老人,右边是一位年轻的中国男人。其他的座位上则有一群加勒比女人、各年龄段的亚洲男女,还有一位金发碧眼的老妇人,在用俄语和一个戴着耳环、身穿深绿色燕尾服外套的年轻秃发男子交谈。在前排,一位戴头巾的老妇人正拄着助行器打瞌睡,另有一位戴头巾的母亲用彩笔和纸逗弄着婴儿车里的孩子。

终于,我们依次被唤到房间中央的桌前,提交我们的文件,签署证明,然后继续等待。我读了一本自己带来的书《杀死一只知更鸟》,又和坐在我左侧的老人聊了聊。他于1970年代从韩国来到美国,先在美军服役了四年,后在离我现在住的地方不远处经营自己的生意,直到退休。我右边的男生似乎不太会说英语,当选民登记表传过来的时候,他填了中文版本。

最终,我和家人、朋友得到准许进入房间,随后法官走了进来,每个人都起身站立。在法官带领下,我们背诵了作为准公民的效忠誓言和国旗效忠誓词。她告诉我们,就在我们身处的这所法院,包括她自己在内的好几位同事都是从小就来到美国,虽然当时一点英语都不懂,最后却都能够成为联邦法官。她承认,或许我们现在对美国政府有些疑虑(她指的是最近曝光的政府网络监视计划),但她向我们保证,美国仍然是一个充满机遇的国家。她说完后,我们被一一叫去领取证书。就这样,我成为了一名美国公民。

当我与崔佛和艾莉一道走出法院,迈入凉爽的秋天时,我不禁感到陶醉。我是如何到达这里的?我,一个来自芬兰小郊区的女孩,如何就成为了美利坚合众国的公民?我想到了全世界数以百万计比我更需要这个公民身份的人,也想到了生活在美国的数十万名无证移民,他们中的许多人从小就被带到这个国家,但仍然难以获得公民身份。对着太阳眯起眼睛,我想,这不正是当前美国人势必会有的感受吗?既为美国的伟大感到自豪,又对美国残酷的不平等感到失望,二者同时存在。

我回忆起自己是如何为入籍做准备的。我熟读美国历史,还研究了《宪法》和《独立宣言》。我意识到,成为这个社会的一员是多么荣幸。我有权主动选择,参与到美国的根本理念之中,参与到自由和正义中去,这正是我所求的一切。无人要求我改变我的宗教、服饰、饮食或习俗,无人询问我是否在感恩节吃火鸡或喜欢美式足球;他们确实要求我说英语,但测试很简单。事实上,我做我自己即可,只要我接受"每个人都有权做自己"的美国理念,我就被美国所接受了。世界上没有多少国家可以做到这样。

当我们停在法院门外,一边拍照,一边张望附近哪里可以买到苹果派时,有个戴着厚边眼镜、穿着灰色冬衣的男人和才成为美国人的妻子走出了法院。他兴奋地抱着她,而她则羞赧地笑着,手里紧抓着她的证书,正如我紧抓着我的一样。崔佛帮忙用他们的相机给他们拍了张照片。当他们要离开时,那个男人回头看了我一眼。

"享受美国,"他粲然一笑,"我希望你会喜欢它。"

致　谢

2008年底,我刚搬来美国的时候,在这片偌大的土地上,我认识的人一只手都能数得过来。此前,我一直在芬兰工作,从没试过写书,更别提用英文写书了。说一个人能干成什么都是"仰仗陌生人的善意"或许显得有些老套(对于在田纳西·威廉斯名作《欲望号街车》里讲出这句台词的布兰奇·杜波依斯来说,这个策略最后也没给她带去什么好结果),但它放在我身上却是完全成立的。无数生活在美国的人们给予我他们的友情与支持,向我建言献策并完全相信我的能力——即便压根没有什么证据向他们表明,我这人真的有任何能力可言。我对他们永远都感激不尽。

我还要深深地感谢我的编辑Gail Winston以及哈珀·柯林斯出版社的诸位,感谢我的代理人Kim Witherspoon以及Inkwell Management的诸位,感谢Stephanie Mehta以及当我在《财富》杂志短暂工作时与我共事的诸位,感谢《纽约时报》的Sewell Chan,感谢《大西洋月刊》的Jennie Rothenberg Gritz,感谢Hugh Van Dusen和Wendy Wolf。他们都给我提供了珍贵的机会,并为我在美国开始自己的写作生涯助了一臂之力。我尤其要感谢Gail,当面对本书无比棘手的初稿时,她没有显露出一丝退缩之意,恰恰相反,她做了一个了不起的编辑才能做到的事——拯救作者于其自身的水火之中。

我想要感谢KONE基金会、Alfred Kordelin基金会以及芬兰非虚构写作者协会所给予的支持,我还要感谢由赫尔辛基新闻报基金会资助的奖学金,让我在最开始有机会能够来到美国。

为写作本书,我采访的人超过一百位,他们中很多人的名字并未在书中提及,但我想要对他们所有人表示感谢。其中,有些人与我分享了他们的个人经历,有些人则把我介绍给其他人做采访,对于他们,我尤为感激。特别感谢 Jennifer Bensko Ha、Maria-Eugenia Dalton、Mads Egeskov Sørensen、Sigrid Egeskov Andersen、Brandur Ellingsgaard、Hannah Villadsen Ellingsgaard、Pamela Harrell-Savukoski、Kaarina Hazard、Ville Heiskanen、Nina Jähi、Tracy Høeg、Hanna 和 Olli Lehtonen、Mika Oksa、Kerstin Sjödén、Fredrik Wass。谢谢你们,谢谢每一个人。

多位专家学者与我慷慨地分享了他们的时间与洞见,主要包括 Lars Trägårdh、Pasi Sahlberg、Tine Rostgaard、Markus Jäntti、Laura Hartman、Leena Krokfors、Juhana Vartiainen、Sixten Korkman、Bengt Holmström、Heikki Hiilamo、Pauli Kettunen、Jaana Leipälä、Juha Hernesniemi、Sakari Orava 和 Risto E. J. Penttilä。(他们总会在一些事上意见相左,所以任何我所得出的结论以及任何书中的错误自然都归于我一人。)我也想要感谢数家芬兰政府机构中的工作人员,他们面对我永无止境的提问,总是回答得如此耐心又及时。我不得不说,自己真的好爱芬兰的"官僚"!

一路走来,朋友和同事始终鼓舞着我。他们给我寄各种文章书籍让我阅读,提出各种潜在的采访人选,与我分享他们自身的经历。每当我挣扎着试图"想得更清楚""写得更好些"并为此感到挫败的时候,是他们帮助我保持清醒。对于 Tulikukka de Fresnes、Anna-Liina Kauhanen、Taina 和 David Droeske、Mari Saarenpää、Veera Sylvius、Mari Teittinen、Noora Vainio、Alli Haapasalo、Chris Giordano、Laura 和 Saska Saarikoski、Spencer Boyer、Clare Stroud、Jessica DuLong、Ben Rubin,我再怎么感谢都不为过。

在大西洋两岸,我的家人们总是给予我无穷的爱与支持,虽然在他们看来,这本书仿佛永远也写不完。Kirsti、Erkki 和 Esa Partanen、Mikko 和

Veera Korvenkari、Sarah Corson、Dick Atlee、Ash Corson、Ann Corson、Jon Jaeger、Holly Lord、John Coyle 以及 Lord 家的所有人。感谢你们所做的一切。

最后是 Trevor Corson。在我斗胆将这本书拿给其他人看之前，是他一直在与我讨论书里的想法，是他一遍又一遍地阅读我那些似乎没完没了的草稿。拥有这样一位慷慨大度且善于鼓舞人心的完美同事做我最好的朋友以及人生伴侣，实在是身为写作者所能获得的至上幸运。

再版后记（2022 年 9 月）

自 2016 年本书出版以来，这个世界发生了许多变化，我的生活也同样如此。在美国，唐纳德·特朗普成了国内政治的搅局者，美国民主制度一度摇摇欲坠。全球范围内，新型冠状病毒肺炎扰乱了正常生活，仍可能会造成尚不明确的长期影响。在欧洲，先是英国脱离欧盟，接着一场不可想象的陆战爆发，让整个大陆陷入了安全和能源危机。

对崔佛和我来说，生活也发生了许多重大的变化。当我们还居住在布鲁克林时，人间最好的礼物降临了——我们的女儿。虽然我们在美国生下了她，但鉴于本书中已提到过的种种原因，到她一岁时，我们决定离开布鲁克林，前往芬兰生活。如今，我们已在芬兰的赫尔辛基住了四年了。

这四年来，我的感觉如何？说实话，即使世界上发生了这么多灾难般的事件，生活在芬兰依然感觉非常美好。

这些年对芬兰来说并不容易，对我们每个人同样如此。疫情考验着每一个国家；此外，在医疗保健、幼儿教育和学校教育等所有重大领域，芬兰都碰到了劳动力短缺及其他各种问题；芬兰不仅面临着人口老龄化，还得投资新能源和新基础设施以应对全球安全挑战和气候变化……重重难关简直应接不暇。对于如何才能最好地利用国家资源并确保北欧国家的基本福利，政治辩论激战正酣。

不过对我而言，在芬兰的这几年再次验证了我在书中写下的一切。

我和家人特别感谢本地公共卫生诊所的服务，以及女儿得到的实惠、高质量的日托服务。因为我们知道，如果是在美国，获得这样的服务将非常困难且价格高昂。回到芬兰之后，幸运的是，我至今都能拿到相对较高的工资。我也非常乐意缴纳芬兰的税款，因为缴纳税款有利于获得这样的公共服务，不单对我来说是这样，对越来越多元化的芬兰社会中的每个人而言都是如此，而这个社会的健康和活力，也会令我和家人受益。

以前在美国时，我们会因为缺乏生活保障（如医保和教育）或者难以在工作和生活中达成平衡而焦虑，而如今的我们虽然仍像所有人一样会感到焦虑——为全球政治的现状，为所有国家和地球的未来——但在美国经历的那种焦虑，的确不再是我们日常压力的来源。

至于本书中的政策事实和数据，有些可能稍微过时了，但整体而言，总体格局基本没有变化。

在芬兰，情况甚至有所改善。例如，新的育儿假政策在 2022 年秋季生效了。这项改革确保芬兰家庭在孩子很小的时候就能获得照料孩子所需的资源，它还为家庭中的每一个个体提供支援，无论该家庭的具体组成情况如何。这项改革还特地增加了每个芬兰家庭可享受的带薪育儿假天数。当涉及家长性别时，政策的表述也更加中性，增加了灵活性和包容性。

在芬兰，凡是孩子在 2022 年 9 月之后出生的家庭，无论其雇主是谁，每个家庭成员都有权享受大约十五个月的带薪育儿假。根据休假者此前十二个月的收入计算，假期内的薪资能达到休假者平时收入的 70%，差不多相当于芬兰人的工资中位数水平。和从前一样，这笔工资出自税款，由芬兰社保系统运作管理。

单亲家长则可以单独享受整个假期。如果小孩双亲俱在，那么生育方能享受六周假期（通常会在预产期之前用完），而在小孩出生后，其双亲可以平分一年左右的假期。

除了上述育儿假,每位父亲或母亲还有一段约四个月的假期。如果一个人放弃的话,那么整个家庭就会失去这段假期。这四个月也可以被称为"父亲专属"假期,因为这种分配假期的方式旨在鼓励父亲们休更久的育儿假(相较于此前父亲们通常休育儿假的时长)。总之,现在此类"父亲专属"假期的时长几乎翻了一番。同时,其中有三周假期是双亲可以一起使用的(通常在孩子刚出生后用完)。

这些假期之外,双亲还有大约五个月的假期可以根据自己的意愿来使用。必要的话,这一假期甚至可以转移给另一个监护人。例如,如果一对伴侣已经分手,则假期可以转移给对方的现任配偶。到孩子满两岁之前,上述所有假期都可以分成几次来休。之后,家长仍然可以留在家里陪孩子,直到孩子满三岁。不过在这段额外的休假期间,家庭只会享受少量津贴。

在我看来,这项新政策表明,即便与每个国家面临着相同的困难,芬兰依然是一个秉持着"爱的北欧理念"的国家。这个国家的目标仍然是帮助每个家庭照料自己的孩子,促进人人机会平等,并鼓励每个人的个体独立性。

在芬兰生活了四年之后,2022年夏天,我和崔佛带着女儿自离开后第一次回到了美国——我们早该看望美国的家人了。到达后,我们与家人多次欢聚一堂。

但与此同时,美国生活中残忍的不平等现象仍随处可见。我们走过华盛顿特区的街道,在诸多表彰今昔美国治理的宏伟纪念碑之下,目睹了很多无家可归的美国人住在帐篷区里。他们失去了一切,挤在交通环岛的空地上,有的帐篷甚至紧挨着联合车站前的美国国会大厦。

"为什么这里有帐篷?"我们的美国混血女儿问道。她在故乡赫尔辛基从未见过这样的景象。

崔佛尽力解释说,生活在美国,你可能会因为生病或者花光了钱,导

The Nordic Theory of Everything

致最后保不住自己的家。我们的女儿反应很快：

"那么,我想我们住在芬兰是件好事咯。"

确实。我的女儿,我悲伤地心想,确实。

我仍然希望,美国能够更多地投资于民,也希望某一天我们全家有机会再次生活在美国,这样我们的女儿就能亲身体验美国日常生活中的所有美好。

如今,在世界各地,为所有人寻求一种更美好生活的努力仍在继续。

注　释

除另加说明外,本注释中提到的项目均已在参考文献中列明。对于参考文献中已列出的项目,注释中会给出主要作者的姓氏以及所参考文献的页码。但假如参考文献的特定条目没有给出作者名字,或者同一作者出现在参考文献的若干条目中,或者有两名及以上作者的姓氏相同时,注释中会附加相关项目标题的第一个或前两个单词以便读者查询。

序　言

1 对于克林顿总统与专家讨论的场景描述主要基于网络视频制成：Clinton Global Initiative。

2 芬兰中学生的表现：OECD, *Lessons*, 116; Ministry of Education and Culture, *Finland and PISA*。

3 《新闻周刊》：Foroohar, 30—32。

4 《单片眼镜》：Morris, 18—22。

5 世界经济论坛：Schwab *Global Competitiveness Report 2011—2012*; *Global Competitiveness Report 2012—2013*。

6 工作与生活平衡度：排名基于经合组织的在线工具 Better Life Index 得出。2011—2012 年度的"工作与生活平衡度"国家排名结果则出自 Bradford 和 Thompson 两人的报道。

7 创新：European Commission，7。

8 幸福：Helliwell，30。

9《金融时报》：Milne。

10 失败国家：Fund for Peace。

11 爱德华·米利班德的评论：Miliband。

12 "斯堪的纳维亚"（Scandinavian）和"北欧"（Nordic）：在北欧国家内部，"斯堪的纳维亚"通常只包括丹麦、挪威、瑞典三个国家，因为它们的语言同属北日耳曼语支。另外，冰岛语也是其下属的分支。但芬兰语则属于乌拉尔语族，是一种与前者毫无关联的语言。所有这五个国家会使用"北欧"一词来指代这一片文化和政治上较为统一的区域，但在英语地区中，Nordic一词容易使人联想到纳粹德国时期流行的种族主义理念，因此美国人会更普遍地使用 Scandinavia 一词来指称上述所有五个北欧国家。

13 戴维·卡梅伦和北欧国家：Bagehot。

14《经济学人》的特别报道：Wooldridge。

15《名利场》关于"斯堪的纳维亚"的报道：Hotchner。

第一章

1 毒饼干：Greenhouse。

2 海伦·米伦的话：Hattenstone。

3 芬兰的病假和育儿假：居民统一享有约一年的带薪病假和十个月的带薪育儿假。员工休假期间的薪水由政府补贴，会给到员工正常工资的一定比例（以育儿假为例，覆盖比例约达 70%）。有些雇主也会提供更好的福利待遇，通常经由（工会推动的）集体协议约定达成。只有当员工的病情使其在病假结束后又经过一段时期（通常为一年）仍无法完成其应尽的工作职责时，雇主才有权与其解除雇佣合同。参见 Kela, *Health*，8—

10；Kela，*Maternity*，2—8；Virta。

4 信用卡：我们极难比较不同信用卡之间利率和相关费用的高低，但2011年的一项调查估算美国信用卡的年平均利率为15%，其利率区间为11%至25%，而另一项调查则估算芬兰信用卡的利率区间为7.5%至14.5%。我本人居住在芬兰时，从未收到过任何一封邀请我开通信用卡的信件。参见 Tomasino；Ranta。

5 手机：自从我来到美国之后，美国的手机运营商也开始单独销售手机和通讯服务，而芬兰的运营商则开始提供融合套餐。不过2014年的一项报道指出，芬兰的手机流量价格在全球仍属于低价行列，而美国的流量价格则极其高昂。若要购买500 MB的手机流量，芬兰人需支出5.18美元，而美国人则需支付76.21美元。参见 International Telecommunication Union，132。

6 那些关于"高成就人士"和"不走运人群"的容易引发焦虑感的文章：Baker；Holmes；Lublin；Seligson；Abelson；Jubera；Mascia。

7 食源性疾病：Moss。

8 有毒塑料瓶：Grady。

9 有毒塑料玩具：Lipton。

10 抗生素和牛：Kristof，"The Spread"。

11 各国的人均GDP：OECD，National，25。

12 焦虑障碍和处方药的销售情况：National Institute of Mental Health；IMS Health；Smith。

13 女性在经济上的不安全感：该保险公司在2013年再次进行了同样的调查研究，得出的结果与2006年的非常接近。在家庭年收入超过20万美元的女性中，有27%的人担心自己未来可能会无家可归。参见 Coombes；Allianz。

14 美国无健康保险的人数：根据美国统计局的数据显示，2009年，

16.7%的美国人（约合5,070万人口）没有健康保险。参见DeNavas-Walt, 22。

15《新闻周刊》关于"世界上最好的国家"的报道：Foroohar, 30—32。

16 大卫·贝克汉姆的手术：贝克汉姆是在芬兰图尔库进行的手术，为他动手术的是一名专攻运动伤治疗的芬兰医生，名叫 Sakari Orava。参见 Young。

17 家长帮小孩做作业：华盛顿特区著名的西德威尔友谊中学（Sidwell Friends School）甚至为此给家长们写了一封信，敦促他们让学生自主完成英语回家作业，并请家长或家教不要再帮其修改作业。参见 Sidwell。

18 美国父母与自己已经上大学的孩子发短信，影响孩子在大学生活中的种种决策，并成为他们最好的朋友：Volk Miller；DeParle, "For Poor"；Williams。

19 "直升机式育儿"：Gottlieb, "How"；Gunn；Kolbert。

20 抗焦虑和抗抑郁药物的销售情况：McDevitt。

21 名叫"里奇"（Ridge）和"布鲁克"（Brooke）的芬兰儿童：Population Register Centre。

22 寻找配偶的职业女性：Bolick；Gottlieb, "Marry"；Rosin。

23 高中学历白人婚姻状况：Murray。

24 围绕婚姻展开的辩论：Chait；Cherlin；DeParle, "For Women"；Frum；Samarrai；Schuessler。

25 因为生育欠下2万美元：Wildman。

26 美国关于育儿假的法律：U. S. Department of Labor。

第二章

1《长袜子皮皮》的翻译情况：Astridlindgren. se。

2 《瑞典人是人吗?》(Är svensken människa?):Berggren, Är;Neander-Nilsson。

3 特拉加德和贝里格伦关于《长袜子皮皮》的讨论:Berggren, "Pippi," 12。

4 芬兰的战争伤亡情况(1939—1944):当时芬兰总人口在三百七十万上下,其中大约七十万芬兰人参与了战争,九万三千人死亡。参见 Leskinen, 1152—1155。

5 "(在战争中)牺牲的芬兰人数":在对朝鲜和越南的两次战争中,美国的死亡人数总计九万五千人,与芬兰在两次对苏战争中的死亡人数(九万三千人)大体相当。根据 2015 年 7 月的统计数据,芬兰人口数为五百五十万,而美国则为三亿两千万。参见 Leskinen, 1152—1153;Leland, 3。

6 各国的儿童福祉情况:UNICEF。

7 世界上对母亲最友好的国家:Save, 10。

8 特拉加德和贝里格伦认为家庭是一种社会组织:Berggren, "Social," 15。

9 "我们生活在一个美妙的时代":Brooks。

第三章

1 2009 年,在纽约州内托管一名婴幼儿的年平均费用是 10,400 美元,而在纽约市内同类服务的年平均费用为 16,250 美元。参见 Office of Senator Kirsten Gillibrand, *Child Care*。

2 生育的成本:Truven;Rosenthal, "American Way"。

3 美国关于育儿假的法律:U. S. Department of Labor。

4 法律规定享有育儿假的人群占全部劳动者的比例:Klerman。

5 在美国,女性怀孕后可能失去工作或缺乏职业安全感:Bakst;

Graff; Liptak; Redden; Suddath; Swarns; New York State Office of the Attorney General。

6 全球育儿假情况：Addati, 16。

7 各国病假情况：Heymann; World Policy Forum。

8 美国提供带薪病假的城市和州：White House Office, "White House Unveils"。

9 加利福尼亚的带薪家庭假项目：Employment Development。

10 部分企业推出带薪家庭假政策：Grant。

11 美国人的带薪休假情况：Bureau of Labor Statistics, "Table 32" and "Table 38"。

12 美国女性休产假的时长：U. S. Department of Health, 40。

13 汉娜生育时的住院费用：在 2015 年，芬兰公立医院普通病房的每日最高收费为 38.10 欧元。汉娜生育时住的是独立家庭房，所以医院对其收取的费用是普通病房的两倍。她在医院一共住了五天，其中四天按 76.20 欧元的标准收费，一天按 38.10 欧元收费，因此其住院账单总计金额为 342.90 欧元，按照 2015 年 7 月的汇率换算下来约为 375 美元。食宿、诊费、手术费以及住院期间的药费都已包括在内。参见 Ministry of Social Affairs and Health, *Terveydenhuollon*; HUS。

14 各国自然分娩的平均住院时长：OECD, *Health at a Glance 2015*, 109。

15 北欧地区员工产假期间的工资比例：Nordic Social, 42。

16 挪威的育儿假：Norwegian Labour。

17 北欧各国育儿假的实施情况：Aula, 33—34, 42—44。

18 芬兰的母乳喂养：Uusitalo。

19 芬兰的育儿假时长以及其他有关家庭福利的信息可在 Kela(芬兰社保机构)的网站上查询到。另外，父亲必须保证待在家里陪伴母亲和婴儿才有权申请陪产假。参见 Kela, *Benefits for Families*。

20 北欧家长对日托的利用情况：孩子出生后，北欧国家允许孩子进入公立日托机构的时间往往比美国家长所期望的要更晚。每个国家对孩子年龄的规定各不相同，但范围主要在六个月至一周岁之间。一个美国人可能会说，更小的孩子没法进公立日托，那么家长就算想要更快回归职场也做不到。事实上，大多数北欧家长都很乐意休完法律赋予自己的长育儿假，所以上面提到的情况在北欧并未成为什么问题。参见 Nordic Social，57—63。

21 芬兰儿童在日托（按照年龄与机构分类）：Säkkinen。

22 芬兰公立日托的费用：Ministry of Education *Varhaiskasvatuksen*。

23 瑞典的育儿假：Försäkringskassan。

24 瑞典的日托费用：Nordic Social，73。

25 北欧儿童进入日托的年龄：Nordic Social，62。

26 北欧国家的非全日制育儿假：Duvander，43。

27 在家照顾生病小孩：Nordic Social，52—53。

28 芬兰的年假：Ministry of Employment and Economy。

29 其他北欧国家的带薪年假：European Foundation，17—19；Fjölmenningarsetur。

30 芬兰的"宝宝盒"：Tierney；Kela, *Maternity*。

31 "为什么在世界上最富裕的……？"：Newman, Kindle loc. 207。

32 "挪威、丹麦、芬兰和瑞典的居民……"：Newman，39—40。

33 北欧的失业津贴和相关政策：Nordic Social，79—102；Kela, *Unemployment*。

34 马尔科·卢比奥的演讲：引用自卢比奥参议员官方网站上发表的一篇演讲稿。参见 Rubio。

35 芬兰为失业者提供的职业培训：Kela, *Unemployment*。

36 各国结婚、同居和单亲家长的情况：OECD, *Doing Better for Families*, 28。

37 对于单亲家庭孩子可能会遭遇的各类问题的研究：Amato; Berger, 160—161; U. S. Department of Health, 12; DeParle, "For Women"; Murray。

38 有美国人声称是政府出台的项目破坏了对于组建家庭的重视，具体言论可参见 Edsall; Levin; Rubio。

39 不同国家单亲家长生存状况的对比：Casey。

40 各国的家庭结构：Livingston; OECD, *Doing Better*, 25—28; OECD, *Family Database*; Statistics Finland。

41 "单亲、同居、非婚生育……"：Newman, 159。

42 芬兰和其他北欧国家对于生育前无工作经历者可获得的育儿假福利的相关规定：Nordic Social, 40—42; Kela, *Allowance* and *Amount*。

43 职场中的单亲家长：OECD, *Doing Better*, 216, 225, 238。

44 珍妮弗·席尔瓦对于年轻的工薪阶级美国人及其婚姻观的论述：Silva。

45 不同国家女性议员和女性内阁成员的比例：OECD, *Women*, 28—29。

46 两性在育儿和家务劳动上各自花费的时间：Bureau of Labor Statistics, "Table 1" and "Table 9"; Miranda, 11—12; Parker, *Modern*。

47 芬兰儿童在日托：Säkkinen。

48 芬兰母乳喂养的参考建议和实际情况：准确来说，世界卫生组织的建议是至少到孩子两岁以前，最好以母乳喂养配之以辅食，而芬兰的建议则是至少到一岁以前。参见 Aula, 49; World Health Organization; National Institute of Health, *Tietopaketit*; Uusitalo。

49 北欧国家的父亲专属假期：丹麦在 1997 年推出了父亲专属假期

政策，但已于 2002 年废止。其他北欧国家则仍旧实施着相关政策。北欧育儿假的相关信息截至 2015 年 7 月。参见 Duvander，38—39；Nordic Social，41—49；Rostgaard，8—9；OECD，*Closing*，208；Poulsen；Försäkringskassan；Kela，*Paternity*；Norwegian。

50 父亲专属假期推出后，对于家务、育儿和有偿工作的影响：Addati，52；Nordic Social 49；OECD，*Closing*，208—209；Patnaik；National Institute of Health，*Tilastotietoa*。

51 关于育儿假，美国男性的态度和他们所面临的挑战：Berdahl；Cain Miller，"Paternity Leave"；Harrington；Ludden；Mundy。

52 玛丽莎·梅耶尔怀孕后：Sellers；Swisher。

53 谢丽尔·桑德伯格的《向前一步》：Sandberg, chaps. 7 and 9。

54 北欧和美国的管理层女性：Blau；OECD，*Closing* 156，177。

55 美国的全职主妇：Cohn。

56 劳动力市场上的北欧女性与美国女性：1990 年，就女性在劳动力市场上的参与率来说，美国在二十二个经合组织成员中排在第六位。而到了 2010 年，美国的排名已下滑至第十七位。参见 Blau；OECD *Closing*，156，177，235。

57 美国的双职工家庭：Parker。

58 美国的日托费用：Child Care Aware。

59 北欧儿童在日托：Nordic Social，62。

60 女性在职场中理想的产假长度：Addati，8—9；OECD，*Closing*，209；World Economic Forum，*Global Gender*（2015），43；OECD，*Babies*，21；Cain Miller，"Can"。

61 不同国家之中两性间的收入差距：World Economic Forum，*Global Gender*（2013）20；World Economic Forum，*Global Gender*（2015），4，8。

62 白宫关于家庭政策和经济增长的报告：Executive Office of the

President，43。

63 美国各州关于家庭假和病假的法律：National Conference，*State Family*。

64 加州推行带薪育儿假的影响：Appelbaum；*Economic Report of the President*，130。

65《家庭法案》：Office of Senator Kirsten Gillibrand，*American*。

66 奥巴马总统关于假期的提案：*Economic Report of the President*，130；White House Office，"White House Unveils"。

67 ILO 的建议及育儿假的发展：Addati，9，11，16，20，22，25—27。

68 国际组织对于带薪假期和平价儿童托管服务的支持：European Commission；OECD，*Closing*，18—19；World Economic Forum，*Global Gender*（2015），36—43。

第四章

1 特许学校的情况：Center for Research on Education Outcomes。

2 富家子弟的表现优于其他孩子：Reardon。

3 PISA 测试中芬兰和美国的表现：Kupari；Ministry of Education，*Finland and PISA*；Ministry of Education，PISA12；OECD，*Country*；OECD，*Lessons*；OECD，*PISA 2009 Results*；OECD，*PISA 2012 Results: What Students Know*；Sahlberg，"Why"。

4 芬兰教育体系的历史沿革：OECD，*Lessons*，118—123；Sahlberg，*Finnish*，chap. 1。

5 "有些人认为……前景将无比黯淡……"：Sahlberg，*Finnish*，19。

6 萨尔贝里访问德怀特中学：此处的场景描述来自作者的亲身见闻，部分内容此前已成文刊登于《大西洋月刊》。参见 Partanen。

7 芬兰的独立学校和私立大学：赫尔辛基国际学校系属例外情况。由于它遵循国际教育课程体系，主要招收短期居住于芬兰的外国家庭子女，因此受到教育部的批准，被允许收取每年约 1 万美元的学费。信息来源于：与芬兰教育文化部工作人员 Anne-Marie Brisson 的电子邮件采访（2015 年 8 月 4 日）；与芬兰教育文化部工作人员 Laura Hansén 的电子邮件采访（2015 年 8 月 10 日）；Ministry of Education and Culture, *Basic*, *Funding*, and *Valtioneuvosto*; Basic Education Act 628/1998, chap. 3 and chap. 7, section 31; Yle。

8 芬兰的免费受教育权：Ministry of Justice, section 17。

9 贫困经济学与教育界的"需求 vs 供给"策略：Banerjee, chap. 4。

10 上私立学校的美国学生、逐利性学校的扩张与私人测试服务：Chingos, 10; Miron; Kena, 74。

11 瑞典的私立学校：OECD, *Equity*, 71; OECD, *Improving*, 93—96。

12 各国的标准化测试：Morris。

13 印度的"学券"：Muralidharan; Shah。

14 奥巴马和罗姆尼各自关于教育的观点：Gabriel; Romney; White House Office, "Remarks by the President on Education Reform"。

15 "一个文明的社会，不应……" Banerjee, 78。

16 家长的财富状况和受教育程度与美国学生取得学业成就的关系：OECD, *Country*; OECD, *Lessons*, 34; OECD, *Economic Policy*, 188; OECD, *PISA 2012 Results: Excellence Through Equity*, 39; Reardon。

17 各国的儿童贫困率：UNICEF Innocenti; UNICEF Office, 7。

18 关于贫困与学校改革的辩论，可参见 Klein; Rhee; Thomas。

19 与儿童贫困相关的风险：UNICEF Innocenti, 4。

20 比美国贫富差距更大但文化差异较小的国家在教育上的表现：

OECD, *Lessons*, 34。

21 芬兰的收入不均情况：OECD, *Society*, 66—67。

22 一些关于儿童早教益处的具有广泛影响力的研究：Campbell; Schweinhart。

23 美国扩大早教范围：National Center for Education Statistics, "Table 5. 1"; White House Office, *President Obama's Plan*; Harris。

24 北欧儿童上日托：Ministry of Education and Culture, *Every Child*; Nordic Social, 57—62; Säkkinen。

25 关于芬兰日托的活动与目标，信息来源于：与坦佩雷大学工作人员 Eeva Hujala 的 Skype 线上采访（2013 年 1 月 31 日）；作者本人对家长进行的采访；芬兰日托中心在网上公布的日程表。

26 芬兰日托的规范和质量：当作者于 2015 年写作本书时，芬兰政府正计划将三岁以上儿童的保教人员与其看管儿童的比例放宽至一对八。参见 Ministry of Education and Culture, *Early Childhood*; Taguma; UNICEF Office, 21。

27 山姆·卡斯对日托的相关评论：Kass spoke at *Parenting* magazine's 2012 Mom Congress in Washington, DC。

28 芬兰的师范教育：OECD, *Lessons* 125; Sahlberg, *Finnish*, chap. 3; interview with Leena Krokfors of Helsinki University (Oct. 12, 2012)。

29 美国的师范教育：Foderaro; Greenberg; Levine; National Council on Teacher Quality; NYC Department; Putnam; Smith。

30 对于"为美国而教"的批判：Naison; Ehrenfreund; Rich, "Fewer"; Winerip。

31 教师的工资收入：OECD, *Education*, 454。

32 在 PISA 测试中表现出色的国家和地区对于教师的投入：OECD, *Does Money*。

33 美国的标准化测试：2001 年,乔治·布什总统签署了《有教无类法案》(No Child Left Behind Act of 2001),要求各州必须推行标准化测试,不然州内的公立学校就无法收到联邦拨款。近年来,反对过度测试的声音开始占据上风。2015 年,奥巴马政府承认在政策推动下,标准化测试和对教师的评估已经超出应有的限度。在作者写作本书期间,对于"有教无类"的相关改革正在进行之中。对于改革进展,可参见 Rich, "'No Child'"; Steinhauer; Strauss; Zernike, "Obama"。

34 基于学生的考试成绩对学校和教师进行排名：Aviv; Banchero; Harris; OECD, *Country*, 5; Otterman; Rizga; Santos, "City Teacher Data" and "Teacher Quality"。

35 芬兰学校的自主权：作者本人对帕西·萨尔贝里的采访(2011 年 12 月 8 日、2012 年 5 月 11 日以及 2014 年 10 月 25 日); Sahlberg, "Quality," 28; OECD, *Lessons*, 123—127;对校长 Mika Oksa 的采访(2012 年 3 月 7 日)。

36 芬兰的教师工会：芬兰教育工会(the Trade Union of Education)的数据显示,芬兰 95% 的教师都是工会成员。值得注意的是,在芬兰,参加工会完全是基于自愿原则的。

37 美国标准化测试的费用：Chingos。

38 学校在测试上作弊的问题：目前,美国最臭名昭著的作弊丑闻发生在亚特兰大市。在一学年内,三十所学校的八十二名教师承认自己曾给学生的考试成绩放水;十一名公立学校的教师受到刑事指控,其中一部分人因多次擦除和篡改学生写在考卷上的答案而被判处数年监禁。另外,在数十个其他城市也有类似的作弊报道,可见作弊行为的覆盖范围之广。参见 Aviv; Fausset; Rich, "Scandal"; U. S. Government Accountability Office。

39 芬兰学校内教授的课程：读者可登录芬兰国家教育委员会

(Finnish National Board of Education)的官网查询到芬兰国家核心课程名单以及所有课程的最低教学时长。

40 美国学校的艺术教育：Dillon；McMurrer；U. S. Department of Education，"Prepared Remarks of U. S. Secretary of Education"；Parsad。

41 芬兰在课程大纲中加入更多艺术和手工类课程：Ministry of Education and Culture，*Työryhmä*。

42 丹·拉瑟采访琳达·达林-哈蒙德：StanfordScope。

43 蒂斯托拉学校：自1987年秋至1990年春，我就读于该校的高年级部。为写作本书，我在2013年的9月10日与11日两天重返母校，做了一些调研工作。除依赖亲身见闻以外，我也采访了学校的工作人员和学生，尤其与校长Mirja Pirinen和副校长Marikka Korhonen进行了较深入的对话。

44 芬兰学校和班级的规模：Ministry of Education and Culture，*Opetusryhmien tila*，22，25—26；OECD，*Lessons*，124。

45 芬兰法律规定孩子应有时间消遣和休息：Basic Education Act 628/1998，chap. 6，section 24。

46 私人辅导和其他家庭教育支出扩大了美国人在教育机会上的贫富差距：Associated Press，"School Spending"；Duncan，3—4；Greenstone，*Dozen*，12，and *Thirteen*，chap. 2；Phillips。

47 芬兰学校为孩子开设的晚托：2011年，98%的芬兰市镇中有为一二年级学生提供的晚托服务。参见Ministry of Education and Culture，*Perusopetuksen*。

48 各国学生在学校度过的时长：OECD，*Education*，428。

49 芬兰的学校排名：2015年，芬兰高考委员会（Finnish National Matriculation Examination Board）第一次在其官网上公布了每一所学术性高中的考试得分，但是名单是按照学校名称的首字母顺序排列的，而且给出的分数需要进一步解析，否则就难以理解——媒体自然担起了这一"重任"。从中也可见芬兰教育行政人士和研究人士对此类排名有多么"深恶痛绝"。参见 Kortelainen；Laitinen；Mäkinen；Takala；Ylioppilastutkintolautakunta。

50 芬兰学校中的合作机制：作者对芬兰教师进行的采访；Toivanen；Peltomäki；Schleicher, 19。

51 美国学校的团队运动可能引发的相关问题：Lavigne；Ripley, "The Case"；Wolverton。

52 各国赴美交换生的观察：Ripley, "The Smartest," 71—72, 99—101, 196。

53 家长参与度与学生表现之间的关系：Robinson。

54 弗雷德里克·赫斯对于"芬兰狂热"的看法：Jenny Anderson。

55 芬兰和美国的人口多样性：Grieco；Statistics Finland, *Foreigners*。

56 挪威的教育方针：Abrams；OECD, *Education Policy Outlook Norway*。

57 瑞典的教育方针：Hartman；OECD, *Improving Schools in Sweden*。

58 芬兰学校的办学资金：Eurydice；STT。

59 "在一个州最富有的学区内……"：Carey, "School Funding's," 6。

60 美国学校的办学资金：Carey, "School Funding's"；Baker；Ushomirsky；U. S. Department of Education, "For Each and Every Child," 17—20。

61 "想象一下有这样两个城镇……"：U. S. Department of Education, "For Each and Every Child," 17。

62 各国的教育支出：2011年，在所有OECD成员中，卢森堡、瑞典、挪威、奥地利和美国在小学和初中（一般覆盖六岁至十五岁孩子）教育上的支出最多，这是计算公立和私立所有学校学生的人均教育开支并统一换算成美元后得出的排名。就所有层级的教育支出（包括大学）占本国GDP的比例而言，美国排在第八位，而芬兰则排在第十一位。参见

OECD, *Country*, 4；OECD, *Education at a Glance 2014*, 222；OECD, *Education Spending*；OECD, *Lessons*, 28, 130。

63 丹·拉瑟对于芬兰和洛杉矶教育部门的比较：Dan。

64 芬兰对其他国家理念的借鉴：对赫尔辛基大学工作人员 Leena Krokfors 的采访（2012 年 10 月 12 日）；对帕西·萨尔贝里的采访（2011 年 12 月 8 日、2012 年 5 月 11 日以及 2014 年 10 月 25 日）；Sahlberg, *Finnish*, 34—35。

65 大学排名：Times。

66 "奥巴马总统曾说……"：Carey, "Americans Think"。

67 各国成年人的读写能力、计算能力和技术技能：OECD, *OECD Skills Outlook*。

68 美国高等教育的费用以及其对美国家庭造成的负担：2015 年，根据美国大学理事会（the College Board）的估算，全美公立大学中，一个本科生每一学年的平均总支出（包括学杂费和食宿费）为 19,548 美元，而私立非营利性大学的本科生每一学年的平均总支出为 43,921 美元——换而言之，一个学生如果去上私立大学，其本科四年的总支出约为 175,000 美元。参见 College Board；*Economic Report of the President*, 132—134, 137—138；Kirshstein；OECD, Education spending (indicator)。

69 芬兰的大学费用与津贴：对于接受高等教育的学生，芬兰的公共财政支持方式包括发放助学金和住房补贴以及政府为助学贷款提供担保。在 2016 年的春季学期，芬兰政府为所有年满 18 岁且不与父母同住的学生每月发放 336.75 欧元的助学金，另外，对于所有不与父母同住且所租住的房屋不归其父母所有的学生，政府每月最高发放 201.60 欧元的住房补贴。因此，根据 2016 年 3 月的汇率换算下来，政府为每位学生基本生活开支提供的财政支持每月最高约达 600 美元（但比 600 美元略少一点）。除此之外，学生宿舍的房租以及学生贷款的条件都很合理，学生还可以额外申请餐补和交通补贴。参见 Student Union; Kela, *Government Guarantee*; Kela, *Housing Supplement*, Kela, *Study Grant*。

70 美国大学对于有能力支付全额学费的学生以及校友子女的录取规则: Mandery; Zernike, "Paying"。

71 芬兰政府确保所有二十五周岁以下的青年参与实质性的教育或劳动: Ministry of Education and Culture, *Koulutustakuu*。

第五章

1 无医保美国人的生活: Buckley; Kristof, "A Possibly Fatal"。

2 因为无医保而死亡的美国人: Doyle; FactCheck. Org; IOM, *Care and America's*; Krugman, "Death"; Sommers; Weiner。

3 医院针对无医保美国人的收费情况: Arnold, "When Nonprofit"; Brill; Silver-Greenberg; Rosenthal, "As Hospital"。

4 美国人因看病而破产的情况: Brill; Himmelstein; LaMontagne; Sack; Underwood。

5 各国的医疗体系: Reid。

6 2014 年,美国医保的覆盖情况: 此段所有数字相加后之所以会超过 100%,是因为有些人可能会同时拥有两种及以上不同类型的健康保险。参见 Smith。

7 "医疗援助计划"的适用人群: Artiga。

8 美国人丧失医保与获得医保: Hayes; Rosenbaum; Sanger-Katz。

9 美国人因为健康保险而延迟退休: Fronstin。

10 各国的就业率: OECD, *OECD Factbook 2014*, 133。

11 美国"雇主资助的健康保险"的费用情况: Claxton; Rosenthal, "The $2.7 Trillion"。

12 芬兰的自付金额上限及其他医疗费用：读者可以在芬兰社会事务和卫生部（Finnish Ministry of Social Affairs and Health）及芬兰社保机构 Kela 的官方网站上获取更多的相关信息。十八周岁以下未成年人的医疗费用也计入其监护人的自付金额。一旦处方药的自付金额达到上限，之后患者每次开药时需要支付的药费不超过 3 美元。关于医保覆盖的药品情况，可参见 Finnish Medicines Agency。

13 芬兰政府对于患者去私立医疗看病的补贴：Blomgren；Kela，*Statistical Yearbook*，166—167，169。

14 各国患者获得专科医生诊疗与"选择性"手术的难易程度：Davis 20；Gubb 8，16—18；OECD，*Health at a Glance 2015*，128—129。

15 各国人民的健康情况、术后存活率、获得医疗服务的便捷性以及对各国医疗体系的比较：Commonwealth Fund，"Why Not the Best," 24—25；Davis；OECD，*Health at a Glance 2015*，46—45，58—59，81，151，153，155。

16 "提到高科技医疗，美国的医学界无疑是世界顶尖的……"：NPR。

17 哈佛大学对于因看病而破产人群的研究：Himmelstein。

18 "奥巴马医改"后患者的看病成本：Goodnough，"Unable"；HealthCare.gov；Rosenthal，"After Surgery," "As Insurers," and "Costs"。

19 各国的医疗支出：OECD *Health at a Glance 2015*，164—165。

20 各国的手术价格：International Federation。

21 "动一个人工髋关节置换手术，美国人付的医疗费平均是瑞士或法国人付的四倍……"：Rosenthal，"The 2.7 Trillion"。

22 为何美国医疗费用如此高昂：Bach；Brill；Fujisawa；Gawande；International Federation；OECD，*Health at a Glance 2015*，114—115，and *Why*；Rampell；Rosenthal，"In Need," "The Soaring Cost," and "Medicine's"；Squires。

23 萨拉·佩林对"死亡委员会"发表的相关言论：Drobnic Holan。

24 一个人工髋关节置换手术在美国各家医院的价格：Rosenthal, "Availability"。

25 美国医生花时间确保病人的保险能覆盖相关的药费和治疗费：Davis, 23；Ofri。

26 芬兰医保对于药品和疗法的覆盖情况：Finnish Medicines Agency；与芬兰社会事务和卫生部工作人员 Lauri Pelkonen 的电子邮件采访（2015年8月21日）；对国家保健福利研究所（National Institute of Health and Welfare）工作人员 Jaana Leipälä 的采访（2013年10月17日）。

27 在美国，决定药品与疗法是否被纳入健康保险覆盖范围的流程：Bach；Brill；Jacobs；Lim；Rosenthal, "Insured,"Siddiqui。

28 各国人民对医生的信任：Blendon。

29 依靠助产士分娩 vs 依靠产科医生分娩：OECD, *Health at a Glance 2013*, 68。

30 美国医生滥用 MRI 检查和抗生素：OECD, *Health at a Glance 2013*, 86—87, 110—111；*Health at a Glance 2015*, 102—103, 136—137。

31 盖伊·汤普托论自由：汤普托于2012年7月11日写下这条网络评论，它出现在《纽约时报》网站上一篇评论文章下面的留言区中。文章标题为《奥巴马是社会主义者？简直离谱》（Obama the Socialist? Not Even Close），发布于2012年7月10日，作者是捷克电影导演 Milos Forman。

32 北欧国家中病人的选择权：Anell, 44, 61—62；Ministry of Social Affairs and Health, *Hoitopaikan valinta*；Olejaz, 46—47, 73, 113—114；Ringard, 22, 42。

33 "医疗系统的普遍法则"：Reid, 27。

34 芬兰人信任国民医疗体系：Taloudellinen tiedotustoimisto。

35 芬兰的最长候诊时间与病人自费金额：Ministry of Social Affairs

and Health，*Hoitoon pääsy* and *Terveydenhuollon maksut*。

36 美国治疗多发性硬化症的药品价格：Hartung。

37 "联邦医疗保险"和"医疗援助计划"对于家庭护理和居家医疗服务的覆盖情况：Bernstein；Medicare.gov，*Your Medicare* and *How Can I*；Taha；Thomas。

38 五十五岁至六十四岁美国人的净资产中位数：Sommer。

39 美国私人养老院的年费中位数：Genworth。

40 美国人担心"退休后返贫"：Bank of America；Morin。

41 女性为照顾年老的家庭成员而辞职：Searcey。

42 北欧国家的养老服务：Help Age International；Nordic Social，155—162；Osborn International；对奥尔堡大学的蒂内·罗斯特加教授进行的采访（2013 年 9 月 10 日）。

43 截至 2015 年，《平价医疗法案》造成的影响：Blumenthal David；Krugman，"Rube"；Pear，"Number"。

44 美国医疗的税收与资金：Gruber；Horpedahl；Rae。

45 美国工薪阶级的医疗成本上升：Commonwealth，Why Are；IOM，America's；Osborn，The Commonwealth；Schoen；Swift。

46 美国人支持政府在医疗服务领域发挥更大作用：Balz；Gallup；Connelly；Pew Research Center，"Millennials，"35—36；Pew Research Center，"Political，"68—69。

47 美国内部为推行公共医疗服务所作出的种种努力：Associated Press，"Governor"；McDonough；Office of Senator Jamie Eldridge；Perkins；Varney；Wheaton。

48 美国药企的利润、广告与研发：Richard Anderson；Brill；Rosenthal，"The Soaring Cost"。

49 奥巴马争取协商"联邦医疗保险"下的药品价格：Morgan；Pear，

"Obama"。

50 立法要求药企自证定价合理：Editorial Board；Silverman。

51 雇佣方希望不必再为员工提供医疗保险：Goldstein；Pear，"I. R. S."。

52 关于是否应该任由无医保男性死去，罗恩·保罗与辩论会现场观众的互动：RonPaul2008dotcom。

53 付得起健康保险的男性自由职业者自己选择了不买保险，后罹患癌症的故事：Kristof，"A Possibly"。

54 医疗坏账变成纳税人的负担：Brill；Goodnough，"Hospitals"。

55 保险公司提高保费：Pear，"Health Insurance"；Schoen。

56 美国人对于保险公司怀抱着一种"近乎复仇"的态度：Andrews。

57 "千禧一代"对于医疗体系的态度：Pew Research Center，"Millennials"。

第六章

1 米特·罗姆尼提及47%的美国人：2012年5月17日，罗姆尼在佛罗里达州的一个私人募款会上发表讲话，其中一段话是这样的："有47%的美国人无论发生什么都会投票给（奥巴马）总统。这47%的人追随他，是因为他们需要依靠政府才能生活下去。他们觉得自己是受害者，所以认为政府有义务照顾好他们；他们相信自己有权获得医疗服务、食物、住房和一切你能想到的东西。他们说这是他们应得的权利，而政府应该将其赋予他们……对了，这是一群不交所得税的人。"参见 MoJo News Team。

2 纽特·金里奇关于食品券的演讲：Byers。

3 "这种做法将会扼杀美国……"："Republican Candidates"。

4 接受社会福利的芬兰人数和美国人数：我必须承认，要衡量芬兰和美国为其居民提供的整体的社会救助水平，这样的比较并不完全公平合理。比如说，芬兰每个月会向所有抚养孩子的家庭自动发放一笔儿童福利金（而在文中却并未提及这样的信息）。但因为部分美国人对所谓的"福利国家"怀有较大的敌意，所以在这里我主要是想指出美国自身的情况。文中给出的两国人口比例基于2013年"吃福利"的芬兰人数（381,851人）与接受食品券的美国人数（47,700,000人）计算得出。参见Congressional Budget Office, *Supplemental*; Virtanen。

5 芬兰和美国的就业人口：就业率计算的是一国劳动力人口（年龄在十五岁至六十四岁之间的人口）中就业人口的占比。就业人口包括在调查时表示自己在调查前一周进行过至少一小时有酬劳动的人，以及在调查进行的当周虽然未在劳动但拥有一份工作的人。依照这一标准，在2010年至2012年间，芬兰的就业率为69%，而美国的就业率为67%。其他北欧国家的就业率比芬兰的更高：冰岛79%，挪威76%，瑞典和丹麦都是73%。参见OECD, *OECD Factbook*, 132—133。

6《纽约时报》关于奇萨戈县的报道：Appelbaum。

7 美国家庭收入和接收福利的比例：Congressional Budget Office, *Trends* 3, 21。

8 关于"隐秘的政府"：虽然社会保障金项目中涉及的福利金是以政府支票的形式发放的，但苏珊娜·梅特勒指出，罗斯福政府甚至有意让这一项目看起来也像是私人保险，导致其受益人难以察觉其本质是一项政府的社保项目。梅特勒的研究显示，在拿到过社会保障金项目发放的支票的人群中，有44%的人声称自己从未使用过政府任何的福利项目；在申领过儿童照护税额抵免的人群中，该比例为52%；在申领过所得税税额抵免的人群中，比例为47%；在拥有雇主资助的健康保险（因而获得了部分收入免税优惠）的人群中，比例为64%。同样的情况也出现在领取过失业救济金和联邦医疗保险金的人里,分别有43%和40%的受访者声称自己从未使用过政府任何的福利项目。参见Mettler。

9 冰岛的银行业危机:Icelandic Parliament。

10 北欧经济的竞争力、自由度和状态:Miller; OECD *Economic Surveys* for Denmark, Finland, Iceland, Norway, and Sweden; Schwab, *Global Competitiveness Report 2015—2016*。

11 欧元危机期间和之后的芬兰经济:Arnold, *Finland*; Irwin; Krugman, "Annoying"; Milne; Moody's; Moulds; O'Brien, *The Euro and Why*; Standard and Poor's, "Finland"。

12 各国的政府债务、GDP和赤字情况:OECD, *Government*, 58—59, 62—63; OECD, *National*, 25。

13 国会 vs 蟑螂:Public Policy Polling。

14 霍布斯和人的战争状态:Hobbes, 56, 81。

15 卢梭和人的法律:Rousseau。

16 密尔论自由:Mill。

17 阿历克西·德·托克维尔与美国的民主:Tocqueville。

18 "假如在一个社会中……"和"假如一个国家……":Micklethwait, 48, 56. 248 Smith and the invisible hand:Smith。

19 斯密与看不见的手:Smith。

20 "简而言之……":Micklethwait, 87。

21 三分之一的美国人相信武装起义有必要:Farleigh。

22 2011年,作者个人在芬兰和美国的税务情况:严格来说,芬兰创业者休育儿假和病假期间的工资并不来源于税收,因为法律规定,所有自雇劳动者都必须购买创业者养老保险,它会覆盖自雇人士的上述福利,劳动者则需向其支付相应的社会保障金。不过,由于这笔社保金额差不多等同于美国自雇人士所需缴纳的税款,所以本文中作者也将其一并计入税的范畴。

23 罗姆尼一家和奥巴马一家的税率：Confessore；Leonhardt；Mullins；White House Office, *President Obama*。

24 各国的征税情况：Lindbeck, 1297—1298, 1301；OECD, *Consumption* chap. 5, 34—35, 120—130, 134, 140；OECD, *OECD Factbook*, 230—231；OECD, "Table 1. 7"；OECD, *Taxing*, 19—24, 45, 129, 546；Tax Policy Center, "Historical"。

25 各国最高档的边际税率：OECD, "Table 1. 7"。

26 美国的收入分配情况：Tax Policy Center, "Distribution"。

27 美国人支持政府提高对富人的税率：Newport；Ohlemacher；Parker, "Yes"；Steinhauser。

28 "如果把各种免税、减税、抵扣……"：Senate。

29 巴菲特、金和奥巴马谈到自己的税率：Buffett, "A Minimum" and "Stop"；King；Lander。

30 丹麦的"弹性安全"制度：Andersen。

31 瑞典经济和预算规则：2015 年，瑞典政府表示希望不再执行财政盈余规则，因为国家财政状况已趋于稳定，取消该规则将有助于促进投资领域的货币流通。在作者写作本书期间，围绕该问题的讨论仍在进行之中。参见 Duxbury；Regeringskansliet；OECD. *OECD Economic Surveys: Sweden*。

32 各国政府支出占自身 GDP 规模的比例与提供服务的效率：Adema；OECD, *Government*, 70—71。

33 在美国，为建立更明智的政府所作出的提议与实践：Paul Blumenthal；Chappell；Dorment；*Education Week*；Kaiser；National Conference, *Redistricting*, *State Family*, and *State Minimum*；National Employment Law Project, "City"；Teles；United for the People；White

House Office,"White House Unveils"; Employment Development。

34 为税制改革所作出的提议: Brundage; Buffett,"A Minimum"; Krugman,"Taxes"; Nixon; Norris; White House, *Reforming*。

第七章

1 对冲基金经理挣将近 10 亿: 根据《福布斯》报道,在 2013 年,最吸金的前二十五名对冲基金经理共挣 243 亿美元,而 *Institutional Investor's Alpha* 发布的数字是 211.5 亿美元。因此,10 亿美元是他们所挣金额的平均数——有人赚得多点,有人则赚得少点。而要挤进前二十五名的序列,你必须至少挣 3 亿美元。参见 Taub; Vardi。

2 美国的中位数收入: DeNavas-Walt and Proctor, 5。

3 纽约的无家可归者: Feuer; Stewart。

4 美国的收入不均: Congressional Budget Office, *Trends*; Krugman,"The Undeserving"; National Employment Law Project,"Occupational"; Saez; Yellen。

5 对于贫富差距扩大的解释: Frank; OECD, *Divided*, 28—41。

6 美国人更认可瑞典的收入分配情况: Norton。

7 收入不均、机会均等与社会流动性: Chetty; Corak,"Do Poor" and "Income Inequality"; Hertz; Jäntti; OECD, Growing Unequal; Pickett; 对马库斯·延蒂所作的采访(2013 年 9 月 29 日)。

8 爱德华·米利班德论美国梦: Miliband。

9 芬兰的学校改革和社会流动性: 有一项研究发现,芬兰取消分轨制、建立统一的公立学校体制,有效降低了约四分之一的代际间财富延续的关联性。参见 See Pekkarinen。

10 美国和其他国家中产阶级的收入: DeNavas-Walt and Proctor, 23;

Leonhardt and Quealy。

11 OECD 为缩减贫富差距提出的建议：OECD, *Divided*, 18—19。

12 美国人将贫富差距视为最大威胁：Pew Research Center, "Middle Easterners"。

13 美国各州和各市提高最低工资标准：National Conference, *State Minimum*; National Employment Law Project, "City"。

14 克鲁格曼谈富人纳税问题：Krugman, "Now That's"。

15 斯蒂格利茨谈到北欧国家：Stiglitz。

16 财富与幸福：Lewis。

第八章

1 Supercell：对伊尔卡·帕纳宁的采访（2013 年 10 月 23 日）；Junkkari; Kelly; Reuters; Saarinen, "Hurjaa" and "Supercell-miljonäärit"; Scott, "SoftBank" and "Supercell Revenue"; Wingfield。

2《华尔街日报》关于 Acne Studios 的报道：Yager。

3 通力公司及其电梯创新：信息完全披露：本书作者曾受到通力基金会（KONE Foundation）非虚构写作奖学金的资助。该基金会独立于通力公司，每年发放超过 2,000 万欧元用以促进芬兰研究、艺术和文化发展。

4 通力电梯与摩天大楼：Davidson; *Economist*。

5 各国经商的难易程度：World Bank。

6 各国解雇员工的难易程度：OECD, *Employment*, 78。

7 最低工资标准与连锁快餐店：2015 年 8 月，一个麦当劳巨无霸汉堡在芬兰卖 4.10 欧元，而它在美国的平均售价为 4.80 美元。根据当时的汇率换算下来，芬兰巨无霸约合 4.60 美元。参见 Alderman; Allegretto。

8 北欧国家管理层的收入：Pollard。

9 各国劳动者每小时工作可以创造出的 GDP、个体劳动者的总工作时长和就业率：OECD, *OECD Compendium*, 23, *Hours*, and OECD *Factbook*, 132—133。

10 H&M 公司的育儿假政策：Hansegard。

11 "一家公司会观察……"：*Economic Report of the President* 129, 132。

12 推行家庭友好型政策也有益于雇佣方：Bassanini 11; Huffington, *Beyond*; OECD, *Babies*, 24; World Economic Forum, *Global Gender* (2013), 31。

13 企业不愿为员工提供更高的工作生活平衡度：University of Cambridge。

14 "在这个国家，没有人是完全靠自己发家致富的……"：Real Clear Politics。

15 各国的交通事故死亡率：International Transport, 22。

16 林纳斯·托瓦兹：Rivlin。

第九章

1 "通常来说，我会像避瘟疫似的避免陈腔滥调……"：Wellesley。

2 美国人对成功人生的看法：Bowman, 17; Futures; Weissbourd。

3 "父母们似乎越发焦虑……"：Tugend。

4 美国人想要缩减工作时长：Delaney; Rampell。

5 乐观主义的消极面：Ehrenreich; Oettingen。

6 测试四岁孩子：纽约市许多幼儿园会基于孩子在标准化测试中的表现确定录取名单。参见 Senior。

参考文献

Abelson, Reed. "Insured, but Bankrupted by Health Crises." *New York Times*, June 30, 2009. Web.

Abrams, Samuel E. "The Children Must Play." *New Republic*, Jan. 28, 2011. Web.

Addati, Laura, et al. *Maternity and Paternity at Work: Law and Practice Across the World*. International Labour Office. Geneva: ILO, 2014. Web.

Adema, Willem, et al. "Is the European Welfare State Really More Expensive? Indicators on Social Spending, 1980–2012; and a Manual to the OECD Social Expenditure Data Base (SOCX)." *OECD Social, Employment and Migration Working Papers* 124. Paris: OECD Publishing, 2011. Web.

Aho, Erkki. "52 Finnish Comprehensive Schools." In *100 Social Innovations from Finland*. Edited by Ilkka Taipale. Helsinki: Peace Books from Finland, 2009.

Alderman, Liz, and Steven Greenhouse. "Living Wages, Rarity for U. S. Fast-Food Workers, Served up in Denmark." *New York Times*, Oct. 27, 2014. Web.

Allegretto, Sylvia, et al. *Fast Food, Poverty Wages: The Public Cost of Low-Wage Jobs in the Fast-Food Industry*. UC Berkeley Labor Center,

2013. Web.

Allianz. *The 2013 Allianz Women, Money, and Power Study*. Web.

Amato, Paul. R. "The Impact of Family Formation Change on the Cognitive, Social and Emotional Well-Being of the Next Generation." *Marriage and Child Wellbeing* 15: 2 (2005): 75–96. Web.

Andersen, Torben M., et al. *The Danish Flexicurity Model in the Great Recession*. VoxEU. org, Apr. 8, 2011. Web.

Anderson, Jenny. "From Finland, an Intriguing School-Reform Model." *New York Times*, Dec. 12, 2011. Web.

Anderson, Richard. "Pharmaceutical Industry Gets High on Fat Profits." *BBC News*, Nov. 6, 2014. Web.

Andrews, Michelle. "Patients Balk at Considering Cost in Medical Decision-Making, Study Says." *Washington Post*, Mar. 11, 2013. Web.

Anell, Anders, et al. "Sweden: Health System Review." *Health Systems in Transition* 14: 5 (2012): 1–159. Web.

Appelbaum, Binyamin, and Robert Gebeloff. "Even Critics of Safety Net Increasingly Depend on It." *New York Times*, Feb. 11, 2012. Web.

Appelbaum, Eileen, and Ruth Milkman. "Paid Family Leave Pays Off in California." *Harvard Business Review*, Jan. 19, 2011. Web.

Arnold, Chris. "When Nonprofit Hospitals Sue Their Poorest Patients." *NPR*, Dec. 19, 2014. Web.

Arnold, Nathaniel, et al. *Finland: Selected Issues*. Washington, DC: International Monetary Fund, 2015. Web.

Artiga, Samantha, and Elizabeth Cornachione. *Trends in Medicaid and CHIP Eligibility Over Time*. Kaiser Family Foundation, 2015. Web.

Associated Press. "Governor Abandons Single-Payer Health Care Plan." *New

York Times, Dec. 17, 2014. Web.

Associated Press. "School Spending by Affluent Is Widening Wealth Gap." New York Times, Sept. 30, 2014. Web.

Astridlindgren. se. *Astrid Lindgren and the World*. N. d. Web. Accessed July 23, 2015.

Aubrey, Allison. "Burger Joint Pays $15 an Hour. And, Yes, It's Making Money." NPR, Dec. 4, 2014. Web.

Aula, Maria Kaisa, et al. " Vanhempainvapaatyöryhmän muistio. " ["Memorandum of Working Group on Family Leaves."] *Sosiaali-ja terveysministeriön selvityksiä* 12. Helsinki: Ministry of Social Affairs and Health, 2011. Web.

Aviv, Rachel. "Wrong Answer." *The New Yorker*, July 21, 2014. Web.

Bach, Peter S. "Why Drugs Cost So Much." New York Times, Jan. 14, 2015. Web.

Bagehot. "Nice Up North." *The Economist*, Jan. 27, 2011. Web.

Baker, Bruce D., et al. *Is School Funding Fair? A National Report Card*. Education Law Center, 2015. Web.

Baker, Peter. "The Limits of Rahmism." *New York Times Magazine*, Mar. 8, 2010. Web.

Bakst, Dina. "Pregnant, and Pushed Out of a Job." New York Times, Jan. 30, 2012. Web.

Balz, Dan, and Jon Cohen. " Most Support Public Option for Health Insurance, Poll Finds." *Washington Post*, Oct. 20, 2009. Web.

Banchero, Stephanie. "Teachers Lose Jobs Over Test Scores." *Wall Street Journal*, July 24, 2010. Web.

Banerjee, Abhijit V., and Esther Duflo. *Poor Economics—A Radical*

Rethinking of the Way to Fight Global Poverty. New York: PublicAffairs 2011. Kindle file.

Bank of America. "Going Broke in Retirement Is Top Fear for Americans." *Merrill Edge Report*, May 27, 2014. Web.

Basic Education Act 628/1998. Amendments up to 1136/2010. Finlex. Web. Accessed Aug. 2, 2015.

Bassanini, Andrea, and Danielle Venn. "The Impact of Labour Market Policies on Productivity in OECD countries." *International Productivity Monitor* 17 (2008): 3 – 15. Web.

Berdahl, Jennifer L., and Sue H. Moon. "Workplace Mistreatment of Middle Class Workers Based on Sex, Parenthood, and Caregiving." *Journal of Social Issues* 69: 2 (2013): 341 – 66. Web.

Berger, Lawrence M., and Sarah A. Font. "The Role of the Family and Family-Centered Programs and Policies." *Policies to Promote Child Health* 25: 1 (2015): 155 – 76. Web.

Berggren, Henrik, and Lars Trägårdh. *Är svensken människa?* Stockholm: Norstedts Förlag, 2006.

———. "Pippi Longstocking: The Autonomous Child and the Moral Logic of the Swedish Welfare State." In *Swedish Modernism: Architecture, Consumption and the Welfare State*. Edited by Helena Mattsson and Sven-Olov Wallenstein, 10 – 23. London: Black Dog Publishing, 2010.

———. "Social Trust and Radical Individualism: The Paradox at the Heart of Nordic Capitalism." In *Shared Norms for the New Reality: The Nordic Way*, 13 – 27. Stockholm: Global Utmaning, 2010. Web.

Bernstein, Nina. "Pitfalls Seen in a Turn to Privately Run Long-Term Care." *New York Times*, Mar. 6, 2014. Web.

Blau, Francine D., and Lawrence M. Kahn. "Female Labor Supply: Why Is the US Falling Behind?" *American Economic Review* 103: 3(2013): 251 – 56. Web.

Blendon, Robert J., et al. "Public Trust in Physicians—U. S. Medicine in International Perspective." *New England Journal of Medicine* 371(2014): 1570 – 72. Web.

Blomgren, Jenni, et al. "Kelan sairaanhoitokorvaukset tuloryhmittäin. Kenelle korvauksia maksetaan ja kuinka paljon?" ["The Social Insurance Institution of Finland's Health Care Reimbursements by Income Quintile. To Whom Are Reimbursements Paid and What Are the Amounts?"] *Sosiaali-ja terveysturvan selosteita* 93. Helsinki: Kela, 2015. Web.

Blumenthal, David, et al. "The Affordable Care Act at Five." *New England Journal of Medicine Online First*, May 6, 2015. Web.

Blumenthal, Paul. "States Push Post-Citizens United Reforms as Washington Stands Still." *Huffington Post*, July 11, 2013. Web.

Bolick, Kate. "All the Single Ladies." *Atlantic*, Nov. 2011. Web.

Bowman, Carl, et al. *Culture of American Families*. Institute for Advanced Studies in Culture, 2012. Web.

Bradford, Harry. "The 10 Countries with the Best Work-Life Balance: OECD." *Huffington Post*, Jan. 6, 2011. Web.

Brill, Steven. "Bitter Bill: Why Medical Bills Are Killing Us." *Time*, Feb. 20, 2013. Web.

Brooks, David. "The Talent Society." *New York Times*, Feb. 20, 2012. Web.

Brundage, Amy. *White House Report—The Buffett Rule: A Basic Principle of Tax Fairness*. White House, Apr. 10, 2012. Web.

Buckley, Cara. "For Uninsured Young Adults, Do-It-Yourself Health Care." *New York Times*, Feb. 17, 2009. Web.

Buffett, Warren E. "A Minimum Tax for the Wealthy." *New York Times* Nov. 25, 2012. Web.

———. "Stop Coddling the Super-Rich." *New York Times*, Aug. 14, 2011. Web.

Bureau of Labor Statistics. "Table 1. Time spent in primary activities and percent of the civilian population engaging in each activity, averages per day by sex, 2014 annual averages." *American Time Use Survey*. N. d. Web. Accessed July 29, 2015.

———. "Table 32. Leave Benefits: Access, private industry workers." *National Compensation Survey, March 2015*. Web.

———. "Table 38. Paid Vacations: Number of Annual Days by Service Requirement, private industry workers." *National Compensation Survey, March 2015*. Web.

———. "Table 9. Time adults spent caring for household children as a primary activity by sex, age, and day of week, average for the combined years 2010–2014." *American Time Use Survey*. N. d. Web. Accessed July 29, 2015.

Byers, Dylan. "What Newt Said About Food Stamps." *Politico*, Jan. 6, 2012. Web.

Cain Miller, Claire. "Can Family Leave Policies Be Too Generous? It Seems So." *New York Times*, Aug. 9, 2014. Web.

———. "Paternity Leave: The Rewards and the Remaining Stigma." *New York Times*, Nov. 7, 2014. Web.

Campbell, Frances A., et al. "Early Childhood Education: Young Adult

Outcomes from the Abecedarian Project." *Applied Developmental Science* 6: 1 (2002): 42–57. Web.

Carey, Kevin, and Marguerite Roza. *School Funding's Tragic Flaw*. Education Sector and the Center on Reinventing Public Education, University of Washington, 2008. Web.

———. "Americans Think We Have the World's Best Colleges. We Don't." *New York Times*, June 28, 2014. Web.

Casey, Timothy, and Laurie Maldonado. *Worst Off—Single-Parent Families in the United States*. Legal Momentum, 2012. Web.

Cecere, David. "New Study Finds 45,000 Deaths Annually Linked to Lack of Health Coverage." *Harvard Gazette*, Sept. 17, 2009. Web.

Center for Research on Education Outcomes (CREDO). *National Charter School Study 2013*. Stanford, CA: CREDO at Stanford University, 2013. Web.

Chait, Jonathan. "Inequality and the Charles Murray Dodge." *New York*, Jan. 31, 2012. Web.

Chappell, Bill. "Supreme Court Backs Arizona's Redistricting Commission Targeting Gridlock." *NPR*, June 29, 2015. Web.

Cherlin, Andrew J. "The Real Reason Richer People Marry." *New York Times*, Dec. 6, 2014. Web.

Chetty, Raj, et al. "Where Is the Land of Opportunity? The Geography of Intergenerational Mobility in the United States." *Quarterly Journal of Economics* 129: 4 (2014): 1553–1623. Web.

Child Care Aware. *Parents and the High Cost of Child Care: 2015 Report*. Web.

Chingos, Matthew M. *Strength in Numbers: State Spending on K-12 Assessment Systems*. Brown Center on Education Policy at Brookings, 2012. Web.

Claxton, Gary, et al. *Employer Health Benefits 2015*. Kaiser Family Foundation and Health Research & Educational Trust, 2015. Web.

Clinton Global Initiative. "Opening Plenary Session CGI 2010 pt. 1." Online video clip. Original. livestream. com. N. d. Web. Accessed July 20, 2015.

Cohn, D'Vera, et al. "After Decades of Decline, a Rise in Stay-At-Home Mothers." Pew Research Center, Apr. 8, 2014. Web.

College Board. "Trends in College Pricing 2015." *Trends in Higher Education Series*. College Board, 2015. Web.

Commonwealth Fund. "Why Are Millions of Insured Americans Still Struggling to Pay for Health Care?" *Medium*, June 16, 2015. Web.

———. "Why Not the Best? Results from the National Scorecard on U. S. Health System Performance, 2011." Commonwealth Fund, 2011. Web.

Confessore, Nicholas, and David Kocieniewski. "For Romneys, Friendly Code Reduces Taxes." *New York Times*, Jan. 24, 2012. Web.

Congressional Budget Office. *Supplemental Nutrition Assistance Program*. May 2013. Web.

———. *Trends in the Distribution of Household Income Between 1979 and 2007*. October 2011. Web.

Connelly, Marjorie. "Polls and the Public Option." *New York Times*, Oct. 28, 2009. Web.

Coombes, Andrea. " 'Bag Lady' Fears Haunt About Half of Women." *Marketwatch*, Aug. 22, 2006. Web.

Corak, Miles. "Income Inequality, Equality of Opportunity, and Intergenerational Mobility." *Journal of Economic Perspectives* 27: 3

(2013): 79–102. Web.

———. "Do Poor Children Become Poor Adults? Lessons from a Cross Country Comparison of Generational Earnings Mobility." Institute for the Study of Labor (IZA), 2006. Web.

Davidson, Justin. "The Rise of the Mile-High Building." *New York*, Mar. 24, 2015. Web.

Davis, Karen, et al. *Mirror, Mirror on the Wall: How the Performance of the U. S. Health Care System Compares Internationally*. Commonwealth Fund, 2014. Web.

Delaney, Arthur, and Ariel Edwards-Levy. "More Americans Would Take a Pay Cut for a Day Off." *Huffington Post*, Aug. 1, 2015. Web.

DeNavas-Walt, Carmen, and Bernadette D. Proctor. *Income and Poverty in the United States: 2013*. Washington, DC: U. S. Government Printing Office, 2014. Web.

DeNavas-Walt, Carmen, et al. *Income, Poverty, and Health Insurance Coverage in the United States: 2009*. Washington, DC: U. S. Government Printing Office, 2010. Web.

DeParle, Jason. "For Poor, Leap to College Often Ends in Hard Fall." *New York Times*, Dec. 22, 2012. Web.

DeParle, Jason, and Sabrina Tavernise. "For Women Under 30, Most Births Occur Outside Marriage." *New York Times*, Feb. 17, 2012. Web.

Dillon, Sam. "Schools Cut Back Subjects to Push Reading and Math." *New York Times*, Mar. 26, 2006. Web.

Dorment, Richard. "22 Simple Reforms That Could #FixCongress Now." *Esquire*, Oct. 15, 2014. Web.

Doyle, Joseph J., Jr. "Health Insurance, Treatment and Outcomes: Using

Auto Accidents as Health Shocks." *Review of Economics and Statistics* 87: 2 (2005): 256 – 70. Web.

Drobnic Holan, Angie. "PolitiFact's Lie of the Year: 'Death Panels'." *Tampa Bay Times PolitiFact.com*, Dec. 18, 2009. Web.

Duncan, Greg, and Richard J. Murnane. *Whither Opportunity? Rising Inequality, Schools, and Children's Life Chances*. Executive Summary. New York: Russell Sage and Spencer Foundation, 2011. Web.

Duvander, Ann-Zofie, and Johanna Lammi-Taskula. "1. Parental Leave." In *Parental Leave, Childcare and Gender Equality in the Nordic Countries. TemaNord 2011: 562*, edited by Ingólfur V. Gíslason and Guðný Björk Eydal, 31 – 64. Copenhagen: Nordic Council of Ministers, 2011. Web.

Duxbury, Charles. "Sweden Seeks to Drop Budget Surplus Target." *Wall Street Journal*, Mar. 3, 2015. Web.

Economic Report of the President. Washington, DC: U. S. Government Printing Office, 2013. Web.

The Economist. "The Other Mile-High Club." *The Economist*, June 15, 2013. Web.

Editorial Board. "Runaway Drug Prices." *New York Times*, May 5, 2015. Web.

Edsall, Thomas B. "What the Right Gets Right." *New York Times*, Jan. 15, 2012. Web.

Education Week. "Quality Counts Introduces New State Report Card; U. S. Earns C, and Massachusetts Ranks First in Nation." *Education Week*, Jan. 8, 2015. Web.

Ehrenfreund, Max. "Teachers in Teach for America Aren't Any Better Than Other Teachers When It Comes to Kids' Test Scores." *Washington Post*,

Mar. 6, 2015. Web.

Ehrenreich, Barbara. "Overrated Optimism: The Peril of Positive Thinking." *Time*, Oct. 10, 2009. Web.

Eklund, Klas. "Nordic Capitalism: Lessons Learned." In *Shared Norms for the New Reality: The Nordic Way*, 5 – 11. Stockholm: Global Utmaning, 2010. Web.

Employment Development Department State of California. *Disability Insurance (DI) and Paid Family Leave (PFL) Weekly Benefit Amounts*. N. d. Web. Accessed July 25, 2015.

———. *Fact Sheet. Paid Family Leave (PFL)*. N. d. Web. Accessed July 25, 2015.

European Commission. "Investing in Children: Breaking the Cycle of Disadvantage." *Commission Recommendation*, Feb. 20, 2013. Web.

———. *Innovation Union Scoreboard 2011*. Brussels: European Union, 2012. Web.

European Foundation for the Improvement of Living and Working Conditions. *Developments in Collectively Agreed Working Time 2012*. 2013. Web.

Eurydice. *Finland—Early Childhood and School Education Funding*. European Commission, 2015. Web.

Executive Office of the President of the United States. *The Labor Force Participation Rate Since 2007: Causes and Policy Implications*. July 2014. Web.

FactCheck. Org. *Dying from Lack of Insurance*. Sept. 24, 2009. Web.

Fairleigh Dickinson University's Public Mind Poll. "Beliefs About Sandy Hook Cover-Up, Coming Revolution Underlie Divide on Gun Control." May 1, 2013. Web.

Fausset, Richard. "Judge Reduces Sentences in Atlanta School Testing Scandal." *New York Times*, Apr. 30, 2015. Web.

Feuer, Alan. "Homeless Families, Cloaked in Normalcy." *New York Times*, Feb. 3, 2012. Web.

Finnish Medicines Agency Fimea and Social Insurance Institution of Finland (Kela). *Finnish Statistics on Medicines 2013*. Helsinki: Fimea and Kela, 2014. Web.

Fjölmenningarsetur. *Vacation Pay/Holiday Allowance*. N. d. Web. Accessed July 25, 2015.

Foderaro, Lisa W. "Alternate Path for Teachers Gains Ground." *New York Times*, Apr. 18, 2010. Web.

Foroohar, Rana. "The Best Countries in the World." *Newsweek*, Aug. 23 & 30, 2010, 30–32. Web.

Försäkringskassan. *About Parental Benefits*. N. d. Web. Accessed July 25, 2015.

Frank, Robert H. "A Remedy Worse Than Disease." *Pathways*, Summer 2010. Web.

Fronstin, Paul. "Views on Health Coverage and Retirement: Findings from the 2012 Health Confidence Survey." *EBRI Employee Benefit Research Institute Notes* 34. 1 (2013): 2–9. Web.

Frum, David. "Is the White Working Class Coming Apart?" *Daily Beast*, Feb. 6, 2012. Web.

Fujisawa, Rie, and Gaetan Lafortune. "The Remuneration of General Practitioners and Specialists in 14 OECD Countries: What Are the Factors Influencing Variations Across Countries?" *OECD Health Working Papers* 41, 2008. Web.

Fund for Peace. *Failed States Index 2012*. N. d. Web. Accessed July 21, 2015.

Futures Company. *The Life Twist Study*. American Express, 2013. Web.

Gabriel, Trip. "Vouchers Unspoken, Romney Hails School Choice." *New York Times*, June 11, 2012. Web.

Gallup. *Healthcare System: Historical Trends*. N. d. Web. Accessed Aug. 15, 2015.

Gawande, Atul. "Big Med." *The New Yorker*, Aug. 12, 2012. Web.

Genworth. *2013 Cost of Care Survey*. N. d. Web. Accessed Aug. 14, 2015.

Gittleson, Kim. "Shake Shack Is Shaking up Wages for US Fast-Food Workers." *BBC*, Jan. 30, 2015. Web.

Goldstein, Amy. "Few Employers Dropping Health Benefits, Surveys Find." *Washington Post*, Nov. 19, 2014. Web.

Goodnough, Abby, and Robert Pear. "Unable to Meet the Deductible or the Doctor." *New York Times*, Oct. 17, 2014. Web.

———. "Hospitals Look to Health Law, Cutting Charity." *New York Times*, May 25, 2014. Web.

Gottlieb, Lori. "How to Land Your Kid in Therapy." *Atlantic*, July/August 2011. Web.

———. "Marry Him!" *Atlantic*, Mar. 2008. Web.

Grady, Denise. "In Feast of Data on BPA Plastic, No Final Answer." *New York Times*, Sept. 6, 2010. Web.

Graff, E. J. "Our Customers Don't Want a Pregnant Waitress." *American Prospect* 31 (Jan. 2013). Web.

Grant, Rebecca. "Silicon Valley's Best and Worst Jobs for New Moms (and Dads)." *Atlantic*, Mar. 2, 2015. Web.

Greenberg, Julie, et al. *2014 Teacher Prep Review*. National Council on

Teacher Quality, rev. Feb. 2015. Web.

Greenhouse, Linda. "Justice Recalls Treats Laced with Poison." *New York Times*, Nov. 17, 2006. Web.

Greenstone, Michael, et al. *Dozen Economic Facts About K-12 Education*. Hamilton Project, 2012. Web.

———. *Thirteen Economic Facts About Social Mobility and the Role of Education*. Hamilton Project, 2013. Web.

Grieco, Elizabeth M., et al. "The Foreign-Born Population in the United States: 2010." *American Community Survey Reports*. United States Census Bureau, 2012. Web.

Gruber, Jonathan. "The Tax Exclusion for Employer-Sponsored Health Insurance." *National Tax Journal* 64.2 (2011): 511–530. Web.

Gubb, James. *The NHS and the NHS Plan: Is the Extra Money Working?* Civitas, Institute for the Study of Civil Society, 2006. Web.

Gunn, Dwyer. "Sit. Stay. Good Mom!" *New York*, July 6, 2012. Web.

Hansegard, Jens. "For Paternity Leave, Sweden Asks If Two Months Is Enough." *Wall Street Journal*, July 31, 2012. Web.

Harrington, Brad, et al. *The New Dad: Take Your Leave*. Boston: Boston College Center for Work & Family, 2014. Web.

Harris, Elizabeth A. "Cuomo Gets Deals on Tenure and Evaluations of Teachers." *New York Times*, Mar. 31, 2015. Web.

———. "Most Parents Got Top Choices for Pre-K, Blasio says." *New York Times*, June 8, 2015. Web.

Hartman, Laura, ed. "Konkurrensens konsekvenser. Vad händer med svensk välfärd?" ["The Consequences of Competition: What Is Happening to Swedish Welfare?"] Stockholm: SNS Förlag, 2011.

Hartung, Daniel M., et al. "The Cost of Multiple Sclerosis Drugs in the US and the Pharmaceutical Industry: Too Big to Fail?" *Neurology*, Apr. 24, 2015. Web.

Hattenstone, Simon. "Nothing Like a Dame." *Guardian*, Sept. 2, 2006. Web.

Hayes, Susan L., and Cathy Schoen. "Stop the Churn: Preventing Gaps in Health Insurance Coverage." *Commonwealth Fund Blog*, July 10, 2013. Web.

HealthCare. gov. *Out-of-Pocket Maximum/limit*. N. d. Web. Accessed Nov. 25, 2015.

Helliwell, John, et al. *World Happiness Report*. Sustainable Development Solutions Network, 2012. Web.

Help Age International. *Global Agewatch Index 2014*. Web.

Hertz, Tom. "Understanding Mobility in America." Center for American Progress, 2006. Web.

Heymann, Jody, et al. *Contagion Nation: A Comparison of Paid Sick Leave Policies in 22 Countries*. Center for Economic and Policy Research, May 2009. Web.

Himmelstein, David U., et al. "Medical Bankruptcy in the United States 2007: Results of a National Study." *American Journal of Medicine*, 122: 8 (2009): 741–746. Web.

Hobbes, Thomas. *Leviathan*. 1651. Kindle file.

Holmes, Elizabeth. "Don't Hate Her for Being Fit." *Wall Street Journal*, July 20, 2012. Web.

Horpedahl, Jeremy, and Harrison Searles. *The Tax Exemption of Employer-Provided Health Insurance*. Mercatus Center at George Mason University,

2013. Web.

Hotchner, A. E. "Nordic Exposure." *Vanity Fair*, Aug. 2012. Web.

Huffington, Arianna. "Beyond Money and Power (and Stress and Burnout): In Search of New Definition of Success." *Huffington Post*, May 29, 2013. Web.

———. *Thrive: The Third Metric to Redefining Success and Creating a Life of Well-Being, Wisdom, and Wonder*. New York: Harmony Books, 2014. Kindle file.

HUS. *Synnytyksen jälkeen. Hoitoajat ja potilasmaksut*. N. d. Web. Accessed July 25, 2015.

Icelandic Parliament. *Report of the Special Investigation Commission*. 2010. Web.

IMS Health. "Top 25 Medicines by Dispensed Prescriptions (U. S.)" N. d. Web. Accessed July 22, 2015.

International Federation of Health Plans. *2013 Comparative Price Report*. N. d. Web. Accessed Aug. 13, 2015.

International Telecommunication Union. *Measuring the Information Society Report 2014*. Geneva: ITU, 2014. Web.

International Transport Forum. *Road Safety Annual Report 2014*. Paris: OECD Publishing, 2014. Web.

IOM (Institute of Medicine). *America's Uninsured Crisis: Consequences for Health and Health Care*. Washington, DC: National Academies Press, 2009. Web.

———. *Care Without Coverage: Too Little, Too Late*. Washington, DC: National Academies Press, 2002. Web.

Irwin, Neil. "Finland Shows Why Many Europeans Think Americans Are

Wrong About the Euro." *New York Times*, July 20, 2015. Web.

Jacobs, Douglas B., and Benjamin D. Sommers. "Using Drugs to Discriminate—Adverse Selection in the Insurance Marketplace." *New England Journal of Medicine* 372 (2015): 399 – 402. Web.

Jäntti, Markus, et al. "American Exceptionalism in a New Light: A Comparison of Intergenerational Earnings Mobility in the Nordic Countries, the United Kingdom and the United States." Institute for the Study of Labor (IZA), 2006. Web.

Jubera, Drew. "A Georgia County Shares a Tale of One Man's Life and Death." *New York Times*, Aug. 22, 2009. Web.

Junkkari, Marko. "Supercellin perustajat ovat kaikkien aikojen veronmaksajia." ["The Founders of Supercell Are Among the Biggest Taxpayers of All Time."] *Helsingin Sanomat*, Nov. 3, 2014. Web.

Kaiser Family Foundation. "Massachusetts Health Care Reform: Six Years Later," May 2012. Web.

Kela. *Allowance for the Unemployed, Students and Rehabilitees*. Social Insurance Institution of Finland (Kela), N. d. Web. Accessed July 26, 2015.

———. *Amount of Child Home Care Allowance*. N. d. Web. Accessed July 26, 2015.

———. *Benefits for Families with Children*. N. d. Web. Accessed July 25, 2015.

———. *Government Guarantee for Student Loans*. N. d. Web. Accessed Aug. 9, 2015.

———. *Health and Rehabilitation Brochure*. N. d. Web. Accessed July 21, 2015.

———. *Home and Family Brochure*. N. d. Web. Accessed July 21, 2015.

———. *Housing Supplement*. N. d. Web. Accessed Aug. 9, 2015.

———. *Maternity Grant and Maternity Package*. N. d. Web. Accessed July 25, 2015.

———. *Paternity Allowance During Paternity Leave*. N. d. Web. Accessed July 29, 2015.

———. *Statistical Yearbook of the Social Insurance Institution 2013*, 2014. Web.

———. *Study Grant*. N. d. Web. Accessed Aug. 9, 2015.

———. *Unemployment: Benefits for the Unemployed Brochure*. N. d. Web. Accessed July 26, 2015.

Kelly, Gordon. "Supercell's CEO Reveals the Culture He Built to Produce a £2.5 Billion Company in Two Years." Wired. co. uk, Nov. 13, 2013. Web.

Kena, Grace, et al. *The Condition of Education 2015*. U. S. Department of Education, National Center for Education Statistics, 2015. Web.

King, Stephen. "Stephen King: Tax Me, for F@%&'s Sake!" *Daily Beast*, Apr. 30, 2012. Web.

Kirshstein, Rita J. *Not Your Mother's College Affordability Crisis*. Delta Cost Project at American Institutes for Research, 2012. Web.

Klein, Joel I. "Urban Schools Need Better Teachers, Not Excuses, to Close the Education Gap." *U. S. News & World Report*, May 9, 2009. Web.

Klerman, Jacob, et al. *Family and Medical Leave in 2012: Executive Summary*. Cambridge, MA: Abt Associates, 2012. Web.

Kolbert, Elizabeth. "Spoiled Rotten." *The New Yorker*, July 2, 2011. Web.

Kortelainen, Mika, et al. "Lukioiden väliset erot ja paremmuusjärjestys." ["Differences Between Academic High Schools, and Their Rankings"] *VATT tutkimukset* 179. Helsinki: Government Institute for Economic

Research 2014. Web.

Kristof, Nicholas. "A Possibly Fatal Mistake." *New York Times*, Oct. 12, 2012. Web.

———. "The Spread of Superbugs." *New York Times*, Mar. 6, 2010. Web.

Krugman, Paul. "Annoying Euro Apologetics." *New York Times* July 22, 2015. Web.

———. "Death by Ideology." *New York Times*, Oct. 14, 2012. Web.

———. "Now That's Rich." *New York Times*, May 8, 2014. Web.

———. "Rube Goldberg Survives." *New York Times*, Apr. 3, 2014. Web.

———. "Taxes at the Top." *New York Times,* Jan. 19, 2012. Web.

———. "The Undeserving Rich." *New York Times*, Jan. 19, 2014. Web.

Kupari, Pekka, et al. "PISA12—Ensituloksia." [PISA12—First Results.] *Opetus—ja kulttuuriministeriön julkaisuja* 20. Ministry of Education and Culture, 2013. Web.

Laitinen, Joonas, and Johanna Mannila. "Ressun keskiarvoraja jälleen korkein pääkaupunkiseudun kuntien omissa lukioissa." ["Ressu High School Once Again Requires the Highest Grade Point Average for Entry Among Municipal High Schools in the Helsinki Metropolitan Area."] *Helsingin Sanomat*, June 11, 2015. Web.

LaMontagne, Christina. "Medical Bankruptcy Accounts for Majority of Personal Bankruptcies." *Nerdwallet*, Mar. 26, 2014. Web.

Lander, Mark. "Obama, Like Buffett, Had Lower Tax Rate Than His Secretary." *New York Times*, Apr. 13, 2012. Web.

Lavigne, Paula. "Bad Grades? Some Schools OK with It." *ESPN*, Oct. 18, 2012. Web.

Leland, Anne, and Mari-Jana Oboroceanu. *American War and Military*

Operations Casualties: Lists and Statistics. Congressional Research Service, Feb. 26, 2010. Web.

Leonhardt, David. "Putting Candidates' Tax Returns in Perspective." *New York Times*, Jan. 24, 2012. Web.

Leonhardt, David, and Kevin Quealy. "The American Middle Class Is No Longer the World's Richest." *New York Times*, Apr. 22, 2014. Web.

Leskinen, Jari, and Antti Juutilainen, eds. *Jatkosodan pikkujättiläinen*. [The Continuation War's Small Giant.] Helsinki: WSOY, 2005.

Levin, Yuval. "Beyond the Welfare State." *National Affairs* 7 (Spring 2011). Web.

Levine, Arthur. *Educating School Teachers*. Education Schools Project, 2006. Web.

Lewis, Michael. "Extreme Wealth Is Bad for Everyone —Especially the Wealthy." *New Republic*, Nov. 12, 2014. Web.

Lim, Carol S., et al. "International Comparison of the Factors Influencing Reimbursement of Targeted Anti-Cancer Drugs." *BMC Health Services Research* 14 (2014): 595. Web.

Lindbeck, Assar. "The Swedish Experiment." *Journal of Economic Literature* 35 (1997): 1273–1319. Web.

Liptak, Adam. "Case Seeking Job Protections for Pregnant Women Heads to Supreme Court." *New York Times*, Nov. 30, 2014. Web.

Lipton, Eric S., and David Barboza. "As More Toys Are Recalled, Trail Ends in China." *New York Times*, June 19, 2007. Web.

Livingston, Gretchen, and Anna Brown. "Birth Rate for Unmarried Women Declining for First Time in Decades." Pew Research Center, Aug. 13,

2014. Web.

Lublin, Joann S. , and Leslie Kwoh. "For Yahoo CEO, Two New Roles. " *Wall Street Journal*, July 17, 2012. Web.

Ludden, Jennifer. "More Dads Want Paternity Leave. Getting It Is a Different Matter. " *NPR*, Aug. 13, 2014. Web.

Mäkinen, Esa, et al. "Kaikki Suomen lukiot paremmuusjärjestyksessä: Etelä-Tapiola kiilasi Ressun ohi. " ["All of Finland's High Schools Ranked: South Tapiola Cut Ahead of Ressu. "] *Helsingin Sanomat*, May 25, 2015. Web.

Mandery, Evan J. "End College Legacy Preference. " *New York Times*, Apr. 24, 2014. Web.

Mascia, Jennifer. "An Accident, and a Life Is Upended. " *New York Times*, Dec. 21, 2009. Web.

McDevitt, Kaitlin. "The Big Money: Depression and the Recession. " *Washington Post*, Aug. 30, 2009. Web.

McDonough, John. "The Demise of Vermont's Single-Payer Plan. " *New England Journal of Medicine* 372 (2015): 1584 – 1585. Web.

McMurrer, Jennifer, et al. *Instructional Time in Elementary Schools*. Center on Education Policy, 2008. Web.

Medicare. gov. *How Can I Pay for Nursing Home Care?* N. d. Web. Accessed Aug. 14, 2015.

———. *Your Medicare Coverage. Home Health Services*. N. d. Web. Accessed Aug. 14, 2015.

Mettler, Suzanne, and Julianna Koch. "Who Says They Have Ever Used a Government Social Program? The Role of Policy Visibility. " Feb. 28, 2012. Web.

Micklethwait, John, and Adrian Wooldridge. *The Fourth Revolution: The Global Race to Reinvent the State*. New York: Penguin Press, 2014. Kindle file.

Miliband, Ed. Speech at the Sutton Trust's Social Mobility Summit in London, the United Kingdom, May 21, 2012. Web.

Mill, John Stuart. *On Liberty*. 1859. Kindle file.

Miller, Terry, and Anthony B. Kim. *2015 Index of Economic Freedom*. Heritage Foundation, 2015. Web.

Milne, Richard, and Michael Stothard. "Rich, Happy and Good at Austerity." *Financial Times* Special Report, May 30, 2012. Web.

Ministry of Education and Culture. *Finland and PISA*. N. d. Web. Accessed July 20, 2015.

———. *Basic Education in Finland*. N. d. Web. Accessed Aug. 2, 2015.

———. *Early Childhood Education and Care in Finland*. N. d. Web. Accessed Aug. 3, 2013.

———. *Every Child in Finland Has the Same Educational Starting Point*. N. d. Web. Accessed Jan. 12, 2015.

———. *Financing of Education*. N. d. Web. Accessed Aug. 3, 2015.

———. *Koulutustakuu osana yhteiskuntatakuuta*. [Education Guarantee as Part of the Social Guarantee.] N. d. Web. Accessed Aug. 10, 2015.

———. "Opetusryhmien tila Suomessa" ["The State of Class Sizes in Finland."] *Opetus-ja kulttuuriministeriön työryhmämuistioita ja selvityksiä* 4, 2014. Web.

———. "Perusopetuksen aamu-ja iltapäivätoiminnan sekä koulun kerhotoiminnan laatukortteja valmistelevan työryhmän muistio." [Report by the Preparatory Committee for Assessing the Quality of Morning,

Afternoon and Other Clubs Offered to Students in Basic Education.] *Opetus-ja kulttuuriministeriön työryhmämuistioita ja selvityksiä* 8, 2012. Web.

———. *PISA12—Still Among the Best in the OECD—Performance Declining.* N. d. Web. Accessed Aug. 2, 2015.

———. *Työryhmä: Perusopetusta uudistetaan—taide- ja taitoaineisiin, äidinkieleen ja yhteiskuntaoppiin lisää tunteja.* [Committee: Basic Education to Be Reformed—More Instruction Hours for Arts, Crafts, Language Arts and Social Studies.] Feb. 24, 2012. Web.

———. *Valtioneuvosto myönsi kahdeksan perusopetuksen järjestämislupaa.* [Finnish Government Granted Eight Basic Education Licenses.] June 12, 2014. Web.

———. *Varhaiskasvatuksen asiakasmaksut.* [Early-Childhood Education Fees.] N. d. Web. Accessed Jan. 9, 2016.

Ministry of Employment and Economy. *Annual Holidays Act Brochure.* June 2014. Web.

Ministry of Justice. Constitution of Finland. June 11, 1999 (731/1999, amendments up to 1112/2011 included). Web. Accessed Aug. 2, 2015.

Ministry of Social Affairs and Health. *Hoitoon pääsy (Hoitotakuu).* [Access to Care (Health Care Guarantee).] N. d. Web. Accessed Aug. 14, 2015.

———. *Hoitopaikan valinta.* [Choosing the Facility for Care.] N. d. Web. Accessed Aug. 14, 2015.

———. *Terveydenhuollon maksut.* [Health-Care Copays.] N. d. Web. Accessed Aug. 14, 2015.

Miranda, Veerle. "Cooking, Caring and Volunteering: Unpaid Work Around the World. " *OECD Social, Employment and Migration Working Papers* 116. Paris: OECD Publishing, 2011. Web.

Miron, Gary, and Charisse Gulosino. *Profiles of For-Profit and Nonprofit Education Management Organizations: Fourteenth Edition—2011 – 2012.* Boulder, CO: National Education Policy Center, 2013. Web.

MoJo News Team. "Full Transcript of the Mitt Romney Secret Video. " *Mother Jones*, Sept. 19, 2012. Web.

Moody's Investors Service. "Announcement: Moody's Changes the Outlook to Negative on Germany, Netherlands, Luxembourg and Affirms Finland's AAA Stable Rating. " July 23, 2012. Web.

Morgan, David. "Obama Administration Seeks to Negotiate Medicare Drug Prices. " *Reuters*, Feb. 2, 2015. Web.

Morin, Rich. "More Americans Worry About Financing Retirement. " Pew Research Center, Oct. 22, 2012. Web.

Morris, Allison. "Student Standardised Testing: Current Practices in OECD Countries and a Literature Review. " *OECD Education Working Papers* 65. Paris: OECD Publishing, 2011. Web.

Morris, Tom, and Dan Hill. "The Liveable Cities Index—2011. " *Monocle*, July/August 2011, 18 – 22.

Moss, Michael. "Food Companies Are Placing the Onus for Safety on Consumers. " *New York Times*, May 15, 2009. Web.

———. "Peanut Case Shows Holes in Safety Net. " *New York Times*, Feb. 8, 2009. Web.

Moulds, Josephine. "How Finland Keeps Its Head Above Eurozone Crisis. " *Guardian*, July 24, 2012. Web.

Mullins, Brody, et al. "Romney's Taxes: $3 Million. " *Wall Street Journal*,

Jan. 24, 2012. Web.

Mundy, Liza. "Daddy Track: The Case for Paternity Leave." *Atlantic*, January/February 2014. Web.

Muralidharan, Karthik, and Venkatesh Sundararaman. "The Aggregate Effect of School Choice: Evidence from a Two-stage Experiment in India." *NBER Working Paper* 19441. Sept. 2013, rev. Oct. 2014. Web.

Murray, Charles. "The New American Divide." *Wall Street Journal*, Jan. 21, 2012. Web.

Naison, Mark. "Professor: Why Teach for America Can't Recruit in My Classroom." *Washington Post*, Feb. 18, 2013. Web.

National Center for Education Statistics. "Table 5.1. Compulsory school attendance laws, minimum and maximum age limits for required free education, by state: 2013." *State Education Reforms*. Web.

National Conference of State Legislatures. *Redistricting Commissions and Alternatives to Legislature Conducting Redistricting*. N. d. Web. Accessed Aug. 18, 2015.

National Conference of State Legislatures. *State Family and Medical Leave Laws*. Dec. 31, 2013. Web.

———. *2015 Minimum Wage by State*. June 30, 2015. Web.

National Council on Teacher Quality. *2013 State Teacher Policy Yearbook: National Summary*. Jan. 2014. Web.

National Employment Law Project. "City Minimum Wage Laws: Recent Trends and Economic Evidence." May 2015. Web.

———. "Occupational Wage Declines Since the Great Recession." Sept. 2015. Web.

National Institute of Health and Welfare. "Tietopaketit: Imetys."

[Information Packages: Breast-Feeding.] *Lastenneuvolakäsikirja*. N. d. Web. Accessed July 29, 2015.

——. *Tilastotietoa perhevapaiden käytöstä*. [Statistics on Use of Family Leaves.] N. d. Web. Accessed July 29, 2015.

National Institute of Mental Health. *Any Anxiety Disorder Among Adults*. N. d. Web. Accessed July 22, 2015.

Neander-Nilsson, Sanfrid. *Är svensken människa?* Stockholm: Fahlcrantz & Gumaelius, 1946.

New York State Office of the Attorney General. *Can You Be Fired?* N. d. Web. Accessed July 24, 2015.

Newman, Katherine S. *The Accordion Family. Boomerang Kids, Anxious Parents, and the Private Toll of Global Competition*. Boston: Beacon Press, 2012. Kindle file.

Newport, Frank. "Americans Continue to Say Wealth Distribution Is Unfair." *Gallup*, May 4, 2015. Web.

Nixon, Ron, and Eric Lichtblau. "In Debt Talks, Divide on What Tax Breaks Are Worth Keeping." *New York Times*, Oct. 2, 2011. Web.

Nordic Social Statistical Committee. *Social Protection in the Nordic Countries 2012/2013*. Copenhagen: Nordic Statistical Committee, 2014. Web.

Norris, Floyd. "Tax Reform Might Start with a Look Back to '86." *New York Times*, Nov. 22, 2012. Web.

Norton, Michael I. , and Dan Ariely. "Building a Better America—One Wealth Quintile at a Time." *Perspectives on Psychological Science* 6: 1 (2011): 9 - 12. Web.

Norwegian Labour and Welfare Organization (NAV). *Parental Benefit*. July 13, 2015. Web.

NPR. "Cardiologist Speaks from the Heart about America's Medical System." *NPR*, Aug. 19, 2014. Web.

NYC Department of Education. *Teacher and Pupil-Personnel Certification.* Web. Nd. Accessed Aug. 3, 2015.

O'Brien, Matt. "The Euro Is a Disaster Even for the Countries That Do Everything Right." *Washington Post*, July 17, 2015. Web.

———. *Why Bad Things Happen to Good Economies.* World Economic Forum, July 30, 2015. Web.

OECD. "Does Money Buy Better Performance in PISA?" *PISA in Focus*, Feb. 2012. Web.

———. *Babies and Bosses: Reconciling Work and Family Life.* Paris: OECD Publishing, 2007. Web.

———. *Closing the Gender Gap: Act Now.* Paris: OECD Publishing, 2012. Web.

———. *Consumption Tax Trends 2014.* Paris: OECD Publishing, 2014. Web.

———. "Country Note: United States." *Results from PISA 2012.* Web.

———. *Divided We Stand: Why Inequality Keeps Rising.* Paris: OECD Publishing, 2011. Web.

———. *Doing Better for Families.* Paris: OECD Publishing, 2011. Web.

———. *Economic Policy Reforms: Going for Growth.* Paris: OECD Publishing, 2010. Web.

———. *Education at a Glance 2014: OECD Indicators.* Paris: OECD Publishing, 2014. Web.

———. *Education Policy Outlook Norway.* Paris: OECD Publishing, 2013. Web.

———. Education spending (indicator). doi: 10.1787/ca274bac-en. Web. Accessed Aug. 9, 2015.

———. *Equity and Quality in Education: Supporting Disadvantaged Students and Schools*. Paris: OECD Publishing, 2012. Web.

———. *Government at a Glance 2015*. Paris: OECD Publishing, 2015. Web.

———. *Growing Unequal? Income Distribution and Poverty in OECD Countries*. Paris: OECD Publishing, 2008. Web.

———. *Health at a Glance 2013: OECD Indicators*. Paris: OECD Publishing, 2013. Web.

———. *Health at a Glance 2015: OECD Indicators*. Paris: OECD Publishing, 2015. Web.

———. *Hours worked* (indicator), 2015. Web.

———. *Improving Schools in Sweden: OECD Perspective*. Paris: OECD Publishing, 2015. Web.

———. *Lessons from PISA for the United States: Strong Performers and Successful Reformers in Education*. Paris: OECD Publishing, 2011. Web.

———. *National Accounts at a Glance 2014*. Paris: OECD Publishing, 2014. Web.

———. *OECD Compendium of Productivity Indicators 2015*. Paris: OECD Publishing, 2015. Web.

———. *OECD Economic Surveys: Denmark 2013*. Paris: OECD Publishing, 2014. Web.

———. *OECD Economic Surveys: Finland 2014*. Paris: OECD Publishing, 2014. Web.

———. *OECD Economic Surveys: Iceland 2015*. Paris: OECD Publishing, 2015. Web.

---. *OECD Economic Surveys: Norway 2014*. Paris: OECD Publishing, 2014. Web.

---. *OECD Economic Surveys: Sweden 2015*. Paris: OECD Publishing, 2015. Web.

---. *OECD Employment Outlook 2013*. Paris: OECD Publishing, 2013. Web.

---. *OECD Factbook 2014: Economic, Environmental and Social Statistics*. Paris: OECD Publishing, 2014. Web.

---. *OECD Skills Outlook 2013: First Results from the Survey of Adult Skills*. Paris: OECD Publishing, 2013. Web.

---. *PISA 2009 Results: What Students Know and Can Do—Student Performance in Reading, Mathematics and Science* (vol. 1). Paris: OECD Publishing, 2010. Web.

---. *PISA 2012 Results: Excellence Through Equity: Giving Every Student the Chance to Succeed* (vol. 2). OECD Publishing, 2013. Web.

---. *PISA 2012 Results: What Students Know and Can Do—Student Performance in Mathematics, Reading and Science* (vol. 2, rev. ed. February 2014). Paris: OECD Publishing, 2014. Web.

---. *Society at a Glance 2011: OECD Social Indicators*. Paris: OECD Publishing, 2011. Web.

---. "Table 1.7. Top Statutory Personal Income Tax Rate and Top Marginal Tax Rates for Employees 2014." N.d. Web. Accessed Aug. 17, 2015.

---. *Taxing Energy Use 2015: OECD and Selected Partner Economies*. Paris: OECD Publishing, 2015. Web.

---. *Taxing Wages 2015*. Paris: OECD Publishing, 2015. Web.

---. "Why Is Health Spending in the United States So High?" N. d. Web. Accessed Aug. 13, 2015.

---. *Women, Government and Policy Making in OECD Countries: Fostering Diversity for Inclusive Growth*. Paris: OECD Publishing, 2014. Web.

OECD Family Database. *SF1. 3 Living arrangements of children*. N. d. Web. Accessed July 26, 2015.

Oettingen, Gabriele. "The Problem with Positive Thinking." *New York Times*, Oct. 24, 2014. Web.

Office of Senator Jamie Eldridge. *A Public Option for Massachusetts*. May 16, 2011. Web.

Office of Senator Kirsten Gillibrand. *American Opportunity Agenda: Expand Paid Family and Medical Leave*. N. d. Web. Accessed July 30, 2015.

---. *Child Care Costs Rising $730 Each Year in New York*. N. d. Web. Accessed July 24, 2015.

Ofri, Danielle. "Adventures in 'Prior Authorization.'" *New York Times*, Aug. 3, 2014. Web.

Ohlemacher, Stephen, and Emily Swanson. "AP-GfK Poll: Most Americans Back Obama Plan to Raise Investment Taxes." *Associated Press*, Feb. 22, 2015.

Olejaz, Maria, et al. "Denmark: Health System Review." *Health Systems in Transition* 14: 2 (2012): 1 – 192. Web.

Osborn, Robin, and Cathy Schoen. "Commonwealth Fund 2013 International Health Policy Survey in Eleven Countries." Commonwealth Fund, 2013. Web.

Osborn, Robin, et al. "International Survey of Older Adults Finds Shortcomings in Access, Coordination, and Patient-Centered Care."

Health Affairs Web First, Nov. 19, 2014. Web.

Otterman, Sharon. "Once Nearly 100%, Teacher Tenure Rate Drops to 58% as Rules Tighten." *New York Times*, July 27, 2011. Web.

Parker, Kim. "Yes, The Rich Are Different." Pew Research Center, Aug. 27, 2012. Web.

Parker, Kim, and Wendy Wang. "Modern Parenthood: Roles of Moms and Dads Converge as They Balance Work and Family." Pew Research Center, Mar. 14, 2013. Web.

Parsad, Basmat, and Maura Spiegelman. *Arts Education in Public Elementary and Secondary Schools 1999 – 2000 and 2009 – 2010*. Washington, DC: National Center for Education Statistics, 2012. Web.

Partanen, Anu. "What Americans Keep Ignoring About Finland's School Success." *Atlantic*, Dec. 29, 2011. Web.

Patnaik, Ankita. "Reserving Time for Daddy: The Short and Long-Run Consequences of Father's Quotas." Jan. 15, 2015. Web.

Pear, Robert. "Health Insurance Companies Seek Big Rate Increases for 2016." *New York Times*, July 3, 2015. Web.

———. "I. R. S. Bars Employers from Dumping Workers into Health Exchanges." *New York Times*, May 25, 2014. Web.

———. "Number of Uninsured Has Declined by 15 Million Since 2013, Administration says." *New York Times*, Aug. 12, 2015. Web.

———. "Obama Proposes That Medicare Be Given the Right to Negotiate the Cost of Drugs." *New York Times*, Apr. 27, 2015. Web.

Pekkarinen, Tuomas, et al. "School Tracking and Intergenerational Income Mobility: Evidence from the Finnish Comprehensive School Reform." *Journal of Public Economics* 93. 7 – 8 (2009): 965 – 75. Web.

Peltomäki, Tuomas, and Jorma Palovaara. "Opetukseen halutaan avoimuutta." [Requests Made for Openness in Teaching.] *Helsingin Sanomat*, Jan. 16, 2013. Web.

Perkins, Olivera. "Obamacare Not Enough, So Some in Labor Want Single-Payer System." *Plain Dealer*, Sept. 12, 2014. Web.

Pew Research Center. "Middle Easterners See Religious and Ethnic Hatred as Top Global Threat." Oct. 16, 2014. Web.

———. "Millennials in Adulthood: Detached from Institutions, Networked with Friends." Mar. 7, 2014. Web.

———. "Political Polarization in the American Public." June 12, 2014. Web.

Phillips, Anna M. "Tutoring Surges with Fight for Middle School Spots." *New York Times*, Apr. 15, 2012. Web.

Pickett, Kate, and Richard Wilkinson. *The Spirit Level: Why Greater Equality Makes Societies Stronger*. New York: Bloomsbury Press, 2010. Kindle File.

Pollard, Niklas, and Balazs Koranyi. "For Nordic Bosses, Joys of Home Trump Top Dollar Pay." *Reuters*, Mar. 10, 2013. Web.

Population Register Centre. *Name Service*. N.d. Web. Accessed July 23, 2015.

Poulsen, Jørgen. "The Daddy Quota—the Most Effective Policy Instrument." Nordic Information on Gender. Jan. 15, 2015. Web.

Public Policy Polling. "Congress Less Popular Than Cockroaches, Traffic Jams." Jan. 8, 2013. Web.

Putnam, Hannah, et al. *Training Our Future Teachers*. National Council on Teacher Quality, 2014. Web.

Rae, Matthew, et al. *Tax Subsidies for Private Health Insurance*. Henry J.

Kaiser Family Foundation, 2014. Web.

Rampell, Catherine. "Coveting Not a Corner Office, but Time at Home." *New York Times*, July 7, 2013. Web.

———. "How Much Do Doctors in Other Countries Make?" *New York Times*, July 15, 2009. Web.

Ranta, Elina. "Älä maksa liikaa—katso mikä kortti on paras." ["Don't Pay Too Much—See Which Card Is Best."] *Taloussanomat*, Apr. 9, 2011. Web.

Rather, Dan. "Finnish First," *Dan Rather Reports*, Episode 702, Jan. 17, 2012. iTunes.

Real Clear Politics. "Elizabeth Warren: 'There Is Nobody in This Country Who Got Rich on Their Own.'" Online video clip. *Real Clear Politics Video*, Sept. 21, 2011. Web.

Reardon, Sean F. "No Rich Child Left Behind." *New York Times*, Apr. 27, 2013. Web.

Redden, Molly, and Dana Liebelson. "A Montana School Just Fired a Teacher for Getting Pregnant. That Actually Happens All the Time." *Mother Jones*, Feb. 10, 2014. Web.

Regeringskansliet. (Government Offices of Sweden.) *The Swedish Fiscal Policy Framework*. 2011. Web.

Reid, T. R. *The Healing of America: A Global Quest for Better, Cheaper, and Fairer Health Care*. New York: Penguin Books, 2010. Kindle file.

"Republican Candidates Debate in Manchester, New Hampshire, January 7, 2012." Transcript. American Presidency Project. Web.

Reuters. "Clash of Clans Maker Supercell Doubles Profit." *New York Times*, Mar. 24, 2015. Web.

Rhee, Michelle. "Poverty Must Be Tackled But Never Used as an Excuse." *Huffington Post*, Sept. 5, 2012. Web.

Rich, Motoko. "'No Child' Law Whittled Down by the White House." *New York Times*, July 6, 2012. Web.

———. "Fewer Top Graduates Want to Join Teach for America." *New York Times*, Feb. 5, 2015. Web.

———. "Scandal in Atlanta Reignites Debate Over Tests Role." *New York Times*, Apr. 2, 2013. Web.

Ringard, Ånen, et al. "Norway: Health System Review." *Health Systems in Transition* 15: 8 (2013): 1–162. Web.

Ripley, Amanda. "The Case Against High-School Sports." *Atlantic*, Oct. 2013. Web.

———. *The Smartest Kids in the World*. New York: Simon & Schuster, 2013.

Rivlin, Gary. "Leader of the Free World." *Wired*, Nov. 2003. Web.

Rizga, Kristina. "Everything You've Heard About Failing Schools Is Wrong." *Mother Jones*, Aug. 22, 2012. Web.

Robinson, Keith, and Angel L. Harris. "Parental Involvement Is Overrated." *New York Times*, Apr. 12, 2014. Web.

Romney, Mitt. "A Chance for Every Child." Remarks on Education at Latino Coalition's Annual Economic Summit in Washington, DC, May 23, 2012. Transcript. American Presidency Project. Web.

Ronpaul2008dotcom. "Full CNN Tea Party Express Republican Debate." Online video clip. YouTube, Sept. 13, 2011. Web.

Rosenbaum, Sara, et al. "Mitigating the Effects of Churning Under the Affordable Care Act: Lessons from Medicaid." Commonwealth Fund, 2014. Web.

Rosenthal, Elisabeth. "After Surgery, Surprise $117,000 Medical Bill from Doctor He Didn't Know." *New York Times*, Sept. 20, 2014. Web.

———. "American Way of Birth, Costliest in the World." *New York Times*, June 30, 2013. Web.

———. "As Hospital Prices Soar, a Stitch Tops $500." *New York Times*, Dec. 2, 2013. Web.

———. "As Insurers Try to Limit Costs, Providers Hit Patients with More Separate Fees." *New York Times*, Oct. 25, 2014. Web.

———. "Costs Can Go Up Fast When E. R. Is in Network but the Doctors Are Not." *New York Times*, Sept. 28, 2014. Web.

———. "In Need of a New Hip, But Priced Out of the U. S." *New York Times*, Aug. 3, 2013. Web.

———. "Insured, but Not Covered." *New York Times*, Feb. 7, 2015. Web.

———. "Medicine's Top Earners Are Not the M. D. s." *New York Times*, May 17, 2014. Web.

———. "The $2.7 Trillion Medical Bill." *New York Times*, June 1, 2013. Web.

———. "The Soaring Cost of Simple Breath." *New York Times*, Oct. 12, 2013. Web.

Rosenthal, Jaime A., et al. "Availability of Consumer Prices from US Hospitals for a Common Surgical Procedure." *JAMA Internal Medicine* 173: 6 (2013): 427-32. Web.

Rosin, Hanna. "The End of Men." *Atlantic* July/August 2010. Web.

Rostgaard, Tine. *Family Policies in Scandinavia*. Denmark: Aalborg University, 2015. Web.

Rousseau, Jean-Jacques. *The Social Contract*. 1762. Kindle file.

Rubio, Marco. "Reclaiming the Land of Opportunity: Conservative Reforms for Combating Poverty. " Remarks at the U. S. Capitol, Jan. 8, 2014. Web.

Saarinen, Juhani. "Hurjaa voittoa tekevän Supercellin toimitusjohtaja ylistää Helsinkiä. " [Supercell Makes Astonishing Profits and Its CEO Praises Helsinki.] *Helsingin Sanomat*, Apr. 18, 2013. Web.

———. " Supercell-miljonäärrit valloittivat tulolistojen kärjen—katso lista sadasta eniten ansainneesta. " [Supercell Millionaires Rose to the Top of Income Rankings—See the Top 100.] *Helsingin Sanomat*, Nov. 3, 2014. Web.

Sack, Kevin. "From the Hospital to Bankruptcy Court. " *New York Times*, Nov. 25, 2009. Web.

Saez, Emmanuel. "Striking It Richer: The Evolution of Top Incomes in the United States. " Jan. 25, 2015. Web.

Sahlberg, Pasi. "Quality and Equity in Finnish Schools. " *School Administrator*, Sept. 2012: 27–30. Web.

———. "Why Finland's Schools Are Top-Notch. " *CNN*, Oct. 6, 2014. Web.

———. *Finnish Lessons—What Can the World Learn from Educational Change in Finland?* New York: Teachers College Press, 2011.

Säkkinen, Salla, et al. "Lasten päivähoito 2013. " [Children's Day Care 2013.] *Tilastoraportti* 33, 2013. National Institute for Health and Welfare, 2014.

Samarrai, Fariss. "Love and Work Don't Always Work for Working Class in America, Study Shows. " *UVAToday*, Aug. 13, 2013. Web.

Sandberg, Sheryl. *Lean In—Women, Work, and the Will to Lead*. New York: Alfred A. Knopf, 2013. Kindle file.

Sanger-Katz, Margot. "$1,000 Hepatitis Pill Shows Why Fixing Health Costs Is So Hard." *New York Times*, Aug. 2, 2014. Web.

Santos, Fernanda. "City Teacher Data Reports Are Released." *WNYC Schoolbook*, Feb. 24, 2012. Web.

Santos, Fernanda, and Robert Gebeloff. "Teacher Quality Widely Diffused, Ratings Indicate." *New York Times*, Feb. 24, 2012. Web.

Save the Children. *The Urban Disadvantage: State of the World's Mothers 2015*. Web.

Schleicher, Andreas, ed. *Preparing Teachers and Developing School Leaders for the 21st Century: Lessons from around the World*. Paris: OECD Publishing, 2012. Web.

Schoen, Cathy, et al. "State Trends in the Cost of Employer Health Insurance Coverage, 2003–2013." Commonwealth Fund, 2015. Web.

Schuessler, Jennifer. "A Lightning Rod over America's Class Divide." *New York Times*, Feb. 5, 2012. Web.

Schwab, Klaus. *Global Competitiveness Report 2011–2012*. Geneva: World Economic Forum, 2011. Web.

———. *Global Competitiveness Report 2012–2013*. Geneva: World Economic Forum, 2012. Web.

———. *Global Competitiveness Report 2015–2016*. Geneva: World Economic Forum, 2015. Web.

Schweinhart, Lawrence J., et al. *The High/Scope Perry Preschool Study Through Age 40. Summary, Conclusions and Frequently Asked Questions*. High/Scope Educational Research Foundation, 2005. Web.

Scott, Mark. "SoftBank Buys 51% of Finnish Mobile Game Maker for $1.5 Billion." *New York Times*, Oct. 15, 2013. Web.

———. "Supercell Revenue and Profit Soared in 2013." *New York Times*, Feb. 12, 2014. Web.

Searcey, Dionne. "For Women in Midlife, Career Gains Slip Away." *New York Times*, June 23, 2014. Web.

Seligson, Hannah. "Nurturing a Baby and a Start-Up Business." *New York Times*, June 9, 2012. Web.

Sellers, Patricia. "New Yahoo CEO Mayer Is Pregnant." *Fortune*, July 17, 2012. Web.

Senate Budget Committee. "Conrad Remarks at Hearing on Assessing Inequality, Mobility and Opportunity." Feb. 9, 2012. Web.

Senior, Jennifer. "The Junior Meritocracy." *New York*, Jan. 31, 2010. Web.

Shah, Parth J. "Opening School Doors for India's Poor." *Wall Street Journal*, Mar. 31, 2010. Web.

Siddiqui, Mustageem, and S. Vincent Rajkumar. "The High Cost of Cancer Drugs and What We Can Do About It." *Mayo Clinic Proceedings* 87: 10 (2012): 935–43. Web.

Sidwell Friends School. *Letter to Parents*. N. d. Web. Accessed July 23, 2015.

Silva, Jennifer M. "Young and Isolated." *New York Times*, June 22, 2013. Web.

Silver-Greenberg, Jessica. "Debt Collector Is Faulted for Tough Tactics in Hospitals." *New York Times*, Apr. 24, 2012. Web.

Silverman, Ed. "Angry over Drug Prices, More States Push Bills for Pharma to Disclose Costs." *Wall Street Journal*, Apr. 24, 2015. Web.

Smith, Adam. *An Inquiry into the Nature and Causes of the Wealth of Nations.* 1776. Kindle file.

Smith, Daniel. "It's still the 'Age of Anxiety. ' Or Is It?" *New York Times*, Jan. 14, 2012. Web.

Smith, Jessica C. , and Carla Medalia. *Health Insurance Coverage in the United States: 2014.* U. S. Census Bureau, Current Population Reports. Washington, D. C. : U. S. Government Printing Office, 2015. Web.

Smith, Morgan. "Efforts to Raise Teacher Certification Standards Falter. " *Texas Tribune,* Aug. 22, 2014. Web.

Sommer, Jeff. "Suddenly, Retiree Nest Eggs Look More Fragile. " *New York Times*, June 15, 2013. Web.

Sommers, Benjamin D. , et al. "Mortality and Access to Care Among Adults After State Medicaid Expansions. " *New England Medical Journal*, July 25, 2012. Web.

Squires, David A. "Explaining High Health Care Spending in the United States: An International Comparison of Supply, Utilization, Prices, and Quality. " Commonwealth Fund, 2012. Web.

———. "Finland Long-Term Ratings Lowered to 'AA + ' on Weak Economic Growth; Outlook Stable. " Oct. 10, 2014. Web.

———. "Standard & Poor's Takes Various Rating Actions on 16 Eurozone Sovereign Governments. " Jan. 13, 2012. Web.

StanfordScope. "Dan Rather's Interview with Linda Darling-Hammond on Finland. " Online video clip. YouTube, Jan. 30, 2012. Web.

Statistics Finland. " 5. Majority of Children Live in Families with Two Parents. " Nov. 21, 2014. Web.

———. *Foreigners and Migration*, 2013. Web.

———. "Number of Educational Institutions Fell Further. " Feb. 12, 2015. Web.

Steinhauer, Jennifer. "Senate Approves a Bill to Revamp 'No Child Left Behind.' " *New York Times*, July 16, 2015. Web.

Steinhauser, Paul. "Trio of Polls: Support for Raising Taxes on the Wealthy. " *CNN*, Dec. 6, 2012. Web.

Stewart, Nikita. "As Homeless Shelter Population Rises, Advocates Push Mayor on Policies. " *New York Times*, Mar. 11, 2014. Web.

Stiglitz, Joseph. "Inequality Is Not Inevitable. " *New York Times*, June 27, 2014. Web.

Strauss, Valerie. "What Was Missing—Unfortunately—in the No Child Left Behind Debate. " *Washington Post*, July 17, 2015. Web.

STT. "Vanhempien koulutustaustasta voi tulla koulujen rahoitusmittari. " [Parents' Education May Become the Measuring Stick for School Funding.] *Helsingin Sanomat*, May 28, 2012. Web.

Student Union of the University of Helsinki. *Membership Fee Academic Year 2015-2016*. Web.

Suddath, Claire. "Can the U. S. Ever Fix Its Messed-Up Maternity Leave System?" *Bloomberg Businessweek*, Jan. 27, 2015. Web.

Swarns, Rachel L. "Pregnant Officer Denied Chance to Take Sergeant's Exam Fights Back. " *New York Times*, Aug. 9, 2015. Web.

Swift, Art. "Americans See Health Care, Low Wages as Top Financial Problems. " Gallup, Jan. 21, 2015. Web.

Swisher, Kara. "Survey Says: Despite Yahoo Ban, Most Tech Companies Support Work-from-Home for Employees. " *All Things D*, Feb. 25, 2013. Web.

Taguma, Miho, et al. *Quality Matters in Early Childhood Education and Care: Finland 2012*. Paris: OECD Publishing, 2012. Web.

Taha, Nadia. "Medicaid Help Without Falling into Poverty." *New York Times*, Nov. 19, 2013. Web.

Takala, Hanna. "Kommentti: Lukiovertailut—aina väärin sammutettu?" [Comment: High School Rankings—Always Done Wrong?] *MTV*, May 25, 2015. Web.

Taloudellinen tiedotustoimisto. *Kansan Arvot 2013*. [Public Values 2013.] N. d. Web. Accessed Aug. 14, 2015.

Taub, Stephen. "The Rich List: The Highest-Earning Hedge Fund Managers of the Past Year." *Institutional Investor's Alpha*, May 6, 2014. Web.

Tax Policy Center. "Distribution tables by percentile by year of impact: T11-0089—Income breaks 2011." May 12, 2011. Web.

———. "Historical Top Marginal Personal Income Tax Rates in OECD Countries, 1975 – 2013." Apr. 16, 2014. Web.

Teles, Steven M. "Kludgeocracy in America." *National Affairs* 17, 2013. Web.

Thomas, Katie. "In Race for Medicare Dollars, Nursing Home Care May Lag." *New York Times*, Apr. 14, 2015. Web.

Thomas, Paul. "Is Poverty Destiny? Ideology vs. Evidence in School Reform." *Washington Post*, Sept. 19, 2012. Web.

Thompson, Derek. "The 23 Best Countries for Work-Life Balance (We Are Number 23)." *Atlantic*, Jan. 4, 2012. Web.

Tierney, Dominic. "Finland's 'Baby Box': Gift from Santa Claus or Socialist Hell?" *Atlantic*, Apr. 13, 2011. Web.

Times Higher Education. *World University Rankings 2015 – 2016*. Web.

Tocqueville, Alexis de. *Democracy in America: And Two Essays on America*. London: Penguin Classics, 2003.

Toivanen, Tero. "Mit? asioita olisi hyvä sisällyttää lukion opettajien väliseen verkostoyhteistyöhön uudessa oppimisympäristössä?" [What Should Be Included in High School Teachers' Network Cooperation in New Learning Environment?] *Sosiaalinen media oppimisen tukena* 26. Sept. 2012. Web.

Tomasino, Kate. "Rate Survey: Credit Card Interest Rates Hold Steady." *Creditcards.com*, Oct. 26, 2011. Web.

Truven Health Analytics. "The Cost of Having a Baby in the United States." Jan. 2013. Web.

Tugend, Alina. "Redefining Success and Celebrating the Ordinary." *New York Times*, June 29, 2012. Web.

U. S. Department of Education. "For Each and Every Child—A Strategy for Education Equity and Excellence." Washington, DC: U. S. Government Printing Office, 2013. Web.

———. "Prepared Remarks of U. S. Secretary of Education Arne Duncan on the Report: 'Arts Education in Public Elementary and Secondary Schools: 2009 – 2010.' " Apr. 2, 2012. Web.

U. S. Department of Health and Human Services, Health Resources and Services Administration, Maternal and Child Health Bureau. *Child Health USA 2013*. Rockville, MD: U. S. Department of Health and Human Services, 2013. Web.

U. S. Government Accountability Office. "K-12 Education: States' Test Security Policies and Procedures Varied." May 16, 2013. Web.

Underwood, Anne. "Insured, but Bankrupted Anyway." *New York Times*,

Sept. 7, 2009. Web.

UNICEF Innocenti Research Centre. "Measuring Child Poverty: New League Tables of Child Poverty in the World's Rich Countries." *Innocenti Report Card* 10. Florence: UNICEF Innocenti Research Centre, 2012. Web.

UNICEF Office of Research. "Child Well-being in Rich Countries: A Comparative Overview." *Innocenti Report Card* 11. Florence: UNICEF Office of Research, 2013. Web.

United for the People. *State and Local Support*. N. d. Web. Accessed Aug. 18, 2015.

U. S. Department of Labor. "Health Benefits, Retirement Standards, and Workers Compensation: Family and Medical Leave." *Employment Law Guide*. N. d. Web. Accessed July 24, 2015.

University of Cambridge. *Charting Gender's* "Incomplete Revolution." *June* 27, 2012. Web.

Ushomirsky, Natasha, and David Williams. Funding Gaps *2015. Education Trust*, 2015. Web.

Uusitalo, Liisa, et al. Infant Feeding in Finland *2010*. Helsinki: National Institute for Health and Welfare, 2012. Web.

Vardi, Nathan. "The 25 Highest-Earning Hedge Fund Managers and Traders." *Forbes*, Feb. 26, 2014. Web.

Varney, Sarah. "The Public Option Did Not Die." *NPR* and *Kaiser Health News*, Jan. 12, 2012. Web.

Virta, Lauri, and Koskinen Seppo. "Työntekijän sairaus ja työsopimussuhteen jatkuvuus." [Employee's Illness and Continuation of Employment.] *Työterveyslääkäri* ; 25: 2 (2007) 90 – 93. Web.

Virtanen, Ari, and Sirkka Kiuru. *Social Assistance 2013*. Helsinki: National

Institute for Health and Welfare, 2014. Web.

Volk Miller, Kathleen. "Parenting Secrets of a College Professor." *Salon*, Feb. 27, 2012. Web.

Waiting for "Superman." Director: Davis Guggenheim. Distribution: Paramount Vantage, 2010. Film.

Weiner, Rachel. "Romney: Uninsured Have Emergency Rooms." *Washington Post*, Sept. 24, 2012. Web.

Weissbourd, Rick, et al. *The Children We Mean to Raise: The Real Messages Adults Are Sending About Values*. Harvard Graduate School of Education, 2014. Web.

Wellesley Public Media. "You Are Not Special Commencement Speech from Wellesley High School." Online video clip. YouTube, June 7, 2012. Web.

Wheaton, Sarah. "Why Single Payer Died in Vermont." *Politico*, Dec. 20, 2014. Web.

White House Office of the Press Secretary. *President Obama's Plan for Early Education for All Americans*. Feb. 13, 2013. Web.

———. "President Obama's and Vice President Biden's Tax Returns and Tax Receipts." Apr. 18, 2011. Web.

———. "Remarks by the President on Education Reform at the National Urban League Centennial Conference." July 29, 2010. Web.

———. "White House Unveils New Steps to Strengthen Working Families Across America." Jan. 14, 2015. Web.

White House. *Reforming the Tax Code*. N. d. Web. Accessed Aug. 18, 2015.

Wildman, Sarah. "Health Insurance Woes: My $22,000 Bill for Having a Baby." *Double X*, Aug. 3, 2009. Web.

Williams, Paige. "My Mom Is My BFF." *New York*, Apr. 22, 2012. Web.

Winerip, Michael. "A Chosen Few Are Teaching for America." *New York Times*, July 11, 2010. Web.

Wingfield, Nick. "From the Land of Angry Birds, a Mobile Game Maker Lifts Off." *New York Times*, Oct. 8, 2012. Web.

Wolverton, Brad. "The Education of Dasmine Cathey." *Chronicle of Higher Education*, June 2, 2012. Web.

Wooldridge, Adrian. "The Next Supermodel." *The Economist*, Feb. 2, 2013: Special Report.

World Bank. *Doing Business 2016: Measuring Regulatory Quality and Efficiency*. Washington, DC: World Bank, 2016. Web.

World Economic Forum. *Global Gender Gap Report 2013*. Geneva: World Economic Forum, 2013. Web.

———. *Global Gender Gap Report 2015*. Geneva: World Economic Forum, 2015. Web.

World Health Organization. *Health Topics: Breastfeeding*. N. d. Web. Accessed July 29, 2015.

World Policy Forum. "Are Workers Entitled to Sick Leave from the First Day of Illness?" N. d. Web. Accessed July 25, 2015.

Yager, Lynn. "How to Succeed in Fashion Without Trying Too Hard." *Wall Street Journal*, Mar. 15, 2013. Web.

Yellen, Janet L. "Perspectives on Inequality and Opportunity from the Survey of Consumer Finances." Speech given at the Conference on Economic Opportunity and Inequality, Federal Reserve Bank of Boston. Oct. 17, 2014. Web.

Yle. "More Finns Ready to Pay for University Education." *Yle*, Aug. 8,

2013. Web.

Ylioppilastutkintolautakunta. *Koulukohtaisia tunnuslukuja*. N. d. Web. Accessed Aug. 8, 2015.

Young, Brett. "Calmness No Achilles Heel for Beckham's Surgeon." *Reuters*, 19, Mar. 2010. Web.

Zernike, Kate. "Obama Administration Calls for Limits on Testing in Schools." *New York Times*, Oct. 24, 2015. Web.

———. "Paying in Full as the Ticket into Colleges." *New York Times*, Mar. 30, 2009. Web.

THE NORDIC THEORY OF EVERYTHING

Copyright © 2016 by Anu Partanen
This edition arranged with InkWell Management, LLC.
through Andrew Nurnberg Associates International Limited

图字：09－2022－0630号

图书在版编目(CIP)数据

北欧向左,美国向右？/(芬)阿努·帕塔宁著；
江琬琳译. —上海：上海译文出版社,2024.2
（译文纪实）
书名原文：The Nordic Theory of Everything：In Search of a Better Life
ISBN 978－7－5327－9392－1

Ⅰ.①北… Ⅱ.①阿… ②江… Ⅲ.①纪实文学－芬兰－现代 Ⅳ.①I531.55

中国国家版本馆CIP数据核字(2024)第019733号

北欧向左,美国向右？
[芬] 阿努·帕塔宁 著 江琬琳 译
责任编辑/薛 倩 装帧设计/邵旻 观止堂_未氓

上海译文出版社有限公司出版、发行
网址：www.yiwen.com.cn
201101 上海市闵行区号景路159弄B座
上海市崇明裕安印刷厂印刷

开本890×1240 1/32 印张11.5 插页2 字数235,000
2024年2月第1版 2024年2月第1次印刷
印数：00,001—10,000册

ISBN 978－7－5327－9392－1/I・5866
定价：58.00元

本书中文简体字专有出版权归本社独家所有,非经本社同意不得连载、摘编或复制
如有质量问题,请与承印厂质量科联系. T：021－59404766